国家社科基金一般项目

"民国报纸副刊与现代作家佚文发掘整理研究"（15BZW155）的阶段性成果

河南大学中国现当代文学研究中心项目资助

教育部人文社科研究一般项目

"'边缘报刊'与现代作家佚文的发掘、校勘及阐释"（13YJA751028）的阶

段性成果

民国报纸副刊与
作家佚文辑考

刘涛◎著

中国社会科学出版社

图书在版编目(CIP)数据

民国报纸副刊与作家佚文辑考/刘涛著. —北京：中国社会科学
出版社，2022.3
ISBN 978-7-5203-9731-5

Ⅰ.①民… Ⅱ.①刘… Ⅲ.①中国文学—现代文学—作品综合集
Ⅳ.①I216.1

中国版本图书馆 CIP 数据核字(2022)第 030898 号

出 版 人	赵剑英
责任编辑	郭晓鸿
特约编辑	杜若佳
责任校对	师敏革
责任印制	戴 宽

出　　　版	中国社会科学出版社
社　　　址	北京鼓楼西大街甲 158 号
邮　　　编	100720
网　　　址	http://www.csspw.cn
发 行 部	010-84083685
门 市 部	010-84029450
经　　　销	新华书店及其他书店

印　　　刷	北京明恒达印务有限公司
装　　　订	廊坊市广阳区广增装订厂
版　　　次	2022 年 3 月第 1 版
印　　　次	2022 年 3 月第 1 次印刷

开　　　本	710×1000　1/16
印　　　张	25
插　　　页	2
字　　　数	335 千字
定　　　价	138.00 元

目　录

序

刘增人

欣闻刘涛先生的大作《民国报纸副刊与作家佚文辑考》即将付梓，我忍不住要打破绝对不为他人著作"写序"的自我规定，确定要借机会来说说一些从来不曾公开的心里话。因为再过一个来月，我就要整整七十八岁了，以后还能不能写，能不能说，都是未知数。

抚摸桌上厚厚的书稿，我清清楚楚知道收集整理这些史料背后必须付出的代价，也由此回想起自己的一些微末的遭遇，愿与也有类似境遇的同好共同体悟。

我走上史料搜集整理的道路，主要是受到薛绥之、书新、冯光廉等恩师的影响乃至带领，这些洋溢着温情的往事，我多次述说过。现在主要想"曝光"自己几点难忘的经历，略供现在有志于史料工作的青年朋友也作为某种"史料"分享或批判。

20世纪70年代末80年代初，中国社会科学院文学所发起、全国各高校和科研机构参与的"中国现代文学史研究资料丛书"的编纂工作正式启动。我的老师冯光廉先生领到该丛书的乙种之中的叶圣陶、王统照、臧克家三本研究资料专辑的编纂任务，携带我也参与了这项后来被称为"世纪工程"的事业，由此也开启了我的以史料收集整理为主项、为大宗的现代文学研究。

冯先生领得任务后，发信征求我的意见，希望我参与其间共襄大事。我自然求之不得，满心欢喜答应下来。因为工作量极大，又必须不断外出，我向时任泰安师专中文系主任的书新先生汇报，他毫不犹豫地支持。同时建议我请文学所致函泰安师专，以确保以后工作中不会"扯皮"，也在师生情谊之上，增加了两个不同单位之间的工作协议。很快，马良春先生给泰安师专校领导的公函挂号寄到，说明了该工作的性质价值意义以及我所应该承担的工作任务之外，特地注明所需经费（其实就是硬座火车票和廉价招待所的住宿费）由文学所承担，加盖了中国社会科学院的红章。我持此高规格公函向校长请示，校长批示由教务长许宝笃先生具体负责。许教务长在公函上签字后，主动给校长办公室（出差要在这里开加盖公章的介绍信）和财务科（差旅费要在这里报销）打了电话，然后让我一一前往"打招呼"，此后，即使校长和中文系领导换人，都没有影响工作的进展。

开始工作时，首先当然在山东师院中文系的资料室。"文革"刚结束，时任山师副校长的田仲济先生采纳了中文系资料室工作人员薛绥之先生的建议，由山师出资买下了著名藏书家瞿光熙先生的全部藏书，其中有极多珍贵无比的民国期刊。由此使山师一下跃居为中国大学界期刊收藏最多的高校之一。冯师时任山师中文系现代文学教研室主任，带领我以正当理由进资料室查阅期刊，是合情合时顺理成章的。那时中文系资料室里收藏的期刊，全部是原刊，除去收购来后资料室老师按照自家的工作规程略加整理外，其他都完好地保留着藏书家的样式。冯师给我在山师北门外预定了纺织局的招待所，我一般就在所里吃饭。冯师指导我用方格稿纸抄写作家佚文和评论文章，用带孔卡片一条一条抄录作家自述文章、评论文章的名目及出处、文集目录、出版时间及出版社（以备编写作家生平年表和著译年表），用备课本一一记录所查得的书报刊以及待查的内容。白天泡在资料室里其乐无穷，晚上整理白天的记录，回忆从发黄的报纸杂志里获得的鲜活印象，想象当年那些著名的作家写书撰文、交友办刊、开会讲课、游览名胜、考察民俗、歌呼饮宴的情境，是那么鲜活生动，连他们之间互相攻讦、互相辩驳的表情姿态也似乎历历在眼前。想着想着每每自己笑出声来，然后自己嘲笑自己一番纵身躺下，美美地睡到天亮。

1977 年起，泰安师专中文系开始招收二年制专科生，每届两个班，现代文学课总是安排一学年，每周四节。书新先生调走前我们教研组三个人，魏建留校后还是三个人。我往往主要承担春季学期的课程，因此有可能集中时间到外地查阅资料。出差前，先把一个孩子送到外婆家，然后到校长办公室开介绍信，到伙食科兑换全国粮票，到财务科预借差旅费。与冯师同行，住宿都是他安排。我自己出去，就需要事前联系。那时大城市的招待所还是紧张，除去需有单位介绍信证明身份外，还需要有招待所认可的熟人介绍。到上海依靠邵伯周先生住上海师院招待所，到南京求助过许志英先生，到成都麻烦李昌陟先生联系住四川大学招待所，到北京主要请王统照先生哲嗣王立诚先生（他那时任农业部人民公社司司长，后来任廊坊农业管理干部学院党委书记兼院长）介绍住农业部招待所，或者请臧克家先生的朋友刘国正先生（他正好任职于人民教育出版社）介绍住位于沙滩的人教社招待所。北京图书馆（就是后来的国家图书馆）的平装书在北海的书库，报纸在西皇城根的报库，杂志在国子监的期刊库。沙滩的优越性是交通方便，门口就有多路公交，四通八达。地下室每天只收十块钱，而且很洁净安全。缺点是没有食堂，没有浴室，上厕所要到地上的办公室……但这都不算什么。问题在于这里房间有限，我们赴京时未必有空闲。农业部招待所距离三家书库都非常远，如果去国子监，好像至少要咣当咣当转三次车。我们早六点出发，七拐八拐，八点前到国子监就算不错。期刊库门口有几家小饭店，一碗光面一个茶鸡蛋或者三四个包子，就是幸福满满的早餐。

顺带一个纸包的奶油面包，就是午餐。国子监里大都是我们这种舍生忘死查资料的读书人，那里的馆员阿姨身穿厚厚的深蓝色"棉猴"，非常和气地用标准的京腔告诉我们中午要事前借足午休时要看的杂志，他们那个时段休息，不借；哪里有免费的开水，哪里可以打个盹儿……让我们真真切切感受到首都的温馨。这样干三天五天没有问题，十天半月就感到体力不支。有几次从国子监出来，已经是傍晚时分，我们稀里糊涂坐反了方向，等到发现不对，再三番五次问道路，回到农业部招待所已经漆黑，哪里也买不到可以果腹的食物了。农业部招待所最令人憎恶的是住宿方式。我们山东固然十分落后，但公社级招待所实行的都已经是房间制，尽管里面的设施可能极其简陋。但这坐落在首善之区的部级招待所居然还是大通铺，活像早年北方的马车店！我有一次与一位来自内蒙古林区的朋友住邻近。他很朴实，也热情，主动介绍泰山林场的苗木有多么珍贵的品种，林场的场长和技术员叫什么什么名字……看我懵懵懂懂一点也不感兴趣的样子，有点不好意思地说道自己睡觉打呼噜特别响，对不住了，就不和我在一头就宿了。说着把黑色狗皮长毛大帽子一扔，不知道什么颜色的翻毛皮的长外衣一脱，回头向里一倒，立马鼾声如雷。他从那头发出的鼾声，半点也不比这头的音量小，再加上长筒皮袜子高腰毛皮鞋的气息和浓浓的酒气掺和在一起，我只好到大堂联椅上对付一夜。但农业部招待所的伙食真的不错。每周末国子监下班早，我们可以在六点前赶回去，就有一份热气腾腾的陶罐菜等着，满满的白菜、豆腐、粉丝以外，还往往在罐底发现好多粒海米的"残渣余孽"，个头虽然是小了一点，但毕竟是货真价实的海米，何况交三两粮票就可以放开肚皮吃东北大米干饭，幸福顿时就像花儿一样开放了……

2010 年 10 月，我的第二个国家社科基金项目顺利结项了。评审专家一面给予相当高的评价，一面惋惜地指出还有很大的拓展空间，建议我在此基础上进一步完善，尽量减少些遗憾。我非常愿意按照专家们的指示继续做下去，至少做到自己满意为止。但这时，我已经申请不到任何经费了。我当时面临着三种选择：一是就此罢手，从此告别我几十年投身其中的文学期刊收集和整理的工作；二是自己出钱，把这已经叙录了六千余种文学期刊的不完善的初稿请求出版社印行；三是自己出钱，进一步赓续未完的工作。但无论哪一种选择，对我都是一种苦痛。斗室徘徊，中夜浩叹，不知如何是好。老伴知道我遇到过不去的坎儿了，问我何事？她听后非常轻松地说，不就是钱嘛！咱留着，无非养老，无非预备送给医院！没有什么，有病不治了，省得让他们这里割一刀，那里插一管，反正插也是死，割也是死。用多少钱，说话就是。……同事告诉我，现在学校图书馆大有进步，可以和各大图书馆实行"馆际互借"了，你需要什么资料，可以请他们帮助。馆长很支持，亲自带领我去办理"馆际互借"的手续。两天后，回音来了：民国期刊是不可以"馆际互借"的，原刊不能够出库；但人家可以提供扫描件，一个页码一块六，全部自费，还需要有专门的传真机接受扫描件。我估算了一下，自己的财力无论如何都支撑不下来，只好千恩万谢后作罢。我在泰安师专中文系的"老学生"，颇有几位是北京市优秀的中学语文教师，在学生家长中威信很高。他们告诉我，自己熟悉的学生家长非常愿意帮忙联系到大图书馆的有关专家，解决我的困难与苦恼。很快，结果反馈回来，原刊不能出库，但可以代为拍照，收费合理，多拍七折。我先提供了几种，花了四千元，效果真的很好。我付款后又高高兴兴提出了一个比较多的刊物名单，大多是晚清民初的刊物，是我没有见过或没有看完整的部分。不料对方客客气气答复：我的书单，与他们正在做的项目冲突，这些刊物恕难提供。我不免长叹一声，剩下的路，就只有再去看缩微胶卷了。我知道国家图书馆可能有珍稀期刊的翻印版问世，但买不起，也知道上海图书馆陆续推出质量上乘的期刊数据库，还是买不起。唯一的道路，就是继续用老夫妇的养老金去外地图书馆看免费的缩微胶卷。

在《1872—1949文学期刊信息总汇》的后记里，我回忆过看缩微胶卷的情形："……像我这样级别的读者，举凡已经有缩微胶卷的期刊，就无法看到纸质原刊了。缩微胶卷的拍摄质量不同，有不少内容是难以见到完整的真实的面目的。所见到的，也因为'缩微'，而大大减少了'现场感'。开本大小，一般就无法确证。看这类胶卷，是对我的视力和耐心的一种相当严峻的考验：右手摇转装有缩微胶卷的机器的把柄，左手拿着放大镜，极力设法让大都模糊不清的胶卷的字样，透过放大镜、老花镜，对准焦距，进入我的视网膜。看清后再把有用的内容输入电脑，低头打字。打完字再抬头，就需重新对光，再次寻找四点之间合适的角度！两只手稍稍晃动，眼前立马变成一团乱麻。眼花的同时，就是焦躁不安。这过程，最多坚持半小时，就精疲力竭，只好废然闭目！……"现在我的眼睛已经无法正常工作了，当然主要是自己老化的结果，但也不能不说是缩微胶卷所赐。

2014年，我手头的文学期刊已经收集到八九千种，电脑统计在400万字以上。怎么处理这一大堆文字，又使我愁肠百结。按照时价，如果自费出版，我和老伴的养老钱真的就所剩无几了。但不出版，更是一桩抹不掉的心事。一个偶然的机会，我与青岛大学法学院的丁院长一起出席一个会议。我忽发奇想，说我这个项目能不能请法学院资助出版，作为法学院的成果之一？丁院长说：我们学院出钱没有问题，也愿意支持你的项目，但一是名目不对头，法学和文学，毕竟不是一家人；二是恐怕会有后遗症。他诚恳地建议试试申请国家出版基金项目，资助多，规格也高……我第一次知道还有这样的机会，马上函请北京的朋友帮助联系大型出版社作为出版基金项目考虑，但几家共同的答复是选题不错，但需要排队，何时可以排上，是三年还是五年，现在谁也说不准。我对老伴说，从现在起，我要每天至少做一遍八段锦，争取多活几年，等待那排上队的日子！古语所说的山穷水尽处，柳暗花明时，也许是有道理的。突然济南一位老朋友告诉我青岛出版社有兴趣接纳这课题。我于是赶到黄岛与正在那里开会的高继民总编辑商议。我把书稿的主要内容、体例、字数、预期读者及学术价值、社会效益等汇报了二十多分钟。高总说这个选题很好，我们正应该推出这样的著作。出版社当然是要挣钱的，但不能靠这样的书挣。我们是出版人，但更是文化人，更懂得文化积累的价值和意义。这书我们一起努力，争取上国家出版基金项目。如果争取失败，我们给你出，一分钱不要。他指着旁边一位胖胖的年轻先生说：他就是你的责任编辑，山东大学研究生毕业的郭东明，是我们社有学问有前途的中层。我还没有从意外的惊喜中回过神来，高总又问：可不可以把书名改为信息全编？我说不但我不敢，谁也不敢。高总又问，书中有没有政治性的评价，我答以没有，完全都是客观的叙述。高总说这样好，可以规避许多麻烦。又叮嘱说，出版基金项目要求图文并茂，你应该尽量多搜集彩色图片，增加书稿的可读性，尽量做成左图右史的传世之作。回家后，我马上大量发信，吁请四面八方的朋友帮忙。半年左右，收到各种刊物的封面彩图两千余帧。后来出版社在制版时删除了若干品相不好的画图，留下了1500余幅。因为要精印这些图而且必须配图和刊物条目一一对应，全书都使用了高价的印制画报专用的铜版纸。而且做成硬精装，外加手工封套。一套书就有四十多斤重！郭总说，书虽然定价贵了一些，但这套书可以保存至少二三百年，不褪色，不变形！付印前郭总指出我在正文前把提供彩图的朋友的名字和图像的目录写得太具体太详细，占用版面太多，能不能精简一下，用等等代替？我坚决不同意，一定要把每一位朋友的好意一一印在书的前面，借以表达我的区区敬意。因为书贵，我买不起较多赠送，得罪了不少人，招来不少骂詈，有的当面兴师问罪，有的背后讨伐批判，这我大体都知道。我想，即使因此得罪了许多大腕，也只能如此了。读书人辛辛苦苦出本书，却因为囊中羞涩，不能够想买尽买、欲赠皆赠，确实是一个令人恼火的缺点，但绝对不是罪过。我还想，即使其中的 500 万字都是我的胡说，一钱不值，但这 1500 多幅彩图，却是真真切切的原貌，而且是许多图书馆没有收藏，即使收藏也不会轻易示人的镇馆之宝，想看到、看全貌确实不易。因此，我即使有一千条罪孽，因为借此保留了彩图若干，也应该从轻发落吧？……

我清清楚楚地知道这些没有任何现实意义的絮叨，除去刘涛先生和我以外，可能没有多少人感兴趣。我写下这些真实的过去的情况，主要是强调史料工作着实不易，没有亲自经历过的绝对体会不到其中的艰难与辛劳。而从事此事的人，无论人在天南海北，关注的是书信日记还是期刊副刊，都应该属于同道。可以守望相助，也可以相忘于江湖，各人做自己的事情。能做什么便做什么，喜欢什么便研究什么，各得其所，各守本业。批评，匡正，也十分需要，但最好不要把孩子也一起泼将出去。因为史料工作，永远都没有完美的结局，无论你多么努力，多么敬业，都不可能绝对完整地再现文学史的完整面目。即使是历史的当事人，他也只能感知其中的局部，清楚与自己有关的史实。更何况时过境迁，后辈人只能从自己所掌握的部分材料里尽可能复原文学史的发生现场。要想毫无偏至，要想尽善尽美，是谁都做不到的。也是因此，即使发现了他人的成果里有什么不足或缺漏，也不值得大惊小怪，补充就是了，纠正就是了，商量就是了。大家从不同角度出发，根据各自不同的可见资料，共同修复已经逝去的历史事实，不是其乐融融的好事吗？如果学术研究尤其是史料研究是一道奔腾不息的潮涌，我们大家不过都是其中的一滴水，承上启下而已。如果是一条路，大家也就不过都是同行者，可能有先有后。这里没有全知全能的上帝，也不会有永无缺失的作者。这里也没有天才，只有坚守者的足迹有可能留下。

记得 1980 年暑假，冯师带领我去北京查资料，访问专家学者，其中就有林非先生。那时没有事前预约的习惯和条件，我们到达干面胡同林非先生家中时，已经有赵明、刘增杰等开封师院的先生，以及北京师院的鲍霁先生。我有自知之明，没有插嘴，只是尽情地领略了鲍霁先生的口才，林非先生的温厚和开封师院学者的严谨。事后，冯师顺带介绍了他的母校开封师院现代文学的传统，我只记住了三点：任访秋先生是"开山祖师"，近代与现代不分家是特色，刘增杰先生等是开封师院的主干力量……1992 年，冯师和我联合主编的《中国新文学发展史》由人民文学出版社出版，是创办伊始的青岛大学中文系的重要成果之一。冯师特地在八大关新华社招待所举办小型座谈会，研究讨论该著的价值和意义。刘增杰先生和解志熙先生应约前来。会上会下，我再一次亲炙河南大学的人文传统，从心底里敬佩。2006 年，中国社科院文学所徐迺翔先生长信相约：中华文学史料学学会要在河南大学开会，正式成立近现代史料学分会。由河南大学校长关爱和先生任会长，刘福春、陈子善、宋益乔、祝晓风和我任副会长。我满心高兴，趋赴向往已久的开封古城，见识了史料界诸多前辈和同行，从此我也混迹史料学会，先后到西安、聊城等地蹭会。几经接触，对于河南大学的学术传统，开始有了更多的一些理解。但他们诸位先生的著作，我购读最多的还是刘涛先生与胡全章先生。我知道河南大学近现代文学研究阵容强盛，高手如林，影响广远，但因为兴趣相近，还是觉得刘、胡二君与我更有心心相印的感觉。

从 20 世纪 70 年代末开始，我在老师牵引指导下，懵懵懂懂走进史料研究的队列，跌跌撞撞头破血流已经几十年了。回首往事，教训多于成效，愧悔重于欣悦，都已经是不争的事实。现在据说流行一种"前浪""后浪"的说法，我不能够确知其真实的含义，但如果允许望文生义并证诸自己的狭隘体悟，倒觉得有几分大体符合史料研究界的情状。任访秋、田仲济、陈早春、马良春、樊骏、徐迺翔、丁景唐、包子衍、范伯群、曾华鹏、许志英、薛绥之、书新、朱德发等前贤，都已经带着他们的人格魅力和骄人业绩，定格在历史的光荣碑上。刘增杰、冯光廉、韩之友等先生，由于种种原因，也已经封笔，不再指导我们进一步拓展史料的整理与研究。四十年代出生的学者里，恐怕现在只有陈子善先生一人日新月异，风生水起，带领一大批史料研究的新秀，开拓前进，前程不可限量。那么，七十年代开始自己踏踏实实的人生，后来接受过严格系统的学术训练，又长养在河南大学这样优异的学术环境之中，刘涛先生们肩上的责任和义务，就显得尤其重要和迫切。记得鲁迅先生曾经这样勉励中国的青年："……能做事的做事，能发声的发声。有一分热，发一分光，就令萤火一般，也可以在黑暗里发一点光，不必等候炬火。此后如竟没有炬火：我便是唯一的光。倘如有了炬火，出了太阳，我们自然心悦诚服的消失，不但毫无不平，而且还要随喜赞美这炬火或太阳；因为他照了人类，连我都在内。……纵令不过一洼浅水，也可以学学大海；横竖都是水，可以相通。几粒石子，任他们暗地里掷来；几滴秽水，任他们从背后泼来就是了。"① 愿以这样永远辉耀着真理的万丈光焰的箴言，与刘涛先生共勉。

这是我写的第一篇"序"，也一定是最后一篇。它不像序，也不是序。但只要刘涛先生不怪罪，不责罚，微愿已足，夫尚何求？

---

① 鲁迅：《热风·四十一》，《鲁迅全集》第 1 卷，人民文学出版社 2005 年版，第 341、342 页。

绪　论

——由期刊辑佚到报纸辑佚

本书是笔者近年来所从事的项目成果的部分结集。这些项目是：2015 年度国家社科基金一般项目"民国报纸副刊与现代作家佚文发掘整理研究"、2013 年度教育部人文社会科学研究规划基金项目"'边缘报刊'与现代作家佚文的发掘、校勘及阐释"。成果为现代重要作家的佚文挖掘、校勘与阐释，所涉及的现代重要作家具体为：鲁迅、周作人、冰心、郭沫若、凤子、曹禺、丁玲、胡风、朱自清、郑振铎、俞平伯、成仿吾、任访秋等；所涉及的现代"边缘报刊"达 30 余种。研究的最终成果为现代系列重要作家佚文的整理与阐释，对推动现代文学史料学特别是辑佚学的建设有着一定价值和意义。

学术思想上，本成果认为现代文学研究应贯彻朴学的研究方法与精神，旧材料的新阐释固然重要，但史料的新发现所带来的创新同样非常必要，因此，现代文学必须重视史料学研究，必须重视原始的报刊史料；本成果认为朴学的研究精神不但包括史料的发现与考证，而且包括对历史发生原初处所丰富驳杂景观的沉潜、玩味与体验。

学术观点上，首次提出"民国报纸及副刊是现代文学特殊的史料库"一概念，第一次系统考察了民国报纸"正刊""特刊""专刊""专栏"，特别是报纸副刊与现代作家佚文生成之间的关系；首次提出

"报纸是现代作家的'起居注'"这一观点，深入阐释了报纸在保存现代作家史料包括佚文方面所起到的无可替代作用。例如，北平《世界日报》"教育界"专版五则对冰心的报道，较为详细地披露了冰心1947年6月在北平期间的讲演及活动情况，对了解和研究冰心这段时期的生活和思想，具有较为重要的史料价值。北平《世界日报》1937年4月24日第5版"东京通讯"栏，题为《日笔会在东京宴请凤子》的新闻报道，对凤子1937年4月到东京出演《日出》的盛况，有详细报道，其中，还涉及郭沫若的一些珍贵史料。《中国时报·前锋报》联合版第2版"人民会场"栏，有几则与诗人徐玉诺有关的史料，对徐玉诺研究有一定史料价值。《中国时报·前锋报》联合版上有多条关于曹禺、张骏祥1947年8月河南之行的报道。这些报道分二类，一类是对两人行踪的简要报道，一类则详尽记录了两人在开封所作公开和非公开讲演的具体内容。这些报道，不但与曹、张二人的回忆构成互证，更重要的是，还以更多历史细节的呈现，对曹、张二人的回忆构成了补充和修正。因此，它们对研究曹、张二人的河南之行和在河南的学术讲演活动具有不可替代的史料价值。民国时期河南报纸上面，任访秋以"访秋""任访秋""霜枫""昉秋"为名发表有39篇文章，皆没有收入《任访秋文集》之中。这些佚文，按发表时间，最早为《怎样澄清下级吏治》，刊南阳《前锋报》1942年4月8日第1版"时评"栏，署名"访秋"；最晚为《谈"从吾所好"》，刊开封《正义报》1947年11月28日第1版"星期五论文"栏，署名"霜枫"。从1942年4月8日至1947年11月28日，历时6年7个月。按发表刊物，全部发表于河南的报纸，其中36篇刊发于报纸第1版的"社论"位置，该栏目具体名称有"时论""专论""专载""星期五论文"等，只有3篇发表于报纸的副刊或特刊。发表于南阳《前锋报》最多，有23篇，持续时间也最长，从1942年4月8日至1944年10月9日，皆在第1版"社论"栏；

这 23 篇中有 4 篇又重发于开封《正义报》第 1 版"星期五论文"栏。发表于《正义报》第 1 版"星期五论文"栏的有 12 篇，时间从 1946 年 12 月 27 日至 1947 年 11 月 28 日，包括在《前锋报》发表的 4 篇。其他 8 篇，有 4 篇刊发于开封《青年日报》的"社论"栏，2 篇刊发于开封《中国时报》的"社论"栏和副刊，1 篇刊发于开封《民权新闻》第 2 版的"新生活运动十二周年纪念"特刊，1 篇刊发于《中国时报·前锋报》联合版第 4 版"庆祝民国三十六年元旦"特刊。这 39 篇文章，最值得引起注意的是它们在报纸上所发表的位置，39 篇中有 36 篇皆发表于报纸第 1 版的"社论"位置。虽然这个栏目没有被明确命名为"社论"，而是被命名为"专论"、"专载"、"时论"或"星期五论文"，但从性质上讲，它们其实就是"社论"。这 36 篇社论文章，显示了中华人民共和国成立前的任访秋"教授"或"学者"身份之外的另一面相，对于我们重新评价任访秋在中华人民共和国成立前的创作活动，有着非常重要的价值。

研究方法上，本成果运用朴学客观实证的研究方法，通过对民国报纸特别是地方报纸及副刊的系统"田野调查"，发现与现代作家有关的大量原始资料，挖掘出大量现代作家的重要佚文，对现代文学史料学做出了重要贡献；本成果既贯彻朴学的研究方法但又不止步于朴学，认为现代文献辑佚学不但要重视古典文献学意义上的作品辑佚，而且要重视现代阐释学意义上的批评性校注与解读；不但重视对民国报纸"正刊"及报纸副刊上现代作家佚文的挖掘、校勘与整理，更重视对佚文的批评性校读与阐释，把这些佚文置于作家文学创作的整体框架和现代文学史背景上理解和定位；重视考察佚文生成的规律与线索，探究佚文与报纸性质、时代、政治间的复杂关联。例如，本成果发现任访秋的 36 篇社论，确证了任访秋在"学者"身份外，还存在着兼传统"史官"与"谏官"于一身的"记者"身份，两种身份构成了富有意味的矛盾、冲突与统一的张力关系。在现代知识分子身上存在这种张力关系的，当然不止任访秋一人，但随着时代政治的嬗变和言论空间的变化，此种张力关系被成功解除，无数如任访秋一样的"知识人"也被成功改造为比较单纯的"学术人"。从此种意义上说，任访秋作为知识分子在中华人民共和国成立前后身份与形象的变化，在20世纪知识分子的精神史上具有非常典型的代表性。而任访秋这些"社论"之所以被历史封存而湮没不彰，除了民国时期河南报刊处于边缘不为人关注外，还与这些文章的政治性有一定关系，从这36篇社论作为佚文的生成上，也可以发现佚文生成与时代政治的多重关系。再如，曹禺和张骏祥在回忆中皆认为他们的"解放区之行"是"美国救济总署"署长蒋廷黻促成的，蒋廷黻希望他们这些笔杆子（茅盾、曹禺、张骏祥、记者韩鸣）到河南黄泛区看过之后，写点文章为救济总署做些宣传。这样说来，曹、张二人的"解放区之行"似乎完全是被动的和被利用的。事实果真如此吗？通过对历史事件的梳理，可以发现，曹、张二人对于他们"解放区之行"目的的陈述，并非与真实情况相符。曹禺特意强调他与张骏祥1947年有过一次"解放区"之行，话语中有意识凸显"解放区"，而遮蔽国民党治下的开封与国民党治下的黄泛区。在提及解放区治下的黄泛区时，还有意凸显解放区的"中共县长"（代表共产党）对美国救济人员的严厉驳斥。这明显是一种巧妙的"语言修辞"。这种语言修辞一方面斩断了曹、张二人与国民党及美国的历史联系；另一方面则假借中共县长对美国人的驳斥来歌颂共产党。曹禺向田本相谈其"解放区之行"是在1982年5月28日，这时政治上正处于乍暖还寒之时，当然谁都不想与美国、国民党这些敏感的话题扯上关系。时间若再上移二三十年，在20世纪五六十年代以及"文革"的政治环境中，对那段与美国、国民党有牵连的历史，就是回忆也是不可能的。曹禺、张骏祥河南之行被有意遮蔽和改写，同样可看出史料背后的政治含义。

本成果将有力推进现代文学史料学建设。现代文学研究，离不开对于历史现场的一次次返回、亲近、体验与打捞，离不开坚实有效的史料作支撑。本成果对现代作家佚文的发掘、整理与阐释，正是建立在民国期刊、报纸及报纸副刊基础上，是现代文学史料学建设的有机组成部分，将有力推进现代文学的史料学建设。

本成果的进行有其紧迫性与必要性。期刊与报纸是现代文学的一种重要传播媒介和载体，民国恰是20世纪中国报刊史上特别是报纸"副刊"及各种特刊、专刊的黄金时代，因此，现代文学史料学建设，离不开对民国期刊、报纸的考察。民国报刊及报纸副刊是现代文学史料开垦的最后一块处女地。与书籍、杂志两种现代传播媒介相比，由于报纸承担着对作家行迹进行报道的任务，现代作家的许多史料留存于报纸及报纸副刊上更多，也更为详细。因此，对其进行系统细致的考察、整理和研究就显得非常必要。

本成果将推进现代文学文学文献辑佚由"期刊辑佚"转向"报纸辑佚"。现在，现代文学史料学建设特别是现代文学文献整理包括作家作品辑佚在来源上正处于由"民国期刊"向"民国报纸"的转向中。本成果将有力推动现代文学文献辑佚由"期刊辑佚"转向"报纸辑佚"，吸引更多学者利用、研究民国报纸及副刊。

本成果的进行有力推进了对民国地方性报刊的研究。现有的报刊研究过多集中于有全国影响的大报，对地方性报刊上的现代文学史料关注与发掘还很不够。本成果在关注大报、名报外，同样关注地方性报纸如民国时期河南报纸的无可替代的史料价值，在上面发现了现代作家的不少史料。

本成果的完成，将进一步推进对现代文学性质的认识。报刊是现代文学的主要传播媒介之一，与书籍相比，期刊特别是报纸传播更具时效性与新闻性，而现代作家中许多人具有"报人、记者"身份，这在很大程度上决定现代文学"新闻性"的特性。而现代作家对报纸媒介的积极介入，进而也大大提升丰富了报纸媒介的内涵。本课题虽然属于文献辑佚，但由于研究对象与报纸新闻学及现代文学皆有关联，其跨学科的视角，不但将加深对现代文学特性的认识，也将进一步加深对于现代报纸内涵的认识。例如，任访秋以学者的身份为人熟知，但他在民国时期曾以记者身份在报纸上发表过 36 篇社论，显示了他作为现代知识分子关怀家国的另一面。在认识民国学人的丰富性与复杂性方面，任访秋为我们提供了一个非常好的个案。

本成果所发现的现代作家如曹禺、张骏祥、朱自清、周作人、郑振铎、郭沫若、成仿吾、丁玲、任访秋等人的大量佚文及生平史料，对现代文学研究同样具有重要的应用价值。

本书对现代重要作家佚文的发掘与研究在以下方面还需深入：

一、佚文的挖掘与校勘是本专著的重点。在这方面，本书已经整理出为数不少的重要作家佚文，尚有大量作家佚文需要进一步发掘整理。

二、对佚文的批评性校读与阐释。如何把这些佚文放置于文学史的框架和背景上，来予以观照，从而对作家创作作出新的解释与定位，发现新的文学史问题，对现有文学史图景作出局部拓展与修正，是本课题另一个需要深入的地方。

三、民国期刊特别是报纸存量大，虽一大部分已经进行缩微化处理，但阅读量与工作量相当大，这是本课题面临的主要挑战，对于报纸的阅读尚需进一步加强。

四、笔名与现代作家佚文挖掘、整理的关系问题是另一难点。民国报刊及报纸副刊上的文章有一大部分是署"笔名"发表的，利用学界现有的笔名研究成果，通过笔名搜集作家佚文，是一有效途径。在利用现有笔名研究成果外，对一些未知笔名，通过仔细调查与研究，考证出作者名字，从而推动现代作家佚文的研究工作，是本课题的一项主要内容，也是本课题另一个需要深入的地方。例如，本成果发现了任访秋以笔名"霜枫"发表的多篇论文，同时发现他以前不为人所知的笔名"昉秋"。但有些笔名则很难查出为哪一作家所用。因此，对笔名的辨析，是本课题面临的另一项挑战。

鲁迅 1929 年燕京大学讲演的另一版本

笔者在北平《北平日报》副刊"北平日报副刊"第 61、62 号（1929 年 5 月 26 日、27 日）上，发现鲁迅的一篇讲演，题为《评所谓革命文学》。正题之下有标记，为"鲁迅在燕大讲　郭亦华记"①。在《鲁迅全集》和有关鲁迅的生平史料中，没有发现鲁迅曾作过这样一次讲演。讲演题目下的标记说明讲演是在北平燕京大学做的，而 1929 年鲁迅在燕京大学只作过一次讲演，具体时间是 1929 年 5 月 22 日，该讲演经吴世昌记录、鲁迅修改后，以《现今新文学的概观——五月二十二日鲁迅在燕京大学国文学会讲，改定稿。》为题，发表于 1929 年 5 月 25 日北平《未名》半月刊第 2 卷第 8 期。讲演记录稿经鲁迅再次修改后收入《三闲集》，题为《现今的新文学的概观——五月二十二日在燕京大学国文学会讲》。《未名》版题目下还有"吴世昌笔记"几个字，收入《三闲集》时，被鲁迅删去了。② 鲁迅 1929 年在燕京大学只发表过一次讲演，且讲演记录稿经鲁迅修改后已收入《三闲集》，那么，《北平日报》所刊登的鲁迅在燕京大学的讲演，与《现今的新文学的概

---

① 《北平日报副刊》第 61 号题为"郭亦笔记"，第 62 号题为"郭亦华记"。当为"郭亦华记"。该副刊第 63 号有"亦华觉人"的翻译文章，"亦华觉人"应是"郭亦华"的笔名。

② 鲁迅删去记录人名字，是为了避免连累他们，这一点他在 1934 年 12 月 11 日致杨霁云信中说过："但记录人名须删去，因为这是会连累他们的，中国的事情难料得很。"《鲁迅全集》第 13 卷，人民文学出版社 2005 年版，第 291 页。

观》是一种什么关系呢？经过对比，笔者发现《评所谓革命文学》的观点与《现今的新文学的概观》非常近似，只是内容与字句多有出入，这说明《评所谓革命文学》是鲁迅 1929 年燕京大学讲演的另一版本。只是由于记录者不同，以及鲁迅这次讲演本没有事先确定题目，才使这次讲演不但产生两个文本，而且产生两个题目。

鲁迅一生做过多次讲演，这些讲演有一部分因公开发表而保留下来，公开发表的部分有些经过鲁迅亲自审定，被他收入生前所编或身后出版的文集中，如《文艺与政治的歧途》《老调子已经唱完》《革命时代的文学》《无声的中国》《帮忙文学与帮闲文学》《今春的两种感想》等。这些讲演的记录者往往是一个人，一般经过鲁迅本人过目和修改，为人所知的只有一种版本。而像鲁迅 1929 年 5 月燕京大学讲演，一次讲演，由于整理者不同，出现两个题目，两个文本的，则非常少见。通过两个文本的对比可发现，《评所谓革命文学》（以下简称《革命文学》）在版本的完善程度上虽不如《现今的新文学的概观》（以下简称《概观》），但自有其重要史料价值。它的发现，为研究鲁迅的讲演活动和革命文学观，提供了一个有趣的参考文本，同时，以它为个案，还可进一步研究现代作家讲演记录稿的版本变异和文本生成问题。正是出于这个原因，笔者把该文整理如下，并略加分析，以供现代文学研究者参考。

评所谓革命文学

鲁迅在燕大讲　郭亦华记

我差不多两年没有对青年诸君开过口。初到上海的时候，某校叫我去教几点钟书，不得已就去教了几天。那时整天捉拿学生，今天捉去几个，明天捉去几个。捉去之后，生死是不定的。放了是学校的力量，死了和学校无关。后来不教书了，就一声不响地住在上海。那知道创造社却说我把青年害了。

许久没有回到北京，这次回来，韦君叫我到贵校演讲，不得不来。我随便讲讲，诸君也只好随便听，至于可供诸位参考的，我敢说一点儿也没有。

我坐汽车往这里来的时候，本想在车子上想一个题目，无奈汽车一跳跳了三尺多高，要想也想不好。汽车本来是好东西，因为中国道路不平，就不适用。可见外国的东西——无□□□①什么学说——到了中国，因为环境不同，一点儿□□□。

革命是从外国来的，但是到了中国，却只有□□□正革命的，却多得很。各种主义——无论它是古□□□漫的——差不多都介绍到中国来了，但是只有谈□□□着那个主义去创作的。为什么呢？都是因为人太□□□几个人包办了的原故。上海的情形的确是如此，□□□海的外国人和他们的翻译接近，那些翻译又和老□□□百姓和外国人却是不能接近的。中国人所吃的苦□□□国人之间的那些翻译给他们的。例如，外国人说□□□说是要"打你两个嘴巴"；外国人说："No"□□□枪毙你"。现在外国的学者，诗人，哲学家，文学□□□被几个中国人包围起来了。胡适包围杜威，徐志摩□□□殊斐尔，陈西滢又包围什么法郎士。所以我们只□□□□□□□□□上，关于这种书少得很。有了革命的环境，才能产生真正的革命文学；不然，那种革命文学，还是唯心的，不是唯物的。中国现在虽然到处都成立了革命政府，但还不能算得革命的环境，所以革命文学仍然无从产生。现在的革命，换句话说，就是"我就是革命，反对我的，就是反革命。"这种革命不是真正的革命，当然不会产生真正的革命文学的。

革命文学有它的祖宗。现在谈革命文学的，虽然也有一点革命性，

---

① 由于印刷原因，该文的部分文字缺失，缺失部分以"□"代替，下同。

但不是真正的革命文学。他们大概不出以下几派：

一，在社会上得不到地位的——这种人得不到地位的时候，很喜欢谈革命；等到得到了相当的地位，就不谈革命了。

二，喜欢刺激的——这种人觉得社会太无聊，想变一变花样，出来捣捣乱。至如，吃饭吃得没有味了，想吃一点辣椒一样。

三，奋斗失败的——这种人想藉改革社会的名义，自己起来，完全是自私自利的。

四，以社会为对象的——这种人以为社会不好，总要把它推翻；但是怎样去推翻它，完全没有一定的办法；推翻以后，建设怎样的社会，也没有一定的目标；所以完全是空想的，乌托邦的。

五，喜欢小小的变动的——这种人喜欢的是小小的变动，大变动来了，他们却不欢喜。他们完全和旧社会接近。他们以为革命一成功，马上就有面包，奶油可吃，这种思想是完全错误的。民国成立以前，有所谓南社也者，是主张种族革命的文学团体。他们从历□□□□□□□□□把头发留起来，穿上宽袍大袖，这种思想完全是空□□□叶赛宁起初也很欢迎革命，以为革命是一场大风雨□□□到来以后，和他理想中的革命完全不同。

六，改头换面的——从前鼓吹旧文学的，后来因为新文学的势力愈来愈大，一变而为新文学家；这种人是投机的，不是革命的。

七，打起无产阶级的招牌的——这种人口头上语①起来是为民众，是为无产阶级，其实还是个人主义。倒不如把时代的真相摆出来，给民众看，至于别人骂我反动，骂我开倒车，都不去管它。

八，想作领袖的——现在上海想作领袖的人很多，所以组织了许多小团体，不能团结起来。他们所出版的书，也是五颜六色都放在一起，

---

① "语"，应为"说"。

一点儿也不调和。他们说他们虽不是无产阶级，但是脑子里的思想，要变成无产阶级的思想，所以他们所讲的话就可以代表无产阶级。我们没有做过工人，也不知道没有钱的时候是什么滋味。他们以为将来无产阶级一定胜利，所以提倡无产阶级的文学。那么，万一无产阶级不会胜利，岂不是就不提倡无产阶级文学了吗？他们也是知识阶级，小资产阶级，他们以为只有无产阶级起来，才能把阶级取消，这完全是空想的。以别①的人认为黄金时代是在过去，现在的人认为黄金时代乃在将来，恰恰好像把金字塔倒了过来。黄帝时代怎样，固然无从查考；无产阶级时代怎样怎样，岂不是同样地无从查考么？

九，假藉名义的——以前的太监藉着皇帝的名义打人骂人，不给他钱，他便一天到晚的打你骂你。至于是否皇帝叫他那样打那样骂，你也无法到皇帝那里去质问。现在的革命文学，也是如此。要知道革命文学是否就是他们所说的，必须看清的，现在的，俄国的东西。现在一提起俄国，一提起红的颜色，就是犯禁，结果只有捣乱，没有理论。因为自己没有力量，才怕别人。身体好的人，什么都敢吃。这也不敢吃，那也不敢喝的人，一定是病得很危险，不久就要死去的人。现在无产阶级既然起不来，又要把小资产阶级压下去，结果必定没有文学。现在最需要的是介绍外国东西，尤其是现代的，著名的东西，不过这种事中国人总不肯作罢了。

十，互争雄长的——创造社和太阳社都译过俄国东西，后来却彼此争着谁先译的，谁后译的。这样看来，难道无产阶级出来以后，还要列一张榜，载明某派第一，某派第二吗？

郭沫若的《手》，做得还不坏。他说，一个革命家打掉了一只手，还用另外的那一只手去作革命文学。不过枪炮是没有眼睛的，万一把头

---

① "别"，当为"前"。

打掉了，又怎样办呢？

王独清做了一首诗，里面有许多"pom, pom……"① 的字样，而且越来越大。原来这也叫作革命文学。

中国的理论不够，必须多看革命理论，把自己的思想改变了，才能产生革命文学。

中国无论到那里，革命革得都不厉害。以前有人说，广东赤化了。我到广东去了一趟，才知道完全没有那回事。不说别的，所谓裸体游行，我在广东就没有见过，甚至连携手同行的也没有，至多也不过握着一个指头罢了。此外，在广东租房，也非找铺保不可；可见还是商人有势力。有一天，满街都贴满了红旗，心里想一定是共产党起来了，那知道那不过是红旗牌香烟的招纸。广东尚且如此，别处更不必论。这样的环境，试问怎能产生革命文学呢？

再说现在的印刷工人，你拿稿子叫他付印，校对的时候，稍微难改的地方，他都不肯给你改，出版以后仍然有许多错字。到了旧历元旦，他还写红贴②拜年讨赏钱呢。这样的工人，思想一点儿也没有改变，试问能去革命吗？

革命文学绝对不应当禁止。禁止讲一年话，去年的那些理论完全消灭，到了明年还是那一套。你禁性史，他出爱的丛书；你禁谈三角恋爱，他大谈四角恋爱；禁它有什么用呢？去年下命令捉拿张竞生，那些当兵的都没有演③过性史，也不知道张竞生是谁，捉了几天，也没有捉住他。可见讲革命文学，还不如讲恋爱文学。

现在自己有地位的人，还是用旧方法对待敌人。共产党说我是无政府主义者，无政府主义者又说我是共产党，他们都要捉我，但都没有把

---

① "pom"，应为"pong"。
② "贴"，应为"帖"。
③ "演"，疑当为"读"。

我捉去。他们说我在北京捣乱；我同段祺瑞捣乱是有的，但我从来没有和国民军捣乱。不过他们说，我既然和段祺瑞捣乱，也就会和他们捣乱，所以非捉我不可。

因为看见青年们烦闷，便有人利用新招牌。但革命到来之后，新招牌必定消灭。因为那时候的环境完全不同，所以必定灭亡。环境不变，文学也不变。只说革命胜利，新的胜利，也就等于说好人有好报，坏人有坏报。

所谓革命文学，是双关的。你说他的文章不好，他说他是讲革命的，不是做文章的；你说他不肯革命，他说他是弄文学的，不是去革命的。革命没有成功的时候，这种人更多。他们没有事情可做，只好用文字鼓吹革命，也不过聊以自慰罢了。

不准别人骂人，自己却整天在那里骂人。这种人好像刽子手一样，不准强盗杀人，他们却还去杀强盗。

徐志摩说，访山访大山，见人要见名人，所以他才去拜泰谷尔，去拜哈代。他们要祖宗，不要子孙，要保守已存的制度。创造社不然，他们专门攻击已存制度。这两派主张既然不同，当然要接触的了，他们却不接触。他们不接触的原故，因为有我站在中间。因此，创造社攻击我，新月派也攻击我，他们彼此却不攻击。他们因为我还没有倒，所以要动手打倒我。有①是我躲在一边，一年没有说话，以为他们必定要接触了，但是他们仍然没有接触。到了现在，恋爱小说也来了，爱情小说也来，张资平全集也来了。他们这两派始终还没有接触。

创作和介绍比较起来，创作省力得多。介绍的时候，有一个字，一句话没有办法，就得把它放下；翻错了一个字，或翻错了一句话，就会有人骂你。创作不然，那句话写不出来，就换一句话；那一个字不会

---

① "有"，应为"于"。

写，就造一个字，那都是可以的。创作很容易出名，介绍却只能叫人骂你。但是只有创作，没有绍介，总是不行的。所以，非有几个不肯出名，专事介绍的人，文学是弄不好的。

（1929 年 5 月 26 日、27 日《北平日报副刊》第 61、62 号）

从版本价值上讲，《现今的新文学的概观》无疑要高于《评所谓革命文学》。这是因为《概观》经过鲁迅过目和修改，且被他收入《三闲集》，说明他对于这一版本是充分认可的。而《革命文学》没有经过鲁迅本人过目和审核，可信度不如《概观》；在《北平日报》发表时，由于印刷原因，有几行漏印，导致该文部分字句缺失，文献的完整程度不如《概观》。但这是否说明《革命文学》没有任何价值呢？也不是。

《革命文学》在版本价值上虽不如《概观》，但同样具有无可替代的史料价值。这是因为，这份演讲稿是对鲁迅燕京大学讲演内容的忠实记录与整理，这一点可通过两份讲演稿的比较得到证明。比较两份讲演稿可发现，《革命文学》的核心观念，与《概观》完全相同，结构大致相同，局部上某些字句也有相似之处。首先，两个文本的核心观念皆是对于当时流行的所谓"革命文学"的讽刺与批评，其主旨完全一致。《现今的新文学的概观》的题目指向的似乎是整个新文学，是对当时整个文坛的鸟瞰和批评，但细读会发现，鲁迅矛头真正所向一是梁实秋、徐志摩、胡适所代表的现代评论派或新月派，二是创造社所代表的"革命文学"，批评的重点是创造社所代表的"革命文学"。与《概观》内容一样，《评所谓革命文学》同样围绕"革命文学"的分析与批判展开，认为"有了革命的环境，才能产生真正的革命文学；不然，那种革命文学，还是唯心的，不是唯物的。中国现在虽然到处都成立了革命政府，但还不能算得革命的环境，所以革命文学仍然无从产生。"其对"革命文学"的分析与批判，与《概观》完全一致。其次，两个文本的结构大致相同。《概观》分导入、文学界对西方文学介绍太少、各种

"近似带革命性"的文学并非真的"革命文学"、创造社提倡的"革命文学"并不成立、结束五部分，《革命文学》的结构也大致如此。最后，两个文本的某些语句也有相似之处。如《概观》："这边也禁，那边也禁的王独清的从上海租界里遥望广州暴动的诗，'pong pong pong'，铅字逐渐大了起来"，而《革命文学》为："王独清做了一首诗，里面有许多'pom，pom...'的字样，而且越来越大。"两句存在相似之处。这种语句上的相似之处还有多处，这里不再一一列举。总之，两文本存在诸多相似之处，说明《革命文学》的记录者并没有背离和歪曲鲁迅讲演原意。鲁迅在编辑《集外集》时，曾有意删去了几篇讲演，为什么要删去呢？主要是因为他认为记录者的记录存在问题："而记录的人，或者为了方音的不同，听不很懂，于是漏落，错误；或者为了意见的不同，取舍因而不确，我以为要紧的，他并不记录，遇到空话，却详详细细记了一大通；有些则简直好像是恶意的捏造，意思和我所说的正是相反的。凡这些，我只好当作记录者自己的创作，都将它由我这里删掉。"① 鲁迅所指出的记录者问题，如"漏落，错误"，也许《革命文学》同样存在，但取舍不同、专门记录空话，甚至故意歪曲，诸如这些问题，在《革命文学》中是不存在的。可以说，《革命文学》并没有背离和歪曲鲁迅原意，整理者的态度还是比较严肃、客观的。它的版本价值虽不如《概观》，但同样是一个可以采信和参考的文本，它的存在，与《概观》形成一种相互参照的互文关系。

　　《革命文学》与《概观》两个文本间的"同"如上说。这种"同"源于它们所指向的是同一个对象，即鲁迅1929年5月22日在燕京大学所作的讲演。但是，两个文本间存在着一定差异也是必然的，因为记录者不同。讲演行为虽由讲演者发出，但讲演内容的呈现，则要借助记录

---

　　① 鲁迅：《序言》，上海《芒种》半月刊1935年3月5日第1期，见《鲁迅全集》第7卷，人民文学出版社2005年版，第5页。

者。记录者不同，同一讲演内容的呈现必然不同。因此，《革命文学》与《概观》两个文本存在诸多不同之处。

第一，题目不同。鲁迅这次讲演为即兴讲演，讲前没有确定题目。《评所谓革命文学》的题目应该是整理者郭亦华所拟，《现今的新文学的概观》原题为《现今新文学的概观》，也极有可能是整理者吴世昌所拟，鲁迅收入文集时改为今题。《现今的新文学的概观》中的"新文学"主要指的是创造社代表的"革命文学"，以及胡适、徐志摩代表的现代评论派。这个题目容易让人想到它是对当时整个新文坛的鸟瞰，其实鲁迅矛头所向主要是创造社所代表的"革命文学"，兼及现代评论派成员。《评所谓革命文学》的所指更明确，含义更清晰，题目显示讲演的主旨是对"革命文学"的评价。

第二，对当时流行的"并非真的革命文学"的分析和强调不同。《概观》在提到"并非真的革命文学"时，只提到四种情况，没有进行明确分类，而《革命文学》则一口气列举了十类"并非真的革命文学"，突出了对于"并非真的革命文学"的讽刺与批判。《革命文学》所列十种"革命文学"，其中四种《概观》也提到了；其余六种，有些如第五种、第七种、第九种，《概观》也提到了，但不是以分类的形式。

第三，对徐志摩、成仿吾讽刺的程度不同。《概观》第五段讽刺了徐志摩，但之后再没有提及。《革命文学》则在一开始讽刺徐志摩之后，在讲演将近结束时对之再次进行讽刺。《概观》在讽刺郭沫若与王独清后，在文末又重点讽刺了成仿吾。《革命文学》提到创造社时，只是提到郭沫若与王独清，没有提及成仿吾。两个文本比较，《革命文学》遗漏了成仿吾，而《概观》则在文章后半部分遗漏了徐志摩。两个文本合观，才能更全面地呈现鲁迅原始演讲中对于徐志摩、成仿吾的态度。由《革命文学》可看出，鲁迅在讲演后半段又一次讽刺了徐志摩，这与他讲演后当晚给许广平的信中所讲情形是完全符合的。鲁迅燕京大学讲演的时间为 5 月 22 日傍晚，鲁迅当晚给许广平写了一封信，信中描述当天讲演情况："我照例从成仿吾一直骂到徐志摩，燕大是现代派信徒居多——大约因为冰心在此之故——给我一骂，很吃惊。"①这里所谓的"现代派"指的是"现代评论派"，而徐志摩、胡适都被鲁迅视为现代评论派的主要成员。由鲁迅这封信可看出，鲁迅讲演所"骂"的两个主要对象，一为成仿吾所代表的"革命文学"，一为徐志摩所代表的"现代派"即现代评论派。为什么要骂现代评论派呢？因为在鲁迅心目中，燕京大学是现代评论派的势力范围。在讲演前一天，即 5 月 21 日，他在给许广平信中，已表明他去燕京大学讲演，是因为"在那边是现代派太出风头了，所以想去讲几句"。②这充分说明鲁迅去燕京大学讲演，明显有针对现代评论派的味道，他在讲演一开始所说的"没有想定究竟来讲什么"，实为文人狡狯，并不能完全采信。由鲁迅给许广平的信以及讲演内容可判定，讲演前鲁迅已经想好了两个批判对象，一为现代评论派，一为创造社代表的"革命文学"。为了引入这两个对象，他设计了两个导入，由道路坏、汽车无法走，导入"革命文学"；由租界外国人的被翻译所包围，导入"现代评论派"。由于存在两个批判对象，论述起来就容易分散力量，文气也不太畅达。为了避免这一点，鲁迅在提及现代评论派之后，就把力量主要放在批判创造社所代表的"革命文学"上面，但同时没有忘记讥刺徐志摩等人，这一点从《革命文学》中可以看出。而《概观》在一开始讽刺了梁实秋、胡

---

① 鲁迅 1929 年 5 月 22 日致许广平信，《鲁迅全集》第 12 卷，人民文学出版社 2005 年版，第 169 页。这封信在收入《两地书》时，此句被鲁迅修改为："照例说些成仿吾徐志摩之类，听的人颇不少——不过也不是都为了来听讲演的。"（《鲁迅全集》第 11 卷，人民文学出版社 2005 年版，第 299 页。）

② 鲁迅 1929 年 5 月 21 日致许广平信，《鲁迅全集》第 12 卷，人民文学出版社 2005 年版，第 168 页。

适、徐志摩，之后就再没有提及，这与鲁迅讲演的原始情形是不符的。由于《概观》是"改定稿"，鲁迅修改过程中，应该是把讲演后半段对于徐志摩等人的讽刺删掉了。为什么删掉呢？可能鲁迅本人也意识到了"讲演"与"文章写作"二者之间的不同，讲演可以任性而谈，随处生发，旁逸斜出，把"革命文学"与他所谓的"现代派"捉至一处，进行一锅烩。但将讲演记录稿进行整理，再形成文章并公开出版，就大为不同了。文章写作，要讲主旨，讲结构，讲文气，发表之后，还要讲公开出版后的影响。讲演后半段删去讽刺徐志摩部分，而无形中加重对于成仿吾等所代表的"革命文学"的批判力度，目的是使文章主旨更清楚，批评目标更明确，文气也更顺畅些。与《概观》相比，《革命文学》没有经过鲁迅修改，一定程度保留了鲁迅讲演的原貌，符合"从成仿吾一直骂到徐志摩"的原始情形。

比起《概观》，《革命文学》的有些说法更为大胆直露一些，如认为"中国现在虽然到处都成立了革命政府，但还不能算作革命的环境"，《概观》则为："中国，据说，自然是已经革了命，——政治上也许如此罢"。① 两相比较，《革命文学》的说法更为直截了当，《概观》则显得委婉含蓄。《革命文学》认为工人的思想还停留在旧时代，没有任何改变，无法担当革命的重任，《概观》对此则无任何提及。另外，两个文本的口语化程度也稍有不同。《概观》由于经过鲁迅本人亲自润色和修改，语言表达更为准确精练，更为书面化一些。《革命文学》没有经过鲁迅审核和修改，语言显得粗糙一些，更为口语化，保留了讲演的现场感。与《概观》不同，《革命文学》还提到了邀请人的名字为"韦君"，这一点在《概观》中只是模糊化为"几位旧识的人"。

以上简单列举了两个文本的差异，这种差异是难免的。之所以会产

---

① 鲁迅：《现今的新文学的概观》，《鲁迅全集》第 4 卷，人民文学出版社 2005 年版，第 138 页。

生这种差异，与记录者有关，也与鲁迅的修改有关。记录者对讲演内容的记录和整理存在多个环节，先是记录，然后整理，然后由讲演者亲自过目并润色修改，这样就产生了多个版本。鲁迅燕京大学的此次讲演，经吴世昌整理后，在《未名》半月刊刊出时，副题有"改定稿"字样，说明吴世昌的讲演记录稿在理论上至少存在四个版本，一为原始的记录稿，一为整理稿，一为经过鲁迅过目审核后的修改稿即"改定稿"，一为鲁迅收入个人文集《三闲集》的文集本。而《评所谓革命文学》虽同为鲁迅讲演的记录，但这个文本由于缺少鲁迅审核修改的环节，在版本上就不可能出现"改定本"与"文集本"。这个文本，由于缺少鲁迅审定一环节，加上整理者的水平所限，存在失误和遗漏在所难免。不过，由于整理者的态度是严肃客观的，这样一份未经鲁迅修改的讲演记录稿，反而有可能更为真实地呈现鲁迅此次讲演的原始面目。

《现今的新文学的概观》的版本

——兼及人文版《鲁迅全集》注释中的一个问题

1929 年 5 月 13 日鲁迅北上省亲，5 月 22 日鲁迅应邀到北平燕京大学做过一次讲演。该讲演经吴世昌记录、整理，以《现今新文学的概观》为题，发表于 1929 年 5 月 25 日北平《未名》半月刊第 2 卷第 8 期。讲演记录稿后被鲁迅收入《三闲集》，题为《现今的新文学的概观》。由于《现今新文学的概观》是一篇讲演记录稿，与一般创作不同，记录稿出自记录者之手，在记录稿刊出时，讲演者往往要对记录稿进行审核并修改。《现今的新文学的概观》以《现今新文学的概观》之名在《未名》半月刊刊出时，副题有"改定稿"字样，说明这篇讲演记录稿在刊出前，曾经被修改过，修改者除记录人吴世昌外，还应包括鲁迅。这是因为鲁迅做事一向认真细心，对于文章之事更是一丝不苟。他所发表的讲演，其记录稿，在报刊公开发表前，一般要经过他本人亲自审定。《现今的新文学的概观》这篇讲演也是如此。但是，就是这样一篇经过鲁迅亲自审定、校改的讲演记录稿，他在将其收入个人文集《三闲集》时，还是又一次进行了极为细致的修改，一个字，甚至连一个标点符号，都不放过。这些修改，使《现今的新文学的概观》产生了不同的版本，同时，也给后人研究鲁迅的写作活动提供了一个非常难得的视角。这是因为，修改也是一种写作，是鲁迅创作行为和精神活动的有机组成部分。通过研究鲁迅的文章修改，我们可真切窥测到鲁迅对文字的敬畏，对工作的认真。因此，研究《现今的新文学的概观》这篇文章，若不涉及它的版本变迁，不涉及鲁迅对它的修改，那是明显不完整和有缺憾的。正是出于这种考虑，笔者对《现今的新文学的概观》两个版本之间的差异，一一进行比较，通过版本研究，进一步加深我们对鲁迅文学创作和精神人格的认识。

《现今的新文学的概观》被鲁迅收入《三闲集》。现在流行最广的，也是最权威的《三闲集》版本，应为人民文学出版社 1981 版《鲁迅全集》第 4 卷和 2005 年版《鲁迅全集》第 4 卷所收入的《三闲集》。笔者把 1981 年人文版《鲁迅全集》第 4 卷所收《现今的新文学的概观》，与 1941 年鲁迅全集出版社出版的《三闲集》中所收的《现今的新文学的概观》，进行一一比对，发现两个版本之间文字完全相同，标点符号也大致相同，只有 5 处标点符号不同。这说明人文版《鲁迅全集》非常接近鲁迅自编文集的原始面貌。基于此，笔者依据人民文学出版社1981 年版《鲁迅全集》，把该版第 4 卷《三闲集》所收《现今的新文学的概观》（以下简称"三闲版"），与《未名》半月刊的《现今新文学的概观》（以下简称"未名版"）进行比较。

除题目外，《现今的新文学的概观》两个版本之间文字与标点符号的差异共计 45 处。这些差异，分以下几种情况：一类为文字或标点符号未名版没有，三闲版添加上去的，共 22 处；一类为文字或标点符号未名版原有，而三闲版删去的，共 2 处；一类为文字、标点符号或段落划分彼此差异的，共 21 处。这 45 处差异中，标点符号或段落划分的差异共 14 处，这 14 处差异，大部分应出自鲁迅之手，小部分也有可能是版本变迁过程中，由编辑修改或排版原因产生的；其他文字差异，共31 处，应出自鲁迅本人的亲自修改。为便于分析，笔者把两个版本正文的 45 处差异，按顺序从 1 到 45 标上序号。

　　第一类版本差异源自对文字、标点符号的添加，共计 22 处，分别为：2、4、7、8、9、10、15、16、18、19、22、23、24、25、27、31、32、33、34、37、38、39。这 22 处中，标点符号的添加共 4 处，分别是 9、23、24、32。序号 9 三闲版为"他到她坟上去哭过，——创造社有革命文学"，未名版无句中逗号。序号 23 三闲版为"却未免'失'得太巧"，未名版"失"字未加引号。序号 24 三闲版为"四肢之中，倘要失去其一"，未名版无句中逗号。序号 32 三闲版为"后来终于中状元，谐花烛的老调"，未名版无句中逗号。字词的添加共 18 处。序号 2 三闲版为"终于没有想定究竟来讲什么"，未名版无"究竟"两字。序号 4 三闲版为"大多数的人们还是莫名其妙"，未名版无"的人们"三字。序号 7 三闲版为"倘想要免去这一类无谓的冤苦"，未名版无"倘想"两字。序号 8 三闲版为"他到她坟上去哭过"，未名版无"她"字。序号 10 三闲版为"是常常会有近似带革命性的文学作品出现的"，未名版无"文学"两字。序号 15 三闲版为"空想被击碎了"，未名版无"被"字。序号 16 三闲版为"坐在上帝旁边吃点心的诗人们福气"，未名版无"吃点心"三字。序号 18 三闲版为"连'头'也没有"，未名版无"连"字。序号 19 三闲版为"那里说得到'抬'"。未名版无"得"字。序号 22 三闲版为"有模仿勃洛克的《十二个》之志而无其力和才"，未名版无"勃洛克"三字。序号 25 三闲版为"四肢之中，倘要失去其一"，未名版无"倘"字。序号 27 三闲版为"是能减少战斗的勇往之气的"，未名版无"少"字。序号 31 三闲版为"后来终于中状元，谐花烛的老调"，未名版无"后来"两字。序号 33 三闲版为"但这些却也正是中国现状的一种反映"，未名版无"也"字。序号 34 三闲版为"新近上海出版的革命文学的一本书的封面上"，未名版无"出版的"三字。序号 37 三闲版为"然而这样地合了起来"，未名版无"地"字。序号 38 三闲版为"只能在表明这位作者的庸陋"，未名版无

"这位"两字。序号39三闲版为"不要脑子里存着许多旧的残滓，却故意瞒了起来，演戏似的指着自己的鼻子道"，未名版无"故意瞒了起来，演戏似的"。

以上22处版本差异，标点符号的差异共4处，其他18处为文字差异，这些差异的产生皆源于添加，文字的添加或标点符号的添加。标点符号的添加大部分应出自鲁迅之手，其他18处文字添加，同样出自鲁迅之手。我们仔细体会鲁迅在文字与标点上的这些添加，可深刻感受到他的为文之道。通行的观念一般认为鲁迅为文尚简，但由这些文字与标点符号的添加，可认识到，鲁迅为文是以"适度"为原则，追求"准确"、"具体"与"生动"，而非单纯的"简约"。如序号39，加了"故意瞒了起来，演戏似的"几字后，虽然字数增加，无原来文字之简，但却更生动形象。序号34加上"出版"两字，更为准确。序号25"要"字之前加"倘"变为"倘要"，转折自然了，语气也舒缓一些。

另一类版本差异源于对字句、标点符号或段落划分的改动，有21处。这21处修改，其中8处为标点符号的修改，分别为1、6、13、17、26、28、29、36。序号1未名版为"只好来讲几句，"三闲版该句逗号为句号。序号6未名版为"翻出来却是'他说去枪毙'。"三闲版为"翻出来却是他说'去枪毙'。"序号13未名版为"愿受风雷的试炼，"三闲版该句逗号为句号。序号17未名版为"坐在上帝旁边的诗人们福气，"三闲版该句逗号为句号。序号26未名版为"实在还不如一只手，"三闲版该句逗号为分号。序号28未名版为"是能减战斗的勇往之气的。"三闲版该句句号为分号。序号29未名版为"一定不只这一点，"三闲版该句逗号为句号。序号36未名版为"这是从苏联的旗子上取来的，"三闲版该句逗号为句号。综合这8处标点符号的改动，可以发现，未名版中6处标点符号为逗号的，三闲版都改为了句号。这说明未名版更倾向于使用逗号，强调语句间意义的衔接；而三闲版更倾向于使用句号，更强调语义的转换。序号6，未名版为"翻出来却是'他说去枪毙'。"句子中的引号是翻译出来的内容，但三闲版句子中引号所引的只是"去枪毙"三个字，把"他说"两字放在了"引号"之外。

序号5为段落划分的改动，三闲版第3段、第4段，在未名版中为一段，没有分开。现在看来，三闲版第4段只有短短几句话，这几句话与第3段的语义衔接非常紧密，其实是无须另起一段的。未名版中这两段本为一段，这种处理更为合适。三闲版把一段分为两个段落，第4段就显得过于单薄，也把本来完整顺畅的语义人为割裂开来了。

21处修改中，12处为字句的改动，分别为3、12、14、20、21、30、40、41、42、43、44、45。序号3未名版为"原是想在车上想定的"，三闲版为"原是想在车上拟定的"，第二个"想"被改为"拟"。两者比较，未名版一句连用两个"想"有点重复，在本文语境中，"拟"比"想"的使用也更为准确。序号12未名版为"也曾有许多革命文学者非常惊喜"，三闲版为"也曾有许多革命文学家非常惊喜"。把"者"改为"家"，读起来更为响亮。同时，与"革命文学者"相比，"革命文学家"的称谓表示出对"革命文学"更大的尊重和强调。序号14未名版为"亚伦堡"，三闲版为"爱伦堡"。两者比较，"爱伦堡"的译名更为人所知。序号20未名版为"便是文学并不变化和兴旺"，三闲版为"就是文学并不变化和兴旺"。两者比较，三闲版更优。因为此句后面还有一句："所反映的便是并无革命和进步"。未名版中，相邻两句连用两个"便是"，有点重复和啰唆。三闲版把第一个"便是"改为"就是"，就有效避免了这个问题。序号21未名版为"'Pong Pong Pong'，文字逐渐大了起来"，三闲版把"文字"改为"铅字"。序号30未名版为："这还是穷秀才落难，终于中状元谐花烛的老调。"三闲版把"这"改为"《一只手》也"，改动后，所指更为清楚明确。序号40未名版为："现在的社会既然神经过敏"，三闲版把"社会"改为"人们",这种改动可能考虑到"神经过敏"的主语为"人们"更为合适。序号41未名版为"而革命文学家又不肯多绍介别国的理论和作品,这样只指着自己的鼻子,临了便会像前清的'奉旨申饬'一样,令人莫名其妙的。"三闲版把"这样只"改为"单是这样的",语义更为明确。序号42未名版为"奉旨申饬",三闲版把"申饬"改为"申斥"。"申饬"与"申斥"音同义亦同,不过,"申斥"的用法更为通俗,一般读者更为熟悉。鲁迅把"申饬"改为"申斥",可能是为了让读者更容易接受。序号43未名版为"一个官员犯了过失了,便叫他跪在什么一个门外面",三闲版把"什么一个"改为"一个什么",改动后句子更为通畅。序号44未名版为"它便从祖宗一直骂到子孙",三闲版把"它"改为"他"。这里的"他"指的是"太监",用"它"指代明显不合适。序号45未名版为"究竟他可是要这样地骂呢?"三闲版把"究竟他"改为"问他究竟",改动后语义更为清楚明了。

以上12处修改,大致可分为三类,一类为译名修改,如14;一类为订正错误和语病,如40、43、44;一类为优化处理,这一类在12处修改中所占比重最大。优化处理又分以下几种情况:一类为避免重复,如3、20;一类为避免误解,如21、40;一类为使所指更为明确,语义更为醒豁,如30、41;一类为使语义更为浅白通俗,如42。

一类为文字或标点符号未名版有,而三闲版删去的,有2处,分别为11、35。序号11未名版为"即如清末的'南社'",三闲版为"即如清末的南社"。两相比较,引号不加为优。因南社作为一著名文学社团,不加引号,一般读者也应知道。序号35未名版为"又安上一个铁锤",三闲版把"上"字删去了。"安上"与"安"在本文语境中意思相同,鲁迅删去"上"字,应该是出自文字简练的考虑。

以上是《现今的新文学的概观》未名版与三闲版正文差异的大致情况。由两个版本的差异,可看出鲁迅对《现今新文学的概观》的修改，很多处其实只是一字之加、一字之减、一字之改而已。31 处文字修改中，共有 16 处属于一字之加、一字之减或一字之改，占文字修改总数的一半。还有多处只是一个标点符号的改动。但从这一字或一标点符号的添加、删除或改动，可深切感受到鲁迅为文的严谨、认真，已达到了毫不苟且、绝不随意的地步。他曾经说过："即使校对别人的译著，也真是一个字一个字的看下去，决不肯随便放过，敷衍作者和读者的，并且毫不怀着有所利用的意思。"① 鲁迅对《现今新文学的概观》的修改，便是这句话的一个有力佐证。他是怀着一种庄严的情感，认认真真、一丝不苟地从事着文字工作的。

除正文外，两版的正题与副题也有差异。未名版正题为"现今新文学的概观"，三闲版正题为"现今的新文学的概观"，"现今"一词后添加"的"字，这样一改，"现今"变成"新文学"的定语，对"新文学"的限定更为明确。未名版副题为"五月二十二日鲁迅在燕京大学国文学会讲，改定稿。"三闲版副题为"五月二十二日在燕京大学国文学会讲"，删去了"鲁迅"与"改定稿"。未名版题目下还有"吴世昌笔记"几个字，收入《三闲集》时，被鲁迅删去了。删去"鲁迅"两字，应该是考虑到该文已收入鲁迅个人文集《三闲集》，其中所收文章和讲演，其作者自应是鲁迅无疑。删去"改定稿"，应该是考虑到"改定稿"所指即为《未名》半月刊所刊之《现今新文学的概观》，现收入《三闲集》，经过改动，已成另一版本，再用"改定稿"已不太合适。删去记录人"吴世昌"名字，是出于保护记录人的考虑。他在 1934 年 12 月 11 日致杨霁云信中说过："但记录人名须删去，因为这是会连累他们的，中国的事情难料得很。"②

---

① 鲁迅：《鲁迅译著书目》，收入《三闲集》，载《鲁迅全集》第 4 卷，人民文学出版社 2005 年版，第 187 页。

② 鲁迅 1934 年 12 月 11 日致杨霁云信，《鲁迅全集》第 13 卷，人民文学出版社 2005 年版，第 291 页。

由《现今的新文学的概观》两个版本的比较可看出，鲁迅在把该文未名版收入《三闲集》时，从正题、副题到正文，皆进行了认真细致的修改，这种修改，使《现今的新文学的概观》的版本发生了较大变化。鉴于这篇讲演记录稿版本变化较大，后人在编辑鲁迅作品时，对于这种情况予以说明，交代清楚版本的渊源流变，就是很有必要的了。但遗憾的是，现今鲁迅作品的各种集子，包括最权威的人民文学出版社1981年版与2005年版《鲁迅全集》，都还没有做到这一点。在现今流通的鲁迅作品的各种集子中，以人民文学出版社1981年和2005年版的《鲁迅全集》质量最高，当得起"善本"之称。其作为善本的一个突出体现，就是它的注释，其中就包括对每篇作品最初出处的详细交代。这样交代作品出处的注释往往位于每篇作品注释部分的打头位置，如《我和〈语丝〉的始终》的第一个注为："本篇最初发表于一九三〇年二月一日《萌芽月刊》第一卷第二期，发表时还有副题《'我所遇见的六个文学团体'之五》。"① 《听说梦》的第一个注为："本篇最初发表于一九三三年四月十五日上海《文学杂志》第一号。"② 可见，首先交代每部作品的原始出处，即该文的初刊情况，是人文版《鲁迅全集》注释的一个惯例。但这样的注释有时还是不够的，特别当遇到作品的初刊本与文集本差异较大的情况时，就更是如此。1981年人文版《鲁迅全集》对《现今的新文学的概观》出处的注释为："本篇最初发表于一九二九年五月二十五日北平《未名》半月刊第二卷第八期。"③ 这样注释没什么错误，但不够精确，也容易带来误解。不够精确，是因为该作品在《未名》半月刊刊出时，题目并非《现今的新文学的概观》，副题同样有所变化。这样注释，也易带来误解，让读者感觉《现今的新文

---

① 《鲁迅全集》第4卷，人民文学出版社1981年版，第172页。
② 《鲁迅全集》第4卷，人民文学出版社1981年版，第470页。
③ 《鲁迅全集》第4卷，人民文学出版社1981年版，第137页。

学的概观》与未名版的《现今新文学的概观》，内容上无任何差异。而
实际情况则并非如此。《鲁迅全集》中，像《现今的新文学的概观》这
样，初刊本与文集本之间，存在文字差异的，当还有不少。但《鲁迅
全集》每篇作品的注释，则会让一般读者认为，鲁迅作品的初刊本与
文集本，在文字上完全相同，不存在任何差异。这是 1981 年人文版
《鲁迅全集》注释普遍存在的一个问题。

笔者指出 1981 年人文版《鲁迅全集》注释上的问题，也许有吹毛
求疵之嫌，因为《鲁迅全集》的注释工作，工作量大，难度高，注释
起来相当不容易，而要准确说清楚鲁迅每部作品的版本源流，就更不容
易了。但由于《鲁迅全集》的注释并非个体行为，而是全国学界精英
与鲁迅研究专家的共同参与，在人力、物力与财力上，都得到过较大支
持，若假以时日，要解决这个问题，也并非难事。特别是 1981 年人文
版《鲁迅全集》的注释曾经有一次较大修改，其修改的成果集中体现
在 2005 年出版的人文版《鲁迅全集》中。不过，遗憾的是，这一版
《鲁迅全集》注释部分对于作品出处的交代，一仍其旧，与 1981 年版
并无任何差异。就如《现今的新文学的概观》这篇文章，其注释仍然
是："本篇最初发表于 1929 年 5 月 25 日北平《未名》半月刊第二卷第
八期。"① 只是刊物的发表时间由原来的汉字数字改为小写阿拉伯数字，
其他文字与原来完全相同。这说明 2005 年人文版《鲁迅全集》在注释
上虽有过较大改动与补充，但在交代作品出处特别是版本源流方面，尚
有可以进一步完善的空间。

---

① 《鲁迅全集》第 4 卷，人民文学出版社 2005 年版，第 140 页。

周作人在《北平日报》的一篇佚文

1930 年 8 月 19 日《北平日报副刊》第 244 期刊有署名"周作人"的一篇文章，题为《成达学校同学录序》。该文不见于钟叔河编订的《周作人散文全集》，亦不见于各种周作人文集及周作人研究文章，当是佚文。该文对研究周作人与北平成达中学的关系及周作人的教育思想，有较为重要的意义。现将该文整理如下：

成达学校同学录序

周作人

正如人生的各时期，都各有相当的意义，应得珍重一样，中小大学各级的教育也是那样地同一重要，虽然其形式与内容有多少不同。但是，由我个人的意见说来，中学这一个时期在这中间似乎要比较底更为要紧，因为这三四年间不但身心发达，在世界上初得自由活动，感到生存的快乐，而且以后一生的思想事业的基本也在此时建立起来，实在很有关系。我自己是海军出身的人，没有弄过什么专门的学问，但是我觉得在海军学校的若干年是于我最有益的时期，到了现在，船上的事情完全不弄了，在那时候所学的一部分普通科学却成为我的常识的根本，仿佛觉得现今的思索和判断力之来源差不多都在当时所读的那些教科书上，至少可以说这是我的知识的根据，规定我的思想倾向的东西。因此对于外行的中学教育有时颇为挂念，想到这个基础如不弄得稳固，什么都没有办法，一面看见中学生一班班地毕业出来，也引起一种希望，觉得常识完备的同志逐渐增加，将来无论出去办事或是升学，总是加添革命的力量，是一件很可喜的事。近两年来因为有朋友在办成达学校，我也参加在内，不过在现今的状况之下什么学都是难办得好的，现在只是有这个意思罢了。今年六月，第二十一班同学又将毕业，命我在同学录上题几句话，便将想到的一点写了出来，不能算什么临别赠言，实在还只是聊以塞责云尔。

中华民国十九年五月十日，周作人，于北平

文后署名写作日期为"中华民国十九年五月十日"，即"1930 年 5 月 10 日"。这个日期虽是作者本人所署，但并不准确。查《周作人日记》，1930 年 5 月 9 日有"为成达同学录写小序交朱文讳君"的记载。①日记中所说的"小序"即《成达学校同学录序》。可见，该文准确写作日期应为"1930 年 5 月 9 日"。

《北平日报副刊》，系北平文学社团徒然社属下刊物。该副刊创刊于 1929 年 2 月 20 日，编辑最初为李自珍，至 1929 年 8 月 2 日第 93号，因李自珍离开北平，改由张寿林编辑，至 1930 年 5 月 13 日第199 号，编辑又改为吴光临，从 1930 年 7 月 17 日第 230 号起，吴光临有事，编辑改为方纪生。这几任编辑，除吴光临外，其他几位都是徒然社成员。徒然社是 20 世纪 20 年代末 30 年代初活跃于北平的一个小型文学社团，成员有李自珍、王余杞、梁以俅、闻国新、翟永坤、方纪生、张寿林、朱大枏等，大多是北平各大学的学生，他们一部分因校友关系，更主要因喜爱文学的共同志趣，结合在一起，从事文学活动。徒然社活动阵地除《北平日报副刊》外，还有《华北日报》"徒

---

① 《周作人日记（下）》（影印本），大象出版社 1996 年版，第 58 页。

然"周刊,其成员还出版有"徒然社丛书"。周作人与徒然社成员之间有较为密切的交往,他的文章出现在《北平日报副刊》并非偶然。查《周作人日记》,1930 年 1 月 19 日张寿林来访①,1930 年 2 月 2 日赴张寿林约②,1930 年 7 月 17 日收张寿林信并复③,1930 年 7 月 19 日收方纪生信④,1930 年 7 月 20 日"上午方纪生秦宗尧李自珍三君来访"⑤,1930 年 8 月 3 日"陆秀如张寿林二君来访不值"⑥,1930 年 8 月 11 日收"纪生"信⑦,此"纪生"即为"方纪生",1930 年 9 月 2 日"张寿林赵澄二君来访"⑧。由《周作人日记》的这些记录可看出,徒然社几个核心成员张寿林、方纪生、李自珍与周作人之间有较密切的私人交往。张寿林、方纪生等人拜访周作人,其目的之一可能就是向周氏约稿。方纪生曾在 1930 年 8 月 3 日《北平日报副刊》第 238 号向读者承诺:"周岂明先生和落华生先生也曾答应写文章,如其编者把稿'拉了来',想读者必更喜欢。"⑨ 而据《周作人日记》记载,方纪生在 1930 年 7 月 20 日上午登门拜访了周氏。应该就是此次拜访中,方纪生向周氏约稿,这样才会有周作人"答应写文章"的预告。如果没有得到周氏允诺,作为编辑的方纪生不可能贸然向读者预告周作人将有文章在副刊出现。

周作人给方纪生的这篇文章虽短,但却具有重要史料价值。首先,这篇文章证实《周作人日记》记载的可靠性。《周作人日记》中有"为成达同学录写小序"的记载,张菊香、张铁荣两先生编著的《周作人

---

① 《周作人日记(下)》(影印本),大象出版社 1996 年版,第 9 页。
② 《周作人日记(下)》(影印本),大象出版社 1996 年版,第 14 页。
③ 《周作人日记(下)》(影印本),大象出版社 1996 年版,第 90 页。
④ 《周作人日记(下)》(影印本),大象出版社 1996 年版,第 91 页。
⑤ 《周作人日记(下)》(影印本),大象出版社 1996 年版,第 91 页。
⑥ 《周作人日记(下)》(影印本),大象出版社 1996 年版,第 98 页。
⑦ 《周作人日记(下)》(影印本),大象出版社 1996 年版,第 102 页。
⑧ 《周作人日记(下)》(影印本),大象出版社 1996 年版,第 112 页。
⑨ 纪生:《编后》,《北平日报副刊》1930 年 8 月 3 日第 238 期。

年谱》据此在 1930 年 5 月 9 日也有"为成达中学同学录写序文,交朱文讳"的记录。[①] 但"成达同学录序文"却湮没不见,致使这篇文章是否存在成为悬案。《成达学校同学录序》的发现,证实《周作人日记》记载的真实可靠。其次,该文对研究周作人与成达学校的关系具有重要史料价值。成达学校是由北洋政府陆军部次长徐树铮于 1914 年创办的一所私立学校,原名为京师私立正志中学校,校址在宣武门外菜市口粤东学堂旧址。1920 年徐树铮失势后,该校由北洋政府教育部接手,改名为京师私立成达中学校,迁入阜成门外北礼士路 19 号。其后,在抗战时期和 1949 年中华人民共和国成立后,成达中学的校址几度变迁,学校名称也几度更改。1952 年,成达中学与私立上义中学合并为北京市第三十八中学,1954 年改为北京市第四十二中学,1958 年改为北京师范学院附属中学,1992 年北京师范学院更名为首都师范大学,学校随之更名为首都师范大学附属中学。从这一曲折历史沿革可看出,现在著名的首都师范大学附中的前身就是成达中学。在成达学校校史上,除创办者徐树铮外,另一不可不提的重要人物就是周作人。因为他是成达学校第三届、第四届董事会主席,与成达学校关系非常密切。成达学校实行董事会制,董事会"为学校法定最高机关,有对外代表学校对内监督学校之权能"。[②] 依据董事会章程,校董会可筹划和保管学校经费,审核学校预算决算,选任校长,处理学校非常事物。成达学校历史上,出现过五届董事会,其中周作人为第三届(1928 年至 1937 年 1 月)、第四届(1937 年 1 月至 1945 年)董事会主席,任职长达 17 年,是历届董事会主席中任职最长的一位。由于董事会是成达学校最高权力机构,周作人又任职成达学校董事会主席时间最长,因此,要谈论成达学

① 张菊香、张铁荣编著:《周作人年谱》,天津人民出版社 2000 年版,第 397 页。

② 《北平私立成达初级中学校第三届董事会章程》,载艾群编著《首都师大附中史话》,社会科学文献出版社 2015 年版,第 21 页。

校历史，周作人无法绕过。但现有关于成达学校与周作人关系的史料，只有周氏日记中的只言片语，以及成达学校档案中关于周作人任职校董会的记录，其他更为详尽的史料很少。《成达学校同学录序》一文，则为研究周作人与成达学校的关系，提供了坚实的文献支撑。周作人在《成达学校同学录序》中称"近两年来因为有朋友在办成达学校，我也参加在内"，这里的"朋友"应指蔡元培、沈尹默、马廉、张凤举、徐炳昶等人，因为这些人与周作人都是第三届董事会的董事。周氏称对于成达学校的校务自己"也参加在内"，有自谦的意思，因为作为董事会主席，他要对董事会和整个学校校务直接负责，已经不是一般的参与了。

周作人与成达学校的关系，还可从废名任职成达学校一事得到旁证。据周作人《怀废名》："民国十六年张大元帅入京，改办京师大学校，废名失学一年余，及北大恢复乃复入学。废名当初不知是住公寓还是寄宿舍，总之在那失学的时代也就失所寄托，有一天写信来说，近日几乎没得吃了。恰好章矛尘夫妇已经避难南下，两间小屋正空着，便招废名来住，后来在西门外一个私立中学走教国文，大约有半年之久。"①周作人这段话提供了废名在北大失学期间曾经在中学教书的一段经历，但有两点说得比较含糊。一点是"西门外一个私立中学"到底是哪所学校？另一点是废名在这所学校任职的具体时间？关于第一点，废名朋友程鹤西明确说"我和废名相识是在成达学校"。②这说明废名任职的学校就是成达学校。而且，成达学校1920年至1937年的校址在阜成门外北礼士路，在方位上正好处于北京西门外，且是一所私立中学，与周作人所说完全吻合。陈建军《废名年谱》据周作人《怀废名》断定废

①　周作人：《怀废名》，《古今》1943年第20—21期合刊。
②　鹤西：《怀废名》，《新文学史料》1987年第3期。

名 "在西直门外孔德中学教国文"。① 此论断是有问题的。首先，周作人只是说废名在西门外一所私立中学教国文，并没有说 "西直门"，而孔德学校校址在东华门大街，位于北京东城区，与周作人所说 "西门外" 不符。其次，孔德学校虽是私立学校，但它一般不称 "孔德中学"，因为孔德学校既有中学，也有小学。② 人们提起这所学校，首先会想起 "孔德学校"，而不会是 "孔德中学"。周作人一度在孔德学校教书，对这所学校很熟悉，不可能犯这种常识性错误。周作人所说 "西门外一个私立中学" 指的就是成达学校。眉睫《废名与周作人》同样认为废名任职的学校为成达学校。③ 另一点是废名教书的时间。陈建军认为废名失学期间开始在中学教书的时间为 "1928 年 2 月"，这个论断是出于猜测。因为周作人并没有明确指出废名任教的具体时间。要推断废名在成达学校任教的时间，先要知道废名从北大退学与复学的时间。北大被张作霖改组为京师大学校的一个分院的时间为 1927 年 9 月。④ 为抗议张作霖此举，包括废名在内的许多学生愤而退学，至 1929 年 3 月北京大学重新开课，废名才继续返回北大上学。郭济访认为 1928 年 11 月，"京师大学堂改北平大学，聘请周作人为北平大学国文系主任，日本文学系主任。废名旋复学"。⑤ 这个论断与历史事实不符。查《北京大学校史》，北大复校的时间是 1929 年 3 月 11 日。⑥ 在 1929 年 3 月复校前北大停止一切教学活动，废名不可能在 1928 年 11 月 "复学"。可见，废名失学的时间应该是从 1927 年 9 月北大被改组，到 1929

① 陈建军编著：《废名年谱》，华中师范大学出版社 2003 年版，第 69 页。
② 邓云乡：《学府往事》，见邓云乡《宣南秉烛谭》，河北教育出版社 2004 年版，第 452 页。
③ 眉睫：《废名与周作人》，见眉睫《废名先生》，金城出版社 2013 年版，第 87 页。
④ 王学珍主编：《北京高等教育史》（上卷），中国广播电视出版社 2010 年版，第 426 页。
⑤ 郭济访：《废名年表》，见郭济访《梦的真实与美——废名》，花山文艺出版社 1992 年版，第 365 页。
⑥ 萧超然、沙健孙、周承恩、梁柱：《北京大学校史（1898—1949）》，上海教育出版社 1981 年版，第 167 页。

年3月北大复课。这段时间有一年半，与周作人所说的"废名失学一年余"正好相合。在废名失学的一年半时间里，他曾有半年在成达学校任教，也就是整整一学期。按照学校章程，成达学校实行两学期制，以每年8月1日为一学年之始，8月至次年1月为第1学期，2月至7月为第2学期。① 1927年9月废名从北大退学，隐居北京西山，过了一段时间，因生活困难才向周作人提出帮助。这说明1927年下半年，废名还没有到中学教书。而1929年3月，随着北大复课，废名也重新上学，所以，1929年3月后废名也不可能在中学教书。在这一年半时间里，废名到私立中学教书的时间只可能是1928年2月至7月和1928年8月至1929年1月这两段。因废名在中学教书的时间只有半年，所以，他教书的时间只能是上面所说的两个时间段中的一段。陈建军《废名年谱》认为废名在中学任教的时间为1928年2月，在1928年6月又有如下记载："成达中学与孔德中学合并，废名继续留校任教，至暑期开始而结束。其间，与时为该校图书管理员的程鹤西结识。同校执教的有周作人、徐祖正、冯至、陈炜谟等人。"② 这说明陈建军认为废名任教的时间应为1928年2月至7月。但这个论断出自郭济访《废名年表》，而郭济访的史料来源则是鹤西《怀废名》。鹤西在该文中有如下陈述："北伐胜利后，成达和孔德学校合并，记得是张凤举主持，我因北平大学改组停课，在这个学校当图书管理员。"③ 鹤西的回忆是不准确的。首先是时间。鹤西所谓"北伐胜利后"在时间指称上过于模糊，郭济访据此把它落实为"1928年6月"当然也就失去依据。成达中学在历史上确实有并入中法大学孔德学院之附属孔德学校的图谋，主其事者为成达学校第二届董事会董事长周作民与中法大学创始人李石曾及孔德学

① 《北平私立成达初级中学校章程》，见艾群编著《首都师大附中史话》，社会科学文献出版社2015年版，第22页。

② 陈建军编著：《废名年谱》，华中师范大学出版社2003年版，第70页。

③ 鹤西：《怀废名》，《新文学史料》1987年第3期。

校的当事者，成达学校与孔德学校双方办理合校交接事宜是在 1928 年 7 月 30 日。但成达学校并入孔德学校的消息传出后，受到成达学校在校学生的极力反对，最终在北平市市长何其巩的干预下，两个月后，并校一事无疾而终，成达学校没有并入孔德学校，而是维持了自己独立地位，并一直延续至今，只是校名和学校性质改变罢了。① 这次并校风波后，成达学校董事会进行重新改选，由 9 人调整为 16 人，周作人进入董事会并被选为董事会主席。可见，所谓成达学校与孔德学校合并的"史实"纯属子虚乌有。可能这件事情当时影响很大，程鹤西才误以为成达学校与孔德学校已经合并。成达学校的并校风波发生在 1928 年 7、8 月份，而程鹤西的回忆文章写于 1986 年 2 月，之间相隔近 60 年之久，记忆存在失误是难免的。但程鹤西认为他与废名在成达学校共事是在成达学校并校风波发生之后，这里传达的信息就包含了废名在成达学校任职的时间。因为成达学校并校风波发生在 1928 年 7、8 月份，而且，并校风波后，周作人成为该校董事会主席，有直接支配校务的权力。这样看来，废名任职成达的两段时间中，以"1928 年 8 月至 1929 年 1 月"这一段最有可能，因为这个时间段正好处于成达学校并校风波结束、周作人成为该校董事会主席之时，以他与废名"常往来如亲属"② 的特殊关系，再加上他对于成达学校校务有支配能力，他安排废名到成达学校是顺理成章的事。而"1928 年 2 月至 1928 年 7 月"这段时间，周作人既非成达学校董事，更非董事会主席，他安排废名到该校任教是有一定难度的。

在《成达学校同学录序》中，周作人发表了他对教育的看法，因此，这篇文章对研究周作人的教育思想同样具有重要价值。周作人认为人一生中每个阶段的教育都有其重要性，但相比其他阶段，中学教育居

---

① 参见艾群编著《首都师大附中史话》，社会科学文献出版社 2015 年版，第 86—93 页。
② 周作人：《怀废名》，《古今》1943 年第 20—21 期合刊。

于更为基础的位置，因为这三四年间不但身心发达，在世界上开始能够自由活动，初尝生存的快乐，而且以后一生思想事业的基本也是在这个时期建立起来。他结合自己南京江南水师学堂的求学经历，认为"在海军学校的若干年是于我最有益的时期，到了现在，船上的事情完全不弄了，在那时候所学的一部分普通科学却成为我的常识的根本，仿佛觉得现今的思索和判断力之来源差不多都在当时所读的那些教科书上，至少可以说这是我的知识的根据，规定我的思想倾向的东西。"可见，周作人认为中学教育之所以重要，是因为不同于大学教育提供专门知识，中学教育提供的是"常识"。专门知识只是偏于技能与知识，但"常识"则包含人生观、价值观、道德观，是一个人成年后"思索与判断力"的源头，是人一生取之不竭的财富。值得注意的是，周作人在这里特意强调自己的"海军出身"，强调海军学校给予他的"常识"教育对其一生的重要性，这里的"常识"不但包含了一般中学教育的普通科学所给予人的常识教育，此外还应该包含"海军学校"给予学生身体以及意志力方面的锻炼和培养。江南水师学堂作为一所海军学校，在其教育思想体系和规章制度中，自然会比一般学校更为重视学生体魄和意志力的训练与培养。周氏兄弟做事之认真有恒，刻苦耐劳，虽部分出自天性，但与他们所受的军校教育应有一定关系，虽然他们在其回忆中对此并无提及。巧合的是，周作人兼职的成达学校，虽不是一所军校，但在管理上却采用军校式的严格管理。成达学校前身为正志中学，创办者徐树铮出身军人，他采用军校的管理模式来管理学校，"教室、宿舍和饭厅的规矩与日本士官学校相仿。因此，时人评论说这近乎一所军官预备学校"。① 1920 年徐树铮卸任校长，正志中学易名为成达学校，但学校的军事化管理模式和良好校风却延续下来。1928 年并校风波中，

---

① 艾群编著：《首都师大附中史话》，社会科学文献出版社 2015 年版，第 8—9 页。

成达学校学生之所以极力反对学校并入孔德学校，全力维护学校的完全独立地位，就是为了防范该校"固有种种之特别优点与其他超然独异不同流俗之精神"，[1] 因并入其他学校而消失。成达学校不同流俗的精神，就来自其严苛不苟的军事化管理模式。周作人兼职成达学校，并愿意担任该校董事会的主席，就说明他是充分认同该校的管理模式，认同该校不同流俗的独异精神的。

---

① 艾群编著：《首都师大附中史话》，社会科学文献出版社 2015 年版，第 88 页。

周作人讲演《人的文学之根源》的版本问题

　　1943 年 4 月，周作人应汪精卫之邀，前往南京就伪国民政府国务委员一职并讲学。这是周氏被解除伪华北教育总署督办职务后，汪精卫为安慰他而特意安排的活动。周氏到达南京后，曾在伪中央大学作了两次讲演，4 月 8 日下午在伪中央大学的讲演题为《学问之用》，讲演内容分两次刊登于南京伪《中央导报》1943 年第 3 卷第 37 期、第 38 期，又刊《新流》1943 年 6 月第 1 卷第 3 期；4 月 13 日上午又至伪中央大学讲演，题为《人的文学之根源》，讲演内容刊登于 1943 年 5 月 3 日《中大周刊》第 97 期，又刊 1943 年 6 月南京《真知学报》第 3 卷第 2 期。后周氏把这次讲演更名为《中国文学上的两种思想》，发表于 1943 年 7 月 1 日《艺文杂志》第 1 卷第 1 期，署名"周作人"。4 月 14 日下午，又至南京市伪模范女子中学和伪南方大学讲演。

　　对于周氏在伪中央大学的讲演，钱理群先生在其《周作人传》中有简单提及：

　　　　自然，他的梦话大都含有进谏的意思。比如，他在中央大学两次讲演（题为《学问之用》与《人的文学之根源》，后者经整理，正式发表时改题为《中国文坛上的两种感想》），在南方大学讲《整个的中国文学》，都是竭力鼓吹他的"儒家文化中心论"的。①

上述叙述大致正确，但在史实的处理上小有失误。首先，周氏在伪中央大学的两次讲演，皆有人作了记录，且讲演整理稿都发表了。其次，周氏 1943 年 4 月 13 日在伪中央大学的讲演题为《人的文学之根源》，《周作人传》认为该讲演稿正式发表时改题为《中国文坛上的两种感想》是错误的。此次讲演整理稿正式发表于《中大周刊》与《真知学报》时，题目没变，仍为《人的文学之根源》，只是发表在《艺文杂志》时，才更名为《中国文学上的两种思想》，而非《中国文坛上的两种感想》，《中国文坛上的两种感想》当是《中国文学上的两种思想》之误。

《周作人年谱》对周氏 1943 年 4 月 13 日在伪中央大学的讲演的记述，在史实上亦有不准确之处。《年谱》在该日记载："上午至伪中央大学讲演，讲题为《中国文学上的两种思想》，讲稿载 7 月 1 日《艺文杂志》第 1 卷第 1 号，署名周作人，收《药堂杂文》。"② 周氏此次讲演题目为《人的文学之根源》，讲演稿发表于《中大周刊》与《真知学报》时，即为此题目。只是后来发表于《艺文杂志》和收入《药堂杂文》时，才更名为《中国文学上的两种思想》。

周作人讲演《人的文学之根源》，由于刊载于多个报刊，形成了不同的版本，计有《中大周刊》本（以下简称《中大》本）、《真知学报》本、《艺文杂志》本（以下简称《艺文》本）、《药堂杂文》本。笔者比较了这些版本后发现，《中大》本与《真知学报》本题目上相同，同为《人的文学之根源》，但《真知学报》本删去了副题"——四月十二日周作人先生讲演"，两文除正题相同外，内容则不尽相同；

① 钱理群著：《周作人传》，北京十月文艺出版社 1990 年版，第 467 页。
② 张菊香、张铁荣编著：《周作人年谱》，天津人民出版社 2000 年版，第 658 页。

《真知学报》本与《艺文》本题目不同，前者为《人的文学之根源》，后者为《中国文学上的两种思想》，但两者内容完全相同。周氏后收入自编文集《药堂杂文》的本子与《艺文》本从题目到内容皆完全相同。现在通行的为《艺文》本，止庵编《周作人讲演集》①采用的就是这个本子。由于《艺文》本的流行，一般研究者误以为它就是周氏讲演的最初版本，不了解《中大》本作为周氏讲演的最早版本，更接近周氏讲演原貌。为了使研究者对这个版本有所了解，笔者特将其整理如下：

人的文学之根源

——四月十二日②周作人先生讲演

芮琴和、张月娥

黄圭彬、陈继生　记

各位同学：

今天我在这里演讲，觉得很光荣，但也极不适当。因为我原来不是学文学的，不过欢喜看一点文学书籍，随便谈谈讲讲，实在不成为学术的研究。此次从苏州回来，打挹江门进城，路边现在海军部，它便是我三十年前游息的地方水师学堂的原址，所以我实在是一个武人。后来由日本回来，做了教师，教一些国文，实在教国文并不能算是研究文学。古人说班门弄斧，今天来这里讲文学，实在是很可笑的，简直是班门弄斧了。我平常时以为中国政治道德和文学上有两大思想，互为消长，在廿年前的《新青年》杂志上，曾发表一篇《人的文学》，这当然是少年气甚，胡说八道，但在现在看来，里面所说的话，加了廿余年历史事实的证明，觉得还有适宜的地方，今天所要讲的，"人的文学之根源"，大体和那篇文章相同，可以参看。（《人的文学》收入《生活与艺术》，

---

① 止庵编：《周作人讲演集》，河北人民出版社2004年版。
② "十二日"当为"十三日"。

中华书局出版）

中国的政治和文学，向来有正统派的意见，但明代李卓吾，清代的俞理初诸人，往往言论不同于流俗，因此一般正统派认为是怪论，在那里惑世诬民，据我想来，亦未必然。我的意见，这便是我以前所谓两大思想，一派的出发点是人民，一派的出发点是君主，在文学表现上亦然，譬如在辛亥革命以前，大家翻印黄黎洲的《明夷待访录》，该书中"原君篇"云：

古者以天下为主，君为客，凡君之所毕世而经营者，为天下也。今也以君为主，天下为客，凡天下之无地而得安宁者为君也。

这可以说是一篇人的文学的根本原理。又如"原臣篇"中云：

天下之大，非一人之所能治，而分治之以群工。故我之出而仕也，为天下，非为君也，为万民，非为一姓也。

在明末清初，有这种言论，真可说是怪论，令人骇异，但在民主政体的今日，这种主张，也是平易不过的。《待访录》中"置相篇"云：

孟子曰：天子一位，公一位，侯一位，伯一位，子男同一位，凡五等。君一位，卿一位，大夫一位，上士一位，中士一位，下士一位，凡六等。盖自外而言之，天子之去公，犹公侯伯子男之递相去。自内而言之，君之去卿，犹卿大夫士之递相去，非独至于天子，遂截然无等级也。

黎洲的意思，天子的阶级，并不是至高无上，不过也是官阶之一，列在公侯之上而已。他的任务，是和公卿一样，处理国家政务，并不能大权独揽，暴虐恣睢的任意奴视人民。

以上几节的文字，说得已很明瞭，但黎洲是近代人，我们再从古代经书里面，也可找出同样的言论，重要的还是在《孟子》里面，"尽心下"云：

> 民为贵，社稷次之，君为轻。是故，得乎五民而为天子，得乎天子为诸侯，得乎诸侯为大夫。诸侯危社稷，则变置。牺牲既成，粢盛既洁，祭祀以时，然而旱干水溢，则变置社稷。

这几句话，说得痛快极了。天子之所以为天子，是人民叫他担任的，若是不尽职，可以不要他，所以谓之社稷次之，而民为贵。孟子为了这几句话，在文庙里的地位，时时站不牢，可是谁能说这几句话的不合理呢？

当时为人民而担任国家职务，确是很辛苦的，真是今代所谓"公仆"。《孟子》"离娄下"云：

> 禹稷当平世，三过其门而不入，孔子贤之。颜子当乱世，居于陋巷，一箪食，一瓢饮，人不堪其忧，颜子不改其乐，孔子贤之。孟子曰，禹稷颜回同道。禹思天下有溺者，由己溺之也，稷思天下有饥者，由己饥之也，是以如是其急也。禹稷颜子，易地则皆然。

相传大禹治水，在外若干年，三过家门而不入，面目黧黑，胼手胝足，辛苦极了。道家在作法时，有所谓"禹步"，我少年时也曾研究仿效过，是一种蹒跚难行的姿态，这种姿态，足以证明禹的胼手胝足的情状了。颜渊虽贫而不改其乐，便是深幸没有出来负担治理国家的重任，因为虽贵为天子，其实还不如箪食瓢饮之可乐。由此可见古代人的负责任，和天子的不易为了，"万章上"说伊尹云：

> 思天下之民，匹夫匹妇，有不被尧舜之泽者，若己推而内之沟
> 中，其自任以天下之重如此。

此外像"万章上"之说天下之民讴歌舜禹，"梁惠王上""尽心上"之叙五亩之宅等办法，"离娄下"之说君之视臣如土芥，则臣视君如寇雠，也都是说明为君责任之重，替人民生活设法的注意，和君臣地位的相对，绝不如后世之如天壤的悬隔。也可以说即是黄梨洲主张的根源。孔子说过君君，臣臣，他的意思是说君有君的责任，要做像君的样子，与臣有臣的责任，要做像臣的样子，君和臣是对等的。后世的"天王圣明，臣罪当诛"言论，孔子是没有说过的。古史上有许由务光之俦，不愿意做天子，甚至不愿听到天子一类的话，还有舜禹之受禅情事，有些人以为是不足信的，但古文的记载，一定有其根究，我们不妨再事研究。又关于汤之祷雨事，据《太平御览》卷八三引《帝王世纪》云：

> 汤自伐桀后，大旱七年，洛川竭。汤曰：吾所以为请雨者民
> 也，若必以人祷，吾请自当。遂斋戒，剪发断爪，以己为牲，祷于
> 桑林之社。

商汤的自愿为牺牲，或者以为是愚民政策，仅剪发爪，以表示自当，其实幸而祷于桑林而雨，若是仍旧没有雨，一定依照人祷的方法去处置的。古代君王，与野蛮酋长一样，负有燮理阴阳的责任，如水灾旱灾，调整无功，往往有为牺牲之虞，近代逢到久旱不雨，还有晒城隍神的举动，因为城隍神也有保障地方治安的责任的，自古代到清朝，每逢天旱不雨，地方官如知县等，斋戒沐浴，率众祷雨，若是雨还不下，便

自认是治绩不好，或者是诚心未孚天心，自咎自艾，还有积薪筑坛，自卧坛上，晒在烈日中，订定举火之期，若到期不雨，竟有自焚不悔的，这样情事，似乎是迷信，其实便是官吏对人们负责的表示，也是古代君主工作劳苦的遗迹。据说古代君主的起居饮食，都受拘束，如坐高座足不着地之类。我们看《月令》中对于天子的衣的颜色，食的种类，有种种不近人情的规定，可想见做君王的苦处了。

我的朋友江绍原先生，他研究各国各地的古代近代风俗习惯情形，有许多有趣的材料，他说古代做酋长是很苦的，他须努力于全部落的民生改善，或者还要住在高处担任守望的工作等，所以有些地方，老的酋长死了，找人选补，有候补资格的人不愿意，往往逃至深山，有时竟至拘捕，这些另①碎的记述，虽然都出在非澳各洲，却颇可帮助我们证明古史中记载的事实的可能，即使时代与人物，未必便那么可以明确认定。

中国有文字记录的时候，大概这样的时代早已过去，君权已渐渐地确立，但其时的思想，当如《洪范》所说："唯辟作福，唯辟作威，唯辟玉食"。而许由务光的事，成为传说流传下来，一般思想家，如孟子，如王安石，如李卓吾，以致黄梨洲俞理初等，也就由此传说成为理论，一般人以为怪论，但是现在民主时代，大家觉得这种思想，亦极平凡，不成其为怪论了。

至于为君主的主张，则为君权时代的正统思想，千百年来，说得冠冕堂皇，但君主对待天下人民和臣工的态度，正如《明夷待访录》"原君篇"中所说的：

后之为人君者，以为天下利害之权，皆出于我，我以天下之利

---

① "另"，当为"零"。

尽归于己，以天下之害，尽归于人，亦无不可。使天下之人，不敢自私，不敢自利，以我之大私为天下之公。始而惭焉，久而安焉，视天下为莫大之产业，传之子孙，享受无穷，汉高帝所谓：某业所就，孰与仲多者，其逐利之情，不觉溢之于辞矣。

汉高祖的视平天下，犹之得产业，预备为自己和子孙的享用，这种君主自私心理的形成，起于有史以来，大概到秦以后，事实上越得到许多证明。到了宋元，尤加以理论的根据，为臣子的，正如黎洲"原臣篇"所说的那个样子了。"原臣篇"云：

世之为臣者，以为臣为君而设者也，君分吾以天下而后治之，君授吾以人民而后牧之，视天下人民为人君囊中之私物。今以四方之劳扰，民生之憔悴，足以危吾民也，不得不讲治之牧之之术。苟无系于社稷之存亡，则四方之劳扰，民生之憔悴，虽有诚臣，亦以为纤芥之疾也。

这个批评，很为透彻，但君权事实上直到清末，方才打倒，其实到现在还未清算，形之于文学，也是这样。但是向民间方面去看看，民众虽然畏惧皇帝的威力，思想里却并不以为皇帝一定是好，他们理想的皇帝，是治水的大禹，养老的西伯，是能给予他们以生活的安定的。民众所期待的真命天子，实在是孟子所说的天与之人与之的为人民治事的君王。并不如读书人心目中的皇帝，给他官做，给他饭吃，具有无上的威力，不能不屈身以阿谀的。

这样看来，为君主的思想，乃是后起，虽然支持了很久的时间，但其根柢远不及为人民为天下的思想之深长。自民国以后，这最古老的固有思想，也就成为最适宜合理之新思想了，也就为大众都知的平凡道理了。

以上所说，都是泛论一般政治上的现象，现在再就文学方面来看一看，究竟哪一种的思想，所占势力为大？据理来推测，为君主的主张，既在实际上占着势力很大很久，应当各方面都有很大的表现，至少也有相当的根基，实际上却未必如此，即以诗歌为例，虽然我是不懂得诗的，但据我浅陋的知识说来，大约只有《离骚》一篇，可以说是真是这种为君的思想的文字，此外就很难能找到了。其实这是无足怪的，因为屈原的史实，据《史记》说是楚的同姓，别的诗人忧生悯乱，感怀身世，屈原则国事亦就是家事，所以那么特别的迫切。可是我们研究一下，《离骚》的文学价值，就在思君这一点上吗？刘彦和《文心雕龙》上说得好："叙情怨则郁伊而易感，述离居则怆怏而难怀，论山水则循声而得貌，言节侯则披文而见时。枚贾追风而入丽，马扬沿波而得奇，其衣被词人，非一代也。"语虽简略，却能得其概要。我们回过头去看《诗经》，差不多也可以这样说。现在且依据《小序》去看，《大雅》与《颂》，本来是以政事祭祀为主的篇什，但以文学论则不占重要的位置，正如后来的《郊祀歌》等一样。《国风》好色而不淫，《小雅》怨诽而不乱，这是很好的诗，但其中也有差别。据本文或序语看出确有本事的若干篇中，往往是美少而刺多，诗人的本意，也只是忧国为主而非思君。至于后世传诵，很有影响的诗篇，则又大都忧生悯乱的悲哀之作。还有一部分是抒情叙景的。随便举一些例子，前者有《黍离》《兔爰》《山有枢》《中谷有蓷》《谷风》《氓》《卷耳》《燕燕》等，后者如《七月》《东山》《野有死麕》《静女》《绸缪束薪》①《溱洧》《风雨》《蒹葭》等篇，诸君不妨把最通行的朱熹注《诗经》一看，便可以明白，虽然朱注是另有其立场的。

---

① 应为《绸缪》，"绸缪束薪"为该诗第一句。

关于古今体诗，不能广泛的去查考，只好用一二选本来看看，最通行的如王渔洋的《古诗选》，有闻人倓的笺注，张琦的《古诗录》，都可应用。古诗十九首，有好些评家，都以为是逐臣或失志之士所作，这个我们实在看不出来，恐怕大家都有此感想吧！阮嗣宗的《咏怀诗》五十首，以及陶渊明大部分的诗，平常都以为忧国忧华，照例是被归入正统派一类的，但我们可以肯定的说，他们诚然是忧的，但所忧的乃是魏晋之末的人民的运命，不是只为姓曹姓司马氏的一家的兴亡，这个意思，要请诸位注意。

我们再看唐诗，以杜少陵为例。唐代诗人极多，我们无法一一谈到，好在杜少陵可以为代表，因为他每饭不忘君，是最著名的爱国诗人。他有许多有名的古诗，都是早年之作。据我看来，如《咏怀》《北征》诸诗，确如苏东坡所云，可以见其忠义之气，但如说其诗的价值，全都在于这里，那有如说茶只是热的好，事实当然未必如此。老杜这类诗的好处，恰如他自己所说："忧端齐终南，澒洞不可掇。"此外如《哀江头》《哀王孙》，《新安》《石壕》二吏，《新婚》《垂老》《无家》三别，《悲陈陶》，《兵车行》，前后《出塞》，《彭衙行》，《羌村》三首，《春望》，《月夜忆舍弟》，《登岳阳楼》，这些诗篇，虽然未能泣鬼神，却确有惊心动魄之力。此全出于慈爱之情，更不分为己为人，可谓尽文艺的极致。"世乱遭飘荡，生还偶然遂"，我们现在读了，还深深地感到一种怅惘！我不懂得诗，尤其不敢讲杜少陵的诗，只是请他来帮我证明一下，为君主的思想怎样的做不成好诗，结果倒是翻过来，好诗多是忧生悯乱的。这就是为人民为天下的思想的产物，这也就可以说是中国本来的文学思想的系统，自《诗经》以至杜少陵是如此，以后也是如此，可以一直把民国以来的新文学也算在里面。新文学虽是受欧美的种种刺激，但好比是西菜，西菜吃下去，也可变成养分，可以适合中国人的身体了。在散文方面，我没有引例子，因为这事情太是繁重。一时来不及着手，但在散文里，似乎为君主的思想，较占有势力，因为"臣罪当诛，天王圣明"这一类的话，用在诗中，难免触目，在散文中便用得惯了，便更肉麻些也还不妨，所以情形自然和诗歌为两样。但是我相信，这种为君主的思想，本是后起的，虽因了时代的关系，一时间中大占势力，在文化表面上很是蔓延，但凡是真正好的文学作品，都不是属于这一路的。现在又因了时代的变更，很明显的已失去其势力，那么复兴的应该是那一切为人民为天下的思想，不但这是中国人固有的思想，也就是中国文学的固有基调。这里的例证与说明，或者不甚充足，有待于将来的补订，但我想这两种思想的交代，总是无疑的事实，而且此与普通思潮之流行变化不同，乃是与民族的政治文化的运动密切相关，请诸位从事于文学工作的人，加以注意。

今天我所说的很简单，不充分，但自信所见尚不差，请大家研究研究，最后还有一点蛇足的说明，以上只是我个人对于中国文学思想之一种观察，应用的范围自然以中国为限。有许多学问是世界性的，譬如自然科学，他的定理世间只有一个，假如有了两个，其中之一必将被证明为假。人文方面则不然，各国各民族，其历史环境上，都不相同，所以不能以为中国文化可以包括全世界，也不能把中国的文化发展，迁就与外国相一致。所以我以为讲中国文化，一方面固然要虚心接受各方面，但也须时时顾到本国的文化，不要以为能与别国一样是我们的目的，须知孔子与阳货，面貌虽相同，思想则绝不相同的，这是要请诸位博大精思的研究的。

与现在通行的《艺文》本相比，《中大》本更接近周氏讲演的原貌。首先，《中大》本的题目为《人的文学之根源——四月十二日周作人先生讲演》，副题交代了讲演时间与讲演者的名字，题目下且保留了讲演记录者的名字，让人一看即知这是周氏所作的一次讲演。《艺文》本的题目《中国文学上的两种思想》，则很难使读者把它与讲演联系起

来。而且,《中大》本题目《人的文学之根源》是周氏讲演的原题,这从周氏在讲演开始对这个题目的解释可得到证明:

> 我平常时以为中国政治道德和文学上有两大思想,互为消长,在廿年前的《新青年》杂志上,曾发表一篇《人的文学》,这当然是少年气甚,胡说八道,但在现在看来,里面所说的话,加了廿余年历史事实的证明,觉得还有适宜的地方,今天所要讲的,"人的文学之根源",大体和那篇文章相同,可以参看。

由这段解释可知,周氏这次讲演所选题目《人的文学之根源》,与他五四时期所写的著名文章《人的文学》有关,这次讲演与《人的文学》这篇文章,在主题上有一致的地方,可视为他对《人的文学》主要观点的进一步阐发与引申。而在《艺文》本中,周氏更改了题目,随之删掉了这一段解释,从而遮蔽了这篇文章与《人的文学》两者之间的内在关联。

其次,《中大》本更接近讲演原貌的地方,是这个本子更接近讲演口吻。这从第一段可明确看出,《艺文》本以"我们平时读书,往往遇见好些事情"起句,一开始就直入正题,更像是文章写法。而《中大》本则以讲演所必要的开场白作为铺垫开始:

> 今天我在这里演讲,觉得很光荣,但也极不适当。因为我原来不是学文学的,不过欢喜看一点文学书籍,随便谈谈讲讲,实在不成为学术的研究。此次从苏州回来,打挹江门进城,路边现在海军部,它便是我三十年前游息的地方水师学堂的原址,所以我实在是一个武人。后来由日本回来,做了教师,教一些国文,实在教国文并不能算是研究文学。古人说班门弄斧,今天来这里讲文学,实在

是很可笑的，简直是班门弄斧了。

讲演开始，周氏自谦是"武人"，由海军部的江南水师学堂原址触景生情，想及自己三十年前在南京的求学经历。这个开场由自谦自然过渡到自己与南京的渊源关系，显得非常合宜得体。这个现场感很强的开场白，是《艺文》本所没有的。

《中大》本的讲演语气，在文章中间也有生动保留。如文中在论及非澳等地原诗部落的风俗时，《艺文》本用弗雷泽的《金枝》作为证明，而《中大》本则引用"我的朋友江绍原先生"来做证。无疑，后者更接近讲演风格。通过对两个版本的对比，笔者发现，《艺文》本是周作人在修改《中大》本的基础上形成的，周氏修改的一个重要地方，就是有意改变了原文的讲演口吻，使之更像是一篇文章。

为了论证自己的观点，《中大》本与《艺文》本皆有多处引用，但《艺文》本在引用时，很少对引用内容进行解释，而《中大》本由于是讲演稿件，周氏害怕听众接受上有困难，在引用古人的文章后，往往再加上自己的评点和解释。由于《中大》本笔者已经整理出来，读者可以拿它与《艺文》本相对照，这里就不再一一详细引证了。

总之，由以上几点可得出结论，《中大》本作为原始版本，与《艺文》本相比，更接近周氏讲演的原貌。后者经过作者本人的修改与润饰，已经丧失了讲演的口吻与风格，更像是一篇文章。编者在编选周氏的讲演集时，应当采用《中大》本，而非现在流行的《艺文》本；研究者在研究周氏这次讲演时，不但要了解当前通行的《艺文》本，还要熟悉《中大》本。只有这样，才能从文献层面，接近周氏这次讲演的原始面貌。

丁玲论瞿秋白的一篇佚文

笔者在阅读香港《大风》杂志第 56 期（1939 年 12 月 5 日）时，发现丁玲的《与友人论瞿秋白》一文（以下简称《论瞿秋白》），该文为《丁玲全集》所未收，亦不见于丁玲与瞿秋白研究文章，可确定是一篇佚文。文章很短，仅 370 余字，录如下：

与友人论瞿秋白

丁玲

秋白诗原文并未见，在《逸经》上也见过，并有《多余的话》。有些人以为造谣，因为他们以为有损于秋白。我倒不以为然，我以为大约是秋白写的。秋白是一个末落①的官绅子弟出身，受旧的才子佳人熏染颇深，但他后来投身政治，中国革命事业为中共领导人之一②，卒至牺牲。人说慷慨牺牲易，从容就义难。秋白真是从容就义，不为不光荣。但秋白自然在感情上，在私人感情上，难免有些旧的残余，□③中共以前生活亦较散漫，所以还没④有些空闲温习旧的感情，在他情感上虽还保存有某些矛盾，在他的平生却并未放纵它，使它自然发展过，他却是

---

① "末落"，现通作"没落"。
② "中国"，前疑缺"为"字。
③ 原文不清，疑为"人"字。
④ "没"字疑衍。

朝着进步方向走的。这种与自己做斗争，胜利了那些旧的，也不为不伟大，小资产阶级①，知识分子到共产主义中来的途程原来就是艰苦的。所以我并未觉得于秋白有损，不过秋白能连这些多余的话也不说，无人了解的心情也牺牲了吧②，不更好些么！……

十一月二十七日《星座》

（刊香港《大风》杂志第 56 期，1939 年 12 月 5 日）

文章署名"丁玲"。从文中语气可看出，此文为熟知瞿秋白的丁玲所作无疑。

除此之外，笔者认定该文为丁玲所作，还有如下理由。

首先，作为自己的老师和朋友，丁玲对瞿秋白有着很深的感情，在文章中对他时有提及。1930 年丁玲发表中篇小说《韦护》，其主人公"韦护"即以瞿秋白为原型。1942 年，距瞿秋白被难七年，丁玲在延安写下《风雨中忆萧红》一文。除萧红外，丁玲文中还提起了两位好友，一位为冯雪峰，另一位即瞿秋白："昨天我又苦苦地想起秋白，在政治生活中过了那么久，却还不能彻底地变更自己，他那种二重的生活使他在临死时还不能免于有所申诉。" 1946 年，瞿秋白逝世十一周年，丁玲又写下《纪念瞿秋白同志被难十一周年》，以示纪念。中华人民共和国成立后，丁玲文章中很少再出现瞿秋白的名字。1980 年，随着"文革"后政治环境的宽松，丁玲写了《我所认识的瞿秋白同志——回忆与随想》③，对自己与瞿秋白的交往，作了较为详尽的回忆。由于"文革"后《多余的话》成为瞿秋白研究中的热点问题，因此，丁玲这篇文章中有关《多余的话》一节，应编辑要求，以《我对于〈多余的话〉的

---

① "小资产阶级"前疑缺"从"字。
② "无人了解"前疑缺漏字句。
③ 丁玲：《我所认识的瞿秋白同志》，《文汇》1980 年增刊第 2 期。

理解》为题，单独发表于《光明日报》1980 年 3 月 21 日第 3 版。丁玲最后谈及瞿秋白应该是 1985 年的《丁玲谈早年生活二三事》①，文中对瞿秋白作了简要的评价。由于丁玲与瞿秋白的朋友关系，丁玲在文章中提及瞿秋白是很正常的，由此点可证明《论瞿秋白》应为丁玲所作。

其次，根据丁玲对瞿秋白的一贯评价，可知此文为丁玲所作。《论瞿秋白》一文对瞿秋白所作评价，与后来丁玲对他的评价非常一致。一、对瞿秋白同志英勇就义行为的评价，该文称："人说慷慨牺牲易，从容就义难。秋白真是从容就义，不为不光荣。"对照《我所认识的瞿秋白同志》对瞿秋白之死的评价："古语说：'慷慨成仁易，从容就义难'。这句话是有缺点的。'慷慨成仁'也不易，也需要勇敢，无所畏惧，而'从容就义'更难。"两文对瞿秋白之死评价不但高度一致，而且所引用的语句也非常相似。这绝不是偶然的巧合。二、对瞿秋白《多余的话》真伪的认定。《多余的话》出现后，一时众说纷纭，很多人特别是左翼人士皆认为此文为国民党伪造，其目的是丑化中国共产党的领导人。《论瞿秋白》则认为此文为瞿秋白所作："有些人以为造谣，因为他们以为有损于秋白。我倒不以为然，我以为大约是秋白写的。"虽然用了"大约"一词，但从随后对瞿秋白二重人格的评价中，可看出文章是认定《多余的话》为瞿秋白所作的，这也是丁玲对待《多余的话》的一贯态度。如《我对于〈多余的话〉的理解》谈自己对《多余的话》的看法："我读着文章仿佛看见了秋白本人，我完全相信这篇文章是他自己写的（自然不能完全排除敌人有篡改过的可能）。那些语言，那种心情，我是多么地熟悉啊！"②《论瞿秋白》认为《多余的话》虽无损于秋白，"不过秋白能连这些多余的话也不说，无人了解的

---

① 《丁玲谈早年生活二三事》，《新文学史料》1986 年第 2 期。

② 丁玲：《我所认识的瞿秋白同志——回忆与随想》，见张炯编《丁玲全集》第 6 卷，河北人民出版社 2001 年版，第 53—54 页。

心情也牺牲了吧,不更好些么!"这也是丁玲的看法,在《风雨中忆萧红》一文中她曾委婉地提到:"我常常责怪他申诉的'多余'"。《我所认识的瞿秋白同志》文中也有类似的话:"我也自问过:何必写这些《多余的话》呢?我认为其中有些话是一般人不易理解的,而且会被某些思想简单的人、浅薄的人据为话柄,发生误解或曲解。"① 三、对瞿秋白二重生活或思想矛盾的评价。《论瞿秋白》认为瞿秋白"是一个末落的官绅子弟出身,受旧的才子佳人熏染颇深",后来虽成为中国共产党的领导人,但"在私人感情上,难免有些旧的残余""情感上虽还保存有某些矛盾"。这种观点,丁玲不止在一篇文章中表达过。《风雨中忆萧红》就坦言瞿秋白有着"二重的生活"。《我所认识的瞿秋白同志》同样持此观点:"在我们这个不够健全的世界上,他熏染着还来不及完全蜕去的一丝淡淡的、孤独的、苍茫的心情是极可同情的。"② 从以上几点可看出,《论瞿秋白》与丁玲对瞿秋白的一贯看法之间高度一致,可断定此文为丁玲所作。

最后,丁玲在《我所认识的瞿秋白》一文中,谈到了自己早在延安时就已经读过《多余的话》,可进一步证明她有着写作《论瞿秋白》的内在动因:

> 我第一次读到《多余的话》是在延安。洛甫同志同我谈到,有些同志认为这篇文章可能是伪造的。我便从中宣部的图书室借来一本杂志,上面除这篇文章外,还有一篇描述他就义的情景。③

---

① 丁玲:《我所认识的瞿秋白同志——回忆与随想》,见张炯编《丁玲全集》第6卷,河北人民出版社2001年版,第54页。

② 丁玲:《我所认识的瞿秋白同志——回忆与随想》,见张炯编《丁玲全集》第6卷,河北人民出版社2001年版,第57—58页。

③ 丁玲:《我所认识的瞿秋白同志——回忆与随想》,见张炯编《丁玲全集》第6卷,河北人民出版社2001年版,第53页。

上面这句话中提到的杂志指的应是《逸经》。《多余的话》全文第一次发表于《逸经》第25、26、27期（1937年3月5日至4月5日）。依照《丁玲年谱长编》记载，丁玲到达延安的时间是1937年2月。[1]从时间上看，丁玲到达延安不久，《逸经》第25期及随后两期就已经出版了，她在延安是能够看到瞿秋白这篇文章的。这一点，由《论瞿秋白》一文的"在《逸经》上也见过"也可得到证明。因此可确定，丁玲是在延安看到《多余的话》之后，有感而发，写了《论瞿秋白》一文的。

以上三点可确证《论瞿秋白》一文为丁玲所作。

《论瞿秋白》一文为丁玲所作无疑，那么，为什么这篇文章没有被丁玲收入个人文集呢？是无意的疏漏还是有意的弃置？笔者认为丁玲应该是有意放弃了这篇文章，没有收入其个人文集。个中原因，当与该文所谈话题即瞿秋白遗著《多余的话》有关。《多余的话》刊出后，党内一致认为它是国民党为诬蔑共产党而伪造的，一些著名作家如茅盾、郑振铎同样持此观点。对瞿秋白了解甚深的鲁迅虽然私下没有完全否定该文的真实性，[2]但在公开场合则抱着较为审慎的态度，与茅盾、郑振铎口径一致，认为该文出自敌人造谣。[3]中华人民共和国成立后一直到"文革"时期，《多余的话》成为瞿秋白自首叛变的铁证，被当作政治斗争的工具而拿来使用。因此，从该文产生一直到"文化大革命"，《多余的话》一直没有得到积极肯定的评价。这段时期内，认定该文的真实性，并且能够对它作出深度剖析的，只有丁玲的《论瞿秋白》一文。由于此文观点与党的立场及主流评价相差甚大，甚至完全相反，加上延安以及中华人民共和国成立后那种特殊的政治环境，丁玲是不可能

---

① 王增如、李向东编著：《丁玲年谱长编》，天津人民出版社2006年版，第123页。
② 姚锡佩：《鲁迅读〈多余的话〉之后》，《鲁迅研究月刊》1989年第11期。
③ 茅盾：《一九三五年记事——回忆录》（十八），《新文学史料》1983年第1期。

把它收入个人文集的。相反，她倒更愿意它迅速消失。这段时期，在其他论及瞿秋白的文章中，丁玲有意避开这个话题，不再正面谈《多余的话》。① 只是到了 1980 年，随着政治大气候的回暖转晴，她才能够把心中积郁一吐为快，痛快淋漓地写下《我所认识的瞿秋白同志》，并特意立专节谈《多余的话》。由此可见，《多余的话》这篇文章在她心中的分量之重。在写这篇文章时，丁玲是否想到四五十年前自己写的《论瞿秋白》一文，不得而知。不过，可以肯定的是，两文对于《多余的话》观点的一致甚至某些语句的相似，可以说明，她在 80 年代写的这篇文章，是对《论瞿秋白》一文的重温与回应。

《论瞿秋白》一文的发现，为研究丁玲与瞿秋白的关系，提供了新史料。在相当长一段时期内，在大家一致怀疑《多余的话》真实性的情况下，丁玲能顶着巨大政治压力，毫不犹豫地最先认定它的真实性，并且从瞿秋白的二重人格入手，对其真实性作了有力论证，充分说明丁玲与瞿秋白之间，不但存在深厚友谊，且彼此相知极深，只有存在着这种深透的了解，她才能对瞿秋白思想人格的矛盾性做出深刻分析，对《多余的话》的真伪做出迅速准确的判定。姚锡佩先生在《鲁迅读〈多余的话〉之后》一文中认为鲁迅是瞿秋白的真知己。"知己"一语，鲁迅之外，丁玲同样当之无愧。

《论瞿秋白》一文，对瞿秋白二重人格的论述，对《多余的话》真伪的认定与评价，在 1930 年代，可谓空谷足音。而现有瞿秋白研究文章，对于《论瞿秋白》皆没有提及②。因此，它的发现，对瞿秋白研究特别是《多余的话》研究，同样具有重要价值。

---

① 《风雨中忆萧红》提到了瞿秋白申诉的"多余"，隐约指向《多余的话》，但毕竟是"隐指"，没有正面论及《多余的话》。但是，对《多余的话》的有意遮蔽，恰恰说明丁玲对该文的重视以及它在延安政治环境中的微妙处境。

② 赵庚林：《〈多余的话〉研究史略》，见《瞿秋白百周年纪念——全国瞿秋白生产和思想研讨会论文集》，中央文献出版社 1999 年版，第 152—161 页。

《论瞿秋白》发表于香港《大风》杂志的时间是 1939 年 12 月。丁玲称自己第一次读到《多余的话》是在延安。依据她到达延安的时间 1937 年 2 月，及《多余的话》全文刊出时间 1937 年 4 月 5 日，可大致推断：《论瞿秋白》一文应写于 1937 年 4 月与 1939 年之间。另外，文后标明"十一月二十七日《星座》"字样。《星座》指的应该是香港《星岛日报》副刊《星座》。《星座》副刊创刊于 1938 年 8 月 1 日，戴望舒编辑。从"十一月二十七日《星座》"可推断，这篇刊登于香港《大风》的文章，很有可能转载自 1939 年 11 月 27 日香港《星岛日报》副刊《星座》。由于笔者无法看到该刊，此点是否属实，尚待进一步查证。

为中国的未来祈祷

——冰心四十年代散佚诗文辑说

《鲁迅研究月刊》2009 年第 12 期发表了解志熙先生补遗与复原的多篇冰心 1940 年代的佚文，又于 2010 年第 1 期刊发了解志熙先生的《人与文的成熟——冰心四十年代佚文校读札记》，该文通过对新发现的冰心佚文的精彩解读，得出了 1940 年代冰心"在创作上终于完成了一个期待已久的转型、找到了属于自己的创作增长点，在文思文风上显示出成熟的格调"的结论，令人有耳目一新之感，当属近年来冰心研究的一篇力作。文中解志熙先生还指出："冰心的创作态度素来严谨，所以她并不是一个多产作家，但将近八十年的创作历程毕竟非比寻常而创获不菲，在这过程中自然难免有些作品散佚集外，期待着研究者去发现和收集。"确实，冰心散佚集外的作品不少，笔者就发现了几篇冰心的佚文，这些佚文为《冰心全集》和冰心佚文集《我自己走过的路》所未收，贡献出来也许对冰心研究不无裨益，故不揣谫陋，刊布于此，期待方家指正。

佚诗：两篇同题《送迎曲》

冰心这两首佚诗，题目相同，只是副题不同，一为《送迎曲——

别一九四二年——》，一为《送迎曲——迎一九四三年——》，皆刊于
《东南半月刊》1943 年第 1 卷第 3、4 合期。两首诗不长，录如下：

送迎曲

——别一九四二年——

冰心

你站住，我走。

让我们才①握一次手，

这已是山路的尽头——

你莫在晚风中挥袖，

斜阳下我也不停留。

我走，朋友，

撇下了生命最冷酷的温柔，

我走，朋友，

带去了生命里最甜蜜的忧愁！

这忧愁，这温柔，

一年来也够人承受：

有窗外的轻风弹指，

檐前的细雨微讴，

有破晓的木鱼凄切，

黄昏的横笛寂寞；

有半山的湿云沉郁，

松间的新月娇羞。

---

① "才"，应为"再"。

受不了，我走，
我本是军人的儿子，
我要挣赴奋斗与自由！
远远的战旗在招，
战鼓在敲，
战场上站满了
英勇的同仇。
看九天的风云在峨眉山峰上聚首，
碧绿的嘉陵江水也奔涌着向东流。

送迎曲

——迎一九四三年——

冰心

朋友，我来了，
请你拉一下，
这山头好陡！
你看我这一身血垢——
我提着心，噤着口，
闭着眼，低着首，
踏过荆棘，
跳过田沟，
满天烽火红影摇摇，
满山风雪黄叶萧萧——
为赶上进行的队伍，
我拼着血汗双流。

朝阳下看大家精神奋发，

我形容消疲，自己含泪！

我没有刀枪献朋友，

我只有罪恶求赦宥，

请莫问缘由，

请将我收留，

我不能冲锋陷阵，

我本是军人的儿子，

也还会牧马牵牛。

我要挣赴奋斗与自由，

看九天的风云在峨眉山峰上聚首，

碧绿的嘉陵江水也奔涌着向东流。

写于歌乐山

（原载《东南半月刊》1943 年第 1 卷第 3、4 合期）

两诗署名"冰心"，诗后有小注："写于歌乐山"。查卓如《冰心年谱》①，冰心 1941 年夏辞去妇女指导委员会文化事业组组长一职，从重庆市区的"嘉庐"移寓重庆郊外歌乐山，并称所住土房子为"潜庐"，在此一直住到 1946 年 5 月 1 日到南京为止。冰心此段时期所写文章，一大部分文后皆注有"写于歌乐山"、"歌乐山"或"歌乐山、潜庐"的字样，如《悼沈骊英女士》《我的童年》《生命》《关于自传》等，因此，从文后"写于歌乐山"五字可确定两诗作者"冰心"即著名作家冰心女士。

两诗后面没有注明写作日期，从诗的副题"送一九四二年""迎一九四三年"可以推断，两诗很可能作于 1942 年的最后一天或 1943 年的

---

① 卓如：《冰心年谱》，海峡文艺出版社 1999 年版，第 99 页。

第一天，当然这只是猜测，但可以肯定的是：它们应该是作于 1942 年与 1943 年之交。

刊登冰心诗歌的《东南半月刊》由国民党中宣部东南区战地宣传办事处主编，发行人为冯有真，出版地标明为"安徽"。这是一个时事政治刊物，主要内容是宣传抗日建国的大政方针，指导青年思想，灌输民族意识，配合军事上的进攻，加强东南五省战地的宣传攻势。该刊刊登的大多为社论、时事短评及政论文章，有少量文学作品，冰心这两首诗歌即为这少量的文学作品之一，其思想情绪与整个刊物宣传抗战的倾向非常一致。

冰心虽以诗名，诗集《繁星》《春水》流行一时，但其作诗的时间并不长，大部分诗作皆写于 1922 年间，在此之后作诗只是偶一为之。抗战爆发到整个 40 年代，冰心写诗更为稀少，只有《鸽子》（1940年）、《呈贡简易师范学校歌词》（1940 年）、《献词》（1941 年）、《生命》（1942 年）几首而已。这些诗歌，除《生命》仍保持着早年的柔细清丽之风外，其他几首已显示出如解志熙先生所说的"苍劲朴茂"之美。刊于《东南半月刊》上的这两首诗，在风格上更为刚健高亢。值得注意的是，以上几首诗，除《呈贡简易师范学校歌词》外，其他几首皆发表于《妇女新运》和《新运妇女指导委员会三周年纪念特辑》上，诗中的自我形象保持着真实的女性自我身份，而《送迎曲》刊登于宣传抗战的《东南半月刊》，诗歌中诗人故意隐藏或者说变换了自我的性别身份，以"军人的儿子"的形象出现。

佚文：《一篇祈祷》

《一篇祈祷》是一篇散文，刊《建国青年》1946 年第 2 卷第 1 期。该文是冰心应《建国青年》编者约稿而写的。《建国青年》创刊于 1946

年3月，1947年12月终刊，出版地标为"重庆、南京"。该刊提倡政治革新，所刊文章多为宣传国民党的政治主张和理论，也有少量抨击共产党的言论。也许是顾虑到该刊的政治背景，这篇文章发表之后，冰心一直未将它收集，致使它长期以来散佚集外，不为人知。这篇佚文在冰心整个散文中占有着特殊重要的地位，因为它是冰心1946年在中国时局艰危之际，对祖国发出的最恳挚最哀切的祈祷与祝福，对了解冰心抗战胜利后的思想、心态具有颇为重要的史料价值。文章有1100余字，录如下：

一篇祈祷

冰心

在那里，心是无畏的，头也抬得高昂；

在那里，智识是自由的；

在那里，世界并没有被家国之墙隔分片段；

在那里，话是从真理之深处说出；

在那里，不懈的努力向着"完全"伸臂；

在那里，理智的清泉并没有消失在疲乏的结习的沙漠之中；

在那里，心是被你指导着，走向那永远放宽的思想和行动——

走入那自由的天国，我的父，让我的国家醒起来罢。

——《吉檀迦利》第三十五首——

这是印度最伟大的诗人，最虔诚的爱国者，为他黑暗，愚昧，狭仄，分裂的国家，一篇最恳挚最哀切的祈祷，看那末句，"我的父，让我的国家醒起来罢。"真是千言并在一句，声泪俱下！

好久没有动笔了，说是生活不安定也好，但最不安定的，还是这颗茫茫无着的心。八年抗战之中，生活是不安定的，但似乎还有一种希望，一种努力，一种忍受，一种为着不安定而生的自喜和自慰。胜利以后，相反的，这种希望是消灭了，努力是无用了，忍受也没有了力气，自喜和自慰的心情，也受了大大的打击。许久许久，拿不起笔来。有时在友人敦促之下，勉强翻译些富于哲学意味，宗教色彩的诗文，例如泰戈尔的《吉檀迦利》，想以哲学冷静的言语，来镇压自己不安定的心。忽然在重庆的一个雨夜，夜深人静，在雨声中读到这一节，——《吉檀迦利》第三十五首——，我的心和我的执笔的手都忽然颤动起来。抬头呆望隔江晶冷的繁灯，望了半天，忆起古人有"感怀不寐，慷慨抑郁，起诵楞严，求寂终乱！"之句，我的眼泪忍不住落下来了，"我的父，让我的国家醒起来罢！"

这篇祈祷诗的历史，和中华民国差不多长久了，想不到在诗人写此的三十几年之后，这样的祈求，在印度用得着，在中国也还用得着。

《建国青年》的编者，来向我要文章，我实在没有心情来抒写，但我有一颗至诚的心来祈求。

十万青年因着空前的国难，而慷慨奋发，来执干戈以卫社稷，我曾和许许多多从军的青年说过，我敬佩这些纯洁、坦白、勇敢、年轻的心。如今强敌是被打倒了，很自然的这十万颗纯洁勇敢的心，要退回自己的岗位，就学或就业，在自己的立脚地，作建国的工作。

要知道，强敌是被打倒了，但我们中间，仍是有一种就是这位诗圣所谓之"死一般的结习"（Dead Habit）一种狭仄的成见，使数万万无偏颇的心，不能"无畏"，也不敢抬头，智识不能自由，世界被乡土之墙隔断，话不从真理的深处说出，人们并没有尽着"不懈"的努力，思想和行动，永远不能放宽……

但这银须飘拂，忧心如焚的诗圣，在和我们同一处境的时候，并没有灰心，没有叫嚣，没有诅咒，他只冷静恳切的低下头来祈祷。

我祈求十万青年，挟带着军中严肃的训练，以摧毁敌人的勇气和态度，来对我们自己心中和我们周围这无形的大敌施行总攻击。

一个好的民主自由的国家，便是由"永远放宽的思想和行动"里，处①立起来的。

六，八，三十五年，南京铜银巷

（原载 1946 年《建国青年》第 2 卷第 1 期）

文章署名"冰心"，文后注明写作日期为"六，八，三十五年"，即 1946 年 6 月 8 日，写作地点为"南京铜银巷"。依据卓如《冰心年谱》②，冰心于 1946 年 5 月 1 日由重庆到南京，同年 7 月 5 日由南京飞回北平。因此，1946 年 6 月 8 日即冰心写作散文《一篇祈祷》时正在南京，这与该文文后注明的地址"南京铜银巷"相吻合。《冰心年谱》没有说明冰心从重庆到南京后住于哪个地方，只是说同年 9 月又重回南京，住在颐和路二弟谢为杰家。根据《一篇祈祷》文后所标地址，可确定冰心 1946 年 5 月 1 日到南京后，所住地址为"南京铜银巷"。这个判断也可从冰心 1946 年 4 月 20 日在重庆写给好友赵清阁的信得到证明。冰心在该日给赵清阁的信中写道："我们就在这两三天走，至迟不过月底。到南京先住老二丈人处，是'南京新街口铜银巷一号'李汉锋先生转。"③ 用此信与《一篇祈祷》互证，可确定冰心到南京后居住的确切地址应为"南京新街口铜银巷一号"即二弟谢为杰岳父李汉锋家。冰心从重庆回南京后，由于无地方可去，只好暂居于此，一直到 7 月 5 日回北平，9 月从北平重回南京，也是住于此处。除此文外，还有 1946 年 10 月 20 日写的散文《无家乐》，该文文后所注地址"南京颐和路"，是冰心到南京所住的另一个地方。

《无家乐》写作者居处的不安定，《一篇祈祷》写作者内心的不安

---

① "处"，应为"矗"。

② 卓如：《冰心年谱》，海峡文艺出版社 1999 年版，第 110—111 页。

③ 冰心：《致赵清阁》，见卓如编《冰心全集》第 3 卷，海峡文艺出版社 1994 年版，第 378 页。"李汉锋"可能为"李汉铎"之误。李汉铎为南京金陵神学院院长，其住宅即位于南京新街口铜银巷一号。

定。抗战胜利并没有带来希望，中国的前途反而更加玄黄不定，瞻望未来，茫茫无着，为了解忧，她从 1946 年 1 月开始翻译泰戈尔的《吉檀迦利》，想以哲学的冷静与理性，来镇压自己不安定的心。然而，"起诵楞严，求寂终乱！"泰戈尔《吉檀迦利》第 35 首对自己国家前途恳挚、哀切的祈祷深深打动了冰心，特别是"我的父，让我的国家醒起来罢。"一句，让她感到"真是千言并在一句，声泪俱下！"令冰心最感痛心的是，在这位印度诗圣所作的祈祷三十年之后，这样的祈祷，不但印度适用，中国也适用！"我们中间，仍是有一种就是这位诗圣所谓之'死一般的结习'（Dead Habit）一种狭仄的成见，使数万万无偏颇的心，不能'无畏'，也不敢抬头，智识不能自由，世界被乡土之墙隔断，话不从真理的深处说出，人们并没有尽着'不懈'的努力，思想和行动，永远不能放宽……"作者所谓的"世界被乡土之墙隔断"，明眼人也许一下便可看出所指为何，但历史大势不是个人所能左右的，该来的必然要来，该去的也终将过去。冰心的希望"永远放宽的思想和行动"也许并不适用于当时中国的现实，但她对祖国满含深情的祈祷，真可谓"声泪俱下"，现在读来也令人动容。

1947年冰心北平之行与《世界日报》的五则报道

　　1946年11月冰心随丈夫吴文藻到日本，1951年返回新中国。在日期间，为参加南京举行的国民参政会，冰心曾回国一次。会议结束后，冰心从南京绕道上海到北平。关于冰心的这次北平之行，卓如《冰心年谱》虽有记录，但失于简略。笔者查阅北平《世界日报》时，在该报"教育界"专版发现五则对冰心的报道，皆不见于《冰心年谱》及《冰心传》。这些报道较为详细披露了冰心1947年6月在北平期间的讲演及活动情况，对了解和研究冰心这段时期的生活，具有较为重要的史料价值。

　　据卓如《冰心年谱》，1947年6月11日冰心从上海到北平，6月12日即有记者对她进行采访。随后，冰心应邀在女青年会讲《日本印象》。《冰心年谱》对冰心此次在女青年会讲演的记述，非常简略，只是说明讲演的大概时间为"六月中旬"，讲演题目为《日本印象》，至于讲演更确切的时间和具体内容，则没有交代。① 要了解冰心在女青年会的讲演，须参考北平《世界日报》对此次讲演的连续报道。在冰心讲演前一天即1947年6月18日，北平《世界日报》"教育界"专版就以一则题为《冰心明讲日本观感》的新闻报道，提前一天对讲演

---

① 见卓如《冰心年谱》，海峡文艺出版社1999年版，第118页。

作了预告：

> ［本报讯］女作家冰心，日前抵平后，顷应女青年会大中学生
> 会员之请，定本月十九日下午四时，在该会讲堂讲演《游日观感》。

由报道中"应女青年会大中学生会员之请"可知，报道中所说的这次讲演，即是《冰心年谱》所记载的"6 月中旬"的讲演。这则报道详细交代了冰心讲演的具体时间为"（1947 年）6 月 19 日下午 4时"，地点为女青年会讲堂，题目为《游日观感》。

这则消息外，《世界日报》"教育界"1947 年 6 月 18 日对冰心还有一则报道，题为《冰心明讲日本观感》：

> ［又讯］燕大一九二三年毕业校友，欢迎冰心女士，原定今日
> 在青年会举行茶会，因故改在明日（十九日）下午六时举行。

由此可知，冰心在平期间，受到燕京大学同级校友的热烈欢迎，欢迎会召开的具体日期为 1947 年 6 月 19 日下午 6 时，地点为青年会。青年会的全称为"基督教青年会"，是基督教社会活动机构之一，1844 年英国人乔治·威廉斯创立于伦敦，后逐渐传到西方各国，最初在青年中进行宗教活动，传到美国后逐渐发展成为广泛的社会活动机构。青年会1885 年传入中国，在上海设有总会。① 北京有基督教青年会的分支机构，即北京基督教青年会。青年会不是传教组织，但其主要工作之一是对青年学生进行福音传道和宗教教育，在青年中发展基督教教徒，现代作家许地山就是北京基督教青年会的成员。由于燕京大学是一所教会学校，

---

① 参见肖耀辉、刘鼎寅《云南基督教史》，云南大学出版社 2007 年版，第 90 页。

青年会在燕京大学得到较大发展，成立有燕京大学青年会。以上报道中提到的"青年会"指的可能是燕京大学青年会，地址应在燕京大学校内。

冰心讲演第二天即 1947 年 6 月 20 日，《世界日报》"教育界"又以《冰心昨讲日本印象》为题，详细报道了这次讲演的盛况与内容。为了使研究者对冰心这次讲演有具体了解，笔者特将这则报道整理如下：

冰心昨讲日本印象

她说：我们不发愁他再来侵略我们

发愁的是我们自己胜利后不能复兴

[本报讯] 生命在回忆中是一片朦胧，冰心确曾以她那低仰柔婉说教式的文笔，在这一代青年的童年里，投掷过沉默而纤脆的情感。对一朵花的珍惜，对露滴的消逝的叹息，都表现着宇宙的无限与秘密。如今我们已在敌人侵略中长大了，冰心呢，也因为丈夫吴文藻在驻日代表团服务而远渡扶桑。参政会给了她一个回国的机会。

昨天下午四时是她莅平后第一次的公开讲演，女青年会礼堂不到三时，便已宣告满座，椅子坐满了，夹缝间也站满了，台前隙地也都拥挤不堪，窗子外面万头攒动，听众大部分都是学生，小部分是青年军人，大家在期待着，期待着冰心的来临。

四时整，她穿着浅绿色白点的衣衫，领间别着一只翡翠叶镶金的领针，提了黑亮的玻璃皮包，头发光滑的在颈后卷梳上去，白鹿皮鞋白短袜套，精神奕奕的被女青年会的干事们陪进会客厅。四点半钟她穿过拥挤的人群，在热烈掌声中上了讲台，桌上和台边间杂的点缀着爬山虎叶子和珍珠梅。她开始讲话了：今天看见这们①多青年聚集在一起，对日

---

① 现"这们"通作"这么"。

本战后情况这么关心，心里真有说不出来的欢喜。不过我到日本才有六个月，只能就个人生活中所看到或听到的略谈几句。我是去年十一月到日本去的，飞机一着陆，只见一片荒凉，满街都是废铁和瓦砾。过去重庆，汉口，桂林，长沙等地遭受日机轰炸，残破不堪，但是日本所遭受的要比我们坏到一千倍以上。战后因为缺乏房屋，教授们则大都住在郊区，也有许多是临时搭制的木棚。去年冬天有三四千人根本就住地下铁道里，一年中曾挤死过七八个人。生活困苦衣冠大都褴褛，但是秩序很好。华侨配给比日本人多，生活较战前为佳，他们说是可翻了身了。驻日代表团有二百余人，分四组：（1）军事：与各盟国负责共同管制日本人。（2）政治：参与各盟国会议，与我外交部连络。（3）经济：这是工作最忙碌的部门，每日工作直至夜半，有国内各机关代表，在清算赔偿损失。（4）教育文化，此外尚有侨务秘书两处。侨务亦颇复杂，因为包括一部①台胞的缘故。秘书处则统管国内公文来往。现在日本仍为盟国军事占领期间，普通人不能前往，我是以眷属资格去的。我去时许多记者，妇女，还有小读者都来访晤，《寄小读者》一书在日本销路极广。他们都异口同声的说他们现在是陷入极端的颓废，疑惧，惶恐，不安的情绪中，不知如何是好。我告诉他们东亚依然是东亚人的东亚。如果中日像英美那样的亲善，东亚不会不复兴的。中国人对日本有误会，不但有误会，还有仇恨！我到日本来时我的小女儿说：妈，我不去，我恨日本！可是她到日本不久，就和我说，奇怪，日本人也有好的。我告诉她说，日本人不但有好的，而且大多数人都是好的。只因在日本军阀错误的领导和训练下，才走向悲惨的卑鄙的道路。中国对日本原来没有仇恨，在五四时代，我们喊过的也是打倒日本帝国主义，不是打倒日本人。他们听了都低下头说，他们很抱歉，他们不知道日本军阀

---

① 原文如此，疑有误。

到中国都做些甚么事情。我说该抱歉的不是你们，是他们，如果将来我们还不能亲善，才可以说我们很抱歉，我们双方都很抱歉。有人看见日本复兴很快，怀疑他们是否要在不久的将来仍来侵略我们。我想他们不能，因为他们没有资源，诸如盐、碱、糖、煤、铁、棉等重工业原料，他们都感缺乏。如管制得宜，将来会成为一个像瑞士国一样和平纯良的游览区。日人每天在报纸上看到战犯公审内容，都异常诧异，他们的确不知道日军曾在外国作恶。耶稣说：愿上帝饶恕他们，因为他们所做的，他们并不知道！我们不发愁他们再来侵略我们，我们所愁的乃是我们自己不能复兴。胜利两年，战乱不已，依然不能负起领导这个悔过的小弟弟的责任。尤其是日本妇女，他们在国内毫无地位，不论何时何地，都没有说话的权利，也不能与男子受同等的教育。不自由，不民主，我希望进化的中国妇女，凡以前有过日本朋友的，现在仍应互通音问，来安慰她们。讲至五时半散会。

讲演在当时产生过较大反响。讲演内容在《世界日报》刊出不到一个月，1947 年 7 月 16 日北平出版的《现代知识》第 1 卷第 6 期，即以《冰心女士讲旅日感想》为题，对讲演作了转载和介绍。解志熙先生辑校的《补遗与复原：冰心四十年代佚文辑校录》收入了《现代知识》上的这篇文章。① 笔者比较了两篇文章，发现两文开端介绍部分差异较大，后面讲演内容部分则大致相同，只存在个别细微差异。由于北平《世界日报》对讲演的报道在前，《现代知识》出版在后，《现代知识》上的《冰心女士讲旅日感想》一文，应当是修改《世界日报》的报道而形成的。

报道中提到冰心这次讲演的邀请方为"女青年会"。女青年会指"北平基督教女青年会"，是中国基督教女青年会在北京的分支机构，

---

① 解志熙辑校：《补遗与复原：冰心四十年代佚文辑校录》，《鲁迅研究月刊》2009 年第 12 期。

地址在北京东城西堂子胡同 18、19 号。① 女青年会是基督教主办的妇女活动和社会服务团体，是国际性的妇女组织。作为一妇女组织，女青年会为了发展平民妇女教育，曾举办各种普及性的讲演会、学术讲座和广播讲演等，许多知名的大学教授、作家、学者都曾接受女青年会的邀请，进行讲演或讲座。冰心这次讲演，就属于此类活动。由于女青年会是一妇女组织，其活动对象以女性为主，再加上冰心自己的女性身份以及对女性命运的关心，因此，讲演最后冰心特别提及日本的"妇女问题"，认为日本妇女处于弱势地位，希望"进化的"中国妇女能担负起大姐姐的责任，与她们互通音问，对她们加以提携与安慰。

女青年会具有浓厚的基督教色彩。由于冰心受基督教思想影响很深，再加上女性的性别身份，她曾多次参加女青年会及青年会组织的活动。《我入了贝满女中》一文自述中学时就和一些同学参加女青年会在西山卧佛寺举办的夏令会。在燕京大学预科上学期间，冰心热心参加了燕京大学青年会举办的各项活动，如与瞿世英等一起参加社会学系甘博尔与步济时组织的北京社会调查，这种社会调查就是青年会工作的一部分。② 除此之外，她还参加了燕京大学女校青年会与男校青年会联合举办的赈灾义演，编辑《燕大青年会赈灾专刊》（1921 年出版），该刊的《发刊词》即为冰心所作，署名"谢婉莹"。冰心被北平女青年会邀请作讲演，与她的性别身份、基督教信仰以及她与女青年会的密切关系是分不开的。

女青年会是基督教主办的，其社会服务工作的背后，有着基督教信仰的支撑和对基督教信仰的弘扬。冰心此次在女青年会的讲演，是女青年会社会服务工作的一部分，其"爱与宽恕"的讲演主旨与基督教教

---

① 马晨彤：《北京基督教女青年会》，载刘宁元、马晨彤、陈静等主编《北京的社团》（二），知识出版社 1994 年版，第 33 页。

② 参见费孝通《重访英伦（及其他）》，湖南人民出版社 1983 年版，第 179—180 页。

义和女青年会的工作宗旨相一致。为了宣扬对敌国日本应该爱与宽恕的思想，冰心还引用了《圣经》《路加福音》第 23 章第 34 节耶稣的一句话："耶稣说：愿上帝饶恕他们，因为他们所做的，他们并不知道！"为了支持自己的观点，冰心还特意把日本人民与日本军阀、日本帝国主义明确区分开来，认为前者善良、无辜，后者才是有罪的。冰心且以自己的亲眼目睹，证明日本战后所受创伤比中国严重千倍以上，敌人罪孽已得到惩罚，我们不应再对他们怀有仇恨之心。冰心这种爱与宽恕思想，显示了她作为一个母亲和基督教信仰者的仁厚和善良。不过，冰心在讲演中把日本称为中国的"小弟弟"，中国这个大哥应该"负起领导这个悔过的小弟弟的责任"，这一点是否能得到对方认同，她的善良与宽恕能否真正感动对方并得到对方回应，都有待作进一步追问。

冰心讲演对爱与宽恕的宣扬与强调，对《圣经》名言的引用，再加上讲演邀请方女青年会的基督教背景以及讲演地点的宗教色彩，这些蛛丝马迹，暴露了冰心此次讲演与其基督教信仰之间的隐秘关系，从一侧面说明冰心在中华人民共和国成立前不久对基督教教义还抱有坚定信仰。中华人民共和国成立后，与基督教之间的亲密关联，被她有意地遮蔽和淡化了。

《世界日报》1947 年 6 月 20 日对冰心报道同样是两条，除上面一条外，在同一版还有另一则较为简短的报道，题为"冰心女士再谈旅日观感"，报道内容如下：

> [本报讯]：贝满女中校友会，定于今日下午四时，假公理会礼堂，邀请该校校友女作家谢冰心女士，莅校演讲。讲题闻为"旅日观感"。

贝满女中是冰心的母校，冰心这次回平，不但受到母校燕京大学校友的热烈欢迎，还受到另一母校贝满女中的盛情邀约。由报道可知，冰心这次在贝满女中讲演的时间为 1947 年 6 月 20 日，地点为公理会礼堂，题目为"旅日观感"。由于题目与女青年会讲演相同，这次讲演的内容应该也大致相同。

报道中提及的"公理会"指的应该是基督教北京公理会，地址在今北京市灯市口大街路北，育英学校老校门西，贝满女中初中部就坐落在公理会院内西北角。①

北平《世界日报》不但对冰心在北平期间的讲演与活动作了较为详细报道，而且关注到冰心何时离开北平，该报 1947 年 7 月 5 日"教育界"以"冰心今午离开"为题，对此特意作了报道：

> ［本报讯］女作家谢冰心连日在平与各友好话别，酬酢甚繁，定今午十二时，搭中航班机飞沪，乘轮遄返日本。

由此可知，冰心离开北平的确切日期应是 1947 年 7 月 5 日，飞沪后，不久即乘船返回日本。因此，她回日本的时间与她离开北平的时间相距不会太远。

1947 年 6 月 11 日从上海到北平，同年 7 月 5 日从北平到上海，冰心的北平之行相当短暂，总共不到一月时间。而在这短短的二十几天，《世界日报》对她的行踪却给予了足够关注——有关她的报道竟达五次之多。透过媒体的关注可以看出，冰心的北平之行，在文化界、教育界曾产生广泛影响。之所以会这样，与冰心"著名作家"的声望有关，与冰心和母校燕京大学、贝满女中的亲密关系有关，当然，更与她刚从日本回来这一特殊身份有关。八年抗战刚刚结束，对于饱受战争灾难的

---

① 参见邵燕祥《邵燕祥自述》，大象出版社 2003 年版，第 95 页。

中国人来说，"日本现状"是一敏感话题，也是能够引起公众普遍感应的话题。而刚从日本回来的冰心女士，无疑是谈论这个话题最为合适的人选。

《世界日报》对冰心北平之行能够持续关注并作连续报道，与它的办报方针与指导思想有直接关系。《世界日报》由成舍我创办，该报创办之初，即开辟有"教育界"专版，以及时报道北京教育界新闻为特色，在民国时期的北京教育界、文化界具有相当大的影响力。由于该报的这一特点，冰心从日本回到北平后，《世界日报》记者才能以高度的敏感，抓住冰心此次北平之行所可能具有的新闻价值和看点，对之进行跟踪报道，从而为后人留下了珍贵史料。

北平《世界日报》1937 年关于
郭沫若与凤子的一则报道

笔者在查阅北平《世界日报》时，在该报 1937 年 4 月 24 日第 5 版"东京通讯"栏，发现一篇新闻报道，题目为《日笔会在东京宴请凤子》，对凤子 1937 年 4 月到东京出演《日出》的盛况，有详细报道，其中，还涉及郭沫若的一些珍贵史料。为使研究者对该报道所了解，笔者将其整理如下：

日笔会在东京
宴请凤子

郭沫若在答宴席上赋诗感怀

秋田雨雀对凤子演技极赞美

凤子定月底由日返国

【本报东京通讯】《日出》在东京上演，因凤子东来而引起国际剧坛的注意，本报前曾有通讯报告过。最近日本笔会特于日前宴请了她一次，到会长岛崎藤村，副会长堀口大学及作家三十余人。席间由堀口大学略致欢迎词后，凤子亦作了一个简单的演说，谓笔会是一种有国际性的组织，这种组织在我国亦有相当的历史，本人虽非会员之一，里面亦有不少认识的朋友。这次为演《日出》来东京，希望因此能从艺术上建筑起中日两国间真正的友谊。

日本笔会之外，日本国际映画协会，松竹映画公司及其他团体以及个人的招待等，足足忙了她一两个星期。

最近她为答谢日本各界的招待起见，在银座藤里容回宴各界。到郭沫若，秋田雨雀，堀口大学，新居格，近藤春雄，望月百合子等十余人。秋田雨雀对凤子的演技，赞美不止。他说日本目前新剧界女演员中，缺少有文学修养的人材。山本安英在这方面虽稍有成就，但演技上仍不及凤子的深刻。凤子对剧中人感情的变化把握得住，《日出》第四幕最后陈白露自杀的场面，如果对文学修养不够，决不能有此成绩，秋田雨雀那天很高兴，他在凤子的纪念册上写了两句 Waet Whitman[1] 的话："年青人美，老年人更美"。郭沫若那天亦远从千叶赶来，他说没到银座已多年了，这地方真不容易找。他赠给凤子两首七绝："生赋文姬道蕴才，霓裳一曲入蓬莱，非关逸兴随儿戏，欲起燎原自死灰"；又："海外争传火凤声，樱花树下啭春莺……"。

从这两诗中可以见到郭氏近来的心境。席间大家赠诗给凤子的很多，都请郭氏译成中文。替近藤春雄的诗译成一首五绝："花谢叶成阴，明春可再寻；与君虽远别，相见待来令"。那天凤子告诉大家，约在四月底回国，并希望将来有机会再度来日。（二十日）

1937 年春，凤子应"中华留东同学会话剧协会"之邀，赴日本东京，在神田一桥讲堂公演全本《日出》，轰动一时。关于凤子东京出演《日出》的大概情况，凤子在《〈日出〉及其他（东京通讯）》[2]《杂忆

---

① 应为"Walt Whitman"，沃尔特·惠特曼（1819—1892），美国著名诗人，其代表作品是诗集《草叶集》。

② 封禾子（凤子）：《〈日出〉及其他（东京通讯）》，上海《国民》周刊 1937 年 6 月 4 日第 1 卷第 5 期。

东京之旅——我在东京演〈日出〉》① 《回忆阿英》② 《一个业余剧作者的回忆：从"复旦剧社"到"戏剧工作社"》③ 《重访"一桥讲堂"——访日杂记之一》④ 等文中有较为详细的讲述。张彦林《绮才玉貌——凤子图传》⑤ 等书对凤子东京游历的叙述，依据的就是上述文章。在这些文章中，凤子回忆了自己在东京受到日本文化界的热烈欢迎及自己参与日本文化界活动的一些情况，但只是泛泛而论，不太详细。《世界日报》的报道则为我们研究凤子在东京的生活，提供了更为翔实的第一手史料。

由报道可知，由于凤子出演《日出》的成功和产生的反响，日本笔会特举行宴会，对她进行宴请。参加此次宴会的有日本笔会会长岛崎藤村、副会长堀口大学和其他作家三十余人，凤子在宴会上还发表了演说。日本笔会1935年11月26日成立于东京。该会是由诗人、小说家、剧作家等组成的民间团体，宗旨是改变日本文学与世界的隔绝状态，加强与各国文化界的联系，增进相互了解。⑥ 日本笔会这次宴请凤子，就是旨在加强中日之间文学界的交流与友谊。报道写于"1937年4月20日"，从报道中"日前"两字可推断，日本笔会宴请凤子的时间，大致可确定为接近1937年4月20日之前的某个时间。这时正值日本大举侵华前夕，中日民间的这种交往与友谊，显得弥足珍贵。除日本笔会之外，报道还提到日本国际映画协会、松竹映画公司对凤子的招待，也是凤子回忆文章所没有涉及的。

---

① 凤子：《杂忆东京之旅——我在东京演〈日出〉》，载舒乙、姚珠珠主编《凤子——在舞台上 在人世间》，中国文史出版社2007年版。

② 凤子：《回忆阿英》，《新文学史料》1979年第2期。

③ 凤子：《一个业余剧作者的回忆：从"复旦剧社"到"戏剧工作社"》，《新文学史料》1988年第1期。

④ 凤子：《重访"一桥讲堂"——访日杂记之一》，《中国戏剧》1981年第7期。

⑤ 张彦林：《绮才玉貌——凤子图传》，河南人民出版社2008年版。

⑥ 参见高书金、刘绍周等主编《日本百科辞典》，吉林人民出版社1990年版，第596页。

报道还披露了凤子在东京的另一项重要活动，可补回忆文章之不足，即她为答谢日本文化界的盛情招待，在东京银座回宴各界友人。报道详细交代了参加宴会的人员及宴会的具体情况，其中值得关注的为日本著名作家秋天雨雀对凤子的赞美、题词和郭沫若给凤子的赠诗、译诗。凤子在其回忆文章中只是简单提及秋田雨雀的赞美，由报道可知，秋天雨雀对凤子的赞美主要着眼于她的演技与文学修养两方面。秋天雨雀认为凤子演技的深刻与其文学修养有直接关系，正因凤子能深刻把握剧中人物感情的变化，所以才能获得演出的巨大成功。他的赞誉，代表着日本文学界对中国话剧艺术成就和演出水平的充分肯定。

关于郭沫若赠诗一事，凤子在其文章《怀念郭老》①《雨中千叶——访郭老故居》② 中有记述，龚济民、方仁念《郭沫若传》对此事也有记载。不过，凤子《雨中千叶》的讲述有不完善之处，《郭沫若传》依据凤子文章，难免以讹传讹。《雨中千叶》对此事记述如下：

> 一九八零年秋末，在杭州举办现代题材歌曲讨论会，我曾收到一封信，告我一九三七年曾和我一块访问郭老的留日学生吴汶的情况。信是吴汶的友人写的。并抄录了两首当时郭老赠给我和这位吴汶同志的诗。郭老给我的诗是：
>
> 　　海上争传火凤声，樱花树下啭春莺，
>
> 　　归时为向人邦道，旧日鲂鱼尾尚赪。
>
> ……
>
> 据吴汶同志回忆，诗是写在我们从东京买的玉版笺上，写时还对我们解释了"火凤声""鲂鱼""赪尾"的词义。

---

① 凤子：《怀念郭老》，载舒乙、姚珠珠主编《凤子——在舞台上　在人世间》，中国文史出版社 2007 年版。

② 凤子：《雨中千叶——访郭老故居》，《光明日报》1981 年 8 月 16 日第 4 版。

上述记述使人误以为郭沫若在东京赠给凤子的只有一首诗。凤子的说法来自吴汶《作诗容易改诗难——记郭老改诗》① 一文。吴汶为留日学生，当时曾陪凤子一起去千叶拜访郭沫若，他在该文中称郭沫若赠给凤子的诗本来是："生赋文姬道蕴才，霓裳一曲入蓬莱，非关逸兴随儿戏，欲起燎原一死灰。"后来，他对此诗不满，随后把它改为"海外争传火凤声……旧日鲂鱼尾尚赪。"依照吴汶叙述，郭沫若在东京赠给凤子的只有一首诗。事实果真如此吗？由北平《世界日报》这则报道可知，郭沫若当时赠给凤子的应是两首诗，吴汶所说的其中一首乃另一首所改而来是不正确的。凤子在《怀念郭老》一文中修正了《雨中千叶》的说法，认为郭沫若赠给她的是两首诗而不是一首，对于吴汶所持的"一诗乃另一诗所改而来"没有采信。

值得一提的是，凤子两文中所提的"海外欣传火凤声"一诗，在不同的文章中，文字上稍有差异，《怀念郭老》中此诗为：

> 海外欣传火凤声，樱花树下啭春莺，
>
> 归时为向邦人道，旧日鲂鱼尾尚赪。

该诗第一句《雨中千叶》为"海上争传火凤声"，《怀念郭老》则为"海外欣传火凤声"。《世界日报》的报道为"海外争传火凤声，樱花树下啭春莺……"与吴汶《作诗容易改诗难——记郭老改诗》一文所记相同，应该是正确的。因此，该诗起句应为"海外争传火凤声"。

该诗第三句《雨中千叶》为"归时为向人邦道"，《怀念郭老》为"归时为向邦人道"，"邦人"指"国人"，"人邦"明显有误。《怀念郭老》一文所记正确。

---

① 吴汶：《作诗容易改诗难——记郭老改诗》，《黄岩史志》1991 年第 7、8 期合刊。

综合以上两点，该诗正确的版本应为：

> 海外争传火凤声，樱花树下啭春莺，
>
> 归时为向邦人道，旧日鲂鱼尾尚赪。

凤子《雨中千叶》一文收入其文集《画像》时，完全依据《光明日报》本，该诗错误一仍其旧，龚济民、方仁念《郭沫若传》对郭沫若赠诗凤子之事，完全依据凤子《雨中千叶》一文，认为郭沫若赠给凤子的只有这一首诗，且所录该诗版本完全依据《雨中千叶》一文，延续了文中的失误之处。[①]

郭沫若赠凤子的"生赋文姬道蕴才"一诗则不存在版本问题。《怀念郭老》所记该诗，依据新发现的郭氏墨宝，字句上与吴汶所记一致，与《世界日报》报道所记该诗也完全相同。由此可证明《世界日报》对该诗的报道是真实可信的。

郭沫若赠给凤子的这两首诗不见于《郭沫若全集·文学编》，亦不见于《郭沫若佚文集》和《郭沫若旧诗诗词系年注释》，可视为郭沫若的两首佚诗。在这两首外，凤子《雨中千叶》一文还提到郭沫若赠给吴汶的一首诗：

> 老去无诗苦有思，窗前空负碧桃枝，
>
> 编将隐恨成桑户，坐见春风入棘篱。

该诗与郭沫若 1937 年在东京所作《又当投笔》所押韵同，亦作于 1937 年，《郭沫若全集》没有收录，同样是首佚诗。

---

① 龚济民、方仁念：《郭沫若传》，北京十月文艺出版社 1988 年版，第 165 页。

《世界日报》报道还提及郭沫若为凤子译诗一事，亦为凤子回忆文章及《郭沫若传》所未载。报道提及郭沫若曾把日本作家近藤春雄赠凤子的诗译成一首五绝：

花谢叶成阴，明春可再寻；与君虽远别，相见待来令。

该诗作为译诗，亦应收入郭沫若的全集之中。

综上所述，《世界日报》有关郭沫若与凤子的这则报道，其中所披露史实，多为两人文章与传记所无。它的发现，对研究他们在东京的生活创作及友谊，对研究中日文学之间的交往，皆具重要的史料价值。

郑振铎1930年代在上海的一次演讲

郑振铎1930年代在上海江苏省立上海中学作过一次题为《中国的出路在那里》①的演讲，演讲全文刊登于《江苏省立上海中学校半月刊》第101期（1936年2月28日出版），讲演记录者为"周鉴文、朱继清"。讲演记录稿曾以《中国的出路》为题刊载于上海《月报》第1卷第7期（1937年7月15日），文字上略有不同。该讲演记录稿不见于《郑振铎全集》②，亦不见于郑振铎研究文章及陈福康《郑振铎年谱》③。由于该讲演对研究郑振铎1930年代在上海的思想活动有重要史料价值，故笔者将其整理如下：

中国的出路在那里

郑振铎先生讲

周鉴文、朱继清记

今天本来想讲些文学问题，但细想没有什么特别的意义，至少在现在这样的时代，不十分切于实用。像现在这样的时代，最好讲些对于"大众"有用一点的问题，因此我把从前在北平及暨南大学讲过的题目

---

① "那里"，现作"哪里"，下同。
② 《郑振铎全集》，花山文艺出版社1998年版。
③ 陈福康：《郑振铎年谱》，三晋出版社2008年版。

姑且仍旧移用在这里。

我的题目是：

"中国的出路在那里？"

对于政治问题，没有兴趣的朋友，也许关于这个题目觉得讨厌。然而人是政治的动物，一切活动均受"政治"支配，对于政治应有深切的认识跟稍稍的涉猎。我们国家的人民，且个个人应强迫去想："中国的出路在那里？"

提到我们的国家究有出路没有这问题，我们不得不这样说：前面是一团黑暗，可怕的黑暗；空中是充满了烦闷，沉着的烦闷。我们在报上时常看到因受国事日非的刺激而牺牲的新闻；我们更在左右时常听见一片"没有出路"的呼声。一部份烦闷的结果是在绝路中索性不去找寻出路，像鸵鸟一样，攒①进了头，什么都不管，以现在享乐为满足。

要找寻中国的出路，我们须从鸦片战争看起，须从历史的演变和现代的发展推演出来。我们根据史迹，发现我们民族自己要求自己出路的经过，可以分为三个时期：

（一）戊戌政变期：在鸦片战争以前，中国人是很轻视外人的，但自鸦片战争后，恍然觉得要使国家强盛，非新式军械不行。于是造兵舰，设制造局，铺铁路。但甲午一战，这观念又被打得粉碎，于是知识阶级乃继而谋政治之改革，康梁二人，领导全国秀才，举人，发起戊戌政变，然而结果又遭失败，希望变成绝望，全国又陷入烦闷状态，感到无出路的苦痛。

（二）首次革命期：因为看到国家没有出路，中山先生乃在南洋，香港，日本等处鼓吹革命，进行非常顺利。光绪年间，个个人都感觉到中国唯一的出路是革命，青年男女，投效牺牲者，纷至沓来，一般人

---

① "攒"，应为"钻"。

民，毁家抒①难者，更数见不鲜。中小学生在看报时，个个热血沸腾，举国上下，入于疯狂状态。因此革命很快的成功。然而想不到的是结果还是个绝望。

（三）二次革命期：首次革命，绝望，于是又来了二次革命，国民革命军在广州发难，实行北伐。那时全国民气，又顿时复盛，在上海有很多人抛弃了他们的工作，加入黄埔军官军校去受训练，并且，最可感动的是有很多很有地位的文学作家，参加战争，结果大都牺牲。但他们的牺牲是值得的，他们深信他们的牺牲是会得到很大的代价的。那时中国确是有救的样子，真的抓住了出路了。然而，想不到，他的结果却不能如人们意料中的满意，直到现在，东三省的失陷，华北的危急，匪徒的扰乱不堪，使国家处于更危险的地位。使我们自动找求出路的热心，渐渐冷淡下去，使我们找求出路的机会，渐行减少。到最近，我们还再有第四个机会去找求自己的出路吗？辛亥时，中国地位还相当的稳固，我们还可暂时躲避或顽固，然而现在可以吗？在现在，我们没有机会再悠闲自适的了，我们个个人应强迫的去想研究，中国究有出路不？

中国现在全国是充满着黑暗，苟安，矛盾的现象，民族的自信力，完全没有，日人常说中国是世界上最有资格做奴隶的民族。真是一针见血。考我们民族，自从五代外人入主中原起，一直到金元清三代止，差不多时常受到和亡国奴一样的压迫，但是结果终究能继续生存下去，可知中国人的奴隶资格，真是老得惊人，现在姑且分析来观察：

中国智识阶级是没有领导民众的力量的，完全是帮闲阶级，用最取巧的方法专心替一家皇帝做走狗，帮同统治阶级，压迫榨取民众。这种士大夫阶级，完全是阿Q式的，自己一点没有自信任心，大多数人都是"知其不可而为之"。这七字可说是中国知识阶级的特性的代表。

---

① "抒"，应为"纾"。

"九一八"以后，很有人神气自若的说："好吧，咱们和日本五十年后再算账吧！"这完全是阿Q式的，胡先生也已表示忏悔，承认错误。也有人说和满清一样，三百年后再算账，他们以为满清当时压迫，也不在现代日本之下，他们像马罗人压迫小亚细亚一般的压迫中国民众，把中国有民族意识的书，全都烧掉。将全国有民族观念的青年，全都麻醉了。然而我们的民族仍旧不能灭亡，仍旧能继续生存下去。甚而至于反过来把满清推翻了。因此现在很有许多人想把这情状应用到今日的敌人上去。这种阿Q式的精神，确是要不得！有一般人更是来得聪明，他们索性去图谋富贵，做开国的元勋去，这一般人也不绝对的占少数，很多日本留学生和英美的留学生投到北平去出计划，很秘密的会把"平分会"及"平政会"先会①卖掉。这种丧心病狂的智识阶级完全是不可靠的，他们把有用的智识用错了。他们从错误的书本求得错误的智识，做出这种错误的行为。其最大的原因就是他们多读了做奴隶的历史。奴隶的历史多读了，会无形中倾向于阿Q式的精神的！

我们知道历史不是兜圈子的，是进化的。拿过去的历史以推断将来，是绝对不可能的！不可靠的！过去的坟墓里的古董在现在是只有交换价值而没有使用价值的，现在有现在的环境，一个时代有一个时代的核心。醉心于古代"木乃伊"Mummy的朋友，只是牺牲了自己的精神，消灭了自己的肉体，埋葬了自己的前途，放弃了自己的希望！

中国的知识阶级是没有希望的了！然而我们的民众究竟有出路吗？中国的民众只是一大块未开垦的黑土，韩愈的《原道》上说："民者，出粟米麻丝，作器皿，通货财，以事其上者也"。正是我们国家政治的特别现象。我们国家的人民和社会，在畸形的压迫方式下，变成了非常变态的人民和社会。我们的人民没有了做人的资格；我们的社会也

---

① "先会"两字疑多出。

失去了社会的实际。我们的历史是"教育并训练奴隶良民"的历史。因此我们人民的奴隶资格，实在无愧于人。西洋希腊的人民也分成两个阶级，（1）人民（2）奴隶，然而他们的奴隶是异族，非同族，他们命令奴隶替他们建筑，做工。结果，他们的奴隶替他们创造了文化，完成了建筑。然而我们的国家没有这种情形，在我们的史迹上，不能找到"奴隶异族"和希腊同样的事实。因为如此，所以就不得不把自己的人民当做奴隶。在中国境内无"公民"而只有"奴隶"。治者阶级只知闭了门谋一己的幸福。我们从上古看起，没有一个时代的政府曾尽力的替国家的百姓谋过幸福的。中国最好的政府，只是"安定的政府"。

然而我们须认清现在社会还是这样一条线下去的。中国的人民还是只有义务而无权利，完粮纳税是他们对于国家唯一的事情。他们仅仅受到"奴隶的教育"而没有资格受"公民的教育"。我们的治者阶级仍旧是抄了老祖宗的"传家法宝"，只谋自己的利益。我有一个朋友，他是某省的模范县县长，他到任后第一步的工作就是修盖新衙门。人民的享乐是口头上的护身器。结果，我们的人民都没有一天好好的做过人，度过"人的生活"。

我们的民族非但这样奴隶化，并且非常幼稚。幼稚的民族，见人跌交①，便拍掌大哭②；看见人家出殡，觉得非常有趣味而绝无半点同情之心。我们知道法国民族是最没情感的民族，但是如果他们在马路中心看见老母幼子，就立刻停车，让他们母子俩安然过去；如果看见人家出殡，就立刻脱帽致哀。这种"人的精神"究竟和我们幼稚民族的自私自利的精神比较怎样?!

因此，在今日，我们民族每个人都得要受正当的教育，要受人的教

---

① "交"，现为"跤"。
② 参照上下文文义，"大哭"当为"大笑"。

育；我们要取消奴隶的教育，更正奴隶的历史，踢开奴隶的习惯，并且，本身，尤须加以极端的注意，我们须做一个有血气而享有自由平等的人。这样然后国家能达于自由平等的地位。

救国的要件在民众的爱国，而要使民众爱国，非使民众受相当的"人的教育"不可。使民众对于国家，一方面固然有义务可尽，然而一方面也有权利可享，并且，更要紧的是使他们知道有"国之可爱"的所在，然后教他们"爱国"，方有宏效。

在那时候，我们民众更须对于政府有相当的认识，我们要拥护完全为民族谋福利的政党，我们应该无条件的信奉："大众的力量是无限大的"。华北义军，此起彼仆，不知有数千百次，然而我们知道他们究竟有多少军火？由于这一点，我们得以深信中国民族的力量是被压在大众的底下而未发掘出来。所以现在我们中国的急务即在"唤起民众"，跟"共同奋斗"。

"救国"是大众的工作，不是单独治者阶级所能包办的。所以教育应首先加以注意，统治阶级应绝对的觉悟三四千年来的奴隶教育是再也不能行之于今日的，今日应急于发展的教育只是"公民的教育"而非"奴隶的教育"。今日中国当前的唯一出路即在"唤起民众"。

（原刊《江苏省立上海中学校半月刊》第 101 期，

1936 年 2 月 28 日）

对于郑振铎此次讲演，讲演记录稿提供信息很有限。讲演的时间、地点皆有待查考。由于讲演记录稿刊发于江苏省立上海中学的校刊《江苏省立上海中学校半月刊》，因此，可大概推断出郑振铎讲演的地点应该就是上海中学，讲演的听众为上海中学的学生。关于讲演时间，也只能进行大概的推断。郑振铎在讲演开始有这样一段话："像现在这样的时代，最好讲些对于'大众'有用一点的问题，因此我把从前在北平及暨南大学讲过的题目姑且仍旧移用在这里。"该段话中所说的

"北平的演讲"，指的是 1933 年 1 月 18 日他在燕京大学"学生抗日会"会议上所做的题为《中国的出路》的演讲。关于这次演讲，陈福康先生《郑振铎在北平的两次演讲》① 一文有详尽介绍与评述。从这段话还可看出郑氏在暨南大学曾做过一次题为《中国的出路》的讲演。关于这次讲演，郑振铎研究文章及陈福康《郑振铎年谱》皆没有提及，讲演的具体情况不详。依据《郑振铎年谱》，郑振铎于 1935 年 8 月 17 日被暨南大学校长何炳松正式任命为暨南大学文学院院长兼中国语文学系主任和教授。1935 年 9 月 12 日暨南大学开学，此后，郑振铎在该校曾做过多次讲演。郑振铎所说的在暨大所做的《中国的出路》的讲演，应该就是作于 1935 年 9 月 12 日暨大开学之后。而郑振铎在上海中学的这次讲演，时间上当在暨大的同题讲演之后。因此，可大致推测，郑振铎在上海中学的讲演，时间上应该在 1935 年 9 月到 1936 年 2 月间。

郑振铎在上海中学的讲演，题目虽与燕京大学所做讲演一样，但内容却完全不同。燕京大学讲演作于 1933 年 1 月 18 日，讲演内容与此前国内发生的两起政治事件有关。一为 1933 年 1 月 3 日，日本侵占山海关；一为 1933 年 1 月 17 日，中华苏维埃临时中央政府和中国工农红军革命军事委员会发表宣言，提出愿意在国民党停止进攻苏区、保证民众权利和武装民众三个条件下，与全国各军队停战议和，共同抗日。讲演指出："此次榆关失守，或能使中国有更大之出路"，"《大公报》载中国红军宣言与中央合作抗日，由此二消息，可知中国已奔向某一出路。"② 由此可见，郑振铎在燕京大学讲演是就当时中国国内发生的政治事件发表感想，认为红军发表的联合宣言以及日本

---

① 陈福康：《郑振铎在北平的两次演讲》，载《民国文坛探隐》，上海书店出版社 1999 年版，第 357—360 页。

② 参见陈福康《郑振铎年谱》，三晋出版社 2008 年版，第 245 页；陈福康《郑振铎在北平的两次演讲》，载《民国文坛探隐》，上海书店出版社 1999 年版，第 358—360 页。

对中国的步步紧逼将会从正反两方面推动中国政局向前发展，使中国获得光明的前途。而郑振铎在上海中学的讲演，则避开对当时国内具体政治情况的观察与评价，更着眼于从整体上考察中国的出路问题。他认为中国当前唯一出路在"唤起民众"，"'救国'是大众的工作，不是单独治者阶级所能包办的"。① 中国的知识阶层没有领导民众的力量，"完全是帮闲阶级，用最取巧的方法专心替一家皇帝做走狗，帮同统治阶级，压迫榨取民众。"而民众历来接受的是奴隶政治和教育，养成严重的"奴隶人格"，并且非常幼稚。"幼稚的民族，见人跌交，便拍掌大哭；看见人家出殡，觉得非常有趣味而绝无半点同情之心。"这样的国民不可能爱人，更不可能爱国。因此，郑氏认为中国的根本出路在政治上民主清明与文化上启蒙教育民众："救国的要件在民众的爱国，而要使民众爱国，非使民众受相当的'人的教育'不可。使民众对于国家，一方面固然有义务可尽，然而一方面也有权利可享，并且，更要紧的是使他们知道有'国之可爱'的所在，然后教他们'爱国'，方有宏效。"

郑振铎认为中国的出路在教育上唤起民众、启蒙民众，进行人的教育，延续的其实还是五四以来以鲁迅为代表的文化启蒙话题。1935 年、1936 年正值中国八年抗战前夕，亡国灭种的严峻形势与救亡的迫切任务非但没有遮蔽文化启蒙的话题，即"救亡"并没有压倒"启蒙"，相反，为了"救亡"，知识分子又一次提出"民主"与"启蒙"的五四话题。这一点，在郑振铎上海中学的此次讲演中，得到了有力揭示和生动说明。

近代鸦片战争以来，"中国的出路"一直是知识分子探讨的核心问题。围绕此问题，大到政党及政党领袖，小到一介书生、平头百

---

① 郑振铎：《中国的出路在那里》，《江苏省立上海中学校半月刊》1936 年第 101 期。以下引文均出自该文。

姓，都进行了各自的不懈探索与紧张思考，发生过相当激烈的思想交锋，[1] 且最终演变为大规模残酷的政治斗争与军事冲突。20 世纪的中国历史，可概括为对"中国出路"问题的探索史与围绕此问题所展开的斗争史。从这个角度讲，郑振铎在 1930 年代所做的讲演，他对中国出路问题的建言献策，就具有极其珍贵的思想史意义，值得后来者加以珍视。

---

① 围绕"中国的出路"一问题，民国政要或知识分子皆发表有文章或演讲，如蒋介石《最后关头的中国的出路》，见《中国的出路》，战时出版社 1937 年版；陶行知《中国的出路》，见《陶行知选集》第 2 卷，教育科学出版社 2011 年版，第 344—353 页；罗家伦《中国的出路：现代化——民国二十九年在国立中央大学讲》，见朱庆葆主编《南京大学百年学术精品·历史学卷》，南京大学出版社 2002 年版，第 215—224 页。

俞平伯佚文辑说

　　笔者在阅读民国报刊时，发现几篇俞平伯的散佚诗文和讲演，失收于《俞平伯全集》，亦不见于孙玉蓉编纂的《俞平伯年谱》及其他研究文章。它们是：《"宣传""党"这两个词你怎么看法?》，刊北平《知识与生活》1947 年第 6 期；《民主与佛学》，刊《时代批评》1947 年第 4 卷第 89 期；《文章自修说读》，刊北平《国民杂志》1943 年第 3 卷第 5 期；《儿歌》，刊上海《儿童世界》1922 年第 3 卷第 9 期；《孔门的教学法：俞平伯在北平电台讲》，刊北平《世界日报·教育界》1948 年 9 月 4 日第 3 版。鉴于这些散佚诗文对俞平伯研究有重要价值，故笔者将其中几篇整理出来，并作简要说明。

《"宣传""党"这两个词你怎么看法?》

　　《"宣传""党"这两个词你怎么看法?》（以下简称《"宣传""党"》）全文 5200 余字，署名"俞平伯"，文后标注写作日期为"三十六年二月二十一日"，即 1947 年 2 月 21 日。俞平伯认为"宣传""党"两词多为时人所误解，故写文章阐发两词之真意。在他看来，宣传本身无善恶可言，善恶主要在其内容。宣传须具备两个要件方为正确，一为要说好话，二为所说好话要合乎事实。为了救世，既须物质方面之改进，又须精神方面之启蒙。而启蒙民众，则分"教诲"与"宣传"两途："教诲渐进而务本，宣传急起以治标，如鸟之两翼，人之两足，不可偏废也。宣传实是教诲的扩音器。"因此，心存淑世之人，一定要利用好"宣传"的大喉咙把自己的主张宣扬出去，对民众进行启蒙教育。宣传不一定都出自"党"，但"宣传"与"党"的关系却非常密切，且一般人误解与惧怕"党"尤甚于"宣传"，因而，俞平伯认为一般人更应了解"党"的真意。从这点出发，他对于"党"一词所应有的含意，做了更为详尽的阐发。

俞平伯首先从一般人对"党"产生误解的缘由说起。"党"之受到误解，是因为在中国古代"党"非佳名，历朝历代的无谓党争和宗派斗争所带来的政治动乱与巨大灾祸，更加深了人们对它的误解。俞平伯认为，时移世异，世异理异，"安得以昔之在朝之朋党与在野之会党比今日之政党乎？"党分"坏人结党"与"君子结党"。坏人结党自不值一提，那么，君子结党呢？俞平伯从孔子的言论和行为来证明君子结党的合理性与必要性："照他的说法，君子应该合群的，其所以合，为道义的。其如何合是异而谐和的，非同而专一的。更据史实，他本人的行动是为政的，教人的至于救世的。他的精神是积极的，明知其不可也要干的。"俞平伯进而认为"究竟君子为什么要党，为什么要联合，这些都很容易明白的，不联合就孤立，孤立亦无碍，看你处世的态度如何，假如只想独善其身，你又何必栖栖皇皇，但假如你想兼善天下，有时候不能不联合甚而至于结党。"结党的目的其实很简单，就是团结起来力量大。百人社会中若只有十个好人，其他人结为一党，这十人孤立，则他们必被九十人的集团个个击破；若他们联合为一党，虽仍不免为地道的少数党，但情况要好多了。俞氏的结论是：君子不但可以结党，而且，唯有君子能够结党。

俞平伯自称"我压根儿不见得懂什么政治"①，"……我是向不谈政治之流的"②，"书生论政，本可笑怜"③，但他却从未停止过对政治、对时局、对社会现实的关怀，并由此而发为文章。这类议论时政或影射现实的文章，在俞氏文集中，数量虽不算多，且远不如他的小品散文影响大，但却颇能见其真性情。从这些文章中，我们能看出俞平伯和传统知识分子一样具有非常深沉的忧患意识。俞平伯发表这些文章有几个比较集中的时段，第一时段为 1919—1925 年，第二时段为 1931—1933 年，第三时段为 1947—1948 年。第一时段他论政的关键词可归纳为"自克"。《雪耻与御侮》认为："被侮之责在人，我之耻小；自侮之责在我，我之耻大；雪耻务其大者，所以必先'克己'。""勇者自克；目今正是我们自克的机会。我主张先扫灭自己身上作寒作热的微菌，然后去驱逐室内的鼬鼠，门外的豺狼。"④ 在给孙伏园的信中指出："我们的正路，是自己先站得笔挺，然后把人家推出。这方是正义与强权合体，有出息的孩子们干的事。"⑤ 为了与外国对抗，必须先强中国之内政："其实经济绝交，也还是治标的方法；根本的治理终在整顿内政上。"⑥ 第二时段他论政的关键词可归纳为"去私"。写于 1931 年 12 月 21 日的《救国及其他成为问题的条件》认为："舍己从人总是高调，知道自己以外还有别人的这种人渐渐多起来，只知道苟生独活的家伙渐渐少起来，那就算有指望了。然而又谈何容易呢！"⑦ 发表于 1932 年的《贡献

---

① 俞平伯：《〈苦果〉序》(1929 年 1 月 21 日)，《俞平伯全集》第 2 卷，花山文艺出版社1997 年版，第 312 页。以下所引《俞平伯全集》皆为此版本。

② 俞平伯：《一息尚存一息不懈》，原刊《京报副刊》1925 年第 181 期，见《俞平伯全集》第 2 卷，第 562 页。

③ 俞平伯：《雪耻与御侮——这是一番闲话而已》，《俞平伯全集》第 2 卷，第 18 页。

④ 俞平伯：《雪耻与御侮——这是一番闲话而已》，《俞平伯全集》第 2 卷，第 19、21 页。

⑤ 平伯：《咱们自己站起》，原刊《京报副刊》1925 年第 187 期，见《俞平伯全集》第 2卷，第 568 页。

⑥ 俞平伯：《一息尚存一息不懈》，《俞平伯全集》第 2 卷，第 564 页。

⑦ 俞平伯：《救国及其他成为问题的条件》，《俞平伯全集》第 2 卷，第 263 页。

给今日的青年》认为："中国人的第一毛病是'私'。……私足以亡中国！要救国，须团结；要团结，须去私。"① 第三个时段俞平伯论政主要围绕知识分子的岗位意识和责任担当而展开，其关键词可归纳为一句话"各思以其道易天下"。此语出自俞平伯 1947 年 2 月写的《为〈中外文丛〉拟创刊词》一文。这篇文章对了解俞平伯 1947—1948 年的思想非常重要。俞平伯从当时国运危殆的大势出发，提出知识分子应远溯先秦诸子之流风余韵，"各思以其道易天下"，即知识分子应发扬"处士横议"之精神，认真积极地干起来，发言著文，"从现实的观察里提出问题来。这些问题不必都有答案，有答案不必都对，但它们的重要性却不容否认的。因此引起公众的注意和讨论而得到较正确的回答，那当然更有意思了。"② 这就是策划《中外文丛》的初衷所在。从文章看，俞平伯等人策划《中外文丛》的目的，还是着眼于启蒙："再试从根本上说，治乱本诸善恶，善恶先于人心。人好，世界自然好。但人如何能自然会好呢，有时须得同伴们去提醒他，这是'淑世'方法之一。我们何敢以此自欺，但懔于'匹夫有责'之义，又不忍缄默；故由衷之言，如实而语，更出之以叮咛，申之以强聒。事功不必为我所成，风气不妨由我而开。"从中既可看出俞平伯拳拳爱国之心，又可看出他们创办《中外文丛》时怀着很大抱负。可惜《中外文丛》最后并没有创刊，但俞平伯写于此段时期的一些文章，如《闲谈革命》③《知识分子今天的任务》等文，包括他此前系列议论时政的文章，都可看作知识分子"各思以其道易天下"的产物。而《"宣传""党"》一文，同样是他面对危局所发的"处士横议"。

---

① 俞平伯：《贡献给今日的青年》，原刊《中学生》1932 年第 21 期，见《俞平伯全集》第 2 卷，第 586 页。

② 俞平伯：《为〈中外文丛〉拟创刊词》，原刊《大公报》1947 年 2 月 12 日，见《俞平伯全集》第 2 卷，第 691 页。

③ 俞平伯：《闲谈革命》，《论语》1947 年第 134 期。

《"宣传""党"》一文的核心观点"君子应结党"，在他早年的文章如 1922 年写的《东游杂志》及中华人民共和国成立前夕如 1948 年写的《知识分子今天的任务》中，都曾以直接或间接的形式出现。《东游杂志》认为历来从事政治经济活动的仁人志士很多，但效果并不理想，其原因有两条：一是他们没有联合起来；二是他们以个人为目标，不是为自己，就是为一个首领、一个党的私利。"所以现在最要紧的是联合（人才集中），更要紧的，是有主义的联合，不是私人的联合。我们不当忠于一个人，应当忠于一个主义。"① 这句话中"有主义的联合"，其实就暗含"君子结党"的意思，只是所指还不很明确罢了。文中虽提到"党"，但对其态度却是否定的，认为"为一个党的私利"也是"私"。这说明他主张"有主义的联合"，但并不主张联合而成的"党"或"组织"可以有自己的特权和私利。1948 年写的《知识分子今天的任务》，就知识分子"今天的任务"提出两点：一点为"讲气节"；另一点为知识分子如何联合的问题，"在过去所谓士大夫有两种情形，一种是散漫、孤立，所谓君子不党；另一种是朋党之争，这两种极端情形都不大好，党争在历史上没有好的例子。古代先贤所提倡的思想，不讲争只讲让，他不曾定下争的规则，礼让不成，必致混乱。现在民主政治离不开政党，而政党的竞争，必须有规则，古书上讲争的道理很少，在《论语》上只有'君子无所争，必也射乎'这一句。党争在中国历史上表现得很坏，正因为不知道守君子之争的规则。知识分子的如何联合，同这个是很有关系的。这是我想到的第二点。"② 很明显，就知识分子如何联合问题，《知识分子今天的任务》与《"宣传""党"》两文间存在着互文关系。《知识分子今天

---

① 俞平伯：《东游杂志》，原刊《时事新报·学灯》1922 年 8 月 2 日、3 日、19 日、20 日和 9 月 2 日，见《俞平伯全集》第 2 卷，第 542 页。

② 俞平伯：《知识分子今天的任务》，原刊《中建》1948 年第 1 卷第 2 期，见《俞平伯全集》第 2 卷，第 739 页。

的任务》否定"君子不党"与"朋党之争",《"宣传""党"》则正面论证"君子结党"的必要性与合理性。对于知识分子的联合问题,《知识分子今天的任务》只是欲言又止,而《"宣传""党"》则有颇为详尽的阐发。所以,该文对了解和研究俞平伯及一般知识分子在中华人民共和国成立前夕的思想动向,具有重要的思想史价值。

俞平伯称"我是很保守的,我觉得古代有许多地方仍然很好"①。这种"保守"既体现在思想层面,如坚持传统知识分子的"气节",把自己和与己同类的"保守分子"微言大义地命名为"君子"②,有时又落实到其行文层面,在阐发自己观点时,喜欢大段引用古人特别是孔孟学说,用他自己的话说,这叫"编新不如述旧,陈古所以讽今"③。之所以"旧"可出"新"、"古"可讽"今",是因为"今所遭遇,苦难似乎崭新的,其实倒是顶老顶去④的问题"⑤。这种"编新不如述旧,陈古所以讽今"的行文风格与运思方式,在《"宣传""党"》得到淋漓尽致的发挥。文章多处引用《论语》、《孟子》、《左传》、《史记》与欧阳修《朋党论》,虽是"述旧陈古",但却是为了"编新"以"讽今",有着鲜明的思想指向和强烈的现实关怀在里面。从这个角度看,俞平伯一些有关《论语》的纯学术文章,背后也透露出他对孔子之尊崇,包含有讽今的现实动机。这一点,只有通过把这些纯学术文章与他的政论文章如《"宣传""党"》对照着读,才能明白。

"陈古所以讽今"的"讽"字,还揭示了俞氏论政文章的另一特

① 俞平伯:《知识分子今天的任务》,《俞平伯全集》第 2 卷,第 739 页。
② 俞平伯:《智人愚人聪明人》,原刊《论语》1948 年第 160 期,见《俞平伯全集》第 2 卷,第 742 页。
③ 俞平伯:《戊子元旦试笔(谈孟子)》,原刊《论语》1948 年第 148 期,见《俞平伯全集》第 2 卷,第 720 页。
④ "顶老顶去"四字疑有误。
⑤ 俞平伯:《戊子元旦试笔(谈孟子)》,《俞平伯全集》第 2 卷,第 720 页。

点：对现实之批判多用旁敲侧击方式，不是直说，而是曲说，有时则是"正言若反"①。所以，读俞氏此类文章，不但要读其纸面意思，还要读出其纸面背后的微言大义。就《"宣传""党"》一文说，开篇说自己所谈的"宣传""党"两词，必合于正常的含义，方有价值，而"若为非经常的，非正规的，非典型的，变态的，病态的，都不在本篇范围内，如宣传，而歪曲违反了事实，结党则营私病国之类。"矛头隐隐指向"歪曲"的宣传和"营私病国"的结党。结尾有这样一句话："君子可以有党似乎没有问题了，然而为什么竟会成问题呢，至今还成为问题呢，有些人正标榜着'无党无派'、'超然'与'中立'？这决不能没有原故，这原故假如有，或者很严重的。孩子气的话总不值一笑的。"这句话也大可玩味，隐含着对标榜"无党无派"、"超然"与"中立"者的讽刺与评判。细读《"宣传""党"》全文，纸面的意思是宣扬君子结党的合理性与必要性，宣传的正当性，但纸面背后却隐含着对现实的"宣传"与"党"的尖锐批判。

《"宣传""党"》写于1947年，当时中国正处于时局危难、政局动荡之时，知识分子"各思以其道易天下"，纷纷以结党的方式采取政治活动。而俞平伯自己也于1945年经许德珩介绍加入九三学社，并在九三学社中央于1946年8月迁到北京后，积极参与九三学社的工作和活动。②另据许宝骙回忆，"抗战末期，平兄经余介绍参加中国民主同盟（即'小民革'）北方地下组织……是为平兄一生政治中之大事。抗战胜利之后三年革命战争期间，'小民革'在北平文教界中展开民主活动，每次扩大征集签名，平兄无役不与。"③与之前文章的闲适和生活上的散淡无为相比，俞平伯在抗战后的文章中开始强调"天下兴亡，

---

① 俞平伯：《智人愚人与聪明人》，《俞平伯全集》第2卷，第740页。

② 参见孙玉蓉编纂《俞平伯年谱（1900—1990）》，天津人民出版社2001年版，第230、234页。

③ 许宝骙：《俞平伯先生〈重圆花烛歌〉跋》，载孙玉蓉编《古槐树下的俞平伯》，四川文艺出版社1997年版，第7页。

匹夫有责"①，强调"要干就干，不要干算了，不必踌躇。一边走着一边瞧，上一回当学一回乖，冒失或者无妨；等着，待着，过于把细，反而会误事的。"② 这时的俞平伯确实开始行动起来，积极参与到当时的政治活动中，如 1947 年 2 月 22 日，与朱自清、许德珩、汤用彤、向达等九三学社十二位同人就北平市政府发动警宪夜入民宅以清查户口为名肆行搜捕事件，提出抗议，并拟定《保障人权同盟》，发表于 1947 年 3 月 8 日《观察》第 2 卷第 2 期。③ 参与政治活动之外，还就知识分子以何种方式参与政治建言献策。他的这种积极态度与行动，可能与他身边存在的九三学社同人、诤友如朱自清之激励有关。④ 当然，其根本原因还是俞平伯思想深处对自己作为一个"现代士大夫"的认同。这是此文产生的时代背景。俞平伯宣称君子应该结党，这话在当时就触犯时忌，到后来则显得更加不合时宜。所以，文章最终没有被作者收集也自在情理之中。

《民主与佛学》

《民主与佛学》3600 字左右，刊《时代批评》1947 年第 4 卷第 89 期。此文与俞平伯另一篇佚文《今世如何需要佛法》为同一文本而略有不同。孙玉蓉《俞平伯年谱》在 1947 年 7 月 6 日有如下记载："在北平居士林演讲《今世如何需要佛法》，由阿姮女士记录，经修改后，发表在本年 7 月《世间解》月刊第 1 期，署名平伯。"⑤《民主与佛学》与

---

① 俞平伯：《知识分子今天的任务》，《俞平伯全集》第 2 卷，第 738 页；又见俞平伯《为〈中外文丛〉拟创刊词》，《俞平伯全集》第 2 卷，第 691 页。

② 俞平伯：《为〈中外文丛〉拟创刊词》，《俞平伯全集》第 2 卷，第 692 页。

③ 参见孙玉蓉编纂《俞平伯年谱（1900—1990）》，天津人民出版社 2001 年版，第 230、236 页。

④ 见俞平伯《诤友》，《俞平伯全集》第 2 卷，第 744—748 页。

⑤ 孙玉蓉编纂：《俞平伯年谱》，天津人民出版社 2001 年版，第 239 页。

《今世如何需要佛法》文本大略相同，《今世如何需要佛法》发表早于《民主与佛学》。笔者把两篇文章作了对勘，发现俞平伯对《今世如何需要佛法》的修改，主要着眼于去掉该文的演讲口吻及在居士林讲演的背景，把它变为一篇一般意义上的文章。

《今世如何需要佛法》文后有这样一段解释性的话：

> 最后我说，我对佛学的知识太浅薄，又是外行，只该在这里听讲的，不配在这里发言，谨向诸位居士，致惶谦之意。
>
> 这是三十六年七月在北平居士林的讲稿，由阿姐女士笔记。七月十日平附识。

这两段话在《民主与佛学》一文中没有了。另外，《今世如何需要佛法》一文开始的"今天的讲题，我想把它分作两点来讲"一句，在《民主与佛学》中被修改为"这个题目我想把它分作两点来说"。这样删改之后，《民主与佛学》就成为一篇普通意义上的文章了，演讲口吻淡化许多。

有意思的是，俞平伯在修改《今世如何需要佛法》之后，又在文后标注了"八月五日，北大"几个字。这几个字，指的应该是他修改此文的时间和地点，时间为"1947 年 8 月 5 日"，地点为"北京大学"。但是否有另一种可能呢？即这是他另一次讲演的时间和地点。因为《民主与佛学》虽经修改，但还保留了讲说口吻。所以，文后注明的"八月五日，北大"，也极有可能是他在北京大学所做的一次讲演。同一内容，讲两次是极有可能的。

《民主与佛学》的中心意旨为现今虽为科学时代、民主时代，但科学只能作为推进文明之工具，科学之外还须宗教作为文明之本体。"科学与宗教并不会冲突，科学的终点，即是宗教的起点，所以须要把唯物与唯心配合起来，得到谐和，方是近代文明的开始。"俞平伯认为科学的时代需要佛学（佛法），民主的时代也需要佛学。就科学来说，人心的趋向决定一切，科学如失去好的管理方法，不但不能给人类造福，反足以毁灭人类。要防止科学带来的诸种流弊，就需要佛学。而就民主来说，西方所谓的民主在思想上指"自由、平等、博爱"。而佛学的教义，比之中国孔子与西方的基督教，更符合民主的要义。"自由、平等、博爱"三点中，自由最重要，而佛学对自由问题作了最好的解决："心的解放，乃是真正的自由：佛经所谓无挂碍是也。心的束缚，便是私欲，佛所谓三业贪、嗔、痴。不克制这个，人永远得不到自由的。"因此，俞平伯认为"佛教可以在根本上消除恶业，可以引导近代物的文明趋于正轨，它若配合了政治生计的措施，即可以渐渐达到理想的改革，在这娑婆世界上建设民主的极乐园。"

值得注意的是文章末尾出现的"大时代"一词，这个词俞平伯在一系列文章中多次提到。俞氏所谓的"大时代"并非指"光明时代""伟大时代"，如《随笔四则》有这样的话："那真的大时代就到了。是革命，不好听点也就是乱。"① 由此可见，俞氏所谓的"大时代"包含有"动乱时代""革命时代"的意思。他反对激进的"革命"，而主张渐进的"改良"，他隐约显露自己的这种观点是在《闲谈革命》一文中。俞平伯对"大时代"的隐忧还包括了他对科学无限发展的担心，这一点从他多次提到"原子弹"可约略看出。《随笔四则》说道："有人说，以机关枪打来，我们以机关枪打回去②，这不错了罢。却也难说，推而言之，原子弹来，必以原子弹往，你意以为如何？这问题牵涉

---

① 俞平伯：《随笔四则》，《俞平伯全集》第 2 卷，第 702 页。
② 蒋光慈《血祭》诗中有一句为"顶好敌人以机关枪打来，我们也以机关枪打去！"见《蒋光慈文集》第 3 卷，上海文艺出版社 1985 年版，第 425 页。俞平伯所谓的"有人"指的应该是以"蒋光慈"为代表的革命文学者。

得太广，离题亦太远，不好再拉扯了。"① 在另一文中再次提道："如相竞甲兵，必以坚利为贵，甲坚兵利之极，必相竞以原子弹者势也。彼以原子弹来，此以原子弹往，理则合矣，奈人类何？"② 原子弹为科学高度发达之产物，他对原子弹毁灭人类之担忧，其实就是对科学无限发展而得不到控制的前景之担忧。这种担忧，在以上文章中俞氏只是以其惯有的比较婉曲的方式表露出来，而在《民主与佛学》一文中，他则毫不含糊地直接提了出来。针对单纯发展科学的弊端，俞平伯掂出"宗教"作为应对，并就此作过题为《谈宗教的精神》的专题演讲。③ 而在宗教中，他更为重视"佛学"的救世作用，认为西方的基督教与中国的孔子学说，皆无法与佛教相比。佛学是否能拯救人类，暂且不说，俞平伯认为科学之外人类还需要宗教与信仰，唯物还要辅以唯心，"物的改革必与心的改革相配合，方是近代文明的开始"，这种观点，应该还是有一定道理的。当然，他对科学之担忧，对"原子弹"之害怕，在当时科学还不发达的中国，显得有点过于超前，但知识分子的良知和智慧，就是在这种不合时宜的超前中见出。

《文章自修说读》

《文章自修说读》是俞平伯的一篇重要文论，文刊北京《国民杂志》1943 年第 3 卷第 5 期。文章开篇为："尝拟作文章四论，曰文无定法，曰文成法立，曰声入心通，曰得心应手。以病懒放，迄未成也。"这说明作者曾有写作《文章四论》的打算，这一点也可由其他人的文章得到证实。俞平伯私淑弟子吴小如在回忆其师的文章中写道："先生

---

① 俞平伯：《随笔四则》，《俞平伯全集》第 2 卷，第 701 页。
② 俞平伯：《戊子元旦试笔（谈孟子）》，《俞平伯全集》第 2 卷，第 721 页。
③ 参见陈子善《"历历前尘吾倦说"——琐忆俞平伯先生及其他》，见《古槐树下的俞平伯》，第 146 页。

在 1985 年的那次谈话，也提到了写文章的经验。他归纳为四句话：'文无定法，文成法立；声入心通，得心应手。'这四句话我在四十年代初谒师门时即已听说，可以说是先生一生创作理论的一个总纲。先生对两位青年朋友说：'这四篇文章我并没有作成，而且恐怕永远也作不成了。'我则以为，这十六个字已经把写文章的道理概括无遗，根本不需要另费笔墨了。"① 吴小如提到俞平伯关于创作理论的十六字诀与《文章自修说读》提到的十六个字一字不差。吴小如指出俞平伯最早提到这十六字创作理论的时间是 1940 年代初，《文章自修说读》恰好发表于 1943 年，正可印证吴小如的说法是可信的。俞平伯在 1980 年代还反复向弟子谈他总结的十六字创作理论，说明他对自己总结的这套创作理论的重视。吴小如认为这十六字创作理论"已经把写文章的道理概括无遗"，虽有夸大之嫌，但他说这十六字代表了俞平伯一生创作理论的一个总纲，"如果我们根据这十六个字掉转头去仔细研究先生的创作道路，并总结先生对文学的贡献以及他的成就、业绩，我想一定会得出更新、更深、更切合先生创作实际的结论来的。"② 这种说法则是有一定道理的。

俞平伯自己也说过："我曾想做一组文章，谈谈做文章的问题，就叫《文章四论》。"③ 四论虽没写成，但他在 1985 年发表的《关于治学问和做文章》一文中对这四论的内涵有所阐释。其中，他认为十六字理论中的后两句更为重要，对这两句的阐发也更为详尽。这说明他对于这十六字中的后八字即"声入心通，得心应手"更为重视。现今发现的这篇佚文《文章自修说读》阐发的主旨正是四论之一的"声入心

---

① 吴小如：《追忆俞平伯先生的治学作文之道——为悼念平伯师而作》，见《古槐树下的俞平伯》，第 333 页。

② 吴小如：《追忆俞平伯先生的治学作文之道——为悼念平伯师而作》，见《古槐树下的俞平伯》，第 333 页。

③ 俞平伯：《关于治学问和做文章》，《文史知识》1985 年第 8 期。

通"。笔者之所以这样认为，是因为文章第二段第一句话就是："读，声入心通之谓"。《文章自修说读》的关键词为"读"，而他对"读"的解释就是"声入心通"，这说明他这篇文章所谈的正是"四论"之一的"声入心通"问题。

俞平伯认为只有通过"读"的途径才能达到"声入心通"。读"有二焉，曰朗，曰熟，不朗，声何由入，不熟，不通于心矣。"① 这是他对"读"的两个最基本要求。"朗"指朗诵，即大声阅读；"熟"指熟读，反复阅读，千百遍的阅读，最终达到出口成诵的地步。只有如此，才能"声入心通"，自然而然了解文章的思想和韵味，并由此而揣摩到作者的创作技巧，就如他文中所说："于古来名著背诵如流，斯有左右逢源之乐，而文章之事亦思过半矣。"这里的"文章之事"不但包含文章欣赏，而且包含文章写作，而这些都要通过反复诵读之后的"声入心通"来达到。

为什么要反复诵读才能达到对文章的真正理解并进而掌握创作的门径呢？《文章自修说读》对此没有进一步阐发。后来在 1979 年发表的《略谈诗词的欣赏》一文中，俞平伯对此有所解释："作者当日由情思而声音，而文字，及其刊布流传，已成陈迹。今之读者去古已遥，欲据此迹进而窥其所以迹，恐亦只有遵循原来轨道，逆溯上去之一法。当时之感既托在声音，今日凭借吟哦背诵，同声相应，还使感情再现。虽其生②也至微，虚无缥缈，淡若轻烟，阅水成川，已非前水，读者此日之领会与作者当日之兴会不必尽同，甚或差异，而沿流讨源终归一本，孟子所谓'以意逆志'者，庶几近之。反复吟诵，则真意自见，笺注疏证亦可广见闻，备参考。'锲而不舍'、'真积力久'，即是捷径也。"③

---

① 俞平伯：《文章自修说读》，《国民杂志》1943 年第 5 期。
② "生"，疑当为"声"。
③ 俞平伯：《略谈诗词的欣赏》，《文学评论》1979 年第 5 期。

1985 年发表的《关于治学问和做文章》又重新申说了他的观点。各类文体中，诗与声音的关系最为密切，因此，俞平伯更为重视"诵读"在诗的学习与创作中的重要作用，如认为："诵读，了解，创作，再诵读，诗与声音的关系，比散文更为密切。杜甫说，'新诗改罢自长吟'，又说，'续儿诵文选'，可见他自己做诗要反复吟哦，课子之方也只是叫他熟读。俗语道：'熟读唐诗三百首，不会吟诗也会吟'，虽然俚浅，也是切合实情的。"①

重视诵读在诗文学习、欣赏与创作中的作用，是古典诗文论的精华和重要内容之一。现代作家对此也多有论述，俞平伯之外，叶圣陶特别是朱自清等人对此有颇为深入细致的探讨和研究。如朱自清认为学习文言文乃至欣赏文言，吟唱固然有益，但诵读也许帮助更大，强调"诵读总得多读熟读，才有效用"，②"经典文字简短，意思深长，要多读，熟读，仔细玩味，才能了解和体会"。③ 在古典诗文论和现代文论中，对于诵读及与此相关的吟唱等方面的研究和史料很多，总结这方面的经验，建构起现代诵读学不但可行且非常必要。从这个意义上说，《文章自修说读》自有其重要价值。

---

① 俞平伯：《关于治学问和做文章》，《文史知识》1985 年第 8 期。
② 朱自清：《论诵读》，《朱自清全集》第 3 卷，江苏教育出版社 1996 年版，第 188 页。
③ 朱自清：《论百读不厌》，《朱自清全集》第 3 卷，江苏教育出版社 1996 年版，第 227 页。

俞平伯佚文辑校

"宣传""党"这两个词你怎么看法?

俞平伯

我觉得有些人会误解它们的,且每每如此,故述为闲评。有两点当作前言①看。

我对它们一向很疏远,淡漠,如这般积极的说法尚是初次,亦只就事论事,大家总可信我本来没有什么成见的。

必合于这些词的正常的含义,方适为闲话的资料。若为非经常的,非正规的,非典型的,变态的,病态的,都不在本篇范围内,如宣传,而歪曲违反了事实,结党则营私病国之类。

(一)

我向来不大喜欢"宣传",为朋友们所知。但宣传的本身并没有善恶可言,善恶在它的内容。倘然所宣传的都是好话呢,那么总应该喜欢

① "前言"当为"闲言",此语为俞平伯的"常用语",意指"一家之言""随便说说",俞平伯为此专门写有《闲言》一文,收《俞平伯全集》第 2 卷,花山文艺出版社 1997 年版,第 433—435 页。

它了罢，也并不见得，大家都怕它颠倒是非，混淆黑白，这恐惧倒是实在的。

所以宣传必须具备两个条件方为正确：（一）要说好话，这很容易的。谁肯在表面上说坏话为自己作反宣传呢？（二）要合事实，最低限度不远乎事实。这是难的，有时无从考察也。"始吾于人也，听其言而信其行，今吾于人也，听其言而观其行"，轻信人言，孔夫子也曾上过当的。

但若过于怀疑，辄以小人待天下，又不可为训，毋宁君子可欺以其方耳。宣传，若说好话又近乎事实，却没有什么要不得。此即古之说教，亦不必远引佛耶回诸教的宣传，即以孔门为例。孔子的学说算不算宗教是一个辩论的题目，而孔学的地位相当于宗教，或者过之，则毋庸怀疑，孔子的职志亦与其他的教主，毫无二致也。

只要我们说的是好话，当然愈说得多便愈好，愈说得响亮便愈好，以大声申诉民生的疾苦，宣扬人间之真理，所谓"民之喉舌"，那有什么不好！《荀子·劝学篇》中有这么一段：

> 登高而招，臂非加长也，而见者远；顺风而呼，声非加疾也，而闻者彰。假舆马者，非利足也，而致千里；假舟楫者，非能水也，而绝江河。君子生非异也，善假于物也。

荀子他也要搭乘火车轮船，飞机，那么无线电，扩音器，话匣子，大喇叭，新闻纸，标语，广告，传单，小册子，……那些玩意儿，我们虽认为很俗气，但如内容不坏，都是有大用的，所谓"善假于物"。虽先哲复生，如荀孟颜孔，亦不能废也，再看《论语》上这一段，就更明白了。

仪封人请见。曰："君子之至于斯也，吾未尝不得见也。"从者见之。出，曰："二三子，何患于丧乎？天下之无道也久矣，天将以夫子为木铎。"

木铎难道不是宣传的工具？它和街面上的救世军的洋鼓洋号不一样吗？"天将以夫子为木铎"。孔子是上帝的宣传部长，也是他的发言人，所谓"宣传"也者，实为古教的长技故态，不过披上摩登的风衣罢了。

说到淑世的观点，当然人好，世界才会得好，但人怎样才会得好呢？自有客观条件的存在，即所谓唯物的看法。但仅仅衣穿得好饭吃得饱，也不一定会懂得道理的，"衣食足而知礼仪"，虽为至理名言，但"饱暖思淫欲"不也是一句老话，代表着真理的另一面么？"以先知觉后知，以先觉觉后觉"，唯物也还是唯心。

有人或许说，这是教诲，不只是宣传。不错。教诲渐进而务本，宣传急起以治标，如鸟之两翼，人之两足，不可偏废也。宣传实是教诲的扩音器。心存淑世的人，何必□①避这大喉咙呢，他又何必定要用蚊子的声音来说话呢。

（二）

宣传不必尽出于党，二者的关系却甚为密切。说起"党"来，一般人的误解它，怕它，似较宣传为尤甚。这当然有原故的。

照传统的说法，"党"并不是句好话，如《尚书》"无偏无党"，《论语》"君子不党"，"嫉妒固蔽"见于《楚辞》，"比而不党"见于《晋语》。这没有多大的关系。同名异实，重在所诠表的内容。古人以

---

① 原文此处不清，疑为"回"字。

为坏话的，我们不妨以为好话，所谓"美名不嫌同辞"。古人这样用的，我们不妨那样用，所谓"约定俗成"。上述的"革命"一词亦复如此①，皆强为之名，图言说之方便耳。

重要的还是事实。三代姑勿论已。汉之党锢，唐之牛李，宋之熙宁元祐，明之复社东林，其党或为君子，或为小人，或不尽为君子，或不尽为小人，似皆不能为国福，吾人今日之痛心疾首于斯，无足怪者。语不云乎，"前事之不忘，后事之师也"，吉②昨日之事可为今日之参考，今日的事可为明日之参考也；但以昨日所得推之于今日，以今日得③推之于明日，必有不能尽合者。此无他，前后今昔，理不变而事或异，事异处事之方从之亦异，理不曾变也。若事异而处事之方不从之而亦异，则理之本身真成两橛矣。以常识明之，冬日衣裘，夏日衣葛，此事变也，然理不变；若冬日衣裘至夏而仍衣裘，夏日衣葛至冬而仍衣葛，事不变矣，而理却变了。这话远在商鞅李斯变法之时已经说过，太不算新鲜。今昔之殊岂仅如二帝之于三王，三王之于秦汉，安得以昔之在朝之朋党与在野之会党比今日之政党乎？当然，政党又岂能无弊，政党也会祸国殃民的，但与今日之论旨无关。唯其如此，我们更需要校正它，预防它，要之，有名实之异古今之殊，因噎废食既不可能，而惩羹吹齑更可不必也。

坏人结党原不值一提，且说君子之党。君子为什么要党？似乎难回答，但试反问，君子为什么不要党？你也不一定容易回答。用"君子"这个词，并不说现在的好人即古之君子，只退一步以古君子为例，而

---

① 上文没有"革命"一词，故"上述的'革命'一词亦复如此"中"上述"一词不知所指为何。作者有《闲谈革命》一文，刊《论语》1947 年 8 月 1 日第 134 期。该文对"革命"一词的内涵有详尽辨析。俞平伯所指似为该文。

② "吉"字有误。

③ "得"前当有"所"字。

"折中于夫子"，看看孔夫予①许不许结党？

他说："君子矜而不争，群而不党。"何谓群，何谓党，孔子既未下定义，自无从悬揣比附，说好的政党便是他所谓群，坏的政党便是他所谓党。只有一点自己明白的，即孔子亦要君子们联合起来，所以才提出这"群"字来，不党者它的形容与限制，乃是转语；不然，他何不说君子孤立而不党乎？

幸亏《论语》上还另有两段话，可以解释它，其一《为政》篇曰："君子周而不比，小人比而不周；"其二《子路》篇曰："君子和而不同，小人同而不和。""周""比"皆亲密的意思，以义合为"周"，以利合为"比"，用王引之说，"和而不同"，在《左传》上晏子解释得最为明通：

（齐景）公曰："唯据（梁丘据）与我和夫？"晏子对曰："据亦同也，焉得为和？"公曰："和与同异乎？"对曰："异。和如羹焉，水、火、醯、醢、盐、梅，以烹鱼肉，燀之以薪，宰夫和之，齐之以味，济其不及，以泄其过。君子食之，以平其心。君臣亦然。君所谓可而有否焉，臣献其可以去其否；是以政平而不干，民无争心。……声亦如味，一气、二体、三类、四物、五声、六律、七音、八风、九歌，以相成也；清浊、小大、长短、疾徐、哀乐、刚柔、迟速、高下，出入、周疏，以相济也；君子听之，以平其心，心平德和。……'今据不然。君所谓可，据亦曰可；君所谓否，据亦曰否，若以水济水，谁能食之？若琴瑟之专一，谁能听之，同之不可也如是。"（见昭二十年传）

---

① "予"当为"子"。

这话真好，把"同"字说得干脆，把"和"字说得圆满。用在政事上，和者，献替可否是民治精神，但其辩论不在议会而在朝廷耳。同者，其臣阿谀，其君专制，即是法西斯。以水济水谁能食之，这是很辛辣的话。孔子之意同晏子否，我们不得而知。此话为先民所传，华夏之故训，孔子固述而不作，亦非晏子所能创也。

无论怎样解释，周比和同都是在讨论怎样联合，不是不许有联合，至少，他们不想孤立着。假如不①以为孤立就行了，那何必用"周""和""同""群""党"这些名词呢？

我们再看孔子的行为。依近人之说，聚徒讲学自孔子始。《论语》上记载的孔门弟子有德行、政事、言语、文学这四科，纵非政党组织，至少亦像现今的分科大学。若再看《史记》上这一段，那简直是政党，而大学分科犹不足以尽之。

> 昭王将以书社地七百里封孔子。楚令尹子西曰："王之使，使诸侯，有如子贡者乎？"曰："无有。""王之辅相，有如颜回者乎？"曰："无有。""王之将率有如子路者乎？"曰："无有。""王之官尹，有如宰予者乎？"曰："无有。"……"今孔丘得据土壤，贤弟子为佐，非楚之福也。"昭王乃止。（《孔子世家》）

再看《孟子》这一段：

> 以力假仁者霸，霸必有大国。以德行仁者王，王不待大。汤以七十里；文王以百里。以力服人者，非心服也，力不赡也；以德服人者，中心悦而诚服也，如七十子之服孔子也。诗云："自西自

---

① 揆之上下文意，"不"字疑衍。

东，自南自北，无思不服。"此之谓也。(《公孙丘①》上)

七十子的服从孔子自非今之师弟之比，但当他党魁看呢还是当他教宗看，不得而知。观《孟子》上引商周王天下事，与其为谓为宗教的教化的，毋宁谓为政治的。本来古代政教合一，政治上的首领即宗教上的首领也。更进一步说，孔道原非宗教，其所以为宗教者，岂不正缘它与政治密切相连耶？神道设教者，有所为而发，此与佛陀基督之教不尽同也。看汉儒所传说附会的孔子生平神话，多与素王受命有关，则其中之消息可知矣。

谈孔子的政治生涯只止于此。总括上述，照他的说法，君子应该合群的，其所以合，为道义的。其如何合是异而谐和的，非同而专一的。更据史实，他本人的行动是为政的，教人的至于救世的。他的精神是积极的，明知其不可也要干的。他的徒众虽不闻有组织，却分四科的，对他是心悦诚服的，自东西南北来会的。他们若得百里之地，即可以王天下的。从这些事实看，太史公为《孔子世家》，又为《仲尼弟子列传》，真千古之卓识也。孔子若生于今之世，见今之所谓政党，总该有他自己的看法罢。赞成固不见得，却不会得一笔抹杀的，或仅以不了了之，至少我这样想。

孔子不必大成至圣，总不失为中国人衡量一切的标准，历代的统治者都尊重他，且有人说是利用他，则偏于保守可知。我们借为"重言"，可以祛除不少的疑惑，其意不过如此。孔墨并称，墨子却利害得多，有徒众百八十人皆可使赴火蹈刃(《淮南子·泰族训》)，这简直像敢死队了，墨学的"钜子"，就是党魁，亦人所习知者，以下更端另说。

---

① "公孙丘"，应为"公孙丑"。

不论叫它什么，党团也罢，会社也罢，同盟也罢，反正是这么一回事，有其实必有其名，改名改不了这个实，我们叫它党果然是党，我们不叫它党，他①还是党，不叫它"党"又叫什么？尽在名字上兜圈子是没有出路的，不如呼之曰党，倒干脆！

究竟君子为什么要党，为什么要联合，这些都很容易明白的，不联合就孤立，孤立亦无碍，看你处世的态度如何，假如只想独善其身，你又何必栖栖皇皇，但假如你想兼善天下，有时候不能不联合甚而至于结党。

以简单的数目字明之，如百人之中有一个好人，其比例为一对九十九，如有十个好人，其比例为一对九，一人去感化劝说那九人，比感②劝说九十九人容易几倍，不待言，却有一点，十个好人必须联合起来，这比例数才合乎事实，不然，名为十个人对九十人，事实上乃是一个人对九十人。九十加一等于九十一，那另外的九个人哪里去了？当然还在这一百人里面，他们各别的去对那九十人，即十组的一比九十也。一对九十与一对九十九，比例数却差不了多少。

从另一方面想，百人社会里倘有了十个好人，即使他们都是孤立的，其潜移默化之力也不会太小。但他们既然沉浮着，则他们动的方向或大同而小异，辅助调和固有之，冲突而互相抵销殆亦不免也。再假设那九十人共为一党，其情形自然更坏；十个人即拉着手仍不免为地道的少数党，但若不联合呢，则连那地道少数党的党资格都没了，孤零零的十个"一人"将被这九十人的集团，个别击破也。这话当然说得不好，人间本不该，也不必这样充满着斗争味的，朋友们或者这般想罢。我是比方着说，且不恤危言耸听，甚言以明之也。

故淑世的君子未能免俗者，诚不得已也。独立不倚，遁世无闷，则

---

① "他"，应为"它"。
② "感"后脱"化"字。

朋党自远亦顾而乐之。德有邻，文有会，君子岂必大反人情乎。再进一步说，不特君子可有党也，唯君子为能有党。幼年读欧阳修的《朋党论》不感什么兴味，现在翻出来看，他的话很不错。

　　大凡君子与君子以同道为朋，小人与小人以同利为朋，此自然之理也。然臣谓小人无朋，惟君子则有之，其故何哉？小人所好者，利禄也；所贪者，货财也。当其同利之时，暂相党引以为朋者，伪也。及其见利而争先，或利尽而交疏，则反相贼害，虽其兄弟亲戚，不能相保。故臣谓小人无朋，其暂为朋者，伪也。君子则不然。所守者道义，所行者忠信，所惜者名节。以之修身，则同道而相益；以之事国，则同心而共济。终始如一，此君子之朋也。故为人君者，但当退小人之伪朋，用君子之真朋，则天下治矣。

题曰朋党，舍党专言朋者，以"党"于古代非佳名故，在现代语中，正该用这党字耳。又论中言人君应如何进退朋党，揆之今事，当以民意为进退，即选举是也。他在后面又说：

　　周武之世，举其国之臣三千人共为一朋。自古为朋之多且大，莫如周。然周用此以兴者，善人虽多而不厌也。

是的，好人不嫌多，君子之党不嫌其大也。至于他引《周书》云云原系政治上的宣传，未必是事实，而意总不误。

这些话或很笨拙的，（如数目字）；或很陈腐的，（如引《朋党论》），却都是常识，常识就够。君子可以有党似乎没有问题了，然而为什么竟会成问题呢，至今还成为问题呢，有些人正标榜着"无党无派""超然"与"中立"？这决不能没有原故，这原故假如有，或者很严重的。孩子气的话总不值一笑的。

历史虽远去了，它留给我们的教训却很沉重的。倘循这轨迹追究下去，恐怕会喧宾夺主，以致尾大不掉，在这里说明"党"不是句坏话，君子也不一定不许有党，稍为解释社会上的一般的误会，我就满意了。话很肤浅，自己知道，从名字上讨论不会得①不肤浅的，不肤浅便越了题目的范围，等有机会再来谈这事实上的"君子不党"罢。

（三十六年二月二十一日）

（原文刊北平《知识与生活》1947 年第 6 期）

民主与佛学

俞平伯

这个题目我想把它分作两点来说，第一是：我们的时代为什么需要佛法？第二呢，我是读孔子书的人，更要略说孔佛的比较，看孔道够不够救世？

现在是科学的时代，民主的时代，"提倡科学，打倒迷信"，是最普遍的说法，成了一时的风气。话虽这样说，但不一定全对；因为宗教的确是信，但不一定迷，而科学的流弊又非常之大。当这时候，我这样说法，实是狂妄而大胆的，然而我要这样说。在理论上，科学的知识是片段的，在它的范围以内，它是对的，但它不能推广到它的范围以外。在应用上，它只是推进文明的工具，尚不够文明的本体。科学与宗教并不会冲突，科学的终点，即是宗教的起点，所以须要把唯物与唯心配合起来，得到谐和，方是近代文明的开始。空谈提倡与打倒，无有是处。

---

① "得"字疑衍。

117

在现在科学力量压倒一切的时候，西洋的科学名家爱因斯坦去年在《纽约时报》上发表文章，题为《真的问题在人心中》。可见人心所同，固无间于中西。因为人心的趋向，乃是决定一切的力，科学如无好的管理的方法，不但不能造福，反足以摧伤以至于毁灭人类。我们如要防止这种危险，矫正这种错误，佛法便是我们所急需的。从治本的观点，佛说一切善恶都是业。科学的本身固无善恶，而人类所以受苦正因他有恶业在。恶业循环，痛苦愈深，要解除痛苦，只有从根本消除这业。若说治标，人类有了正当的生活途径，则可以控制科学。佛法对此，也有很大的启示。

再谈民主：民主的时代，为什么需要佛法？民主有三方面三种讲法：一是政治的民主，如普遍的选举；二是生计的民主，如土地分配；三是思想的民主。我们谈这第三。这种思想的正式宣布，在西历一七八九年，法兰西大革命的时候，所谓"自由，平等，博爱"，法国的三色旗，便是代表这三观念的。那时在十八世纪末，到现在将近二百年了，在这么长的时期里，这三种民主的标语究竟发挥到了什么程度呢？我们先说①把西洋的事实与孔佛的教旨比较之。在西洋自以基督教为最能发挥博爱之义，《新约·马太福音》第十三②章有一段说："耶稣正在播道，或止耶稣，其母与弟来，欲与耶稣言。耶稣云：孰为吾母？孰为吾弟？乃张手向其徒曰：凡遵行吾天父意旨者，一切老的都是我的亲，一切少的都是我的兄弟。"似乎发挥得很可以了，我不敢对它轻率批评，但证之事实，却没有达到这理想的境界。人人皆知在西洋史上宗教之战，是很惨烈的。世界的第一第二两次大战，发生在西洋基督教的国家间，教宗教徒并不能作有效的救止。岂不是他们对"博爱"的精神未能发挥尽致么？反观我国，孔子未曾讲过博

① "说"字疑衍。
② "三"当为"二"。

爱，一部《论语》，没有见过博爱两字。《孝经》《三才》章，有"先之以博爱，而民莫遗其亲。"这种博爱，亦是有条件的，是为在上者说法，所谓"爱民如子"是也。再说恐怕就要算韩愈《原道》文中的"博爱之谓仁"了，那当然不能代表孔子的真意。儒家言爱，不离五伦，故曰，"亲亲而仁民，仁民而爱物。"又说，"老吾老以及人之老，幼吾幼以及人之幼。"推己及人，这种爱是有层次的，有差别的；所以儒家不很主张博爱。佛则不然，佛不讲伦常，在中国人看来很觉别扭，然正因不讲伦常，故爱无差别。这并不是说，佛教不想把人间的关系，处得圆满。相反地，爱是从宗教的立场出发，把全人类看成一个整的，其讲博爱，乃格外的圆满。

再说自由平等：西洋人似最有拿手，其实也并未能发挥到头。姑以最时髦的来比喻，苏联人说美国不平等，美国人说苏联不自由，亦大可深思的了。西洋讲自由两字的名论，是"我的自由，以人的自由为界"。这虽很精，却并不透彻。试想自由是什么？自由而有界限，那算什么自由呢？至于平等，基督教虽主张人与人平等，却不肯说人与上帝基督平等，也不算彻底。可见他们只是标榜了平等自由，而没有更大的发挥。在中国，孔子未讲过平等，那是因为生在整个封建的时代里，根本无法讲。不讲自由呢，或者因为没有根本解说①私欲的方法，故也不能随便讲。所以，这些字眼，在中国非常陌生，一些老先生们，听了没有不掩耳变色，畏之如洪水猛兽，这是无足怪的。在中国的古书上，不见平等两字，这话最初发现于佛经，佛主张一切一切平等，不但人与人平等，众生与佛亦平等。佛教之入中国近二千年，虽已推行得很广，而尚未得到理想的发展；这或者因为它的立论点，和旧有的根本不同，在习惯上，不易接受。亦就是陈义太高，前进的步

---

① "解说"，当为"解脱"。

骤，不易趋于一致。

这三观念尤其重要的是自由，人类的进步，全靠自由，而人间的混乱，亦正为着自由。所以，文明的开始是自由，惹起种种苦以至于将毁灭那文明的，亦是自由。我们先说什么是不自由，则自由的定义，便更容易明白了。法国卢梭在《民约论》上说："人是天生自由，现在却处在锁链之中。"可见人受了束缚，便是不自由，挣脱束缚，便是争取自由；但这是形式上的解放而已。真的自由与否，都还是心的问题。《大乘起信论》说："心生法生，心灭法灭。"这话含义至广，说理至明。世间一切都可自由，只有私欲，不能自由；一切都可平等，只有强弱，不能平等；比而同之，是乱天下也。心的解放，乃是真正的自由：佛经所谓无挂碍是也。心的束缚，便是私欲，佛所谓三业贪、嗔、痴。不克制这个，人永远得不到自由的。儒家亦见到此，但未能彻底的根除，只有部分的节制。《论语》上所谓三戒：年青的时候，不要胡乱恋爱，乃是戒痴；壮年的时候，不要胡乱打架，乃是戒嗔；老年呢，前两样可能都没有了，只剩下生的执着，完全是贪得的欲念了，这时候便要戒贪。佛有大智慧，知道这三惑业，猛烈无比，必须加以强力的熄灭，于是有所谓六度。六度是三业的根本对治。后边三度如勤、定、慧，过于高深，姑置不论。以前边三度而言，施度所以惩贪，戒度所以祛痴，忍度所以息嗔。我常常说佛教所以不大被人真的欢迎，正因它攻我们的弱点攻得太狠之故。良药利病，然而苦口，苦口，我们便不爱吃。

综括上边所说，佛教可以在根本上消除恶业，可以引导近代物的文明趋于正轨，它若配合了政治生计的措施，即可以渐渐达到理想的改革，在这娑婆世界上建设民主的极乐园。到了这境界便无事可为了，则又不然；消除了私欲以后的心的活动，方是真正的活动，即所谓"勤"，所谓"精进"。以眼前之事譬说，如此热天，有人来听我聊天，为了什么？既不为名，又不为利，除了名利，还有事作，这种精神若推而广之，真是了不得的。所以，我还要肯定地说，物的改革必与心的改革相配合，方是近代文明的开始。

前面说过，我是个读孔子书的人，所以最后还要说到孔子。西洋文明的破绽，上述已很显然，用孔子的方法来补救，可不可呢？这当然可以的；但用孔子的力量来救世，却是不够。第一点：就是方才谈的，孔子的思想是从伦常出发，推己以及人，由近而至远，层层推衍，处处等差；虽然亦讲到无我和克己，以礼做他的戒律，但中智以下的人，很不容易做得到。如曰移孝作忠，权衡于方寸之间，究竟是太不容易的事。孔道不可及处，在乎它的近于人情，亦唯其太近于人情，便有点失却了宗教的力量，其流弊便是私心重而公太少。况以五伦而言，亦非颠扑不破的，现在君臣一伦，便已根本消灭。或说可以国家和人民来代替之，此似是而实非：君臣皆实有其人，而国家是法人，国民是总体，如何可以代替呢？五伦之一，既消灭了，其他四伦便亦岌岌地摇动。而且现代人与人的关系，又似非五伦所能包括。譬如我们在外面，常常要和一些不识的群，发生直接的关系，如同在一切公共的场所里，接膝摩肩，同乐共苦，这些人都是我们的那一伦呢？我们在五伦里找不着，好像还要赶紧发现些别的伦才好。孔道对于近代社会，既不能整个笼罩，便不能针对现实，补偏救弊。

第二点：孔道是否宗教呢？这是不易确定的。以它的领导思想之广阔久远来说，其价值可等于宗教；但它却缺乏宗教的核心——信，愿，行。宗教至少有两种特性，一是神秘，二是信仰。孔子的神秘，譬如说"天"，说"鬼神"，说"凤鸟""河图"，可以说是宗教的；但它的信仰，只是教人信他的教训，并不是信他个人，如耶稣之信我便得救，如佛之一心念佛，便到西天，孔子却不说念了"子曰"便有好处，所以说孔道不够宗教味儿。一个最高的道理的实践，是否非宗教不可呢？也很难说。在这里干脆地答复道："非宗教不够!"因为如没有一个坚不可破的信心，即无由推进一切的行动。孔教原是很好的，做人做到孔子那样，难道不够好吗？但是，为什么人人需要学孔子呢？学了孔子又有什么利益呢？问题虽似幼稚，却未尝无理。人心有了游移，事业便难精进。孔子又不曾讲三生，则善恶无报。颜回早夭，盗跖寿终，这个破绽早被太史公发现了，只说些积善余庆报在子孙的话，枝节地敷衍弥缝，力量尤见薄弱。何如佛教之圆音一演，广被群机，以种种方便摄护众生，波罗蜜如舟筏，信愿行为资粮呢？比较起来，针对现实，孔道似差逊一筹。

现在我们人人都会感到，所谓大时代将要到来；不过我确信：心的改革也就是物的改革，物的改革也就是心的改革。文明在这里，太平也在这里，心物交汇于圆周的一点上，借用佛教的话作譬，即所谓"圆成宝"，方是佛法所说最圆满的境界。

（八月五日，北大）

（原文刊《时代批评》1947 年第 4 卷第 89 期）

文章自修说读

俞平伯

尝拟作文章四论，曰文无定法，曰文成法立，曰声入心通，曰得心应手。以病懒放，迄未成也。

读，声入心通之谓，有二焉，曰朗，曰熟，不朗，声何由入，不熟，不通于心矣。即过目成诵亦辄忘之，一曝十寒，终无益也。昔孔子读易，韦编三绝，其熟可知，大圣且然，是以古之名家无不熟读，见于载记，痕迹可考也。

读书不求速成，亦不必求甚解，如彼详诵①，斯近之矣。譬如一篇读一遍与过目辄忘者何以异。读之十遍，少进矣而犹未也，读之千百遍，殆将有得矣。若一篇读之千百篇②而无所得，则以千百篇③而千百读之，殆必将有得矣。不幸而终无所得，乃性分所限，亦非读之罪。何则！古有学而不能、求而不得者矣，未有不学而能，不求而自得者也。孔子曰，"我非生而知之者，好古，敏以求之者也。"后儒辄以生知之圣尊孔子，以为不如此则圣人不贵，故曰"谦辞"，而不知其非也。惟其学而知之，方足以见孔子之圣之大也，不然，何以使不肖者勉进于高明。况孔子何谦！

夫读书不当求效，况速成乎。不效之效，大效也。晚成，成之至者也。不求甚解则陶公之言也。夫神州宝典不过五经，而圣言弘远，师读歧伪，纵曰大贤，而其不能尽解也固宜，其不求甚解亦其宜，多闻阙疑之谓。至于偶有所会，便尔欣然忘食，自有洙泗风流，信乎道不远人，谦尊而光矣。今者则以六经为我注脚，何其言之易耶，渊明蕙质天成，殆庶之才，犹曰不求甚解，等而下之如我辈者更将云何，此"甚"字直可删耳。不求解正是禅诵，又与不求效之旨相发也。直待性分与功行邂逅，所谓"真积力久则入"，豁然贯通虽未必，心知其意或庶乎。于古来名著背诵如流，斯有左右逢源之乐，而文章之事亦思过半矣。

幼学讽诵岂无流弊。昔之场屋揣摩，墨卷滥调，亦何所不有，但不必因噎废食，一概论之，且此篇本不为大雅君子发也。

（原文刊北京《国民杂志》1943 年第 3 卷第 5 期）

---

① 原文如此，疑有误。
② "篇"，应为"遍"。
③ "篇"，应为"遍"。

儿歌

俞平伯

一

老鸹！

老鸹飞。

怎么不在屋子里！

这个，这个唷！

二

小葫芦儿呀！

小甜瓜儿呀！

甜瓜儿真是甜极了，

小葫芦里有什么？

小葫芦里有什么？

（原文刊上海《儿童世界》1922 年第 3 卷第 9 期）

朱自清的两次讲演与一篇佚文

——北平《世界日报》有关朱自清的几则史料

笔者在翻阅 1947、1948 年的北平《世界日报》时，发现几则与朱自清有关的史料，非常珍贵。这几则史料分别是：讲演《"好"与"妙"》，刊 1947 年 11 月 17 日《世界日报》"教育界"专栏；讲演《文学考证与批评》，刊 1948 年 2 月 16 日《世界日报》第 3 版"教育界"专栏；佚文《谈个性》，署名"佩弦"，刊 1948 年 1 月 1 日《世界日报》第 6 版《明珠》副刊。这几则史料对研究朱自清去世前的文学创作与活动，具有重要史料价值。

在北大讲《"好"与"妙"》

《世界日报》"教育界"1947 年 11 月 17 日以《"好"与"妙"——朱自清昨在北大"文学讲座"讲演》为题，报道了朱自清在北大的一次学术讲演：

"好"与"妙"
——朱自清昨在北大"文学讲座"讲演

（本市讯）北大文艺社主办"文学讲座"第一讲，由清华中文系主任朱自清于昨（十六）日下午二时，在北大北楼大礼堂讲"好与妙"。出席同学男女听众近四百人。朱氏首就"好""妙"二字之意义详加分析，说"好"是"女""子"二字组成，"女"是女子，"子"是古男子之美称，所以"好"是"配对""匀称"的意思。至于"妙"字，源于老子的哲学观念，有点虚无缥缈的意思。如"微妙"的"妙"，神"妙"等词。朱并对"妙"字加以历史的分析。认为"妙"字都一向被"雅人"欣赏，与一般小市民无份，"好"比"妙"要强一着，"好"在日常生活中被应用的成分要多，用起来也没有什么坏的意思。如"莫明其妙"，"妙不可言"的"妙"字，有点油腔滑调，发生了反作用。如俗语中的"好说"，"好玩"，"好话"，"好看"，都没有这种反作用。朱氏末了综括而言称："好"是有规矩，有用，有益，而公道合乎现实，富有积极意义的字眼。"妙"含有微妙性和神秘性，结果弄得反而不妙了。朱氏讲演达一小时半始毕。又该讲座下周为清华中文系教授李广田讲演"作家与作品"。

关于这次讲演，朱自清《日记》1947 年 11 月 16 日有记载："到北大演讲"。① 所谓"到北大演讲"，所指应该就是上述《世界日报》报道的这次演讲。《日记》的记载与《世界日报》的报道可互相佐证。两相比较，《日记》的记载过于简略，而《世界日报》对于朱自清这次学术讲演的记载要详尽、具体得多，演讲的具体地点、时间及听众的对象、人数，都有明确记载，演讲内容也有详细说明。因此，《世界日报》的这则报道对于朱自清研究的史料价值是很高的。

《世界日报》记载还可补《朱自清年谱》之失。姜建、吴为公编《朱自清年谱》在 1947 年 11 月 16 日所记内容为："访章廷谦、俞平伯

---

① 朱自清：《日记》（下），见《朱自清全集》第 10 卷，江苏教育出版社 1998 年版，第 480 页。

等。赴北京大学听讲演。"① 《年谱》所记"赴北京大学听讲演"与实际情况恰好相反。朱自清这天不是去北大听讲演，而是去作讲演。其实，《日记》在这天所记很清楚，为"到北大演讲"。

朱自清这次学术讲演来自他此前刚完成的一篇文章《"好"与"妙"》。此文经郑振铎之手发表于《文艺复兴》的"中国文学研究号"（上卷）（1948 年 9 月 10 日出版），署名"朱自清"。查朱自清《日记》，1947 年 9 月 27 日有记："下午开始写《好与妙》，进展颇难。"② 此后 9 月 29 日、9 月 30 日皆有"继续写《好与妙》"的记载。10 月 1 日记载："写文章。"10 月 2 日记载："继续写文章，进展迟缓。"10 月 3 日记载："继续写文章。"10 月 4 日记载："文章写完。"10 月 5 日记载："上午修改文章。"1947 年 10 月份这几日所记的"文章"，指的就是《好与妙》。在修改《好与妙》这篇文章后相隔一天，即 10 月 7 日，《日记》记载："开始写《论百读不厌》一文。"此后接连两天即 8 日、9 日的日记中皆有"继续写文章"的记录。10 月 10 日的记载为："终日写文章至半夜十二时始告成，但不够满意。"写完此文后，10 月 14 日又有"开始写《鲁迅先生的杂感》一文"的记载，10 月 22 日有"开始写《论雅俗共赏》一文"的记载。10 月 23 日又有"修改《好与妙》一文"的记录。这些记载说明，朱自清这段时间写文章非常勤奋，而这些文章中写作难度最大、写得最为艰苦、他最为重视的，当属《好与妙》一文。

从《日记》中所记载的"进展颇难""进展迟缓"等字句可看出，朱自清写作此文时遇到了一定困难，写作过程并不顺利。但朱自清本着做事一贯认真、执着的态度，经过七天艰苦写作，终于完成该文。文章

---

① 姜建、吴为公编：《朱自清年谱》，安徽教育出版社 1996 年版，第 325 页。
② 朱自清：《日记》（下），见《朱自清全集》第 10 卷，江苏教育出版社 1998 年版，第 473 页。以下本段引文若不注明出处，皆出自《朱自清全集》第 10 卷，第 473—476 页。

写成后，他还作了两次非常认真的修改，一次是 10 月 5 日，一次是 10 月 23 日。这充分显示朱自清做学问的一丝不苟。这种认真态度，郑振铎的回忆可进一步证实。郑振铎悼念朱自清的《哭佩弦》曾提到《"好"与"妙"》："我上半年为《文艺复兴》的'中国文学研究'号向他要稿子，他寄了一篇《好与巧》① 来；这是一篇结实而用力之作。但过了几天，他又来了一封快信，说，还要修改一下，要我把原稿寄回给他。我寄了回去。不久，修改的稿子来了，增加了不少有力的例证。他就是那末不肯马马糊糊的过下去的！"② 郑振铎回忆与朱自清日记之间也可互相印证。依据朱自清日记，朱自清对《"好"与"妙"》的修改有两次，一次是文章刚完成之后的第二天即 1947 年 10 月 5 日，一次是 10 月 23 日。郑振铎回忆中提到的"修改"，应该就是第二次即"10 月 23 日"这次修改。

《"好"与"妙"》现收入《朱自清全集》第 8 卷，文后没有标明原始出处，只标明日期为"1948 年 9 月 10 日"。这个日期明显不是朱自清本人标注的，也不可能是文章的写作日期，因为朱自清逝世于 1948 年 8 月 12 日。依据《朱自清日记》，这篇文章开始写于 1947 年 9 月，而非"1948 年 9 月 10 日"。那么，"1948 年 9 月 10 日"是怎么产生的呢？笔者查了文章发表的刊物《文艺复兴》"中国文学研究号"（上卷）的出版日期，发现《文艺复兴》"中国文学研究号"（上卷）的出版日期正是"1948 年 9 月 10 日"。由此可见，"1948 年 9 月 10 日"是《"好"与"妙"》的发表日期，而非写作日期。但是，依据惯例，一篇文章后所标注日期，一般为写作日期而非发表日期。《全集》编者在编辑《"好"与"妙"》这篇文章时，特意下了一番功夫，核查到这篇文章发表的原始报刊，把文章发表的日期作为写作日期标注在文后，

---

① "《好与巧》"，当为"《好与妙》"，郑振铎误记。
② 郑振铎：《哭佩弦》，《郑振铎全集》第 2 卷，花山文艺出版社 1998 年版，第 598 页。

而把发表于何家报刊却省略掉了。这种不必要的"添加"和不应该的"减少",极大影响了文献的原始性与科学性。

《"好"与"妙"》分析"好"与"妙"两个词语在历史上意义的嬗变,以及它们之间含义的异同,从大处着眼而从小处入手,条分缕析,颇见功力,郑振铎评价其为一篇"结实而用力之作",实非过誉。文章从论题选择、切入角度到运思论证,无不鲜明地体现了朱自清的治学兴趣、理念和风格。"好"与"妙"不但是人们日常生活中经常使用的评价词语,也是中国传统文艺批评中经常出现的一对词语,朱自清对这两个常见的词语的词义演变和异同进行历史考察和仔细辨析,其目的并不仅仅止于语义学意义上的词义分析,而是从中窥见中国传统文学批评的审美规范和价值标准,是他为建立中国文学批评史学科而作的尝试和探索。朱自清认为在中国传统文学中,由于各种原因,比起文学史,文学批评史的发展更为艰难,"现在我们固然愿意有些人去试写中国文学批评史,但更愿意有许多人分头来搜集材料,寻出各个批评的意念如何发生,如何演变——寻出它们的史迹。这个得认真的仔细的考辨,一个字不放松,像汉学家考辨经史子书。这是从小处入手。希望努力的结果可以阐明批评的价值,化除一般人的成见,并坚强它那新获得的地位。"① 朱自清在评价罗根泽的《中国文学批评史》时再次表达了同样的看法:"本书《绪言》中说到'解释的方法',有'辨似'一项,就是分析词语的意义,在研究文学批评是极重要的。文学批评里的许多术语沿用日久,像滚雪球似的,意义越来越多。沿用的人有时取这个意义,有时取那个意义,或依照一般习惯,或依照行文方面,极其错综复杂。要明白这种词语的确切的意义,必须加以精密的分析才成。"② 朱

---

① 朱自清:《〈诗言志辨〉序》,《朱自清全集》第 6 卷,江苏教育出版社 1996 年版,第 129 页。

② 朱自清:《诗文评的发展》,《朱自清全集》第 3 卷,江苏教育出版社 1996 年版,第 30 页。

自清上述两段话，揭示出其治学理念和研究方法，即先从小处入手，以清代朴学家的态度，对批评术语进行考古学式的意义考证和辨析。此种学术理念和方法的最集中实践，就体现在《诗言志辨》一书，该书1947年8月由上海开明书店出版。书中对中国文学批评史的一些基本概念和范畴诸如"诗言志""思无邪""温柔敦厚""赋""比""兴"等，作了仔仔细细的历史追溯和意义辨析。其他学术文章，朱自清也贯彻这种学术理念和方法，如《〈文选序〉"事出于沉思，义归乎翰藻"说》对"事""义"两字含义的辨析；① 《论逼真与如画——关于传统的对于自然和艺术的态度的一个考察》对"逼真"与"如画"两个概念在历史中的演变和两词含义的异同辨析。② 在一些论及时事的散文中，朱自清也很喜欢对一些词语的意义进行辨析，如《论书生的酸气》对"寒""酸"意义差异的辨析。③

对典型术语概念进行知识考古学的追本溯源与意义辨析，这种研究理念和学术理路，不仅仅为朱自清一人所持有，也不仅仅限于中国文学批评史一个学科。与朱自清同时的郭绍虞致力于中国文学批评史的研究，在此方面所获成绩比朱自清更大，其文学批评史研究的理路，与朱自清有颇为一致之处。郭绍虞《中国文学批评史》上卷1934年出版，朱自清对该书给予很高评价："郭君还有一个基本的方法，就是分析意义，他的书的成功，至少有一半是在这里。例如'文学'、'神'、'气'、'文笔'、'道'、'贯道'、'载道'这些个重要术语，最是缠夹不清；书中都按着它们在各个时代或各家学说里的关

① 朱自清：《〈文选序〉"事出于沉思，义归乎翰藻"说》，《朱自清全集》第8卷，江苏教育出版社1993年版，第277—291页。

② 朱自清：《论逼真与如画——关于传统的对于自然和艺术的态度的一个考察》，《朱自清全集》第3卷，江苏教育出版社1996年版，第233—243页。

③ 朱自清：《论书生的酸气》，《朱自清全集》第3卷，江苏教育出版社1996年版，第244—252页。

系，仔细辨析它们的意义。懂得这些个术语的意义，才懂得一时代或一家的学说。"① 对概念、术语的意义界定与分析，属于学术研究的基本方法，因此，它具有一种普适性，适用于任何学科门类。文学研究之外，其他学科如哲学研究，也同样需要这种方法。冯友兰 1940 年出版的哲学著作《新世训》就以对此种方法的娴熟运用而取得朱自清的肯定与赞赏："本书的特长在分析意义；这是本书成功的一个主要原因，全书从《绪论》起，差不多随时在分析一些名词的意义，这样，立论便切实不宽泛，不致教人起无所捉摸之感。" "这种多义或歧义的词，用得太久太熟，囫囵看过，总是含混模糊，宽泛而不得要领。……这样是不会确切的，也不能起信。所以非得作一番分析的工夫，不能有严谨的立论。这需要多读书，多见事，有理解力，有逻辑和语文的训练，四样儿缺一不可。"②

讲演"文学考证与批评"

1948 年 2 月 16 日《世界日报》第 3 版"教育界"专栏以《文学考证与批评——朱自清昨在师范学院讲》为题，详细报道了朱自清 1948 年 2 月 15 日在北平师范学院的一次学术讲演。现将其整理如下：

文学考证与批评
——朱自清昨在师范学院讲

【本报讯】师院学生自治会学艺部主办的寒假学术讲演第三讲，昨天下午两点半在大礼堂举行，由清华国文系主任朱自清讲"文学考

---

① 朱自清：《评郭绍虞〈中国文学批评史〉上卷》，《朱自清全集》第 8 卷，江苏教育出版社 1993 年版，第 196—197 页。

② 朱自清：《生活方法论——评冯友兰〈新世训〉（开明书店）》，《朱自清全集》第 3 卷，江苏教育出版社 1996 年版，第 47 页。

证与批评"。内容如下：

一般青年人常常问怎样学习文学？可见得大家都愿意知道。但是这要看学习的人希望学多少。照普通的情形，大概只要知道现代的作家，作品，这只是爱好文学，这些人本身职业不是从事文学，而是业余的性质。另外一种学习文学的是专业性的，如大学里国文系的学生，今天在座的，以第一种人比较多，所以愿意从这方面来说。

学习文学旧的传统和新的方法不一样。从前人学习文学有两个办法：（一）"念"——就是诵读。旧文学主要是诗，有一句俗语是："熟读唐诗三百首，不会吟①诗也会吟。"事实上熟读几十首也就够了。其次是文。古文也是要读得烂熟，五四时代，革文言的命，认为念古文时摇头摆尾，样子很难看，白话文念起来不能摇头摆尾，要摇也摇不上，摆也摆不起来。诵读于是蜕变成朗诵。（二）解释——旧文学属于四库全书里的"集"部，集部很少考证，因为认为价值不如经，史，子。现代的人不喜欢旧文学，一方面是因为生活的距离太远，一方面是语言问题。旧文学的解释也是用文言，所以一般人没法看懂。但是古希腊、罗马的文学翻译成白话，看的人倒很多，可见语言问题很重要，不完全是由于生活的隔离。要想改变，就要用白话来解释古文学，或是索性翻译出来。

学习文学的新的办法：这就说到了考证。五四运动以后，整理国故，考证的范围很广泛，尤其小说方面，例如《水浒》《红楼梦》《西游记》《儒林外史》等都有人考证。胡适曾经以考证经学的办法来考证小说，用历史学的方法分析一篇小说的背景，版本，和语言，这办法是受西洋的影响。文学的地位大大地被提高了，不但古文学要考证，对现代文学也要考证，例如鲁迅的一篇文章也发生考证问题，这表示把文学

---

① "吟"，当为"作"。

作为一种学问来研究。如果要深一步的研究，不但应该注意考证，进一步要加以解释。就文学以外的范围举例，郭沫若的《十批判书》，研究先秦思想的发展，提出新的方法，这是批评性的解释。文学也应该如此。许多人研究杜甫，因为杜甫的时代虽然远，但是情景和现在相近，他的精神仍然是现代所需要的，所以解释以外应该有批评，只有考据是干燥无味的。下面谈到写作与批评问题。

过去，作者的地位重要，向来不注重批评，学习创作，在起先是模仿，因为模仿是必经的阶段（不论自觉或不自觉），从前人不说创作，而说"变"。在西洋有专门批评家，一般以为批评家不重要，这是因为他自己没有尝过甘苦，这种说法是不对的，难道说只有厨子才有资格辨别味美不美吗？过去认为只有作者有资格批评人，五四以来，创作和批评分开，这能帮助创作和批评的发展，由专家来指导创作。作者的地位与批评家的地位一样，在过去，作家是兼批评家的，多半做一些选本，批本的工作而已，作用在于解释作品。但是批评流于八股式，而且文学理论也没有成篇的，因此批评家的地位非常低。最近在美国选教授时，要能创作的，我国在五四以后，也改变了。例如鲁迅，胡适，都是作家而兼教授的。现在西洋认为写作和批评的关系很密切，要能创作的人教文学，是因为能使文学和生活相联系。以前特别注重考证，没有意义。总之，文学应该和生活接近，文学研究也应该和生活接近，不要钻牛角尖。

学文学要能比较，首先要比较中外，因为现在天下一家，所以读外国语很重要。本国文学，非汉族的也要知道，如果不会外国语，可以看翻译，多看外国文学作品可以帮助写作，了解，欣赏。五四初期，翻译的技术很差，过于欧化。多看外国文学作品，可以使我们眼光扩大，对批评本国文学作品时也有用，有时甚至于在考证中国文学的时候，也得要找外国材料。其次要比较古今，老先生反对白话，青年人走另一个极端，认为线装书应该丢在茅坑里。当然，时代的潮流是无法抵抗的，但古书也不必丢在茅坑里，如果能够有白话的注明和翻译就行。文言对写作白话文是毫无关系的，就如《水浒传》里的白话文，也不是现代的白话文，有许多名词现在不用了，但是纯按自己说话写起来，有时会错，所以要体会白话文的文艺性。

最后，研究文学需要通才，现在的文学，要从历史，哲学，以及社会科学各方面来了解，尤其是社会科学占有很重要的地位。但是纯就社会科学来分析，失之偏颇，也应该注重心理学一方面。从两方面来从事批评，是一种新的态度。

由报道可知，朱自清这次讲演是北平师院学生自治会学艺部主办的寒假学术讲演的一部分，讲演具体时间为1948年2月15日下午两点半，地点为师院大礼堂。关于这次讲演，朱自清在其日记"1948年2月15日"这天所记非常简单："到陈通伯、郭修仁家贺年，皆未遇。逛厂甸。演讲。"① 对于当天讲演的具体时间、地点、组织者皆没有任何记录。而姜建、吴为公《朱自清年谱》对该日朱自清的活动则没有任何记载。《世界日报》的这则报道，不但交代了这次讲演的组织者及讲演的具体时间和地点，而且详细记录了这次讲演的具体内容，对我们了解朱自清这次讲演活动，具有一定价值。

《世界日报》对朱自清这次讲演的报道虽然比较简短，但其中涉及的诸多问题，诸如古典文学诵读与解释，新文学的考证与解释、批评，文学的比较研究，文学研究者的知识储备等，都是朱自清此前一直关注的问题，所以，这次讲演对研究朱自清的学术思想，具有一定价值。

朱自清这次讲演的题目虽为《文学考证与批评》，但由其讲演内容可看出，他这次讲演的内容并非完全围绕"文学考证与批评"而展开，

----

① 朱自清：《日记》（下），见《朱自清全集》第10卷，江苏教育出版社1998年版，第494页。

他论述的对象其实是中国文学教育和文学研究的两种不同方式或传统，以及这两种传统之间的关系。朱自清认为中国文学教育和研究已经形成两个传统，一是旧传统，一是五四之后形成的新传统。旧传统有两个，一为诵读，一为解释。新的传统也有两个，一为考证，一为批评或批评性的解释。把"诵读"看作中国文学教育的一个古老传统，充分说明朱自清对于"诵读教学"的高度重视。朱自清在多篇文章中反复阐述过这个观点，如《诵读教学》《诵读教学与"文学的国语"》《论诵读》《论百读不厌》《论朗读》。他认为学习文言乃至欣赏文言，吟唱固然有益，但是诵读也许帮助更大。① 诵读虽然是中国文学教育的"旧传统"，但朱自清认为这个"旧传统"同样也可为新文学所继承，要加速"文学的国语"成长，使白话文念起来上口，同样也要通过"诵读教学"这个步骤。② 但白话文的诵读已经蜕变为"朗诵"。这是因为"白话文念起来不能摇头摆尾，要摇也摇不上，摆也摆不起来。""解释"为文学教育的另一传统，按照朱自清的理解，古代文学或经典的"解释"方式是以文言来解释文言。朱自清认为，为了使传统的文言文学能继续活在现代，对于文言文学的解释方式必须发生改变，"要用白话来解释古文学，或是索性翻译出来"。

考证为文学研究和文学教育的新传统。考证其实是中国传统学术研究的基本方法，并不新，朱自清认为它是一个新传统，其"新"主要体现在考证对象的扩充和变化，由传统的"经、史、子"扩充至"集"。在文学方面，不但古文学需要用考证的方法来研究，新文学也需要用考证的方法来研究。受西方文学观念影响，朱自清在认识到旧文学（古典文学）是一门学问的同时，也认识到新文学（现代文学）同

---

① 见朱自清《论诵读》，《朱自清全集》第 3 卷，江苏教育出版社 1996 年版，第 188 页。

② 见朱自清《诵读教学与"文学的国语"》，《朱自清全集》第 3 卷，江苏教育出版社 1996 年版，第 181—184 页。

样是一门学问，应该用考证方法来对其进行研究。这种观念在当时很超前。正是出于这种超前的认识，朱自清才最早把新文学引入大学课堂并系统进行研究，《中国新文学研究纲要》在他手里产生不是偶然的。在当下的现代文学研究中，考证的方法已经成为一基本方法，甚至可以说现代文学研究中隐隐存在着一个热衷考证、以考证见其学术风格、志趣和优长的"考证学派"。考证不但作为一种方法，还作为一种学术风格和学术思潮，在现代文学研究中发展延续着。在考察现代文学研究的考证方法和考证学派的渊源流变时，一定不能忘了朱自清的首倡之功。

考证虽然是现代文学研究的基本方法，但只有考证还是远远不够的。考证解决的只是历史学层面的"真实"或"事实"问题，是"是什么"。至于"为什么"的问题，考证是解决不了的。这就需要"批评"来加以解决。正是在这个意义上，朱自清认为批评构成了文学研究和文学教育的新传统。什么是"批评"呢？朱自清认为批评是"解释"，但不是一般意义上的解释，而是"批评性的解释"。作为批评性解释的一个范例，他提出了郭沫若的《十批判书》。但这次讲演对这部著作的评价非常简短："就文学以外的范围举例，郭沫若的《十批判书》，研究先秦思想的发展，提出新的方法，这是批评性的解释。文学也应该如此。"从这段话中，我们还是难以明白朱自清所谓的"批评"到底指的是什么。好在朱自清就《十批判书》写过一篇书评，题为《现代人眼中的古代——介绍郭沫若著〈十批判书〉》。[①] 这篇书评的写作与此次讲演的时间相距不远，代表朱自清这一时期对于"批评"问题的持续关注与思考，可帮助我们深入了解朱自清"批评"一词的义旨所在。由这篇书评可知，朱自清所谓的"批评"包含"解释"和

---

① 朱自清：《现代人眼中的古代——介绍郭沫若著〈十批判书〉》，《朱自清全集》第3卷，江苏教育出版社1996年版，第202—207页。

"评价"两个意思，它们构成"批评"的两个步骤。首先是对于研究对象的"客观的解释"，然后是建立在此解释基础之上的"评价"。"客观的解释"是第一步的基础工作。什么是"客观的解释"呢？朱自清以冯友兰提出的"释古"的研究态度为例。"释古"即"客观的解释古代"，而非传统学术研究中的"尊古""信古"和近代以来的一味"疑古"。朱自清肯定了"释古"的研究态度："对古代文化的客观态度，也就是要设身处地理解古人的立场，体会古人的生活态度。盲信古代是将自己一代的愿望投影在古代，这是传统的立场。猜疑古代是将自己一代的经验投影在古代，这倒是现代的立场。但是这两者都不免强古人就我，将自己的生活态度，当作古人的生活态度，都不免主观的偏见。客观的解释古代，的确是进了一步。理解了古代的生活态度，这才能亲切的做那批判的工作"。① 冯友兰的"释古"及朱自清对"释古"的提倡，与陈寅恪的学术观念之间存在非常一致的地方。在《冯友兰中国哲学史上册审查报告》中，他对于研究中国哲学提出了这样的看法："凡著中国古代哲学史者，其对于古人之学说，应具了解之同情，方可下笔。盖古人著书立说，皆有所为而发。故其所处之环境，所受之背景，非完全明了，则其学说不易评论，而古代哲学家去今数千年，其时代之真相，极难推知。吾人今日可依据之材料，仅为当时所遗存最小之一部，欲借此残余断片，以窥测其全部结构，必须备艺术家欣赏古代绘画雕刻之眼光及精神，然后古人立说之用意与对象，始可以真了解。所谓真了解者，必神游冥想，与立说之古人，处于同一境界，而对于其持论所以不得不如是之苦心孤诣，表一种之同情，始能批评其学说之是非得失，而无隔阂肤廓之论。"② 陈寅恪所谓的"了解之同情"与"真了

---

① 朱自清：《现代人眼中的古代——介绍郭沫若著〈十批判书〉》，《朱自清全集》第3卷，江苏教育出版社1996年版，第203页。

② 陈寅恪：《冯友兰中国哲学史上册审查报告》，《金明馆丛稿二编》，生活·读书·新知三联书店2001年版，第279页。

解"，与朱自清、冯友兰所说的"客观的解释"其实是一个意思。非常有意思的是，陈寅恪在上述这段话中，也提到了对于古人学说，只有在"了解之同情"与"真了解"的基础上，才能"批评其学说之是非得失"。这与朱自清所说的"批评"包含两个步骤即"客观的解释"与"评价"是完全一致的。

关于"批评"的看法，朱自清与陈寅恪在其他方面也有相当一致之处。朱自清所谓的"客观的解释"与"评价"，还包含有另一层意思，即研究者在研究批评古代学说的时候，不可"以今释古"或"以西释中"，用今人的或西方的理论标准来一味规范、评价、硬套古人的、中国的学说，这层意思在《评郭绍虞〈中国文学批评史〉上卷》一文中有较为透彻的表达。朱自清在肯定郭绍虞《中国文学批评史》上卷的理论贡献的同时，也指出该书存在一些问题："现在学术界的趋势，往往以西方观念（如'文学批评'）为范围去选择中国的问题；姑无论将来是好是坏，这已经是不可避免的事实。但进一步，直用西方的分类来安插中国材料，却很审慎。"[①] 接着他举书中用西方"纯文学""杂文学"的文学二分法来分析评价中国传统的各类文体，认为这种分类法并不适合中国传统文体发展的实际，"书中明说各时代文学观念不同，最好各还其本来面目，才能得着亲切的了解；以纯文学、杂文学的观念介乎其间，反多一番纠葛"[②]。另外他又批评书中对于魏晋南北朝文学观念的肯定是"以我们自己的标准，衡量古人，似乎不大公道。各时代的环境决定各时代的正确标准，我们也是各还其本来面目的好。"[③] 当

---

① 朱自清：《评郭绍虞〈中国文学批评史〉上卷》，《朱自清全集》第 8 卷，江苏教育出版社 1993 年版，第 197 页。

② 朱自清：《评郭绍虞〈中国文学批评史〉上卷》，《朱自清全集》第 8 卷，江苏教育出版社 1993 年版，第 197 页。

③ 朱自清：《评郭绍虞〈中国文学批评史〉上卷》，《朱自清全集》第 8 卷，江苏教育出版社 1993 年版，第 197 页。

然，朱自清并非完全否定现代理论与西方学说对于中国传统学术研究的"烛照"作用，问题在于在运用西方或现代理论研究中国问题时，要处理好中西与古今之间的平衡问题。在评价罗根泽《中国文学批评史》时，就西方"文学批评"与中国传统"诗文评"二者关系的处理问题，朱自清发表了非常精彩的见解："'文学批评'原是外来的意念，我们的诗文评虽与文学批评相当，却有它自己的发展，上文已经提及。写中国文学批评史，就难在将这两样比较得恰到好处，教我们能以靠了文学批评这把明镜，照清楚诗文评的面目。诗文评里有一部分与文学批评无干，得清算出去；这是将文学批评还给文学批评，是第一步。还得将中国还给中国，一时代还给一时代。按这方向走，才能将我们的材料跟那外来意念打成一片，才能处处抓住要领；抓住要领以后，才值得详细探索起去。"① 在另一篇文章中，朱自清认为要研究中国的文学批评，应该"借镜于西方"，但同时"只不要忘记自己本来面目"。② 其意思与《诗文评的发展》大致相同。

朱自清所谓的"将中国还给中国""将时代还给时代"，与陈寅恪对学术研究中"穿凿附会之恶习"的批评之间，也存在若合符契、相互呼应之处。陈寅恪认为研究者对于古人学说应具了解之同情，但稍微处理不当，就会流于穿凿附会，以今人学说来规范古人观点："因今日所得见之古代材料，或散佚而仅存，或晦涩而难解，非经过解释及排比之程序，绝无哲学史之可言。然若加以连贯综合之搜集及统系条理之整理，则著者有意无意之间，往往依其自身所遭际之时代，所居处之环境，所薰染之学说，以推测解释古人之意志。由此之故，今日之谈中国古代哲学者，大抵即谈其今日自身之哲学者也。所著之中国哲学史者，

① 朱自清：《诗文评的发展》，《朱自清全集》第 3 卷，江苏教育出版社 1996 年版，第 25 页。
② 朱自清：《中国文学系概况》，《朱自清全集》第 8 卷，江苏教育出版社 1993 年版，第 413 页。

即其今日自身之哲学史者也。其言论愈有条理统系，则去古人学说之真相愈远。……此近日中国号称整理国故之普通状况，诚可为长叹息者也。"① 他批评《马氏文通》将印欧语系中属于某种语言之特性者，"亦同视为天经地义，金科玉律，按条逐句，一一施诸不同系之汉文，有不合者，即指为不通。呜呼！文通，文通，何其不通如是耶？"② 陈寅恪所批评的"穿凿附会"是"以今释古"，他所批评的"不通"是"以西释中"，与朱自清的观点完全一致。

朱自清虽提倡"客观的解释"，但他特意强调所谓的"客观"并非就是排除研究者本人的"立场"。就朱自清有关这方面的论述来看，他所说的"立场"大致包括"现代人的立场"和"人民的立场"两方面。"现代人的立场"与"客观的解释"相关，而"人民的立场"则与"评价"有关。

什么是现代人的立场？他以冯友兰的《中国哲学史》的分期为例："即如冯友兰先生的《中国哲学史》的分期，就根据了种种政治经济社会的变化，而不像从前的学者只是就哲学谈哲学，就文化谈文化。这就是现代人的一种立场。现代知识的发展，让我们知道文化是和政治经济社会分不开的，若将文化孤立起来讨论，那就不能认清它的面目。"③ 可见，朱自清所说的"现代人的立场"主要是就现代人所拥有的知识结构、理论水准与认识水平而言的。具体而言，这种现代人的立场指的是在研究文化、哲学及其他知识时，能拥有一种综合系统的观念，不是孤立地研究，而是把文化、哲学放在整体的社会结构内，在文化、哲

---

① 陈寅恪：《冯友兰中国哲学史上册审查报告》，《金明馆丛稿二编》，生活·读书·新知三联书店 2001 年版，第 279—280 页。

② 陈寅恪：《与刘叔雅论国文试题书》，《金明馆丛稿二编》，生活·读书·新知三联书店 2001 年版，第 252 页。

③ 朱自清：《现代人眼中的古代——介绍郭沫若著〈十批判书〉》，《朱自清全集》第 3 卷，江苏教育出版社 1996 年版，第 202 页。

学与政治经济社会的综合互动关系中来把握。当然，文学研究同样也应采用这种立场。在此次讲演中朱自清强调"研究文学需要通才"，不但需要历史、哲学以及社会科学各方面知识的储备，还需要了解心理学知识，只有对于社会科学与心理学知识多方面储备与了解，才能进行文学研究。这种观点就是建立在他所说的"现代人立场"的基础上。

采用现代人的立场是为了更深入解释研究对象。那么，在弄清楚研究对象之后，怎么对于研究对象进行评价呢？朱自清提出了"人民的立场"："但是只求认清文化的面目，而不去估量它的社会作用，只以解释为满足，而不去批判它对人民的价值，这还只是知识阶级的立场，不是人民的立场。"①"现代人的立场"着眼于"客观的解释"，彻底深入弄清楚研究对象的内部结构，属于纯粹的知识探求层面的问题；而"人民的立场"着眼于"评价"，即以什么样的价值标准来评价研究对象，属于价值层面的问题。对于"人民的立场"的宣扬，说明朱自清在其后期已经形成了人民本位的思想，这从他对郭沫若《十批判书》人民本位思想的肯定可得到说明。

明白了朱自清所谓的"批评"是什么意思，那么，作为新传统的"考证"与"批评"二者之间的关系在朱自清那里又是怎样的呢？这一点也可结合朱自清的此次讲演和其他文章来加以探究。在讲演中朱自清指出："如果要深一步的研究，不但应该注意考证，进一步要加以解释。……所以解释以外应该有批评，只有考据是干燥无味的。"这说明朱自清认为考证是文学研究第一步的工作，是基础性的，但只有考证还是很不够的，是"干燥无味"的，为了更进一步研究，加大研究的深度与趣味，还需要"批评"。因此，朱自清提倡"考证"与"批评"二

---

① 朱自清：《现代人眼中的古代——介绍郭沫若著〈十批判书〉》，《朱自清全集》第3卷，江苏教育出版社1996年版，第202页。

者的融合。他赞赏闻一多的《唐诗杂论》为精彩逼人之作，"这些不但将欣赏和考据融化得恰到好处，并且创造了一种诗样精粹的风格，读起来句句耐人寻味"。① 由于认为"批评"比起"考证"是进一步的研究工作，朱自清相对更为重视"批评"。与对考证"干燥无味"的评价不同，朱自清认为"批评"可打通古代与现代的距离，使古代在现代人眼中显得亲切可爱。与"考证"相比，朱自清更注重"批评"的实践，并把这种主张贯彻于自身的文学研究和刊物编辑方针中。1946 年 10 月，朱自清为北平《新生报》主编名为《语言与文学》的副刊，在该刊发刊词中他提倡在该刊中实践"忽略精细的考证而着重解释与批评"，其着眼点就在于他认为解释与批评"可以使我们对古代感到亲切些"。② 在该刊所刊登的讨论古代的学术文章中他"打算着重语言和文学在整个文化里的作用，在时代生活里的作用，而使古代跟现代活泼的连续起来，不那么远迢迢的，冷冰冰的。这是闻一多先生近年治学的态度，我们觉着值得发扬"。③所谓"着重语言和文学在整个文化里的作用，在时代生活里的作用"，结合朱自清一贯的思想主张，可明白他这里指的同样是要注重对于"语言和文学"的深入解释与批评，而非单纯的精细考证。

佚文《谈个性》

《谈个性》一文不见于《朱自清全集》及姜建、吴为公编《朱自清年谱》，可确定是一篇佚文。文不长，整理如下：

---

① 朱自清：《中国学术界的大损失——悼闻一多先生》，《朱自清全集》第 3 卷，江苏教育出版社 1996 年版，第 122 页。

② 朱自清：《〈语言与文学〉发刊的话》，《朱自清全集》第 4 卷，江苏教育出版社 1996 年版，第 464 页。

③ 朱自清：《〈语言与文学〉发刊的话》，《朱自清全集》第 4 卷，江苏教育出版社 1996 年版，第 464 页。

谈个性

佩弦

一个人有一个人的个性，所谓"个性"，就是这个人的性格。而且，只要是人，不问他是贫富贵贱，也不问他是男女老少，都有他的个性。所以，若真的给个性下个定义，也可以说个性到底是什么东西，那么，也就可以说是一个人的行为，言语，思想，嗜好……抽象的总和。这些抽象的总和，便等于一个大的抽象的个性。

个性到底是一个抽象的东西，不能叫人把握得住。不过，个性的生成是基于一个人的主观，而世界上人与人的主观却又不尽相同，所以有的个性刚毅，有的个性软弱，有的说话作事讲究痛痛快快，又有的人却扭扭捏捏。不管这些个性是好是坏，只要所表现的是一种真实的，亦即是不带掺假的，好的当然好，坏的也是好。因为，为人做事，第一要义就在一个"真"字。"真"了才能让人同情。不过在社会上有不少人，他所表现的有时刚有时柔，有时真有时假，结果叫认识他的人闹得莫明其妙，含含糊糊。像这种说方不方，说圆不圆，连点准稿子都没有的个性，真叫人遇见他有点提心吊胆，防不胜防。

又有一些人，说起话来，作起文章来，那真够叫有味儿，一派正人君子作风，可是做起事来，就露了马脚，听他的说话，看他的文章，也许就以为这个人的个性是刚直的，观察他的行为，却不论什么坏事都干得出！这种伪装的个性，其妙处便在于叫人捉摸不着，可是一旦泄露，就可以名之曰"人格破产"。我们希望每个人的个性都不伪装，而是明显的凸出来，刚的就是刚的，柔的就是柔的，准斤十六两，一分一毫都不差一些，这样不但叫人容易认识，也容易叫人发生同情和好感。这种不涂彩的个性，了解也容易，朋友也能交得多，而且能够永久。就是做起学问来，也会是地地道道，不带花样。

所以，社会上宁可多要一些凸出的个性的人，也不要那伪装的个性的人。如果每个人的个性都能凸出，不涂色彩，世界人一切坏事，凡藏在黑暗之幕里的那些虚伪，诈欺和罪恶的伎俩，都会无形中绝了迹。别人大谈消灭战争，高呼和平，我却要来提倡个性的凸出！

《谈个性》一文为朱自清所作，有如下理由。首先，该文署名"佩弦"，这是朱自清的字，也是他发表文章时经常用的一个名字。现代作家中，只有朱自清一人使用"佩弦"这个笔名。因此，由此笔名，便可断定这篇文章出自朱自清之手。其次，1948 年朱自清在清华大学任教，而《世界日报》是当时北平一份颇有影响力的报纸，该报的"教育界"版面以跟踪报道北平教育界的新闻事件而著称，尤其关注北大、清华、燕京等著名大学的新闻，朱自清本人也被多次报道过。该报另一品牌副刊"明珠"，与朱自清也有一定的渊源关系。该文发表于 1948 年，而 12 年前即 1936 年，周作人与清华大学的学生林庚等人编辑《世界日报》的副刊《明珠》时，朱自清就在 1936 年 11 月 20 日《明珠》副刊第 51 期，发表了《王安石明妃曲》一文，署名同样是"佩弦"。12 年后，朱自清又一次使用"佩弦"的名字在这个报纸上发表文章，而且同样发表于该报的品牌副刊"明珠"上。只不过，这时的"明珠"已今非昔比，版面空间不断压缩，只占豆腐块儿那么一小点地方，且时出时停，每期所发文章不但过于简短，数量也很有限，刊物的影响力也就越来越小。而在 1948 年 1 月 1 日元旦这一重要日子，编辑可能想选择这一天重振《明珠》雄风，《明珠》的版面被突然扩大，文章数量也增加到了六篇之多，其中就包括朱自清这篇文章。可惜的是，"明珠"的重光也仅仅这么一天，第二天一切又仍复其旧，不久就停刊了。再次，这篇文章所谈话题与观点，与朱自清此前所写文章也有一定关联。朱自清 40 年代曾写过一系列谈人论事的说理性散文，这些散文后被他命名为《人生的一角》，收入《语文影及其他》一书中。《人生的一角》是朱自清列入计划而未完成的一部散文集，40 年代后期，在他生命的最后几年，他所写的《论吃饭》（1947 年）、《论气节》（1947 年）等文，应该就是"人生的一角"系列的一个延续。《谈个性》一文，提倡个性的"真"，痛斥虚伪和矫饰，认为"如果每个人的个性都能凸出，不涂色彩，世界人一切坏事，凡藏在黑暗之幕里的那些虚伪，诈欺和罪恶的伎俩，都会无形中绝了迹。"文章写作时正值中国内战，别人著文大谈消灭战争，而作者却提出个性的真伪问题，应该是针对现实的丑恶现象而发的。

胡风的一篇佚文

上海《年青人》半月刊创刊号（1946 年 5 月 25 日）有一篇署名"胡风"的文章，题为《要真，青年们！（代创刊词）》。该文不见于《胡风全集》，应是佚文。文仅两百六十余字，录如下：

要真，青年们！
（代创刊词）

伟大的罗丹在他底"遗嘱"里面留下了恳切的声音："青年们，要真！"

只有真，才能认识历史底法则，才能启发创造的意志，才能养成坚贞不拔的精神。因而，也只有真，才能使自己从封建主义和个人主义脱出，把自己的命运和民族底命运和人民底命运结成血肉的一体。

而这个"真"的精神，在青年时期最为旺盛，在这个时期也最易于养成。一切伟大的人格都在青年时期发苞，一切伟大的运动都是青年们做骨干。

近百年来的中国青年，在无数的壮烈的变动中完成了使命，但今后的几十年之内，还有不少伟大的使命等待着我们用"真"的精神去奔赴，去完成。

胡风

《年青人》半月刊为一青年刊物，仅见创刊号，刊文 21 篇，内容涉及青年运动、青年生活、学习、工作等，还有政治、教育方面的论著，亦刊发有小说、诗歌、散文等文学作品。主要文章除胡风该文外，还有熊佛西《忆定县》、林焕平《当前青年运动的任务》、史东山《对戏杂感》等。

《年青人》半月刊的主编署名"庄稼"，这显然是一笔名。笔者翻阅陈玉堂《中国近现代人物名号大辞典》和徐廼翔、钦鸿《中国现代文学作者笔名录》，只查到"张泽厚"使用过这个笔名。张泽厚（1906—1989）为四川岳池县人，左翼作家，曾加入"左联"，先后主编《文艺评论》《艺术周报》《文艺新地》等进步刊物。但《年青人》半月刊创刊于 1946 年 5 月 25 日，这段时间张泽厚正在老家四川从事教育工作①，没有到过上海，因此，此"庄稼"与用过笔名"庄稼"的张泽厚不可能是同一个人。好在笔者查到署名"王耕夫"的《胡风与〈年青人〉》一文②。文中，作者详细回忆了自己编辑《年青人》半月刊以及向胡风约稿《要真，青年们!》一文的经过。由此，可证明该文作者"王耕夫"就是《年青人》半月刊的编辑，"庄稼"是他的笔名。

了解"庄稼"即王耕夫，但关于王耕夫其人，经过多方查找，笔者没有发现更多有价值的信息，只知道在《胡风与〈年青人〉》外，他还署名"王耕夫"，发表过《今日的熊佛西》（《剧影春秋》1948 年第 1 期）、《洪深在话剧萌芽期间的二三事》（《春城戏剧》1983 年第 2 期）、《田汉与昆明的剧运》（《云南戏剧艺术研究》第 2 辑）、《古代的剧场》（《春城戏剧》1981 年第 3 期）、《抗战八年云南的戏剧运动》（载《抗战时期西南的文化事业》，成都出版社 1990 年版）等文章。通过这些

---

① 《张泽厚生平》，载张良春主编《追忆逝去的人格长城："左联"作家张泽厚纪念文集》，作家出版社 2008 年版，第 1—9 页。

② 文刊《艺谭》1986 年第 3 期。该文题名见马蹄疾《胡风传》附录"参考资料目录"，但作者名字被误为"王耕长"，见马蹄疾《胡风传》，四川人民出版社 1989 年版，第 337 页。

文章可知，王耕夫抗战时期曾在昆明等地从事话剧运动，与田汉、洪深、熊佛西等话剧家有密切交往，抗战结束，回到上海，编辑刊物《年青人》半月刊。到了20世纪80年代，王耕夫还发表过不少研究中国古典舞蹈、剧场、戏曲方面的学术文章。亲身参与话剧运动，认识不少话剧家，熟悉了解话剧，王耕夫与话剧的这种亲密关系，影响到他对刊物的编辑。在《年青人》创刊号中，有几篇文章如熊佛西的《忆定县》、马蜂的《关于〈万世师表〉》，就与话剧有关。

王耕夫在《胡风与〈年青人〉》中回忆了自己向胡风约稿的具体经过：

> 我认识胡风很晚，是在上海编杂志的时候。一九四六年初夏，我原打算编一本反映中国农村的杂志，刊名都已定好，后来竟一下子改变了主意，从《种子》改为《年青人》半月刊。那时，海派文人崔万秋也在大同出版公司主编文艺刊物《笔》，他和文艺界来往较密，我并不认识胡风，地址是从他那里探听到的。事前，我这个不速之客并未和他相约，竟在一天晚上撞到了他的住处：雷米路文安坊。

胡风1946年2月25日由重庆回上海，继续《希望》月刊的编辑。王耕夫登门拜访胡风则是1946年初夏，当为该年4月底至5月上旬，这时胡风刚到上海不久。对于他的约稿，胡风非常爽快地答应，第二天晚上就让他去取稿，这就是《要真，青年们！》一文产生的大致经过。

一般来说，一个刊物的发刊词应该由编者来写，但王耕夫却把胡风的这篇文章，作为刊物的"代创刊词"，置于刊首的重要位置来发表。这说明他对胡风这篇短文的高度重视。笔者猜测，王耕夫在向胡风约稿之始，可能就存有把他这篇文章作为"代创刊词"的打算。据他自己回忆，他登门拜访胡风，有两个目的：一为向胡风约稿；二为向胡风请教，让他给自己（包括其他青年人）指一条出路。胡风这篇短文《要真，青年们!》，则同时满足了他的上述两个要求，既写了文章，又在文章中为青年们指出了"要真"的未来发展方向。这样的内容，作为《年青人》的发刊词，非常合适。

胡风这篇短文的标题来自法国著名艺术家罗丹的《遗嘱》：

你们要真实，青年们；但这并不是说，要平板地精确。世间有一种低级的精确，那就是照相和翻模的精确。有了内在的真理，才开始有艺术。希望你们用所有的形体，所有的颜色来表达这种情感吧。

只满足于形似到乱真，拘泥于无足道的细节表现的画家，将永远不能成为大师……①

胡风非常喜欢罗丹的《遗嘱》，曾把《遗嘱》的一部分翻译刊登于《希望》第 2 集第 1 期（1946 年 5 月 4 日），并在"编后记"中对此特意作了说明：

由于介绍了《思想者》，因而从罗丹的《遗嘱》里面摘译了几则放在前面。是他在他的时代里的他的追求，然而，如果放在我们今天的正确的社会基础和正确的艺术方向上面，这些话还是多么切中时弊，多么使人感奋。艺术到底是在小计谋、生意经、交际手段以外的。②

---

① 见［法］罗丹口述，［法］葛塞尔记录《罗丹艺术论》，沈宝基译，台湾雄狮图书股份有限公司 1981 年版，第 12 页。

② 胡风：《〈希望〉编后记（一九四六年）》，见《胡风全集》第 3 卷，湖北人民出版社 1999 年版，第 444—445 页。

胡风的"求真精神"来自罗丹的《遗嘱》，但与罗丹原意大不相同。罗丹向青年人提出要"真实"，但罗丹同时又强调他所说的"真实"指的是艺术真实（神似），而非生活真实（形似），他认为青年艺术家在学习艺术之初一定要处理好神似与形似的关系问题，因此，罗丹所谓的"真实"属于艺术理论范畴；而胡风所谓的"真实"则已远远超越艺术范畴，涵盖了历史、科学、人生等多个层面。胡风认为只有拥有"真"，才能认识历史的法则，才能启发创造的意志，才能养成坚韧不拔的精神。要具体了解胡风这里所说的"真"到底是什么意思，还需要结合他同期在上海发表的题为《中国文化之路》的演讲。

胡风回到上海之后，曾应邀作过多次演讲，其中的一次讲演题为《中国文化之路》，讲演词刊登于上海《中建》1946 年第 9 期。编者在文前加有一段题记："这是胡风先生在本社图书馆读者联谊会讲话的记录。在这一个简括的叙述里，他指出了文化，是社会的声音，社会的色调，也是社会改革的力量。在特别需要建设的今天，怎样使文化活动为积极的建设的提示，怎样使文化工作者积极集合于建设的旗帜之下，应该是非常重要的一点。"胡风在讲演中提出中国文化要丰富三种精神，即求真精神、批判精神、人道精神，其中第一条"求真精神"与《要真，青年们!》一文所提出的"要真"是一个意思。胡风认为中国文化非常缺乏"求真精神"，要建设中国的文化，必须首先要丰富求真精神，什么是"求真"，他作了详细解释：

> 芸芸众生，应接不暇，我们总要竭力寻求它们真实的东西。求真有两重意义：一是抵抗外界压力，例如创地动说的哥白尼，他生在中世纪黑暗时代末期，僧侣们一向都认为地球是上帝创造的，地动说实际是否定了这个前提；哥白尼始终为真理而努力，推翻了支配一切的宗教的理论根据，尽管他受尽重重的压束，尽管他后来被

人烧死。二是能够反攻自己，例如旧俄伟大作家果戈里最重要的作品是《死魂灵》，主人翁乞乞诃夫这骗子通过但丁的三部曲要慢慢变成一个好人；由坏人变成一个好人很难，果戈里接连几次写第二部，写好马上又烧了，这就是他求真的精神。为了要求真，才能产生力量，才能参与战斗。能像果戈里那样求真的精神，才能成为伟大的文豪！

由此可见，胡风所说的"真"，指的是"真理""真相""真实"，"求真精神"则指为了真理、真实而勇往直前、无所畏惧、自我牺牲的大胆探求精神。

胡风《要真，青年们！》一文对求真精神的宣扬，与他同时期另一佚文《中国文化之路》对求真精神的宣扬之间，形成了相互呼应的关系，因而，这篇佚文的发现，对于研究胡风抗战后上海时期的创作与思想，具有一定价值。

附录：

《年青人》半月刊第1卷诞生号目录

徐玉诺史料缀拾

　　笔者在阅读民国时期河南报纸《中国时报·前锋报》联合版时，在该报第 2 版"人民会场"栏，发现几则与诗人徐玉诺有关的史料。这几则史料分别是：索陶的《一代诗人 而今何在？——忆徐玉诺先生》，培麟的《诗人徐玉诺趣事》，叶红的《先进诗人现教古书——我所知道的徐玉诺先生》。《中国时报》《前锋报》为民国时期河南省的两份重要报纸。《中国时报》发行人为郭海长，1945 年 12 月 1 日创刊于河南开封；《前锋报》的发行人为李静之，1942 年元旦创刊于河南南阳。自 1947 年元旦起，《中国时报》和《前锋报》两报在开封出联合版，1948 年 6 月 19 日开封第一次解放时停刊。《中国时报·前锋报》联合版第 2 版开辟有一题为"人民会场"的文化性质的小栏目，所刊文章有散文和诗，文体上多种多样。关于徐玉诺的这几篇文章就出现在这个栏目中。

　　《中国时报·前锋报》联合版有关徐玉诺的几则史料，不见于秦方奇先生的《徐玉诺研究文献索引》[①]，亦不见于其他徐玉诺研究文献中。由于这些文章对徐玉诺研究有一定价值，故笔者将其整理出来，以供研究者参考。

---

　　① 秦方奇：《徐玉诺研究文献索引》，见秦方奇编校《徐玉诺诗文辑存》（下），河南大学出版社 2008 年版，第 617—619 页。

索陶的《一代诗人　而今何在?——忆徐玉诺先生》

索陶的《一代诗人　而今何在?——忆徐玉诺先生》,刊《中国时报·前锋报》联合版1948年5月21日第2版"人民会场"栏。现整理如下:

一代诗人　而今何在?

——忆徐玉诺先生

索　陶

古今来的穷诗人很多;今天我想起其中的一位,徐玉诺先生。徐先生现在不过五十上下,这新文艺运动时代的红诗人,现在并没有失掉写作能力而被人遗忘实在是不应该的事。

徐先生的创作不太多,他的诗在当时是特树一帜的,充满了新生的罗曼谛克的情绪,也就是那个时代里所有青年的情绪。诗集有《将来的花园》,只是我现在背诵不出几首,往年良友出版的"新文学大系"里有几篇选品,在比较资格稍老的图书馆内当能找到。

徐先生整个作品的评价,是批评家的事,我今天不再多说了。有一点关于徐先生自身的问题,即徐先生的籍贯是河南鲁山,并不是南阳,张默生先生在《记怪诗人徐玉诺》里弄成南阳,当是记错了。

我和徐先生认识是在民国二十四年的秋季,那时候徐先生再回淮阳二师授课,我是三年级上期学生,他担任了我们的学术文,所谓学术文者还是国文,不过偏重些专门研究罢了。在徐先生未来以前,他的故事,已知道的很多了,譬如自己开裁缝铺啦!养母牛挤牛乳,牛乳没挤成反把牛饿瘦了,没办法又赔钱卖了啦!所以当徐先生来了后,很多同学背地喊他徐疯子。但我感觉徐先生并不疯,他不过是在撒谎社会里,独自一个人有颗真正的心，说老实话，作老实事罢了。

从受徐先生的课中，我认识徐先生不仅是诗人，而且是很好的教授，记得一次讲一篇文章，说到北京小胡同卖豆腐老人的敲梆子，他闭起眼睛"八……拉，八……拉"，全班同学都默然静听，好像真真棒子在响。讲说荷，他说莲子中有两片黑的东西叫做蕊，味最苦，他在福建厦门大学教书的时候，曾以"在建不食建莲子，一个黑心一个苦"两句诗送朋友，正面说福建莲子的黑心苦。影射说"再见不食建莲子，一个黑心一个苦"，就是再见面不要吃福建的莲子，一个人黑了良心，一个人痛苦。这是何等巧妙的想象。只可惜当时没有问问徐先生，那位朋友是男还是女。

徐先生对清代小说家中，极推崇李渔即李笠翁先生。并盛夸李氏之《十二楼》，认为天下第一好书，说这本书民国来原未流行，由他在福州书肆发现，后来介绍给胡适之先生，后来还把他收藏的孤本给我们看。当时我们为好奇心所动，每人在书局买了一本，现在不知道丢到那里了。

徐先生和有些文学家一样，也有历史癖和考证癖，他曾经给我们介绍过鲁阳碑，碑体是汉隶。那是他独自在他的故乡鲁山县城墙边发现的。作有考证载当时的《河南民报》。张默生先生说他在抗战后期发掘石器，把顽石当古代石器赠送某将军，我想也许不虚，因为徐先生原不是一个考古学家。

徐先生，有细高的身材，美丰姿，到处教书有不少女学生向徐先生追求，但徐先生却不曾爱上一个，徐先生只爱他的小脚老婆，因为她是他的知己。很爱他一位千金，虽然不到十岁，死了后还为她立碑作墓志，《语丝》某期上曾有一篇纪念他这位千金的文章，现在记不清内容了。

徐先生的思想，以前不大清楚，以后则完全是淳朴的农民的。这也许是因为徐先生十几年，从不曾离开农村的关系。他穿的是紫花布，吃的是窝窝头。曾有一个时期办杂志，用的名字叫"太平车"，也是农村的一种交通工具。

《现代史料》上曾记载当年他是文艺运动的一个领导人，何以到后来消沉无闻，我想恐怕是这样：当时他所处的那个时代，正是封建军阀称雄割据的时代，他除了一度到厦门教书外，完全在北方，对于北洋军阀和帝国主义者勾结，镇压革命势力，残贼人民的情形，他有高度的反抗情绪，但因为只有冲动的感情，而没有冷静的头脑，只能叫喊，而不能深一步探讨社会恶劣的原因，寻找出斗争的办法，所以一遭打击便不能再重整旗鼓应战。虽然自己在呼号，但实际上自己没有和大众接触，却站在群众以外，和后来他虽具有农民的思想，但和农民没有真真密切的接触是一样。

和徐先生离别快十年了，我为生活所迫，行脚僧似的走遍了国土，对于徐先生的消息，十分隔膜，三十一年在重庆时，听一位同学说，徐先生还在鲁山原籍教书，生活十分困苦，某同学曾商请文协救济，不知道办到没有？现在每想起来，只有对徐先生遥遥祝福！

[《中国时报·前锋报》（联合版）

1948 年 5 月 21 日第 2 版"人民会场"栏]

该文作者为"索陶"。从文章内容看，此人应是徐玉诺在淮阳河南省立第二师范（以下简称"淮阳二师"）教书时的学生。文称"我和徐先生认识是在民国二十四年的秋季，那时候徐先生再回淮阳二师授课，我是三年级上期学生"。由此可知 1935 年秋徐玉诺曾在淮阳二师教书。所谓"再回淮阳二师"，是因为此前徐玉诺曾在淮阳二师任过课。据秦方奇《徐玉诺年谱简编》（以下简称《年谱》），1928 年 2 月，徐玉诺任教淮阳二师，担任"文学概论""学术文课""文学作品课"三门课程。生活稳定后，又把母亲和家眷接到淮阳居住，从此淮阳成了他的第二故乡。① 据《年谱》，徐玉诺在 1929 年 9 月后曾离开淮阳，到信阳、山东曲阜、烟台、鲁山多地担任过短暂教职，1930 年 2 月一度返回淮阳二师任教，旋即离职。1934 年下半年在淮阳照顾病重的母亲，1935 年初母亲去世后在淮阳为母亲守丧。从 1934 年下半年到 1936 年秋至烟台，这段时间徐玉诺一直生活在淮阳。《年谱》在此段时间内，没有记载徐玉诺在淮阳二师担任过教职。但依据索陶此文，可知从 1935 年秋季起，徐玉诺又一次任教淮阳二师。此前徐玉诺在淮阳二师任课时曾担任过"学术文课"，这也与索陶此文所说他担任课程为"三年级的学术文"形成互证。他所说的徐玉诺办过《太平车》杂志，穿紫花土布的衣服，都可与其他人对徐玉诺的回忆形成互证。他在文章一开始还指正了张默生关于徐玉诺籍贯的错误说法。这说明作者是比较熟悉徐玉诺情况的。

索陶作为徐玉诺教过的学生，亲自聆听过徐的教诲，他的回忆不但可信，而且还充满不少颇为生动的细节，为研究徐玉诺提供了第一手的宝贵史料。他对徐玉诺的回忆和评价大致可分教育、学术和思想三方面。教育方面，文章对徐玉诺上课情景的回忆生动形象，说明徐玉诺是一位优秀的教师。文章还提供了徐玉诺在福建厦门大学教书时的一些史料，如曾以"在建不食建莲子，一个黑心一个苦"两句诗送朋友。学术方面此文提供信息更多。如在福州书肆发现孤本李渔小说《十二楼》并介绍给胡适；具有考证癖和历史癖，在鲁山县城墙边发现鲁阳碑并加以考证，且有考证文章发表于《河南民报》等。徐玉诺考证鲁阳碑的文章不见于《徐玉诺诗文辑存》，索陶此文也没有提供徐氏考证文章发表于《河南民报》的具体日期，所以，关于这篇考证文章，还需在《河南民报》上继续查找。

---

① 秦方奇：《徐玉诺年谱简编》，见秦方奇编校《徐玉诺诗文辑存》（下），河南大学出版社 2008 年版，第 637 页。

索文对于徐氏思想的评价也是比较到位的，如认为徐玉诺后期的思想虽"完全是淳朴的农民的"，但和农民并没有很密切的接触；其后来思想消沉之原因，乃是因为只有冲动的感情，而没有冷静头脑，不能深一步探讨社会恶劣的原因，寻找出斗争办法，虽然自己在呼号，但实际并没有和大众接触，而是站在群众以外，所以一遭打击便不能再重整旗鼓。作者站在人民本位的立场上，其对以徐玉诺为代表的一类知识分子优缺点的分析和评价，还是非常切实中肯的。

培麟的《诗人徐玉诺趣事》

培麟的《诗人徐玉诺趣事》与索文刊登于《中国时报·前锋报》联合版同一天同一栏目。文章很短，不到500字，整理如下：

诗人徐玉诺趣事

培　麟

鲁山徐玉诺氏为吾豫名诗人之一，其人颇多奇思怪形。张默生教授著有《异行传》一书，曾搜集渠之怪行趣事，著成一篇，读之令人慨叹不已。三十四年春余继渠任教宛西乡村师范高师部，授国文，班中有同学述其趣事一则，为张教授所未录，特志之如后，以飨读者：

某次，值国文习作堂，徐氏手提瓦罐（？）一个入教室，置之讲桌上，既未发言，亦未出题，旋即离去。同学知其行无拘束，疑其如厕小便，少停当复来，遂皆默然坐候。良久不见入室，同学乃推保长（即班长）往其住室谒请出题，氏则毫不在乎似地答曰："吾置讲桌上之瓦罐即题也，何谓题未出？"保长归告同学，全堂为之哑然！既复轰笑不止。遂了了草草，各成一节，交卷大吉。余初闻此事，亦觉平平无可奇者，及今思之，乃忽大悟：此中自有文章也。盖氏固一天资卓越者流，以渠之性情奔放，无拘无束，概即认人之思想，惟不受任何外加之限制，乃能任情发挥运用，于活泼自由中见真性情，真才识！故氏雅不欲以题目限制人之思想，使其牵就吾之题意。虽然，无一象征之物，则不足于同一事上见出各人之才识性情，遂置一具体物（瓦罐）于众生眼前以代题焉。此解质之徐氏及诸高明之士，不知以为然否？

[《中国时报·前锋报》（联合版）

1948 年 5 月 21 日第 2 版"人民会场"栏]

据文中"三十四年春余继渠任教宛西乡村师范高师部，授国文"诸语，可知此文作者"培麟"为宛西乡村师范高师部教师。据《年谱》，"宛西乡村师范"当为"宛西乡村联合师范"①。徐玉诺 1943 年6 月应邀至南阳宛西乡村联合师范教书，1944 年 8 月被学校解聘后至邓县教书。宛西乡村联合师范位于内乡县马山口镇天明寺。培麟称其1945 年春继徐玉诺之后任教宛西乡村师范高师部，授国文，说明这时徐玉诺已离开学校。这与《年谱》记载的徐玉诺 1944 年 8 月离开宛西乡村师范是吻合的。《年谱》没有记载徐玉诺在宛西乡村联合师范学校所教授课程，据培麟此文可知，徐玉诺应该是在该校的高师部任教，所教课程当为"国文"。不然，培麟不会在文中有"三十四年春余继渠任教宛西乡村师范高师部，授国文"之语。而且，培麟所教的这一个班级，正是徐玉诺曾经教过的，因为他所讲述的徐玉诺趣事，就来自此班一学生之口，而此学生所讲，正是其听徐玉诺讲授"国文习作课"时所发生的事情。

培麟此文所讲徐玉诺趣事，应该是可信的，因为此趣事出自其学生的亲身见闻。此趣事所显示的徐氏特立独行的风格也很符合他的一贯作派。培麟对徐氏"瓦罐出题、不落言筌"的解释，应该也是切合徐氏

---

① 秦方奇：《徐玉诺年谱简编》，见秦方奇编校《徐玉诺诗文辑存》（下），河南大学出版社2008 年版，第 645 页。

原意的。总之，此文虽短，但对了解徐氏在宛西乡村联合师范时的教书生活，对了解徐氏特立独行的人格，还是很有价值的。

叶红的《先进诗人现教

古书——我所知道的徐玉诺先生》

《中国时报·前锋报》联合版同一天同一栏目刊发关于徐玉诺文章两篇，使这一天的"人民会场"栏变成了"徐玉诺专号"。编者意图很明显，就是打算通过这两篇文章的发表引起人们对这位被遗忘的重要诗人的关注。果不其然，两文一发表，就引起反响。两文发表的第二天即1948年5月22日，一位名为"叶红"的作者就写了《先进诗人现教古书——我所知道的徐玉诺先生》一文，向读者报告徐氏近况。文章约900字，整理如下：

先进诗人现教古书

——我所知道的徐玉诺先生

叶　红

昨天在中前联合版的人民会场栏，读到索陶先生所作关于河南诗人徐玉诺的一篇文章，引起了笔者问贤的好奇心，顺便写了这篇小文。

笔者对于徐玉诺先生是很陌生的，因为过去在几家出版的文学史上和学校的先生们，从没有提到过他的名字。自然更谈不上对于这位诗人的认识和作品的欣赏了。当河山光复之后，读者在任访秋先生的《中国现代文学史》诗歌创作一节里，才见到徐先生的名字被列在哲理派的诗人中。著者评他是一个憎恶现实的悲观论者，从他的作品中，看不到人生的光明，只是丑恶和残酷！还引了诗人的《枯草》，《夜声》，《墓地之花》等篇作为例证。这也许就是索陶先生所说的，当时他受不了反动势力的摧残而丧气消□①的缘故罢！无论怎样，这些都已成了过去的史实，现在我要写的却是徐玉诺先生最近的下落和生涯。

我首先应该告诉索陶，这位被时代遗弃了的既往诗人，现在已经变成"隐逸之士"了。原来他在新野西北隅的一个僻静的乡村里安了家。整天闭门自守，不求闻达，让自然浸润他的心灵，让田园的黄花把他埋藏起来。最奇怪的，他居然在那里教起古书来了。附近的百姓们都很尊敬他，而且很多人都把自己的儿子送到他那里去读书。又因为他的新学问很通博，因此有许多受过现代教育的学生们，络绎不绝地去向他请教，而且都能得到圆满的答覆。不过他们始终对于这位来历飘渺的"古今通"先生，感到异常的奇妙和神秘！从那儿飞来这位学问渊博的客人呢？在每个人的心里，多深深的留下了一个耳朵形的问号。

平常，有人问到他的身世的时候，他便东扯西拉的慌人，所以谁也得不住真消息。这位诗人除掉教书外，什么工作也不干，只在风清月明的夜晚，他便坐在庭院里，对着妻子或邻人，梁山东海□②谈天，兴尽始散。像这种逍遥清闲的生活，简直是道家的理想境界了。二十年前的时代健儿，今天竟作了时代的蜕壳，追昔抚今，岂不怆恨？而今，宛属早已战火燎原，不知道这位被人们忘掉得好久的穷苦诗人，在哪里寻找他的人生乐园呢？

说起来，真算是中国文坛上的大悲剧，谁料到五四时代新诗界的前进健儿，现在竟会幽居在穷乡僻壤的小村里，让寂寞和贫苦侵蚀着他纯洁的灵魂，时代的涛浪卷没了他宝贵的生命！这应该怎样的解释呢？

于一九四八·五·二二

[《中国时报·前锋报》（联合版）

1948年5月28日第2版"人民会场"栏]

---

① 原文字迹不清，当为"沉"字。
② 原文字迹不清，当为"的"字。

据《年谱》，1944 年 8 月，徐玉诺被宛西乡村联合师范解聘后，应镇平县汲滩镇中学校长宁介泉之邀前往镇平教书。① 《年谱》此处记载小有失误。在行政区划上汲滩镇属南阳市邓县即今邓州市，在邓州市正东 18 公里，地域上紧接新野，而非属于镇平。据《年谱》所述，1945 年春，宛西沦陷，汲滩镇中学校长宁介泉当了维持会长，徐玉诺愤而与之绝交，离开镇中学，到附近一个名为"徐庄"的村庄，与村民续了家谱后，在这里办私塾，直到日本投降才返回故乡。② 据查，按现在的行政区划，"徐庄"属新野县管辖。在方位上，徐庄位于汲滩镇东南，新野县西北。叶红此文所说"原来他在新野西北隅的一个僻静的乡村里安了家"，在行政区划及方位上与年谱所记载的"徐庄"完全吻合。只是叶文中没有点明"一个僻静的乡村"的名字，应该就是徐庄。叶文也没有明确指出徐玉诺在徐庄的具体时间，只是用了模糊的时间用语"最近"。这所谓的"最近"，结合《年谱》，应该就是 1945 年春至 1945 年秋冬这段时间。结合叶文所说的徐氏于月明风清之夜，在庭院中与邻居家人谈天的描述，在季节和气候上当属夏秋之时，这也与《年谱》记载相吻合。

叶红此文价值在于提供徐氏僻处新野西北乡村一隅之时的一些具体生活细节，为研究者了解徐氏此一时段的生活提供了直观生动的材料。文章开首所说的对于徐氏本人及作品的接受过程，从一开始完全陌生，到通过任访秋《中国现代文学史》而对徐氏有一定了解，也可看作徐氏作品的微型接受史，描述出了徐氏从一开始不为人知到逐渐进入文学史而被经典化的具体过程。徐玉诺作为河南现代文学史上的早期重要作家，其为一般读者所知，文学史所起作用可能要远大于批评家评论。因

---

① 秦方奇：《徐玉诺年谱简编》，见秦方奇编校《徐玉诺诗文辑存》（下），河南大学出版社 2008 年版，第 645 页。

② 秦方奇：《徐玉诺年谱简编》，见秦方奇编校《徐玉诺诗文辑存》（下），河南大学出版社 2008 年版，第 646 页。

为一般读者接触批评家批评作品的机会其实并不多，他们的基本文学史知识大多就是直接来自文学史阅读。而任访秋先生的《中国现代文学史》（上），作为最早以"现代文学史"命名的一部现代文学史，对于徐玉诺的评述，虽然篇幅不长，但在徐玉诺的接受史和其作品的经典化上，却起了相当关键的作用。

徐玉诺的创作集中于 1921 年至 1925 年间，文坛对于他的关注也集中在 1923 年前后，其后，随着其创作的逐渐消歇，文坛对他的关注也慢慢减少，作为一个文学家的徐玉诺几乎被人们遗忘了。而就在徐玉诺被人们几乎完全忘记之时，《中国时报·前锋报联合版》在 1948 年 5 月间却突然出现了这三篇文章。这三篇文章凸显了中原文化界对徐玉诺的关心和致敬，对其五四时期的辉煌过往，后来者满含凭吊与怀旧之情。当然，徐玉诺之所以能引起人们的关注与怀念，并非完全以其诗人和文学家的身份，其吸引后人关注的，更多来自其奇思怪形与狂放不羁所显露的独特有趣的人格风范。从这个角度讲，作为诗人的徐玉诺值得研究，而徐玉诺在现代知识分子中所代表的一种独特的人格类型，也值得加以认真细致的探究。当年张默生《异行传》的写作，可能就是出于对于这种独特人格类型的兴趣和关注。① 因此，把徐玉诺放置于现代复杂动荡的政治历史及东西方文化冲突的大背景下，作为一种有代表性的人格类型，把他与现代时期的其他"异人"进行比较研究，是一个很有意思也很有价值的课题。

一点补充

以上三篇文章外，笔者还见到另外几篇徐玉诺研究文章，不见于秦

① 参见张默生《〈异行传〉自序》，《异行传》，重庆出版社 1987 年版。

方奇先生的《徐玉诺研究文献索引》，顺带把它们列于文后，以供研究者参考。这几篇文章是：黄世璞《读〈将来之花园〉》，刊《时事新报·学灯》1923 年 2 月 23 日；周佛吸《二十年来河南之文学》，连载于《河南民国日报》1932 年 1 月 15 日、16 日、17 日第 7 版；戈雨《淹没了的诗作者——徐玉诺》，刊《新蜀报·蜀道》第 775 期（1942 年 8 月 13 日）。这几篇文章中，特别值得一提的是周佛吸的《二十年来河南之文学》一文。"周佛吸"即"周仿溪"，也是河南现代文学史的一个重要作家。该文文后有注："二十年十二月二十四日于河南七中"。说明此文写作的时间为 1931 年 12 月 24 日。周氏此文题目中所谓的"二十年来"指的就是 1911 年辛亥革命后至 1931 年这二十年。此文应该是第一篇对河南现代文学进行历史描述与梳理的文章。文中，周氏首先论述了辛亥革命至五四新文学革命之前的河南文学的发展，然后，又重点论述了五四新文学革命至三十年代河南文学的发展。论述五四新文学革命部分，他第一个加以论述并给以很高评价的作家就是徐玉诺：

　　文学革命后，第一位值得论列的，便是徐玉诺君了。徐君鲁山人，我们已相交十余年，他的生活作品人格，我都很知道，久欲特为作一册小小评传，因无暇，尚未入手。徐君在民八五四运动之后，为新思潮所掀动，非常努力。对于文学，尤特加注意。在《尝试集》《草儿》之后，要以他的《将来之花园》为最早，最有价值。《尝试集》之浅薄，《草儿》又于浅薄外加以芜杂，除大胆摧残旧古典主义之外，似皆毫无可取。《将来之花园》，自然也不是我所喜欢的，然在中国文学史上，也自有它的时代价值的存在。郁达夫的颓废主义，太戈尔的哲理主义，和西洋象征主义的神秘色彩，在《将来之花园》里，早已深浓的彻透的表现出来了。我们倘若把时间的前后，稍加以精密的计算，我可说句笑话，徐玉诺君，怕是我们中国文坛上的先知先觉呢！

他的著作，除前述者外，有《雪朝》一卷，有在《小说月报》刊登的描写土匪的小说，有未曾发表过的写土匪的一卷诗。那时，他是人生艺术派，他表现了河南的混乱落后，他坚强的诅咒着残忍和战争。他的影响，不特风动了河南，而且在某项①上，已笼罩了全中国。最初将他指示给读者的，是文学研究会的王任叔及叶绍钧。他的声名，初时更在郭沫若之上，后因他特重主观生活，漠视时代需要，遂致销声匿迹似的不闻不响了。这在我觉得他是吃了叶绍钧《诗的泉源》之大亏了，因他的夙性偏此，而又极端信仰着叶绍钧故。因他的足迹，致使他的影响，特加浓重的，是临颍的甲种蚕校，吉林的毓文中学，厦门的集美。

临颍的甲种蚕校，在中国文坛上很有名。作家到此的，先后有徐玉诺、叶善枝、丁师、郭云奇、王皎我、于赓虞，再加上作者，共有七人。丁与于是特来闲住访友，余皆担任功课。学生中在文坛露名的，有刘永安、卢景楷、张耀南、程守道、张洛蒂、王庆霖、张耀德等，亦不下十余人。玉诺最喜欢永安与景楷。永安几完全是玉诺的化身，而情调之哀切，尤过其师。他两个的作品，多在《小说月报》《学生杂志》《觉悟》《鹭江潮》等刊物发表，惜没专集。赓虞最喜欢耀南，耀南作品较多，发表的地方亦较多，他在北京住了好久，完全以卖文为生活。他于今夏染痢疾去世。作品有小说两卷，诗两本，都没得刊行，将来有机②，当为印刊。我最喜欢张洛蒂与程守道。程守道有诗一卷，他的诗，有深长的意味，有谐合的音韵，有稳妥的字词，有渊永的情理。我爱读得很。虽曾抄录为一卷，但也未曾出单行本。《鹭江潮》《飞霞》及《豫报副刊》

---

① "某项"当为"某种程度"。
② "机"后缺"会"字。

上都尝有东西发表。尤以在《飞霞》上为多而且好。玉诺编豫副①时，尝发表我和守道的通信，题标为《颍上通信》。那是守道初次发表他文学上的主张的。虽未必尽对，但却有独见处。在《飞霞》上的评论，已高超得多了。然终未能全谙文艺的底蕴。他才性之高，气质之雄，不亚赓虞；卒因民十六加入革命，奔走武汉，将文学生涯，完全扔弃，至今仍杳然不知所在，未免可惜呢。

……

周佛吸与徐玉诺为好友，两人认识很早，且对于徐玉诺的诗歌创作关注的也较早。早在 1923 年，他就在《小说月报》第 14 卷第 3 号（1923 年 3 月 10 日），以"周仿溪"之名发表《叶绍钧的〈火灾〉》和《徐玉诺君的〈火灾〉》两文，对徐玉诺的诗《火灾》表示肯定。由于周佛吸与徐玉诺同为河南老乡且是老朋友，对徐的生活、创作情况皆有相当了解，因此，他对徐玉诺的论述能提供一些别人所不知道的重要史料，如上述临颍甲种蚕校师生的文学创作活动及徐玉诺在临颍甲种蚕校的文学影响，都是非常珍贵的史料。据《年谱》，徐玉诺 1922 年 9 月应聘到河南临颍甲种蚕校教书，1923 年 3 月中旬离开。② 徐玉诺在临颍甲种蚕校的时间虽短，但由于这个时期正是其一生诗歌创作最为旺盛之时，再加上临颍甲种蚕校文风很盛，人才济济，他不但可与诗友切磋诗艺，其诗歌创作还在师生间产生了一定的影响。据周氏此文，在该校有文学才华的学生中，徐玉诺最欣赏的是刘永安与卢景楷。两人中，"永安几完全是玉诺的化身，而情调之哀切，尤过其师。"从刘永安对徐玉诺的崇拜和模仿，可看出徐玉诺诗歌创作在临颍甲种蚕校的影响。

---

① "豫副"即《豫报副刊》。
② 秦方奇：《徐玉诺年谱简编》，见秦方奇编校《徐玉诺诗文辑存》（下），河南大学出版社2008 年版，第 645 页。

作为好友，周氏对徐玉诺和其他作家的评价不可避免地带有个人的情感色彩，如认为徐玉诺的声名，起初在郭沫若之上，他的影响，"不特风动了河南，而且……已笼罩了全中国"；《尝试集》浅薄，《草儿》浅薄加芜杂，皆毫无可取等。但他有些评论则比较切实到位，如他注意到叶绍钧对于徐玉诺的深刻影响，并认为徐玉诺之后创作上的停滞，是受了叶绍钧《诗的泉源》一文的影响。这些都是值得进一步加以探究的问题。叶绍钧《诗的泉源》认为："充实的生活就是诗。这不只是写在纸面上的有字迹可见的诗啊。当然，写在纸面就是有字迹可见的诗。写出与不写出原没有什么紧要的关系，总之生活充实就是诗了。我尝这么妄想：一个耕田的农妇或是一个悲苦的矿工的生活，比一个绅士先生的或者充实得多，因而诗的泉源也比较的丰富。"① 这种观点可能一定程度影响了徐玉诺后来对于创作的态度。但周氏认为徐玉诺后来的放弃创作完全是受此文影响，则有夸大之嫌。徐玉诺创作上的大起大落，其根源还是应在徐玉诺自己身上找，而不能把它归之于外因。

另外，秦方奇先生在《徐玉诺研究文献索引》收录了张默生的《记怪诗人徐玉诺》一文，此文首发于重庆《时与潮副刊》，后被作者收录入《异行传》一书，东方书社1944年出版。② 但张默生早在1937年就以笔名"默僧"发表《怪诗人徐玉诺》一文，刊《宇宙风》第35期（1937年2月16日）。两篇文章在版本上有一定差异。《记怪诗人徐玉诺》一文的后四段为《怪诗人徐玉诺》所无，是张默生在写作《怪诗人徐玉诺》之后，"事后又发现他不少事迹"③，新添上去的。因此，在列举徐玉诺的研究文献时，不可遗漏了张默生《宇宙风》版的《怪诗人徐玉诺》一文。

---

① 叶绍钧：《诗的泉源》，《诗》1922年第1卷第4号。
② 《徐玉诺研究文献索引》把《异行传》的出版社记为"东方出版社"，误，应为"东方书社"。
③ 张默生：《〈记怪诗人徐玉诺〉附言》，见张默生《异行传》，重庆出版社1987年版，第128页。

曹禺、张骏祥 1947 年 8 月的河南之行

曹禺和张骏祥 1947 年 8 月曾有一次为期并不短暂的河南之行。关于这次河南之行，曹禺的年谱和传记记载均失之过于简单，而吕晓明的《张骏祥传》则无任何提及。① 《曹禺年谱》1947 年部分的最后一条对此有所记述："本年，应救济总署之约，曹禺同张骏祥、肆鸣（《新民报》记者）以记者身份乘飞机视察黄泛区，其间曾到河南尉氏县，目睹了尉氏县长（共产党）同美国救济分署署长辩论，揭露美国把粮食送给蒋介石打内战之情景。"② 为了说明这一条记录的史料来源，作者特意在该条目下作了注释："田本相访问张骏祥记录。"③ 那么，田本相访问张骏祥的记录又出自何处呢？年谱作者没有明确指出。笔者经过查询发现，这条记录出自田本相、刘一军《曹禺访谈录》一书"访张骏祥（1982 年 5 月 30 日）"部分。④ 田本相 1982 年 5 月 28 日向曹禺进行访谈时，曹禺曾提及他与张骏祥 1947 年利用张骏祥朋友蒋廷黻的关系，有过一次"解放区之行"。⑤ 为进一步了解曹禺这次"解放区之行"，

---

① 吕晓明：《张骏祥传》，上海人民出版社 2010 年版。
② 田本相、张靖编著：《曹禺年谱》，南开大学出版社 1985 年版，第 77 页。文中所说的《新民报》记者"肆鸣"当为"韩鸣"。
③ 田本相、张靖编著：《曹禺年谱》，南开大学出版社 1985 年版，第 77 页注释③。
④ 田本相、刘一军：《曹禺访谈录》，百花文艺出版社 2010 年版，第 283 页。
⑤ 田本相、刘一军：《曹禺访谈录》，百花文艺出版社 2010 年版，第 153—155 页。

田本相 1982 年 5 月 30 日在向张骏祥作访谈时，特意就此事询问张骏祥。张骏祥简要回忆了自己和曹禺 1947 年到河南黄泛区调查的那段经历：

　　所谓解放区之行，实际上是救济总署的署长蒋廷黻，他原是清华大学文学院院长，通过《新民报》的记者韩鸣找到我和曹禺，还有茅盾去视察花园口。说是有一架飞机到花园口，到黄泛区。茅盾没有去，我、韩鸣和曹禺去了。河南分署署长是马骥，马骥这个人不坏。我们冒充记者，视察采访。当时有美国人，我们假装不懂英文，免得同美国人接触。蒋廷黻找我们这些笔杆子，是希望吹捧他们救济署。我们拿定主意，只看不说话。抗日战争期间，国民党轰炸花园口，决堤了，黄河改道，就出现了黄泛区。国民党又想恢复故道，故道都在解放区，凡在故道安了家的，又要淹掉。我搜集了一些资料，想写剧本，主要反映黄泛区人民颠沛流离的生活。

　　从飞机上视察合龙的地方。一个美国人上了飞机就不行了，晕机，他什么都没有看到。黄泛区正闹猩红热病，不少人胀着一个大肚子。

　　救济总署和美国人有矛盾，美国人责备不给解放区粮食。马骥不能公开给，就把粮食放到那里，叫解放区的人偷偷去拿，打个收条，算是收据，他好报账。

　　一次到尉氏，听说一个解放区的县长刚刚走，我们就提出要访问中共县长。县长来了，我们旁听，县长和美国人争论起来。这个美国人就谴责解放区人民拿了救济总署的粮食，县长就驳斥他，指出他们把粮食拿给蒋介石打内战，为蒋介石运兵，帮助国民党，驳得这个美国人哑口无言。这个县长很能讲，据说他是个小学教员。①

曹禺和张骏祥的回忆虽简略，但由于这是有关他和曹禺解放区之行的仅有的两条史料，因此，就非常珍贵。田本相、张靖《曹禺年谱》和田本相的《曹禺传》关于曹禺1947年"解放区之行"的记述，皆来自曹禺和张骏祥的回忆。

由于时隔久远，曹、张二人对于他们的"解放区之行"，也只能勾画出一个非常粗略的轮廓，而事件的具体细节则只好付之阙如了。更重要的是，由于时间久远，虽为亲历之事，当事人的记忆也难免有误。曹、张二人对于他们"解放区之行"的回忆，在很多地方，就存在失误和遗漏之处。

很显然，要真正还原曹禺、张骏祥1947年的"解放区之行"，单靠事件亲历者的回忆是远远不够的。关于他们两人此行的更多细节，其实就隐藏在当时的报纸中，不为人知罢了。笔者在阅读民国时期的河南报纸时，在开封的一份报纸《中国时报·前锋报》（联合版）上，发现了记者对于曹、张两人河南之行的多次报道。《中国时报》《前锋报》为民国时期河南省的两份重要报纸。《中国时报》1945年12月1日创刊于开封，发行人为郭海长；《前锋报》1942年元旦创刊于南阳，发行人为李静之。自1947年元旦起，《中国时报》和《前锋报》两报停刊，并同时在开封改出"联合版"②，1948年6月19日开封第一次解放时停刊。《中国时报·前锋报》对于曹、张河南之行的报道分二类：一类是对两人行踪的简要报道；另一类则详尽记录了两人在开封所作公开和非公开讲演的具体内容。这些报道，不但与曹禺、张骏祥的回忆构成互证，更重要的是，它们以更多历史细节的呈现，对曹、张二人的回忆构

---

① 田本相、刘一军：《曹禺访谈录》，百花文艺出版社2010年版，第283页。
② 为节省篇幅，"《中国时报·前锋报》联合版"以下简称"《中国时报·前锋报》"。

成了补充和修正。因此，这些报道对研究曹、张二人的河南之行和在开封的学术讲演活动具有不可替代的史料价值。

曹、张河南之行的时间

首先是曹、张二人"解放区之行"的时间问题。曹禺只是说那是"1947 年的事"，张骏祥也无法提供他们河南之行的具体时间。曹、张二人河南之行的确切时间，可由《中国时报·前锋报》的报道来确定。《中国时报·前锋报》1947 年 8 月 8 日第 2 版有"曹禺张骏祥昨飞抵汴"的报道：

【本报讯】名剧作家曹禺及名导演张骏祥昨日应行总豫分署马杰之邀，与霍署长同机抵汴，此行纯为访问河南灾情，拟在汴稍事勾留。

由这条报道可确定曹、张二人到达河南开封的时间为 1947 年 8 月 7 日。由报道可知，曹禺、张骏祥是与"霍署长"同机抵达开封的。《中国时报·前锋报》1947 年 8 月 7 日第 2 版有两则关于"霍署长"的报道，可使我们进一步了解曹、张二人从上海到达开封的具体情况：

【中央社讯】行总霍署长宝树，联总中国分署署长克利夫兰一行，定七日晨八时由沪乘专机飞汴，约十时左右可到达开封机场，豫分署正筹备欢迎，霍氏等到汴后，将分别下榻红洋楼及河南旅社。据悉：全体团员共十八人，计联总克利福兰①，鲍尔斯，葛瑞

---

① 上文为"克利夫兰"，与此处不同。

恩，塞，伊斯恩等五人；行总霍署长，向处长，许主委，马处长，鲍专门委员，周处长，新专门委员，卢□①校等九人，及特邀前来视察者四人。

（《中国时报·前锋报》1947 年 8 月 7 日第 2 版）

【中央社上海六日电】行总息：霍宝树、克里夫兰，定七日晨带行总中外高级职员共十七人，乘行总空运大队机离沪飞汴视察黄泛区重建业务及黄河之修堤工程，预定九日返沪。

（《中国时报·前锋报》1947 年 8 月 7 日第 2 版）

由这两则报道可知，曹、张从上海出发的具体时间为 1947 年 8 月 7 日早晨八点，到达河南开封机场的时间为 1947 年 8 月 7 日上午十点，一行共 18 人（另一报道为 17 人）。"中央社"的第一则报道中所说的"特邀前来视察者四人"，应该为"三人"，即曹禺、张骏祥和上海《新民报》记者韩鸣。因为《中国时报·前锋报》在以后的报道中所提及的"特邀代表"（非联总、行总人员）只有曹、张、韩三人。据张骏祥回忆，特邀代表中除他自己与曹禺、韩鸣外，还有茅盾，只是茅盾因临时有事没有去成。报道中所提"四人"而实为"三人"可能与此有关。报道中还提到一行人到达开封后的住处为"红洋楼"与"河南旅社"两个地方。据查，开封的"红洋楼"有三处，三处中位于开封南关陇海铁路南民生街的红洋楼，1946 年后曾提供给联合国善后救济总署使用。② 而行总"霍署长"和联总中国分署署长克利夫兰一帮人，正属于联合国善后救济总署，因此，他们住在开封南关民生街红洋楼的可能性最大。另一处河南旅社位于开封市寺后街路北，是当时河南省第一个有

---

① 原文字迹不清。

② 老海：《寻访开封三处红洋楼》，《开封日报》2013 年 10 月 29 日第 10 版。

卫生间的旅馆，为国民党政府要员来往住宿之所。

曹、张离开河南的时间也可由报纸的报道确定。《中国时报·前锋报》1947 年 8 月 18 日第 2 版有"曹禺张骏祥日内离汴"的报道：

> 【市讯】曹禺张骏祥两氏，昨日下午三时，应本市剧界之邀，在莎宫便餐，两氏因沪上工作忙迫，急须返沪，日内即将离汴。

8 月 18 日的报道称"日内即将离汴"，说明曹、张离开开封的时间是 1947 年 8 月 18 日。从 8 月 7 日上午抵达开封，至 8 月 18 日离开，曹、张二人在河南一共待了十二天。那么，在这十几天内，曹、张二人在河南开封及周边地区的行踪如何，他们此行的目的是什么，曹禺回忆中所说的"美国救济总署"和张骏祥口中的"救济总署"及"河南分署"到底是什么样的机构，曹、张之行与这个机构之间有何关系，这一系列问题，都是值得进一步加以探究的。

曹、张河南之行的目的

曹禺和张骏祥在回忆中皆认为他们的"解放区之行"是"美国救济总署"署长蒋廷黻促成的，蒋廷黻希望他们这些笔杆子（茅盾、曹禺、张骏祥，记者韩鸣）到河南黄泛区看过之后，写点文章为救济总署做些宣传。这样说来，曹、张二人的"解放区之行"似乎完全是被动的和被利用的。事实果真如此吗？通过对历史事件的梳理，可以发现，曹、张二人对于他们"解放区之行"目的的陈述，并非与真实情况相符。这里，先从"美国救济总署"这样一个机构说起。

首先，曹禺所谓的"美国救济总署"的说法是不准确的，他指的应该是"联合国善后救济总署"。"联合国善后救济总署"简称"联总"，成立于 1943 年 11 月，是为了对遭受第二次世界大战战灾的国家和地区进行救济与善后而设置的。① 这一国际性的善后救济组织由美、英两国率先发起，得到苏联、中国与澳大利亚在内的众多国家积极响应。参与发起成立联合国善后救济总署的国家有 44 个，所以，这样一个国际性的善后救济组织冠以"美国救济总署"的说法是错误的，美国只不过在这个组织中起主导作用而已。

其次，曹禺称蒋廷黻"大概是美国救济总署的署长"的说法也是错误的。蒋廷黻只是担任过"行政院善后救济总署"署长。"行政院善后救济总署"，简称"行总"，是"联总"在中国的对应性机构。行总主要使命为一方面奉国民政府指令办理全国善后救济；另一方面依据协定，具体执行联总在中国境内的善后救济业务。② 行总对内隶属行政院，服从国民政府，对外受联总指导、监督。行总 1945 年 1 月在重庆成立，抗战胜利后迁至上海。蒋廷黻为首任署长。关键问题是，蒋廷黻担任行政院善后救济总署署长的时间为 1945 年 1 月至 1946 年 10 月。③曹、张到河南黄泛区视察的时间则为 1947 年 8 月。这时，蒋廷黻离任已经十个月之久，揆之情理，不可能以"救济总署署长"的身份邀请曹、张到黄泛区视察。在 1947 年 8 月这个时间段内担任署长的为"霍宝树"。④ 霍宝树即《中国时报·前锋报》1947 年 8 月 8 日第 2 版报道中提到的"霍署长"。若曹、张到黄泛区视察为霍宝树所邀请，在报道中应有所提及，但报道中只是说"与霍署长同机抵沪"，只字未提霍署长相邀之事。该日报道中明确提到"名剧作家曹禺及名导演张骏祥昨

---

① 参见张玉龙《蒋廷黻社会政治思想研究》，中国社会科学出版社 2008 年版，第 236 页。
② 参见张玉龙《蒋廷黻社会政治思想研究》，中国社会科学出版社 2008 年版，第 240 页。
③ 张玉龙："蒋廷黻主持战后中国善后救济事务的时间为 1945 年 1 月至 1946 年 10 月"。见张玉龙《蒋廷黻社会政治思想研究》，中国社会科学出版社 2008 年版，第 250 页。
④ 参见熊月之主编《上海名人名事名物大观》，上海人民出版社 2005 年版，第 302 页"霍宝树"词条："1947 年，代理中国银行副总经理职。期间，担任国民政府行政院善后救济总署署长。"

日应行总豫分署马杰之邀",说明邀请曹、张到河南黄泛区视察的应该是"行总豫分署马杰"。"行总豫分署"是"行总"即行政院善后救济总署在河南的分支机构,是行总的十五个分署之一,分署的署长为马杰。马杰(1901—1983),字景森,河南罗山人。1921 年考入清华大学,1925 年赴美国留学,获博士学位。1946 年元旦,行总河南分署在开封成立,马杰担任署长。马杰在担任河南分署署长期间,坚持正义,主持公道,把应该送往解放区的救济物资全部送到解放区。[①] 马杰对于解放区的态度,也可由张骏祥的回忆得到佐证。另外,马杰与曹、张二人还有同学之谊。马杰 1921 年入清华,张骏祥 1928 年入清华,曹禺 1930 年入清华。三人中,马杰入清华最早,虽与曹、张专业不同,但无疑是曹、张二人的师兄。这一点也可由《中国时报·前锋报》1947 年 8 月 17 日第 2 版的另一则报道得到证明。记者在报道中明确点明了马杰作为曹、张两氏的"同学身份"。张骏祥在回忆中提到"河南分署署长马骥",也是与事实有出入的。"马骥"应该为"马杰"。

不管邀请曹、张到河南黄泛区视察的为何人,但有一点则是可以确定的,曹、张这次河南之行的目的正如《中国时报·前锋报》1947 年 8 月 8 日的报道所说:"此行纯为访问河南灾情"。他们的河南之行不是为了旅游观光,也不是为了文学交流,而是受行政院善后救济总署河南分署之邀,作为特邀代表,与行政院善后救济总署和联合国善后救济总署的领导职员一道,到受灾深重的河南黄泛区进行实地考察。当然,作为作家,他们两人考察的着眼点与其他专职救济人员是不同的,他们主要是想通过这种实地考察来加深自己对中国社会与人民的认识,以为创作服务,正如曹禺在开封文化界为他们二人举办的欢迎宴会上所说的:"感觉到都市圈子太小,上海滩也和中国广大的土地人民连不上。因

---

① 见邵文杰主编《河南大辞典》,新华出版社 1991 年版,第 838 页"马杰"词条。

之，此次有这机会，我们便毅然跑出来，我们希望看到广大人民的生活真貌，希望打开生活的窗，多吸些阳光和空气，使我们更真切的认识我们的土地，生活，有更好的向人民学习机会。"①

可作补充的一点是，曹禺特意强调他与张骏祥 1947 年有过一次"解放区之行"，话语中有意识凸显了"解放区"，而遮蔽了国民党治下的开封与国民党治下的黄泛区。在提及解放区治下的黄泛区时，还有意凸显了解放区的"中共县长"（代表共产党）对美国救济人员的严厉驳斥。这明显是一种巧妙的"语言修辞"。这种语言修辞一方面斩断了曹、张二人与国民党及美国的话语联系；另一方面则假借中共县长对美国人的驳斥来歌颂共产党。曹禺向田本相谈其"解放区之行"是在 1982 年 5 月 28 日，这时正处于政治上乍暖还寒之时，当然谁都不想与美国、国民党这些敏感的字眼扯上关系。时间若再上移二三十年，在 20 世纪五六十年代以及"文革"的政治环境中，对那段与美国、国民党有牵连的历史，就是回忆也是不可能的。这应该是曹、张河南之行长期湮没不彰、不为人知的主要原因。

曹、张河南之行的行踪

曹、张二人 1947 年 8 月 7 日至 8 月 18 日期间在河南的行踪，也可通过《中国时报·前锋报》的报道予以还原。该报在 1947 年 8 月 8 日第 2 版报道了曹、张二人到达开封的消息后，相隔一天，即在 8 月 10 日第 2 版又以《汴市文化界欢宴曹禺张骏祥》为题，报道了开封市文化界宴请曹、张二人的盛况：

---

① 流萤（李蕤）：《苦难土地的两位访问者——欢迎曹禺张骏祥两先生晚会追记》，《中国时报·前锋报》1947 年 8 月 11 日、8 月 12 日第 1 版。

【本报讯】开封新闻界文艺界人士，昨日下午八时在景兴楼欢宴戏剧家曹禺，张骏祥，及沪新民报采访部主任韩鸣，到师陀，苏金伞，李蕤等二十余人。席间谈笑极畅，至十一时半始散。曹张韩三氏今应救济分署霍署长邀赴泛区考聚①，并计画以泛区为背景拍摄影片，三二日内返汴，已允此间文化团体邀请，于返汴后非公开讲演。

据报道可知，开封市文化界在得知曹、张二人到达开封消息后，为表达对他们的欢迎，8 月 9 日晚 8 时在开封景兴楼饭店，特意举办欢迎晚宴。宴会持续达三个半小时，从晚上八点至十一点半。参与晚宴的有 20 余人，报道中提及名字的有"师陀、苏金伞、李蕤"等。师陀四十年代大部分时间在上海。1947 年夏，师陀母亲生病，为给母亲治病，师陀曾在开封逗留两三个月。② 因此，师陀能在开封出席欢迎晚宴，与他此段时间回开封小住有关。师陀外，苏金伞为当时活跃在河南诗坛的著名诗人。李蕤是《前锋报》记者，也是作家，笔名"流萤"。作为记者，李蕤以特有的职业敏感，对曹、张的开封之行非常关注，并为此写了多篇文章。在参加了 8 月 9 日晚的欢迎晚宴后，李蕤便写了《苦难土地的两位访问者——欢迎曹禺张骏祥两先生晚会追记》的长文，对此次欢迎晚宴作了尽可能详尽的报道。该文章很快刊发于《中国时报·前锋报》8 月 11 日、8 月 12 日第 1 版的显著位置，署名"流萤"。《中国时报·前锋报》1947 年 8 月 10 日第 2 版的这篇报道也可由李蕤写的这篇长篇报道得到进一步证实。李蕤在报道中交代了曹、张二人 1947 年 8 月 8 日至 10 日在开封的活动情况：8 月 8 日上午两人乘飞机俯瞰黄

---

① "考聚"，当为"考察"。
② 刘增杰：《师陀生平年表》，见刘增杰编《师陀研究资料》，北京出版社 1984 年版，第 24 页。

泛区和黄河，下午游览开封名胜古迹，9 日晚 8 时至 12 时在开封景兴楼饭店与汴文化人聚会，9 月 10 日至黄泛区考察。李薐的报道与《中国时报·前锋报》1947 年 8 月 10 日的报道大致是一致的。

上述两则报道皆称曹、张将于 8 月 10 日赴黄泛区考察，两则报道刊出时，曹、张二人还没有出发。因而，这两则报道所说的"曹、张将于 8 月 10 日赴黄泛区考察"的内容，不能完全采信。那么，曹、张赴黄泛区考察的确切时间是哪一天呢？《中国时报·前锋报》1947 年 8 月 12 日第 2 版以"曹禺昨赴汛①区"为题的另一则报道，证实了曹禺赴黄泛区的确切时间应是"8 月 11 日"，这则报道的具体内容为：

> 【中央社郑州十一日电】据②作家曹禺，前与行总署长霍宝树同机飞豫。曹氏为获得黄泛区更深广之认识，昨与豫分署人员同赴泛区。

曹、张二人赴黄泛区考察的确切时间为 8 月 11 日，这一点也可由《中国时报·前锋报》8 月 16 日第 2 版"中央社"的报道确证，该报道为：

> 【中央社讯】行总豫分署马署长杰，及总署调查处向处长景云，于本月十一日联袂前往泛区视察，日对所属各单位有所指示，国内名戏剧家曹禺，名导演张骏祥，及名记者韩明③等，并经马署长约请同往，顷悉马署长等一行业已公毕返署，据曹禺等称，此行为时仅及三日，周历该署工作中心扶沟，西华，鄢陵，练寺及红花

---

① "汛"，为"泛"之误。
② "据"，当为"剧"。
③ "韩明"，当为"韩鸣"。

集等力①，对于泛区各工作单位人员，忠勇服务精神，实深致敬佩，盖以泛区当前处境之困难，难胞之众多，业务之庞大复杂，以此仅有人力物力，而能对于难胞衣食住行及医药教育各方面处处设法顾计，甚至不惜牺牲一切以赴之，确属难能可贵。

这则报道对了解曹、张二人的黄泛区之行非常重要。由这则报道可知，两人及《新民报》记者韩鸣接受行总河南分署署长马杰约请，于 8 月 11 日至行总河南分署在黄泛区的工作中心扶沟、西华、鄢陵、练寺、红花集等处考察，对黄泛区的各项工作及工作人员的奉献精神给予了高度肯定。报道中曹禺称他们的黄泛区之行为时仅三天，结合《中国时报·前锋报》1947 年 8 月 16 日第 2 版的一则报道，可确定曹、张从黄泛区返回开封的确切时间。这则报道以《汴垣文化界主催曹禺袁俊公开讲演今在新声举行欢迎各界参加》为题：

【中央社讯】名剧作家曹禺，及张骏祥（笔名袁俊）两氏，日前应救济分署之请来豫赴泛区视察，昨（十四）日已自泛区返汴，开封文艺界戏剧界及新闻界，咸认曹张两位先生来汴机会不易，故于日昨联合约请二氏于十六日上午九时假中正路中段新声大戏院举行公开学术演讲，欢迎各界自由参加。

由这则报道可知，曹、张二人从黄泛区返回开封的时间为 1947 年 8 月 14 日。曹、张 8 月 11 日从开封出发至黄泛区，14 日返回开封，恰好三天，这与曹禺说的是一致的。报道中所说的"日昨"即 8 月 15 日，这一天开封文艺界、戏剧界与新闻界联合邀请二人讲演，于是，第二天

---

① "力"字误，当为"地"或"处"。

即 8 月 16 日上午九时两人于开封市中正路中段新声大戏院进行了公开学术讲演。关于曹、张的学术讲演，《中国时报·前锋报》也有详尽报道，具体情况留待下节再谈。

综合《中国时报·前锋报》以上报道，曹、张河南之行的具体行踪大致可得到如下历史还原。曹、张从上海出发的具体时间为 1947 年 8 月 7 日早晨八点，到达河南开封机场的时间为 1947 年 8 月 7 日上午十点，一行共 18 人（另一报道为 17 人）。到达开封后住在开封红洋楼与河南旅社。8 月 8 日上午两人乘飞机俯瞰黄泛区和黄河，下午游览开封名胜古迹。开封市文化界在得知曹、张二人到达开封的消息后，为了表达对他们的欢迎，8 月 9 日晚 8 时在开封的一家饭店"景兴楼"，特意举办欢迎晚宴。晚宴持续三个半小时之久，从晚上八点至十一点半（一说十二点）。8 月 11 日，两人及《新民报》记者韩鸣接受行总河南分署署长马杰约请，至行总河南分署在黄泛区的工作中心扶沟、西华、鄢陵、练寺、红花集等处考察，14 日返回开封，历时三天。8 月 15 日开封文艺界、戏剧界与新闻界联合邀请二人讲演，8 月 16 日上午九时两人在开封市中正路中段新声大戏院进行公开学术讲演。8 月 17 日下午三点，应开封市戏剧界之邀，曹、张在莎宫饭店就餐，8 月 18 日离汴回沪。

曹、张在开封的"漫谈"与讲演

曹、张二人的河南之行，本来纯粹是为访问灾情，由此扩大对战后中国社会的认识和体验，与河南文化界包括戏剧界、文学界人士进行思想文化交流，本不在预先规划和行程安排之内。但河南人民对于曹、张二人的到来，表现出相当高的热情。开封市文化界在得知曹、张二人到达开封的消息后，为了表达对他们的欢迎之情，于 8 月 9 日晚 8 时在开封"景兴楼"饭店，为二人举办了欢迎晚宴。晚宴结束后，亲历现场的李蕤以记者的敏感，迅速写了一篇长文，记录晚宴情形，刊发于《中国时报·前锋报》8 月 11 日、8 月 12 日第 1 版的显著位置，署名"流萤"，从而为历史留下珍贵史料。由李蕤这篇报道可知，这次晚宴并非普通宴请，因为在晚宴后，曹、张二人皆作了长篇的"漫谈"，已接近于正规的学术讲演，不过是非公开罢了。鉴于这篇报道的史料价值，笔者把它整理如下：

苦难土地的两位访问者

——欢迎曹禺张骏祥两先生晚会追记

流 萤

八月七号的飞机，降落下两位河南人所关心的人物，一个是联总署长克利夫兰，一个是行总署长霍宝树，大家希望知道他们怎样继续泛区的重建工作，怎样抢救重重叠叠的河南灾荒。

但，在那架飞机上，却同时降落下两位青年知识群所爱戴的人物，他们的作品曾和许多读者有密不可分的关系。一位是曹禺先生，一位是张骏祥先生。他们来叩问河南这块受难的土地，和这块土地上受难的人民。

他们两位悄悄的到来，对于沙漠似的开封文化界确是一个很大的激动。

他们到河南来，当然是希望从多灾多难的土地上，采撷一些他们认为宝贵的材料。所以一来到便非常忙碌。但，在河南的文艺工作者，戏剧工作者，新闻工作者，广大的智识①青年群，却总希望他们能留下一些"礼物"来，不愿放他们轻轻过去。

八号上午，他们在飞机上俯瞰泛区，俯瞰黄河。下午，看开封的风

---

① 民国时期"智识"与"知识"多通用。

土古迹。九号他们原决定到花园口去，但终于被大家的热情所拦住，九日下午八时，应本市文化界二十余人之邀，在景兴楼作了一次小规模的聚会。虽然他们非常谦逊，再三表示没有甚么话说，但我们对于他们每个人十几分钟的讲话，都觉得弥足珍贵。

曹禺先生所讲的，是大家"点"的戏目："游美观感"。大体上分三部分：美国的电影，美国的话剧，美国的对戏剧研究工作。

关于电影部分，他参观的是美国的著名影城好莱坞。美国一般的对于电影事业，都作为"工业"来看，称之为"第四工业"（意似第四种能赚钱的工业），过去的影业，与宣传与教育，都很少关系，着眼点在如何能够赚钱。曹先生叙述一个"□①出者"（公司老板）和萧伯纳的幽默故事：有一个公司老板写信给萧，要求上演他的剧本，萧伯纳不愿他的剧本作为他牟利的工具，便写信索相当高的上演税，公司老板打了算盘之后，觉得付了如此多的上演税无大钱可赚，便写信②萧，大意说如果你的剧本一被我们制成影片，立刻能走遍世界各角落，那么你的作品，思想，对社会对艺术的供献如何伟大——满纸都是"为艺术"等类的词汇，萧伯纳很幽默的回答他信说："我们是如此不同，你太只记得艺术，而我太只记得金钱了"。这个故事说明些什么呢，便是：美国的电影事业，传统的是商业性的。

"但是，现在这情形已经有了改变"，曹禺先生严肃的说。有许多有现实意义的剧本已经有人试作写③，有公司拍制，而且座卖得很好，《愤怒的葡萄》便是一个很好的例子。最近的出品如《大地之光》，如《黄金时代》，前者是写黑奴问题的，后者是写"士兵还乡"问题的，座都卖得很好，而且《黄金时代》这一影片的"演出者"，正是萧伯纳

---

① 原文不清，根据下文，当为"演"字。
② "信"后当有"给"字。
③ 原文如此，疑有误。

讽刺的那位老板。当他看出了问题剧演出的成绩不坏之后，他便发表谈话，说电影事业应该和民主自由社会兴革相连紧，反对那些"纯趣味"的荒诞不经的出品，自然，他们不忘以赚钱为目的，但他们的"招牌"已经换了，内容也在渐渐变革向人生现实。

其次是美国的话剧，曹禺先生看的是百老汇。他说：在美国，最风行的是有浓厚的地方色彩的，其次是闹剧，再其次是严肃的古典剧，最后才是问题剧。在我们中国，我们写一个剧，演一个剧，总要先有一个"为什么"？考虑对人生社会有何意义？美国的话剧，是没有这个"为什么"的，注意的只是如何能有多的观众。自然，只是一般的情形，也有些剧作家在试探着新的路子。

最后，曹禺先生谈到美国的戏剧研究学校。他说我和老舍先生在西雅图登岸后，第二天便参观他们的戏剧研究学校，看的是他们的"国文学系"，"创造文学"□①课程，创造文学系所学的，是如何写小说？如何写戏剧？当时他们要求老舍先生我们讲演，当时我们十分老实，便直率的说出我们创作不须要先学习方法的见解，并引用萧伯纳的"能写的就去写了，不能写的就教人写"的名言。听众当然感到非常茫然。他们所学的，是如何写才可以吸引观众，如何写才能打动编辑，稿子才可以出手，完全属于此类的"技术"的问题。美国的作者，都有"代理人"，他们是作者与出版家间的掮客，他们介绍文稿的买卖，收百分之二十五的酬劳。这些"代理人"知道某一个编辑什么口味，某一书店的存"货"多少，如何写，写给谁，能卖得出手，卖得价高，他们要研究的大半是这些问题。自然，他们有些作者是例外的，他有他自己要写的东西，但一般的说，都是这样的。有些很优秀的作家，有时也走这条路，他们的理由是先赚了钱打定了"经济基础"后，便可以无拘

---

① 原文字迹不清。

无束的写自己喜欢写的东西了。

结尾的时候，曹禺先生严肃而沉重的说，美国的电影戏剧大体便是这样，美国这样一个吃不愁穿不忧的国家，这一发展是有他的社会基础的，但我们却寻找不到这些艺术和我们的土地相连的地方。因之越住下去便越觉苦闷，于是便回到祖国来，但回来后同样感觉到都市圈子太小，上海滩也和中国广大的土地人民连不上。因之，此次有这机会，我们便毅然跑出来，我们希望看到广大人民的生活真貌，希望打开生活的窗，多吸些阳光和空气，使我们也更真切的认识我们的土地，生活，有更好的向人民学习机会。

曹禺先生讲罢，大家自动移近曹禺先生的椅子又向张骏祥先生移拢。热烈的掌声，催促张先生谈一谈目前中国电影戏剧发展的情形。张先生虽然再三客气，说"万先生已可以代表"，但终因拗不过大众溢洋的热情，也作了十几分钟珍贵的"漫谈"。

他说，谈到目前中国的电影戏剧，第一个便是从事戏剧事业者的穷困。上海的剧场，本来便不够多，在战前，因为美国的影片没有大批涌进来，话剧还有出路，胜利后美国的影片大量涌入，剧场的老板，演美国影片可以一天卖三四场，有钱可赚，而上演话剧，成本浩大，一天只能演一场，往往不够开消①，在这情形下，像战前的"登门求教"的自然逐日减少。此外，因为抗战结束，战时各部队各机关的剧团，也都纷纷解散，造成剧人大批的失业。今日上海，只有一个专演话剧的剧场，另外有一个英国的剧场，断断续续的上演话剧，这如何能容纳全部从事话剧者的工作？在这种情形下，没有办法，他们也只有"打鸭子上架"，偶然也来搞电影，但中国的"电影公司老板"，连刚才曹禺兄所说的"满口的艺术艺术"也不谈，只是说这个影片已经付出几亿血本，

---

① "消"，当为"销"。

一月便须付多少子利，本来上海的制片公司，确也无一能赚钱的，从事于电影事业的老板，固然有其对事业的兴趣和信心，但无论如何，仍须顾到不致折本。所以从事话剧固然艰苦万分，电影事业也并不舒适。

上海国产片的电影公司，旧有的也只剩几个，大部只求卖座。如果演员是"明"星，各公司拼命的抢，如不是"明"星，谁也不理会你。去年一共□①出三十几个戏，但仍不够维持，大多数剧人，都在饥饿线上挣扎。所以，我们虽然也和有些美国作家一样为一时"权宜之计"来电影界"放一炮"，但却决不能如曹禺兄刚才叙述的美国作家一样，来几次便可以"打定经济基础"，只能维持"放炮"期间的生活，过了那一段照样又没了办法。

第二个问题是，周遭总有许多束缚阻碍，总不能畅所欲言，每一个片子从拍制到上演，总有许多麻烦，许多问题。有些剧本已经送审了，通过了，但上演时又生枝节，检查员自然也有他们的苦衷，他们常常很客气的说："没有办法，老兄！检查尺度也是早晚行市不同哪！"剧本削改，本已困难，制成的片子，往往演员已散，□②景已折毁，中间突然剪一段，如何接起来？此中痛苦，更非未身受者能知其中滋味。

第三个便是感觉到写作的圈子越来越小。我们都未忘记"忠于良心"，未忘记"为老百姓"。但，有时往往感到回头一看，老百姓和我们脱节了，不知道跑到那里了，只剩了空洞的技术了，写作的泉源没有了。固然，我们只要忠于艺术良心，也可以得到"安慰"，但如果没有多数的观众，总难免感到失望的。演剧决不能台下只有几个观众，却仍兴奋得毫不在乎。"为观众"和"为良心"，时常在矛盾交战。但我们能说观众都不成么？这又似乎太狂妄大胆了些，譬如越剧在上海，往往一个剧一演几十天，天天满座，成绩相当好，你如果说那是低级趣味，

---

① 原文字迹不清。
② 原文字迹不清。

可真不见得，有些剧内容也是很好的。

因此，我们感觉到应该自从身①来寻找这个问题的责任，应该多到上海外面看看。这次恰好逢到这个到河南来的机会，所以我们便毫不迟疑的来了。但要在这次便会看到很多东西，也是吹牛。不过有这个机会，以后还可以再来，这次只等于认识一下这个地方，等于打开地图看一看，不久可能再来，获得较长时间的学习机会，那便太好了。

张骏祥先生的话谈完，大家要求和他们同来的《新民晚报》记者韩鸣先生也谈一些，但他十分谦逊，说"记者向来只听别人讲话"，他很幽默地说：他原觉得新闻界太苦，想改行学文艺戏剧，一听到他两人的谈话，觉得行也改不得，还是坚持新闻岗位干下去，他希望同业都如此坚持。

散场的时候，已十二点钟。第二天他们便匆匆往泛区去。在开封，他们不能有多的耽搁。但，未曾和他们见面的读者和观众，却都在希望他们留一点"礼物"来，大家要求他们从泛区归来时无论如何作一次公开的讲话，他已允□②尽可能挤出一些时间。我们希望几天之后，我们有更多的朋友听到他们更好的意见。

由报道可知，曹禺谈的是"游美观感"，李薤特意强调这是"大家'点'的戏目"。为什么给曹禺出这个题目？因为曹禺刚从美国回来，这个题目是他乐于谈的，且身处文化沙漠的"沙城人"，也迫切想了解最发达的资本主义国家美国的文化发展情形。笔者曾发现曹禺归国后所作的两次讲演：一为《今日美国的影剧》；另一为《美国观感》。这说明刚从美国回来的曹禺，围绕其美国之行，曾作过多次讲演。张骏祥的漫谈同样是"命题作文"，所谈为当前中国电影戏剧的发展概况。他从从业者生活的穷困、当局对影剧事业的限制、受众面的日益缩小几方面

---

① "自从身"当为"从自身"。

② 原文字迹不清。

谈了上海影剧业并不乐观的发展现状。

曹、张的这次小范围、非公开的"漫谈",当然无法满足当时满怀渴望的河南文化界。两人虽然已经允诺"返汴后非公开讲演",但这种"非公开讲演"的承诺似乎并没有满足开封文化界的期待。于是,为能真正打动曹、张二人,开封文化人想出一巧妙办法,即在报纸上公开发表一篇给曹、张二人的"致辞",以恳切的语气"敦促"他们给河南文艺青年作一次更大规模的公开讲演。这篇致辞以《我们的希望——给曹禺张骏祥先生》为题,刊登于《中国时报·前锋报》1947年8月12日第2版《春蛰》副刊第78期:

我们的希望

——给曹禺张骏祥先生

曹禺、张骏祥两先生到开封来了。

我们过去读过他们两位先生许多作品,看过他们许多名剧的演出。从他们的作品中,我们深知他们是忠于人生,忠于艺术,正视现实的作家,他们到开封来,对于我们是一个很大的兴奋。

河南□①土地在受难。在抗战中,河南人出的力最多,流的汗最多,受的苦最大。三十一年的大灾,河南有三百万人饿死;胜利以后,又在战灾,旱灾,雹灾,水灾□②慈□③下被踩蹦得糜烂不堪,全省无处不在灾荒中,我们希望他们深入到现实的深层,把这苦难的土地和人民的血,泪,希望都摄入镜头,铸造到他们的作品里。

另外,沙城的文艺界,在患着贫血症,千百爱好文艺青年,都渴望无论如何忙迫,总要抽出一个与青年相见的场合——作一次公开的讲

---

① 原文字迹不清。

② 原文字迹不清。

③ 原文字迹不清。

演，不要让我们只呆呆的看他们的飞机飞来，又呆呆的看着他们的飞机飞去。

这篇致辞写得情真意切，现在读来依然感人。从中我们能深深体会到抗战过后刚刚从重重灾荒中复苏过来的河南人对文化的期待，对新生的向往。他们看重曹、张二人的，并非其著名作家的身份，而是他们那种"忠于人生、忠于艺术、正视现实"的创作精神。应该正是被这篇致辞所流露出来的真情所感动，曹、张最终答应了开封文化界的请求，两人于8月16日上午各作了一场公开讲演。关于这两场讲演，《中国时报·前锋报》1947年8月17日第2版以"曹禺张骏祥昨日公开演讲——听众千人会场座无隙地"为题进行了报道：

【本报讯】昨日上午九时，本市文艺界，戏剧家，新闻界，假新声剧场，邀请名剧作家曹禺（万家宝）袁俊（张骏祥）公开讲演，因前夜雷雨交加，会场内积水成池，前数排一片汪洋，但听众情绪并不为一夜豪雨所减退，仍不避道途泥泞，自各处赶往聆听，八时半左右，已座无隙地，即前数排积水中座位，亦为听众塞满，自讲演开始至散场，进入会场之听众络绎不绝，人数计在千人以上。九时左右，二氏偕救济分署署长马杰步入会场，会场掌声雷动，二氏甫自泛区归来，旅行疲惫未复，但精神均颇健旺，开会时首由河南晚报社社长屠家骧致词，继即由马杰署长以两氏同学身分作简明介绍，马氏语多幽默，博得掌声不少，介绍后曹禺先生即在听众掌声中开始讲话剧问题，规纳①大意为：（一）戏剧为教育工具。（二）写剧固应"为人民"，但亦须顾到艺术的匀整。（三）剧人应有的节操等。态度亦庄亦谐，论理深入浅出，听众毫无倦容，

---

① "规纳"，当为"归纳"。

旋由张骏祥先生讲上海话剧电影问题。指出目前话剧电影外强中干之现象，及克服危机之途径，十二时散会，二氏离场时观众犹包围不散，争请签字，实为开封文化界不可多得之盛会云。

这则消息对曹、张讲演的时间、地点及大致内容都进行了报道，据此可了解曹、张这次讲演的大概情况。从报道中所提及的"会场积水成池、观众热情不减"一细节，可深切体会到河南文艺青年对曹、张到来爆发出来的巨大热情，及对他们讲演的殷切期待。紧接报道之后还附有六则"会场花絮"，生动直观地呈现了"盛会"的一些趣事。

《中国时报·前锋报》1947 年 8 月 17 日第 2 版的报道，只是提供了曹、张讲演的大致内容，至于他们讲演的详细内容，则由"流萤"（李蕤）与"郭福"分别进行了记录和整理，很快相继刊发。曹禺的讲演刊发于《中国时报·前锋报》1947 年 8 月 18 日第 1 版，张骏祥的讲演刊发于 1947 年 8 月 19 日第 1 版。曹、张二人的讲演对研究他们的创作及讲演活动具有一定史料价值，整理如下：

漫谈话剧的写作

曹禺讲　流萤记

本文因匆匆脱稿，急于付排，未曾经曹禺先生预先过目，如有失真之处，完全由记录人员负责。

今天能在这里和诸位见面，心里的愉快自然是用不着再说了。但昨天报纸上说的"学术演讲"，兄弟实在不敢当，我是最怕演讲，尤其怕"学术演讲"。今天只不过随便谈谈罢了。说到学术演讲，有一个流行在美国的笑话讲给大家听："纽约有一个科学家，声言可以整理人的脑子，使不聪明的成为聪明，无条理者变为有条理。这个震惊科学界的声明发表后，许多人都愿一睹他的实验，有一个傻头傻脑的人，自报奋勇，愿作试验的第一人。科学家即将他的脑子剖出，拿到实验室整理，但整理好回来往那人的脑壳中重放的时候，那尸体却自己走掉，找不到了。科学家十分烦恼。几个月后，科学家闲步街头，看见一个人迎面而来，腋下夹着一大堆演讲稿，非常面熟，猛然想到他便是那被取出脑子后走掉的人。便问道："你不是几个月某一天前参与我的试验的某人么？"那人点点头，"你的脑子不是被取出了么？"那人说"是呀！""那么你这几个月在作什么呀？"那人指指他腋下的讲演稿答道："你没有看见么？我在到处学术演讲呀！"（鼓掌）

那么，今天漫谈些什么呢？我是学戏的，三句话不离本行，还是来谈谈戏剧吧！戏剧问题，也是千头万绪，方面太广，在这里也只能谈到他的梗概。通常我们都知道戏剧是"反映人生的"。但所谓"反映人生"，亦非如一面平面镜子一样，人生有甚么便反映甚么，在反映中应有批评，有是与非，有爱和憎，把作者主观的认识渗透到要表现的客观现实之中。既然这样，在不知不觉中便有教育的意义存在。所以"戏剧为教育工具"这一个主张，总是对的。三十年来的话剧运动，更证明这一主张完成①正确。

其实，即使在我国专制时代，言论虽没有自由，但戏剧也一样有人民的呼声，有人民对政治的反映。我们试拿南宋杂剧来作个例子看看。南宋时代，文人中的典型坏人，大家都知道是秦桧，而武人中也非个个是主张"文官不爱钱，武官不惜死"的岳飞。当时的张俊，便是一个即怕死又爱钱，非常会"外钱"②的将军。他因钱财多不可胜数，便命匠人铸成大银球，储藏在后花园里，名之曰"莫奈何"（意思是那么重那么大的银球，盗贼对它也没办法）。有一天，高宗大宴群臣，秦桧，韩世忠，张俊均在座，宴中高宗命演唱助酒，当时的杂剧，一共二人，

---

① "完成"，当为"完全"。
② 原文如此。

一为主演，一为配演。开场后主角便说他曾看见每人头上的星宿，配角便问用什么看。主角说用浑天仪，配角说没有浑天仪，主角说从制钱的孔里看也一样可以，于是扮主角的便拿着一个制钱从孔里看起来。第一个是高宗，配角问天上显现的是什么星宿？主角答曰："帝星！"其次问到秦桧，答曰："相星！"再其次问到韩世忠，答曰："将星！"轮到张俊的时候，看了又看却始终不说显现的什么星宿，弄得张俊非常狼狈，催他仔细看一看，主角说："什么星宿也看不见，只看见张将军在钱眼里坐着。"（听众鼓掌）由此足见虽在专制时代，言论虽那么不自由，一般人虽把戏看做贱业，但戏剧仍有其批评的力量。

写话剧，最重要的是有话要"说"，没有"话剧"，又如何能成为"话"呢？① 话剧中最不能缺少的，是我们常说的"正义感"，正义感便是刚才所说的"是非心""爱与憎"。正义感是非常可贵的，但更可贵的，是对于正义的认识。这不是一件容易的事，非多体会不可。但是，不论正义的认识如何不易，如何需要修养，但我们从良知出发总会大体的知道：为老百姓，爱老百姓是正义的，不为老百姓的，不爱老百姓的是非正义的。写剧本，以及一切文艺作品，使其有意义，有高尚的意义，这是最重要的。

但艺术作品决不是劝世文，如果只记得"意义"，完全抹杀艺术，只有一个概念，或只有一个光明的尾巴，也是很危险的，那样就容易流入公式，成为八股。作品中的教育，要含蕴在作品中，使读者观众不知不觉中受到感染，一如丰富的营养料蕴藏于食物中，而非迫令读者大量吃维他命。同时，必须顾到艺术的匀整，不能太过分的强调一点，使完整的作品身上多出一只手来。在这里我记起一个法国大雕刻家罗丹的故事：据说罗丹替小说家巴尔扎克雕像，在一个深夜里完成了他的作品，

---

① 此句疑有误，当为："没有'话'，又如何能成为'话剧'呢？"

他自己非常兴奋，等不到天明，便到他的大弟子那里请他鉴赏，大徒弟看了之后，连声赞叹着说："先生，这双手雕得实在太美了！"罗丹似颇失望，又忽忽①跑到第二个弟子那里，第二个弟子道："先生呀！如果这雕刻仅只是这一双手的话，他已经成为绝代的艺术品了！"罗丹一语不发，又跑到第三个弟子那里，第三个弟子说："先生，这双手太美了，简直美得非人间所能有，除非上帝可能造出这么美的手！"到这时候，罗丹真忍不住了，便突然握起斧头，将雕像上的那双手砍掉，很难过地说："傻子们！你们只注意局部，艺术的美是必须着眼到全部的啊！"（巴黎博物馆中存的巴尔扎克雕像，至今没有手。）这个故事，是非常富有意义，值得深思的。

最后，谈到写文章人的节操问题。抗战期间，全国人受苦受难，文化人更备尝艰辛，目前更是一连串的精神苦闷，有许多人"劝告"我们："在这乱糟糟的时代，有什么是非黑白可分，何不少苦恼一点多享受一点？"这种意见，自无其讨论价值。忠实于写作的朋友们，仍将在任何困难情形下，坚守自己的岗位。这次我们到泛区，看到许多老百姓，他们苦到万分，但仍不忍离开他的土地，我们写文章的人对笔的爱，也应该如此。记得在抗战期间，我的发了财的舅舅看我衣服破烂，穷苦潦倒，几次劝我跟着他"作事"。劝的次数太多了，我便给他说一个笑话："巴黎一个玩马戏的，养了一班会变各种戏法的跳蚤，有一次，正玩得起劲，其中的一只忽然跑掉了，马戏班的人非常烦恼，后来一个女观众手里捏住一个跳蚤，喊道：'找到了！找到了！'玩马戏的接过一看，失望的说：'这是你的跳蚤，可并非我的跳蚤！'"这故事说完，我便重覆给舅舅到："舅舅！这是你的跳蚤！可并非我的跳蚤！"从此以后，他便也不再来劝我了。（大鼓掌）

---

① "忽忽"，当为"匆匆"。

国产影片的前途

张骏祥讲

郭　福记

本文未经张骏祥先生过目，如有错误，由记录人负责。

刚才正听曹禺先生讲演听得入神，把准备要说的几乎都忘了。我原想，曹禺先生也许要谈美国"好莱坞"的电影的，那么我便谈谈上海电影界的情形，但这一"宝"却"押"错了，他没有谈好莱坞，可是我也别无题目可谈，还是谈谈上海电影业的情况吧！不过，个人在话剧电影界只是一个马前卒，所知道的是很少的。

今日上海的电影界，表面上是蓬蓬勃勃，因为，公司比战前多了，片子比战前多了，演出人也多了，每一个月都有一两部新片子制出。但是要仔细的分析一下，却是不能令人乐观的。先说电影公司，上海沦陷后，原有的电影公司便被敌人一把抓了去，合起来组织了一个规模很大的公司。胜利以后，该公司即为中宣部接收，完全转为官营，原来搞电影公司的人，不甘心的便又另开天地，很短的时间内又成立了六七个公司。提到电影业从业员的增多，更不忍说起，原来大后方话剧工作者，复员上海后，竟因剧场无着，而无法进行演剧工作，于是纷纷转业，投入电影界这是一种；另外，原在上海之话剧从业员，亦因剧场问题，而转入电影业；孤岛陷敌后，海外交通几频①断绝，美国产片无法运来，话剧业乃呈空前发达气象，剧团多至数十个，一剧上演后，历时三二月之久，竟仍座座客满。胜利后，美国影片，一如排山倒海压来，剧场老板，见有利可图，便反脸不认旧人，拒演话剧，话剧既无剧场上演，从事话剧业者，亦不得不投身电影，以维生活，所以这种表面蓬勃之可喜

---

① "频"，当为"濒"。

现象，如果仔细分析，实在未容乐观。向来电影公司老板，从事电影事业，其动机并不是为了电影艺术，而是与美国好莱坞的演出者相同。不过美国好莱坞电影公司老板表面上尚宣传为艺术而艺术，中国连这也不谈，干脆就是为赚钱的。在这种情形下，从事电影工作的朋友，有许多独立的意见，完全不能如在剧团时，向电影公司老板提出，一切都得迁就老板，等而下之，有些就一味讨取欢心，附和老板的意念，这样一来，粗制滥造，迎合低级趣味，完全以能赚钱为目的，这样的争取观众，原本未可厚非，因为好的片子，要争取广大的观众群，但这种纯以趣味为诱饵的片子实在违背影业神圣责任。另外有一个恶劣现象，就是对明星的争取。大家都在争取明星，把剧本的好坏摆在其次，这样也许可以赚到钱，但已与从事电影工作的话剧演员所抱的理想，完全背道而驰了。譬如这次我们到泛区来看，看到老百姓的生活，真是可泣可歌，极富现实的意义，如果摄制成影片即令在今上海，也一定要获到观众的热烈欢迎，我想即是好莱坞电影公司老板也决不会舍弃这个机会的，不过要说服中国老板的"莫奈何"的脑子，要他们以几亿的资本来拍这样的影片，恐怕便非常困难了。

但我们并不是这样的悲观，过去在话剧岗位上，转身过来的朋友，目前固然有□①不得不迁就妥协，但电影是要同戏剧一样，要讲"话"的，要放出"声音"的，他们当然不会永久缄默，因此"无声"电影，也就不能长此演将下去。他们要使观众了解，电影决不是低级趣味，而是要有意义，要有"话"说的。目前已有好多健康的片子产生，而且受到观众欢迎，假如最近南洋群岛：重又欢迎国产□□②；过去我国国产片子，南洋华侨为一□③大销路市场，及至胜利后第一年，香港影片

---

① 原文字迹不清，疑为"时"字。
② 原文字迹不清，疑为"片子"或"电影"。
③ 原文字迹不清，疑为"最"字。

商人，看中了这块市场，于是神怪，侦探，恐怖片子，便大批运往，国产片颇受打击，不值一看。最近国产名片"八千里路云和月"，在南洋上演八十余天，竟场场客满，这个片子较有意义，不完全为娱乐，和骗老太太的眼泪的，可见有意义片子的道路，也是走得通的，而且观众也并不局限于区区上海滩一地，上海之外，还有更广大的观众群在。这样说来，电影界中，既有很多明白自己责任的朋友，参加工作，其能发挥作用，固无疑问，即公司老板，为自己营业前途着想，也会要演有"话"的片子。这样上海电影前途，还会永远悲观吗？

最后，我还有一点衷心的期望，就是希望，更多的懂得电影及爱护电影的朋友，为中国影业前途，而共同努力。现在开封所演片子，多半还是沦陷时的产品，这不能不归咎上海各公司，忽视了这边有如此多的优秀观众，我希望新的片子能到开封来，更希望开封的朋友，能对每部新片给予公正的批评，欢迎有眼光，有见识有"话"说的片子，而摒弃侦探，恐怖，神怪，色情，要是全国各省各县的观众，都能这样为影运而严励①批判的话，中国电影业的前途，一定会光芒万丈的，我这次到开封来，也可以说是讨"救兵"来的。

以上是曹、张二人的讲演。两人讲演风格截然不同，曹禺幽默诙谐，张骏祥庄重严肃。作为现代最有成就的话剧作家，曹禺不但擅长写"话"即创作话剧，而且擅长说"话"即讲演。其讲演以故事始又以故事终，讲演全程伴随掌声与笑声。讲演开场的一则幽默小故事，自贬亦自谦，一下子拉近与听众的距离，成功活跃了现场气氛；讲演结束的另一则幽默小故事，则显示了曹禺作为文人的自我节操，赢得听众极大尊敬和令人回味无穷。而讲演中间曹禺对话剧思想与艺术的独特看法，也不是直接说出来，而是以讲故事的方式艺术性地"演"出来。这则讲

---

① "严励"，当为"严厉"。

演，既是研究曹禺话剧创作的重要史料，又是研究其讲演活动的重要史料。与曹禺相比，可能出于个性之不同，张骏祥的讲演在风格上显得更为严肃持重，但正因为此，他的讲演所包含的信息量更大，如他所讲的当时上海电影业表面繁荣背后的危机，趣味主义及一味迎合观众的恶劣倾向，话剧与电影间此消彼长背后的隐秘关联等，都是研究 20 世纪 40 年代后期中国话剧与电影的重要史料。

《以善胜恶》与《猫城记》的互文关系

老舍与基督教之间的关系，以及其基督教信仰与其作品的关系，一直是老舍研究的热点。从基督教角度切入老舍研究时，小说《猫城记》是一个绕不开的话题。许多学者就《猫城记》与老舍的基督教信仰之间的关系，已作了大量较为深入透辟的研究工作。这些研究多集中于《猫城记》中"毁灭的手指"这一意象与《圣经》的关联，以及《猫城记》中叙事者"我"游历猫国与《神曲》中"但丁"游历地狱的关联两点。他们认为由这两点，可证明《猫城记》的创作，确实与老舍的基督教信仰之间，存在着某种密切关联。笔者无疑认同以上观点，但同时认为这些看法所显示的《猫城记》与老舍基督教信仰之间的关联，还只是局部性的或浅层次的。《猫城记》与老舍基督教信仰之间的关联，比我们通常所认为的要更为紧密和内在化，甚至可以说，老舍以寓言体写成的《猫城记》，其中对中国社会"人心不良"的激烈批判，对"大家夫司基"的讽刺与否定，所开出拯救中国的"人格教育"的药方，皆与其基督教信仰和思想立场有关。笔者认为，要进一步把握《猫城记》更为深层的思想义旨，还应把《猫城记》与老舍同时期所做的讲演《以善胜恶》进行比照对勘。老舍在山东齐鲁大学任教时做过一次有关基督教的讲演，讲演题目为《以善胜恶》，讲演内容被整理后发表于基督教教会刊物《河南中华圣公会会刊》第 5 卷第 5 期（1932

年）"讲坛"栏。笔者在《老舍的基督教信仰、救世观及其他》一文中对该文的发现与意义有过简略说明，这里不再重复。由讲演的题记可知，《以善胜恶》讲演作于 1932 年 9 月 18 日，此时老舍正在进行《猫城记》的写作。两文不但在语言，而且在思想观念上存在交相映照、彼此互渗的互文关系，可看作老舍同一思想观念所作的不同形式的表达。由《以善胜恶》一文与《猫城记》的互文关系，可进一步实证该小说与作者基督教信仰间的深层关联。

一

两文的互文关系首先体现在语言的显在层面。《猫城记》第 21 章以反讽语调评论外国的"大家夫司基"：

> 我起来的很早，为是捉住小蝎。
>
> "告诉我，什么是大家夫司基?" 我好象中了迷。
>
> "那便是人人为人人活着的一种政治主义。" 小蝎吃着迷叶说。"在这种政治主义之下，人人工作，人人快活，人人安全，社会是个大机器，人人是这个大机器的一个工作者，快乐的安全的工作着的小钉子或小齿轮。的确不坏!"①
>
> 我容小蝎休息了一会儿："还没说大家夫司基呢?"
>
> "哄越多人民越穷，因为大家只管哄，而没管经济的问题。末后，来了大家夫司基——是由人民做起，是由经济的问题上做起。"②

《以善胜恶》对俄国的批评与以上引文有很相似的地方：

---

① 老舍：《猫城记》，见《老舍文集》第 7 卷，人民文学出版社 1984 年第 1 版，第 423 页。（以下所引《老舍文集》第 7 卷皆依据此版本，不再另注。）

② 老舍：《猫城记》，见《老舍文集》第 7 卷，第 426 页。

现在世界的潮流又怎样呢？如果我们睁眼一看，恐怕就要灰心了。因为世界到处黑暗，人所欲解决的，不是别的，只有经济问题。人的目光都向俄国看。不是因为俄国好，乃是因为在大家对于经济问题都束手的时候，而俄国却呐喊着有办法，至于俄国的办法如何，是另一个问题。不过由此，可以看出人皆研究经济问题。宗教则置之度外，以为无甚关系。俄国的建设，是理想的，浪漫的，他们想，人人有饭吃，结果呢，人没有了自由，没有了艺术，没有了情感。因为他们人与人的关系是机械式的活着，机械式的快乐，以致都是人人为人人活着。那还有自由？天天照例吃饭，那还有艺术？精神全寄托在物质上，无父母子女的关系，无刺激情感之事，那还有情感？像这样，是可羡慕的么？是完全人生么？纵然是快乐，那也是"醉生梦死"的快乐，而一般青年却注意于此，岂不是糊涂？

人类是向前走的，如若想过上述的那种生活，非以机器造人不行。不然，人不能成为机器，不能永久的过"你是钉我是锤"的生活。……

仔细比较以上所引《猫城记》与《以善胜恶》的内容，可发现，它们在字句与含义上存在非常明显的一致与呼应之处，特别是体现核心义旨的"人人为人人活着"一语，则是一字不差、完全相同的。"人人为人人活着"的提法出自列宁的一篇文章："我们将努力消灭'人人为自己，上帝为大家'这个可诅咒的准则，克服那种认为劳动只是一种差事，凡是劳动都理应按一定标准付给报酬的习惯看法。我们要努力把'大家为一人，一人为大家'和'各尽所能，按需分配'的准则渗透到群众的意识中去，渗透到他们的习惯中去，渗透到他们的生活常规中去，要逐步地却又坚持不懈地推行共产主义纪律和共产主义劳动。"①"大家为一人，一人为大家"为一句"成语"，最早出自法国作家大仲马的《三个火枪手》："大家为一人，一人为大家。"②列宁用这句成语的目的是阐明共产主义精神和道德的基本原则，即在共产主义阶段，每个人都无私为他，与资本主义的"人人为己"完全相反，这样就能达到"大家为一人，一人为大家"的共产主义境界。列宁提出"大家为一人，一人为大家"的共产主义道德原则是在 1920 年，老舍对于列宁这句话应该非常熟悉，他在《猫城记》中虚拟的"大家夫司基"并不是随意杜撰，而是有出处的，其出处就是列宁的"大家为一人，一人为大家"的提法，并以此指代"共产主义"。

与对"人人为人人活着"的"大家夫司基"的批判相连带的是对"人异化成为社会大机器上的一个部件"的批判。《猫城记》与《以善胜恶》对于这个义旨的表达语言上也有着惊人的相似性。《猫城记》为："社会是个大机器，人人是这个大机器的一个工作者，快乐的安全的工作着的小钉子或小齿轮。"《以善胜恶》为："人与人的关系是机械式的活着，机械式的快乐"，"如若想过上述的那种生活，非以机器造人不行。不然，人不能成为机器，不能永久的过'你是钉我是锤'的生活。"两者都把社会比拟为"大机器"，而个体则是这个大机器上的一个附属部件，《猫城记》称之为"小钉子"或"小齿轮"，《以善胜恶》则称之为"钉"和"锤"，语句虽小有不同，但意思是相同的，都是指个人成为社会大机器上的一个零件。"机器"以及"小钉子"或"小齿轮"的提法都很容易让人联想到列宁的《党的组织和党的文学》一文，因为列宁在这篇很有名的文章中提到"文学事业应该成为总的无产阶级事业的一部分，一个统一的、伟大的由

① 列宁：《从莫斯科—喀山铁路的第一次星期六义务劳动到五一节全俄星期六义务劳动》，《列宁全集》第 39 卷，人民出版社 1986 年版，第 100 页。

② ［法］大仲马：《三个火枪手》，李玉民译，中国对外翻译出版公司 2012 年版，第 87 页。

整个工人阶级底全体觉悟的先锋队使之运动的，社会民主主义的机器底‘齿轮和螺丝钉’。文学事业应该成为有组织的、有计划的、统一的、社会民主党的党底工作底组成部分。"① 可以做一大胆推测，老舍可能通过某种途径读过列宁这篇文章，因为列宁这篇文章写于 1905 年，最早于 1926 年一声（冯乃超）曾把它节译为中文，刊载于中国社会主义青年团的机关刊物《中国青年》第 144 期（1926 年 12 月 6 日），名为《论党的出版物和文学》。1930 年成文英（冯雪峰）又一次把该文翻译刊登于《拓荒者》第 1 卷第 2 期（1930 年 2 月 10 日），名为《论新兴的文学》。②《党的组织与党的文学》被介绍到中国后，在文学界引发了争论，产生过较大反响，成为左翼文学以及后来延安文学整风的重要思想资源和理论依据，老舍不可能不知道这篇文章。即使老舍没有读过列宁这篇文章，列宁把文学事业比作社会民主主义大机器上的"齿轮和螺丝钉"的说法则影响甚广，老舍的"大机器"以及"小钉子"或"小齿轮"的提法，应该与列宁《党的组织与党的文学》一文是有关系的，诚如范亦毫先生所说："'机器'与'齿轮和螺丝钉'则是他在《党的组织和党的文学》中用的比喻。我们不知道老舍是在什么时候和什么地方看到这些话的，但既然他用'夫司基'来暗喻，认定它来自苏联应该不会错。"③ 再退一步说，老舍所说的"大机器"以及"小钉子"或"小齿轮"就是不出自列宁文章，这也不影响老舍的批判矛头直接对准苏俄，对准苏俄当时正在轰轰烈烈进行的共产主义运动。

---

① 列宁：《党的组织和党的文学》，载无锡市史志办公室编《秦邦宪（博古）文集》，中共党史出版社 2007 年版，第 515 页。

② 关于《党的组织与党的文学》在中国 20 世纪二三十年代的传播情况，可参看苏畅《俄苏翻译文学与中国现代文学的生成》，社会科学文献出版社 2013 年版，第 170—173 页。

③ 范亦毫：《猫城断想》，《随笔》2012 年第 6 期。

二

《猫城记》与《以善胜恶》更为深层的互文关系则体现在两者对于中国社会的呈现、观感以及对于中国社会之所以如此解释的互为呼应上。首先，两个文本对中国社会的呈现与观感非常相似，当然，由于文本性质不同，其呈现方式是不一样的。《以善胜恶》是宏观的概括性呈现：

> 我们人须认清自己的时代，认清的方法有二：第一，明了自己所接触的环境；第二，观看与自己所接触的环境之外的社会。今日之社会为一恶劣的社会，这是谁都承认的。
>
> ……以过去一年而论，满州被人割去了；上海被人打平了；而内部的政治外交教育仍是丝毫未有进步……

老舍在《以善胜恶》中呈现的中国社会从总体上讲是一"恶劣的社会"，充满了"内忧"即国内政治、外交、教育等皆未有丝毫进步，和"外患"即满洲沦陷、"一·二八"事变。老舍发表讲演之日为1932年9月18日，这一天恰恰是"九一八"事变一周年的日子，距离刚刚发生的"一·二八"事变还没多久，老舍选择这一天进行讲演，无疑是抱着纪念"九一八""一·二八"事变，提醒国人勿忘国耻的目的，充满强烈的对民族国家的忧患意识，因此，他对于中国内忧外患危机图景的呈现就不是偶然的。当然，由于是讲演，时间有限，他不可能详尽地呈现中国内忧外患的社会图景，而只能大略地点出中国社会处于生死存亡之秋的整体现状。

《猫城记》由于是长篇小说，老舍可以很从容地展开他对中国社会的观察，这也是老舍创作这篇小说的动机之所在。为了方便展开对中国社会的观察与呈现，老舍在小说叙事方式上作了一些巧妙的安排，例如，叙事视角上采用第一人称叙事，叙事结构方面采用《镜花缘》式的外来者闯入并游历的结构①，把故事发生场景由中国置换为虚拟的火星上的猫国，这些安排都是为了便于展开对中国社会的观察并呈现这种观察，同时在观察时发表议论。由于老舍要观察中国社会的动机和情绪过于急切，因此，文本中有时会直接出现"观察"一词，如第 13 章在"我"与小蝎的对话中，小蝎说："也许；我把这个观察的工作留给你。你是远方来的人，或者看得比我更清楚到家一些。"② 又如第 14 章，小蝎对"我"说："开始作观察的工作吗？"③ 由于在叙事方式上作了这些安排，小说文本对"猫国"即中国社会的呈现无疑就显得更为具体详尽且痛快淋漓。内忧方面，《以善胜恶》略略点出的"政治外交教育"几方面在小说中都有了非常详尽的艺术呈现。具体到小说章节，小说前 5 章是"我"进入猫国的铺垫，从第 6 章开始了"我"对猫国的观察。从此章一直到第 27 章都是对猫国文明包括政治、经济、军事、外交、教育、文化等各方面怪现状的全方位、多角度的展示，展示的结果可归结为小说中的两句话："这个文明快要灭绝！"④ "浊秽，疾病，乱七八糟，糊涂，黑暗，是这个文明的特征；纵然构成这个文明的分子也有带光的，但是那一些光明决抵抗不住这个黑暗的势力。"⑤ 小说最后的结局就是猫国被矮人国消灭，猫人彻底绝种。外忧方面，《以善胜恶》指出"过去一年满洲被割去、上海被打平"的可怕事实，《猫城记》则写了"矮人国"对于猫国的侵略，最后猫人几乎被矮人杀完，剩下的两

① 诚如老舍自己所说："《猫城记》是但丁的游'地狱'"。见老舍《我怎样写〈离婚〉》，《老舍全集》第 16 卷，人民文学出版社 2008 年版，第 189 页。

② 老舍：《猫城记》，见《老舍文集》第 7 卷，第 372 页。

③ 老舍：《猫城记》，见《老舍文集》第 7 卷，第 376 页。

④ 老舍：《猫城记》，见《老舍文集》第 7 卷，第 358 页。

⑤ 老舍：《猫城记》，见《老舍文集》第 7 卷，第 388 页。

个猫人在最后关头还不知合作，互相咬死对方，这样猫人国不但亡了国且灭了种。"矮人国"指的就是日本。《以善胜恶》只是指出中国受日本侵略越来越严重的客观事实，《猫城记》则极而言之，写出了作者对于中国有可能在日本进一步侵略之下亡国灭种的隐忧。在当时那种民族危机日益严重的时刻，老舍的担忧并非杞人忧天，而是有其道理的，是他由对中国社会现状的观察中所得出的一个结论。

由此可见，《猫城记》对猫国内忧外患各方面情况的艺术呈现，可看作《以善胜恶》中"今日社会为一恶劣之社会"大判断的一个注脚，两个文本在这方面的互文关系是很明显的。

其次，在对中国社会恶劣原因的探究上，两个文本间也存在互文关系。《以善胜恶》对中国社会恶劣的原因进行了探究：

> 这是甚么缘故呢？就是因为自己不知道进步，不知道怎样进步；简言之，就是不知道自己现在所作的是恶啊！知恶而去作恶，尚可救药；现在的一般人已不知自己所作的是恶，试想这个人心坏到如何的程度了呢？

由以上所引可知，《以善胜恶》把中国社会恶劣的原因归结为"人心坏了"，作恶且不知自己所作为恶。《猫城记》则把猫国衰亡的原因归结为没有"人格与知识"，其中的"人格"与《以善胜恶》所说的"人心"所指大致相近。《猫城记》塑造的猫人除小蝎、大鹰外，大多是"没脑子没人格的人"；[1] 猫国的政客们都是没有人心的："至于那一群政客，外国打进来，而能高兴的玩妓女，对国事一字不提，更使我没法明白猫人的心到底是怎样长着的了。"[2] 这句话更是"人心坏了"的

---

① 老舍：《猫城记》，见《老舍文集》第7卷，第438页。
② 老舍：《猫城记》，见《老舍文集》第7卷，第436页。

另一说法；各种主义在外国都是好的，到了猫国便全变成坏的，"无知与无人格使天粮变成迷叶！"① "国民失了人格，国便慢慢失了国格。"② "无知"的另一表达为"糊涂"："这使我明白了一个猫国的衰亡的真因：有点聪明的想指导着人民去革命，而没有建设所必须的知识，于是因要解决政治经济问题而自己被问题给裹在旋风里；人民呢经过多少次革命，有了阶级意识而愚笨无知，只知道受了骗而一点办法没有。上下糊涂，一齐糊涂，这就是猫国的致命伤！"③ 处于以上语境中的"糊涂"在包含"无知识"的含义外，还包含着《以善胜恶》所说的"作恶且不知自己所作为恶"的意思。

最后，在"如何拯救中国社会"的救世观一点上，两个文本也存在密切的互文关系。《以善胜恶》认为要拯救中国恶劣的社会，"必得有善的信仰。……我们要想救世，不是以小力而可改造得来的。我们非抱大决心不行。以恶不能胜恶，以不问也不能胜恶；只有以善才能胜恶，以善为我们的信仰中心。"所谓"以善为我们的信仰中心"，在老舍这里是有明确所指的，那就是他信奉的基督教信仰，他这篇讲演后半部分对于俄国重物质而轻精神的"唯物质"取向的批判，就是为了引出基督教"重精神而轻物质"的"唯精神"取向，用他的话说就是皈依"唯心的追求上帝"的基督教信仰。为了论证他所提出的皈依基督教信仰的合理合法性，他还对"宗教麻醉人"与"宗教为迷信"两种观点作了有力批驳。

与《以善胜恶》提出"以善为信仰中心、皈依基督教信仰"的救世观相似，《猫城记》提出了"知识与人格"的救国方案："怎样救国？知识与人格。"④ "打算恢复猫国的尊荣，应以人格为主"⑤。这里所说的

---

① 老舍：《猫城记》，见《老舍文集》第7卷，第439页。
② 老舍：《猫城记》，见《老舍文集》第7卷，第367页。
③ 老舍：《猫城记》，见《老舍文集》第7卷，第459—460页。
④ 老舍：《猫城记》，见《老舍文集》第7卷，第404页。
⑤ 老舍：《猫城记》，见《老舍文集》第7卷，第439页。

"人格"，当然指的是善的完美的健全人格，着眼于人的精神灵魂层面的改造，这与《以善胜恶》所提出的"扬精神而弃物质"的"唯心的追求上帝"的救世观，在取径上是相当一致的。大鹰是小说着力塑造的正面人物形象，他可看作老舍对于"理想中国人"的一个期待和想象，这个人物所说的话无疑代表老舍自己的观点："我的良心比我，比太阳，比一切，都大！"①"良心是大于生命的"②。大鹰所谓的"大于一切的良心"已经非常接近于《以善胜恶》所说的基督教"善的信仰"。而且，比太阳、比一切都大的"良心"其实已经暗示和指向了基督教的"上帝"，因为，在基督教信仰中，只有"上帝"才可称得上比生命、比太阳、比一切都大的"唯一"。大鹰对"良心"的追求，其实就是对"上帝"的追求，他最后为了拯救猫国而慷慨赴死的举动，颇类似于耶稣被钉上十字架，正是对老舍以基督教信仰救世的生动说明。

三

由于《猫城记》与《以善胜恶》在语言与思想的诸多层面皆存在高度一致与契合之处，两个文本就构成相当密切的互文关系，在这种双向的互文背景下，文本与文本可相互"照亮"，即互为背景与互为阐释。可以这么说，《以善胜恶》的出现"瞬间照亮"了《猫城记》，使我们有可能进入《猫城记》幽暗崎岖的思想路径内部；《猫城记》的存在，同时也"照亮"了《以善胜恶》，加深我们对《以善胜恶》的理解。

《以善胜恶》的出现照亮了《猫城记》，使我们对于《猫城记》思想内涵的猜想与解读获得了坚实的实证材料。首先是对于《猫城记》"大家夫司基"的解读问题。由于文体关系，《猫城记》对于"大家夫

①　老舍：《猫城记》，见《老舍文集》第7卷，第439页。
②　老舍：《猫城记》，见《老舍文集》第7卷，第441页。

司基"的批判比较委婉含蓄，没有直接指明施行"大家夫司基"的国家到底是哪个，只是说火星上施行这种主义的国家"有的是，行过二百多年了"①。以前关于《猫城记》的研究中，关于"大家夫司基"是否指的是苏联共产主义，老舍对于"大家夫司基"的态度，作者批判的是否是苏俄，等等，围绕这些问题一直是有争论的。甚至有的论者出于善意为作者曲意回护，认为老舍对"大家夫司基"的态度并非批判而是赞同的。②《以善胜恶》的出现解决了这个问题。由《以善胜恶》可知，老舍对于"大家夫司基"是抱着明确批判、彻底否定的态度的，其矛头明确指向 20 世纪二三十年代苏俄大规模的共产主义运动实验。《猫城记》中还只是说"别种由外国来的政治主义，在别国是对症下药的良策，到我们这里便变成自己找罪受"③。似乎"大家夫司基"本身没有问题，只是到中国才发生问题。《以善胜恶》对于俄国"唯经济"取向的否定则要彻底得多，认为俄国的共产主义运动只是着眼于物质而忽略了精神，"人人为人人活着"的共产主义纪律与道德原则会使人异化为社会大机器上的一个附属物。其次，老舍批判否定苏俄共产主义运动这个问题既已解决，接下来就会产生另一问题：老舍批判否定"大家夫司基"的内在理路问题：老舍为什么要否定苏俄共产主义运动？《猫城记》中老舍虽然对于"大家夫司基"持一种讽刺的否定态度，但只是说它不适应中国的社会现实，因为"人家革命是为施行一种新主张，新计划；我们革命只是为哄，因为根本没有知识"④；否定"大家夫司基"的理由只是因为中国人根本不理解这种主义，对于主义本身没有作学理上的价值评判。《以善胜恶》的出现，解决了老舍对于"大家夫司基"的价值评判问题。由《以善胜恶》可知，老舍对于"大家

---

① 老舍：《猫城记》，见《老舍文集》第 7 卷，第 423 页。
② 徐文斗：《关于〈猫城记〉的几个问题》，《齐鲁学刊》1983 年第 6 期。
③ 老舍：《猫城记》，见《老舍文集》第 7 卷，第 427 页。
④ 老舍：《猫城记》，见《老舍文集》第 7 卷，第 427 页。

夫司基"之否定，不仅出于此种主义是否适合中国之考量，而且从根本上即认为这种主义不能作为救世的一条正确路线，他对共产主义之否定，正是出自其基督教的信仰立场。老舍认为中国之坏的根源在于"人心"，拯救中国最彻底最有效的途径莫过于从改良国人人心入手，而改良国人人心的利器又非宗教（即基督教）莫属；苏俄共产主义运动则只着眼于政治经济的物质层面，人心非但不能改良，且有被高度组织化的社会大机器所控制所奴役的危险。他之所以肯定基督教与批判否定苏俄共产主义运动的内在理路皆在于此。再次，《以善胜恶》使我们对于老舍所谓的"人格"一词有了更为具体明确的认识。《猫城记》重在揭发中国社会的各种"怪现状"，意在警示世人，知错悔改，至于拯救中国的道路在哪里，作者只是借人物之口说"怎样救国？知识与人格"。① "打算恢复猫国的尊荣，应以人格为主"。② 至于"人格"的具体所指是什么，作者没有明言。与《猫城记》不同，《以善胜恶》不重在对中国社会之揭发，而重在宣讲自己的救世观。针对中国社会现状与苏俄的实践，老舍给出了皈依基督教信仰、以善为信仰中心的救世策略。因此，与《猫城记》存在互文关系的《以善胜恶》对于"人格"一词有了更详细的说明。就《以善胜恶》来说，老舍所谓的"人格"应该就是以善为信仰中心的人格，也即基督教信仰者的向善人格。《猫城记》中慷慨赴死的"大鹰"以及《大悲寺外》中"以善胜恶"的黄学监都是这种人格的形象化体现。

对《猫城记》的细读同样可以加深对《以善胜恶》的理解。《以善胜恶》是作者对于自己基督教信仰的直接宣示与表白，由此文看，老舍对于基督教的认识与崇信，更多出自其急切救世的家国情怀，出自拯救外在民族危亡之现实需要，而非出自个体内在自发的精神诉求。老舍

---

① 老舍：《猫城记》，见《老舍文集》第 7 卷，第 404 页。
② 老舍：《猫城记》，见《老舍文集》第 7 卷，第 439 页。

为什么对基督教寄寓如此厚望？是因为他认为中国内忧外患之危机不单单是政治经济教育之问题，危机之总根源在于人"作恶而不知其所作为恶"的人心问题，基督教正可以激发人向善的信仰，从而改良人心。《以善胜恶》对于当时中国社会现状只以一句"人心坏了"来概括，显得过于简略，而《猫城记》以大量的篇幅形象化呈现了中国社会"人心之坏"的各种表现，由此可进一步理解老舍以基督教信仰来救世的现实针对性。

五四文学的"思想先行"

——由成仿吾的一篇话剧佚作谈起

中国现代文学发生于五四新文学运动，而五四新文学运动则附属于五四新文化运动，是新文化运动的一个有机组成部分。诚如有的学者所说："现代文学的展开，本身就是现代思想、文化、政治复杂建构的一部分"。[①] 新文化运动从本质上讲是一场思想启蒙运动，这种性质决定了中国现代文学乃至整个 20 世纪中国文学的特性，即具有强烈的"思想性"或"思想先行性"。关于现代文学的思想性，已有学者对此作了较为深入的论述，但鉴于此问题的重要性以及有进一步申说的空间，故笔者打算通过对新发现的成仿吾五四时期创作的一篇独幕话剧《离婚》（刊登于《家庭研究》1922 年 5 月第 2 卷第 1 期）的分析，来深入认识五四新文学的这一特性。

一

五四新文学强烈的思想性率先可从新文学在报纸杂志的存在样态上得到说明。作为新文化也是新文学诞生标志的《新青年》是一个综合性的文化刊物，在这个刊物上，文学作品与其他非文学的文化类文章和

[①] 姜涛：《"新诗集"与中国新诗的发生》，北京大学出版社 2005 年版，第 3 页。

谐共处,彼此共生。这种文学与思想、文化"共在"的关系与样态是由新文学附属于新文化,它只能通过参与新文化而得到自身的现代性身份证明这一点而决定的。文学作品处身于思想文化类作品的群落之中,是为了以文学的方式而完成与其他文化思想类文章一样的使命,即思想启蒙。这就决定五四新文学从开始就被赋予了很严肃的思想启蒙与文化宣传的使命。新文学以反载道始,但却以载道终,只不过其所载之道是新文化、新思想之"道",而非传统的封建之"道"。思想启蒙的使命决定了五四新文学的价值指向不是"审美",而是"思想",不是"形式",而是"内容"。相对于"审美"与"形式"来说,"思想"与"内容"获得了优先权。这样一种价值指向渗透于创作心理、编辑策划、刊物编排、文本批评与读者接受的各个环节。

就《离婚》来说,它所刊登的杂志《家庭研究》,与《新青年》《新潮》《少年中国》等刊物性质一样,同样是"文化刊物",只不过《新青年》是更具包容性因而也更具综合性的文化刊物,而《家庭研究》则如其刊名,是专注于研究家庭问题的。在研究对象上,《家庭研究》与《新青年》虽说有广狭之别,但服务于思想启蒙的办刊宗旨则是完全一致的,因此,在栏目编排上该刊与《新青年》也非常相似,每期既有研究文章,也有文学创作,两者保持着一种彼此补充的共生关系,皆服务于"家庭问题研究"这个大主题。就刊登《离婚》的《家庭研究》第 2 卷第 1 期来说,该期大部分为探讨家庭问题的研究性论文,如易家钺《家长问题浅说》、周长宪《家庭之组织及生命》、易家钺《婚姻之生物学的起源》、罗敦伟《私有财产与男女之关系及其影响》等。除了对北京女界的报道、通讯以及"旧家庭写真"类文章外,家庭研究类文章占据了这一期的绝大部分版面,说明该刊物"家庭研究"是名副其实的。与研究文章相比,本期中文学类文章(创作)显得有点势单力孤,只有一篇,就是成仿吾的话剧《离婚》。但这篇唯一的文学作品并不是可有可无的点缀，因为它的内容同样聚焦于"家庭问题"，只不过它对家庭问题的呈现方式是"文学"，而非"研究"。但是否可以这样说，《离婚》采用"话剧"的体式，是以文学的方式抵达了对"家庭问题"关注与研究的时代主题，由此一点，它与其他研究类文章彼此共生、互为补充的"共在"关系才终于形成。这一点，可由《离婚》的剧情和思想内容得到说明。

二

服务于思想启蒙与文化宣传使五四新文学的价值指向重在"思想"而非"审美"，这直接制约着作家的创作心理，或者说体现在创作过程中，使作家的创作并非源于或并非主要源于其内在的生命体验与生活经验，而是依赖于外烁的思想观念，这就造成了"思想先行"与"主题先行"。这种思想先行、主题先行，在成仿吾对话剧《离婚》的创作上，得到了非常生动的体现。

作为一幕独幕剧，《离婚》剧情相当简单。主人公李乐生为中学教员，由于不满封建包办婚姻，决然与妻子离异，最终导致妻子自杀。妻子家人将其告上法庭，要求给予赔偿。话剧演绎的就是李乐生在法庭面临审判的一幕。面对原告代理人和法庭庭长的严词指责，李乐生慷慨陈词，控诉封建道德和包办婚姻对人的戕害。由于李乐生拒不认罪且拒绝原告提出的赔偿要求，法庭最终判决他流役新疆。话剧以李乐生面对流役新疆的判决毫不在乎，反而在其表达对新疆向往之情的浪漫抒情的言辞中结束。就艺术角度衡量，这篇话剧的质量并非上乘，甚至可以说有点粗糙。话剧从整体上显示出"观念大于形象""思想压倒审美"的特点。主人公李乐生主要是一个"思想型"人物，而非"审美型"人物。也就是说，作者塑造这个人物，并非从审美角度出发，而是要通过他表达一种思想观念，甚至通过他的口直接说出自己的思想观点。因此，在作品中就出现了李乐生大段大段的慷慨陈词，以宣扬五四时期主流的意识形态——"我就要享受我的生命"的个人主义。如果从审美角度出发，我们可以指责李乐生作为"新人"的代表，作者只是突出了他的"新"，却没有揭示出作为"人"的丰富性和复杂性。这种指责虽有道理，但却忽略了成仿吾创作这部话剧时的原初情境。作者创作这篇话剧，包括对李乐生的塑造，其出发点并不是"审美的"，而是"思想的"。作者为了急切地表达出他对中国传统家庭问题的批判性态度或"研究成果"，或干脆就是为了配合《家庭研究》这份刊物的刊物宗旨，采用文学的形式，来虚构出法庭审判的场景和李乐生这个新派人物。话剧《离婚》，包括李乐生这个作者思想观念的传声筒，本来就是"思想先行""主题先行"的产物，艺术与审美，本不在作者的考虑范围之内，即使考虑到，也只是第二位的。而"思想先行""主题先行"的创作方式，也部分决定了作品的艺术质量会存在一定问题。

为了配合《家庭研究》这份杂志，为了以文学的方式来表达对于"家庭问题"这个时代主题的关注，成仿吾创作了话剧《离婚》。那么，还有一个问题，就是作者为什么在用文学方式来表达思想观念时选择的是"话剧"而非其他文类？这一点和作者对"思想"的急切表达、迫切表达有关。

三

朱自清曾经说过："在这动乱时代，人们着急要说话，因为要说的话实在太多。小说也不注重故事或情节了，它的使命比诗更见分明。它可以不靠描写，只靠对话，说出要说的。"[①] 这句话点出了外部"动乱时代"与内部"小说体式"之间的逻辑关联，把现代小说中对话成分

---

① 朱自清：《论百读不厌》，见《朱自清全集》第 3 卷，江苏教育出版社 1996 年版，第 230 页。

的增加、描写和故事情节成分的减少，与人们着急要说话即急于表达自己的观点联系起来，从文学社会学角度来理解小说体式的变迁，打通了外部（社会）与内部（文体）的关系，给我们认识现代小说与话剧文体，提供了颇富启发性的认识维度。认识到小说、戏剧文体与社会、时代之间内在关联的，还不止朱自清一人。闻一多干脆就把朱自清所谓的"动乱时代"从文学角度命名为"小说戏剧的时代"，在这样的时代，诗得尽量采取小说戏剧的态度，利用小说戏剧的技巧，才能获得广大读者的青睐。[①] 诗为什么要采取小说戏剧的态度呢？正如朱自清所说，是为了说"话"。这里的"话"，既包括个人的思想观念与情感情绪，也包括超个人的集体或党派的思想主张、政治主张等。

在这样一个由传统向现代过渡的"动乱时代"，不但每个人或不同的思想政治派别要急于发表自己的主张，在不同的思想主张之间，还充满了激烈紧张的对话与交锋。这种对话与交锋，可能是历时性的，如五四时期新文化与旧文化之间，也可能是共时性的，如五四时期新文化阵营与文化保守主义阵营之间的激烈交锋。可以说，五四时期是整个20世纪"动乱时代"中，对话交锋尤其紧张激烈的"动乱时代"，新与旧，新的拥护者与旧的拥护者之间的对话交锋，也最为活跃。处身于这样一个不同话语激烈交锋的动乱时代，其对话的剑拔弩张与发表思想主张的急切性与急迫性，必然会对作家的文体选择及文本内部的深层结构产生深刻影响。从这样一个角度来考量，我们会发现存在着一个近现代报纸杂志的文体生成问题，即现代的报章文体，与为了取得自己文化身份与位置的各种文化人的激烈对话和交锋，二者之间存在一定逻辑关系。现代意义上的报章文体，最方便宣示主张的方式即"说话"的有政论文及杂文，其文体生成与现代的思想氛围之间就有密切关联。这样

---

① 闻一多：《文学的历史动向》，见《闻一多全集》第10卷，湖北人民出版社1993年版，第20页。

214

一种文体生成与选择，在现代文学的奠基人鲁迅那里，表现得最为典型。鲁迅是《新青年》"随感录"作家群的重要成员，其后期把主要精力放到"杂文"创作上面，当与他把杂文看作"匕首""投枪"，更便于发表主张和从事思想论战有关。从利于说话、便于论战的角度讲，与朱自清所谓"动乱时代"更为切合的文体，其实倒是鲁迅心目中的"杂文"，而非"小说"与"话剧"；这个时代与其说是"小说戏剧的时代"，还不如说是"杂文的时代"。在"动乱时代"的现代思想氛围笼罩下，小说戏剧同样向杂文的文体精神靠拢，现代小说史上最有代表的长篇小说如《子夜》和《家》，前者是共时性不同政治力量的思想交锋的产物，后者是历时性的新思想同封建思想的思想交锋的产物。这两篇小说的深层结构采用的同样是一种论争（或论战）结构。当然，这种论争的或论战的思想氛围，在小说、戏剧的文体浅层结构的表现，就是"对话"，在小说中体现为对话成分的增加，这种对话成分增加到一定程度时，话剧就产生了。所以说，在现代的思想氛围中，话剧是最适合面对公众来进行思想宣传和论战的"广场文体"。中国话剧早期形态"文明戏"中"言论小生"角色的设置，就最为鲜明地凸显了话剧文体的思想论战功能，凸显了这种文体与思想表达的急切性、迫切性之间的逻辑关联。当然，随着话剧文体的进一步成熟，"言论小生"的角色消失，但话剧作为广场文体服务于思想表达与论战的功能并没有减弱，反而是以艺术的方式被加强了。由此角度来考察成仿吾的这篇话剧，我们会发现成仿吾选择话剧这个文体，与其思想表达的急切性与论战性之间，与五四文学的思想先行性之间，有着非常密切的内在关联。

成仿吾发表《离婚》，是为了批判与否定中国传统家庭制度与封建婚姻制度，是以文学的方式来进行"家庭研究"。话剧这种文体恰恰有利于他表达自己的思想，有利于他展开对封建婚姻制度的批判。为了实现自己的创作意图，作者把剧情发生的场景非常巧妙地设置在"审判庭"。这样一个富有象征意味的典型空间的选择，是为了展开新文化与旧文化之间的论战与较量。法庭进行的审判，虽然表面上体现为旧文化（以原告和法庭庭长为代表）对新文化（以李乐生为代表）的审判，但这样的设置明显是作者的一种策略。原告与法庭庭长的指责与审判，其目的是为了引出李乐生长篇大论的慷慨陈词，是为了发泄作者对于传统婚姻制度的不满，是为了展开对传统家庭制度的激烈批判，一句话，是为了表达作者的思想主张。如果说话剧依靠的是"对话"，那么在《离婚》中，这场"对话"只是为了引出"独语"，是为了引出主人公李乐生也是作者对于中国传统婚姻制度的批判。分析话剧中每个角色所占"话份"的多少，可以明显看出，表面上处于弱势地位的李乐生，其话语份额却占据绝对优势。李乐生在法庭上发表的长篇大论的陈词，其实就是面对公众所作的一场思想演说，这不禁让人联想到早期文明戏中的"言论小生"。李乐生其实就是"言论小生"在五四话剧中的又一次复活。只不过文明戏中"言论小生"发表的政治评论一般游离于剧情，而李乐生的长篇演说，则是剧情发展水到渠成的结果。《离婚》剧情的设置其实就是为了引出主人公的长篇演说，而成仿吾采用话剧的体式，同样是为了更为方便和巧妙地呈现李乐生包括作者自己对于传统婚姻制度的批判，为了更方便、更直接地表达作者自己的思想观念。思想先行的创作方式同时也决定了作者的文类选择。

话剧依靠"对话"，对话的各方应该是平等的关系。但在《离婚》中，"新"与"旧"的二元对立，不但决定了剧情的发展模式，同时也决定了"新"与"旧"之间对话的不平等性。"旧"对于"新"权力上的优势地位，最终被"新"对于"旧"绝对的思想上的胜利姿态所取代。"新"与"旧"之间对话的不平等性限制了对话的展开与深度，从而使这场对话变质为"独语"，胜利者的独语。在朱自清所谓的"动乱时代"，思想的自由交锋与对话往往被某一方的思想独语、言语暴力甚至政治暴力所取代，因为每一方都要急着宣示自己的主张从而必然要打压和贬斥对方的主张。在《离婚》中，这一点就得到了淋漓尽致的体现。就这点来说，李乐生代表"新"的一方，对着"旧"的一方所发表的激昂慷慨的长篇陈词，审美与艺术上固然是失败的，但却具有丰富的象征意味。

附成仿吾独幕话剧《离婚》：

离婚

成仿吾

登场人物：

中学堂教员　李乐生

他的亲戚　谢某

原告的代理

审判官

书记　廷丁①

地方　江苏武进的审判厅

李乐生一人在公堂上走来走去（看自己的表）

李　说是八点钟开审，过了三十多分了，还没有一点影响，真是笑话。

谢先生进来

---

①　"廷丁"即"庭丁"。［日］冈田朝太郎："廷丁之职务，琐屑猥贱，然亦有关系重要之时。凡审判开始，以传唤当事者到案为前提。当事者之传唤，由庭丁行之。庭丁传唤之事未完备，则裁判所停讯以待，或下缺席裁判。是审判之发动与静止，其管钥寄付之庭丁，关系不可谓不重也。"见［日］冈田朝太郎口述，熊元襄编，李凤鸣点校《刑事诉讼法》，上海人民出版社2013年版，第31页。

李　哦，谢先生！你老人家今天也来玩玩么？

谢　这事情有点不好。你的运气太差：今天的审判官，是那个姓蔡的老先生。他最不喜欢你们这些青年说什么社会要改造呀，家庭要改良的话。你今天偏落在他手里了。

李　这有什么要紧？由他要杀便杀罢！法庭是拥护这社会的，我们是这社会的叛徒，当然应得重重的处罚。

谢　还好，你离婚的时候，还没有生儿子，不然，他真会把你杀了。

李　生了儿子又有什么不同？离婚的时候若有儿子，她要带去时就给她带去；她不愿带去时，我就自己养育起来。

廷丁进来布置一番。

廷　我们大老爷就会升堂了，叫你们准备。

李　（冷笑）这时候还在说就来的话，我们有什么准备？

廷丁下

谢　（等李乐生走到面前来）现在听说你惯走那些不应该去的地方啦。

李　不应该去的地方？什么地方？

谢　你不要装做一个聋子。你把你的老婆离了婚，弄得她自杀了，还不到几个月，你就到那些地方去走起来。人家若说你是为的好玩，才把你的老婆离了婚，你有什么话说；并且你也该知道那是不好的事。

李　（冷笑）那些话我都知道。等我到了你老人家那样的年纪，再来帮你老人家骂那些不良的青年，我会比你老人家骂得更有理由些。但是现在我还只有廿几岁，隔说那些话的时候还远哩。你老人家最好是同几个老先生去说罢。

（一去一来）并且我问你老人家：我们一个人，怎么就知道自己是活着在这里，并不是死的呢？

谢　这些东西我不知道。（摸头）

李　那么，我说给你老人家听。我们一个人的生命，是我们的感官全部的结合，我们的感官在那里活动，我们才渺渺茫茫的觉得有我们，觉得我们是活着在这里。但是感官的活动，要有外界的激刺。所以我们可以这般说：我们有了外界的激刺，才有我们存在的知觉，才能够发见生命的潮流，才能够享受我们的生命。（低声）我到那些地方玩玩，一来是生理上的要求，我素来不主张勉强把他压制；二来我们这样干燥无味的生涯，我是再也不能长是这么样。我非多受一点外界的激刺不可，不然，我真会不知道我自己是生还是死了。（一面笑）并且我想这总比他们那些三妻四妾的，把女人私有起来的好。你老人家也不消讨姨太太，几时我带你老人家去玩玩来。

谢　（装怒容）多谢你哎！如今的青年怎么得了哟！

李　（笑容）你老人家又被这社会打败了。你老人家只怕社会罢，这社会许你们讨小，你们就要无数个的买起来，放在家里关起，也就不说什么道德不道德，也就不问那些女人喜欢你们这些老头子不喜欢，还要在那里吃醋，哈哈哈。他们来了。

书记导审判官升堂　原告代理升堂

书　李乐生来了没有？

李　来了，在这里。

书　原告的代理来了没有？

代　来了，在这里。

判　我们现在继续审李乐生的案子。我现在把这案的文件读一遍，你们大家好好的听着。

（念文书）

李乐生本地人氏，第五中学教员，年廿四。不合将妻刘氏退还娘家，致刘氏自杀身死，氏娘家提起诉讼，并要求赔偿。

（向李乐生）李乐生这对不对

李 大概是对的。

判 那么，我现在问你，刘氏是你的父母给你讨的么？

李 正是。

判 你为什么要离婚呢？

李 （冷笑）什么？你问我的理由么？我不爱她，不就是十二分的理由么？

判 你不爱她么？那么我就问你，第一，你为什么不爱她？第二，你不爱她就可以离婚的么？

李 （冷笑）你问我为什么不爱她，我到①要问你一个人为什么爱这个东西，不爱那个东西，这爱不爱也有道理可讲的么？也罢，你既然问起，我就说点给你听罢。我说我不能爱她，我不可爱她，我不必爱她。

我为什么不能爱她？那么我得原原委委的说起来了。我们是去年结婚的，我的老婆，我从没有看见过。我本就反对过的，都是我的母亲说她如何貌美，如何心地好，逼得我没有地方可以躲避。那时候一来我不知道她到底是一个什样子，二来我那时候实在太疏忽了，把我一生最大的一件事，让他们几个人游戏一般的决定了。弄得现在我的生命都几乎要破产了。不过这是过去了的事情，说也无益。我们结婚之后，我才知道我自己错了，现在还有人说她容貌生得美的，但是我们要知道"美"这个东西，纯是主观的对象。我且问你，野蛮人以为美的东西，我们怎么不以为美呢？并且我的老婆，要我说她美，才能是对于我有价值的美，人家说她美是没有用的。我起初还只是忍耐，到后来我真再也忍耐不住了。她那黄白色的脸，好像没有一点热血在那里流动的。还有她那鬼火一般的眼光！同她在一块，就好像被他们活埋在坟墓里的一样。我

---

① "到"，应为"倒"。

离开了她，我才能够深深的吸着新鲜空气，（深呼吸）我才觉得我复活起来了，我才觉得我的额头边，不住的有新鲜空气来来往往，在洗着我的灵魂，我才觉得我的双肩轻得许多了，我可以自由自在的呼吸这新鲜空气了。（伸双手哦①，）我只感谢拿给我们新鲜空气的人，给我们生命的人！但是我一回家，那空气就好像带得有一种土气，我们可以想想那鬼火一般的眼光，在那种空气中振动的样子，是怎么一个样的，她的知识是不用说了，她还要说她的命不好，嫁给一个这么样的男人呢。这样我还能够爱她么？

我为什么不可爱她？我想我们中国什么都好，只有人坏，什么都善，只有人不善。应该是美的女人，尤其是看不得。她们的精神和肉体两方面，都堕落得不成样子。她们不仅不能增加我们的幸福，我们好像拖着她们在那里跑，拖着一个死尸在那里跑，一天臭似一天的，一天重似一天的。一言以蔽之，这世界被她们活活的弄得变成了一个坟墓了。据经济学上需要与供给的原则，我们如果还爱她们，再过见②十百年，她们不知道要成一个什么鬼样子了。所以我们为改造女性起见，断不可爱她。

我为什么又不必爱她呢？假使我们信这世界是苦的世界，我们的一生是为赎罪而来的，那么，我们在坟墓里活埋着过这一生，也没有话说。但是我现在虽然不说这世界是乐的世界，我总有享受我的生命的权利。我们的生命从那里来，我们无从知道。只是我不信我几时犯过什么罪来，应该在这世界受苦。我只愿把我这有限的生涯，切切实实的生活着去，一瞬间也不使他虚度了。我没有别的要求，我只愿从这每瞬间，吸着这瞬间所能给我的生命的甘露，浴着这瞬间所能给我的生命的微光。哎！没意思的事。我在这里和你们说这些无用的话，这一瞬间我就

---

① 原文如此，疑误。

② "见"，应为"几"。

没有享受着我的生命了，看看这一瞬间一声不作远远跑去了。（远望）再也不回来了。（回头）我只要享受我的生命。她对于我，不仅没有使我们的生活更加甜美，她几乎把我的"生命的火"都吹息了！我们的结婚，已经没有什么意义，我们那么样的生活多过一天，就是多受痛苦一天，把生活的最后的意义都失吊①了，那么我为什么还要爱她？

至于为什么我不爱她就可以把她离婚，那么我先要总像对于他人犯罪一般，我们可以对自己犯罪，像对于他人有义务一般。我们对于自己有一种义务，对于自己的犯罪，才是最大的犯罪，对于自己的义务，才是最高的义务。这义务是怎么样的一种义务？这就是使我们的一切行动，合于自己的"生活的原则"的义务。我们若许不合这原则的行为，就是对于自己犯罪。我们的结婚生活不合我们"生活的原则"是不待说了。那么我要履行对于自己的义务，就非离婚另做我们新生活不可。这就是我的回答。

代　听你这样说来，你真是一个"自我狂"了。但是你总应该晓得我们现在的社会情形，你若把你的老婆离了婚，她一定是不能生活的了，那么就是你把她逼死了一个样，你虽不杀伯仁，伯仁实由你而死，你还能够诡辩么？

判　对呀！这才是要紧的地方。现在的青年喜欢高谈阔论，我问你，好好的一个人，你为什么可以把她逼死呢？

李　（冷笑）我不对你们说是，我们的结婚生活，好像是被他们活埋在一个坟墓里么？我不说过，她几乎把我的"生命的火"都吹灭了么？我不说过，我要享受我的生命么？总而言之，我不能再过那些死的生活。我要生，我不愿死。我只要我自己救得出来，人家死不死，我有没②那些时候去问。你们也知道现在的社会情形是这个样，那么这是

---

① "吊"，应为"掉"。
② "有没"，应为"没有"。

社会不好，你们可以去问社会罢。我说给你们听，法律不能是这般袒护社会，来压迫个人的，个人的利益，才是社会的利益，你们把个人的利益蹂躏起来，这社会究竟有什么利益，就是你们这些人把社会恶用了！你们不过要利用这些东西，来满足你们那习惯性的野兽的愉快，像那些野蛮人杀死了一个人的时候的愉快！（冷笑）

判　（怒容）你不能在公堂，对你的原告肆行无忌的狂骂。你逼死了人，你总得答我的审问。

李　那么，你们都信她是死了么？我不是这般想，我信她现在复活了。从前倒是死了。我从前几乎也被她害死了，我自己救活了，她也就复活了。她在那里笑你们了。

判　（向原告的代理）他有点疯了。

代　李先生，你们的婚姻，是你们的父母，给你们订的，你不应该把她来破弃①，并且生米已经煮成熟饭，未成婚的时候就可说，结婚之后，怎么能够离婚呢？你当时若忍了下去，你虽吃点亏，岂不是道德的胜利？

李　我们的婚姻，是父母给我们定的，所以我们更可以离婚，成婚前与结婚后的分别，简直不通。只要我们的结婚，失了原来的意义，结婚的生活，生出些痛苦来，没有挽回的方法，那么随便什么时候，都可以离婚。不离婚倒是罪恶。你说什么忍和道德的胜利么！我们中国人的一个最不好的特性就是忍！国家那么危险也只教人忍，社会那么腐败也只教人忍，家庭那么乱七八糟也只教人忍。我们的家庭，有几个不比硫化水素还臭的么？这都是你们忍得好！我们以后的格言，是什么时候都不忍，你还说什么，道德么？现在的道德，是那些老先生，和那些强盗，拿来哄那些蠢东西的。那些蠢人家要压迫一些后生的时候，他就

---

①　"破弃"，应为"抛弃"。

说：你们听我的话，就是你们道德的胜利。那些强盗抢了人家的东西的时候，他就说：你莫作声，那么你就得了道德的胜利。天下没有比这个还好的事了。我且问你所说的道德，是把什么做标准的？你有什么最高善来做标准么？还是几个人的良心么？我知道你们的道德，又是把现在的社会做标条①的了。请你和那些老先生们去高谈雄辩，我是断乎不信他的了，道德的胜利那种偶像，早就哄不到我的了。

判 你们不是说什么人道主义么？你做的了，怎么样了？

李 （冷笑）在什么烂报纸里面，又翻出这么样的一个名词来了？那是他们弄错了的，那是畜生道主义。因为他们把自己牺牲了，要去给人家做畜生。他们把这畜生道主义做一个偶像，还在那里以做他人的牺牲为荣了。他们不懂牺牲的真意，以为替人家做了奴隶就是牺牲，牺牲是对着比我们现在的生活高一等的生活前进的运动。从古以来的宗教家的牺牲，是因为他们在宗教这东西里面，发见了比他们的生活还高一层的生活，他们因为宗教，把他们的生命都不要了；也是他们的生活的改造与向上，这才是有意义的牺牲，才是真的牺牲。因为真的牺牲，正是自己生活的向上。真的人道主义，也不外乎生活的向上，若是把自己的生命牺可②了，自己的生活也没有向上，人家的生活，也没有改良，那才真是畜生道主义了。你以为我如果替我的老婆牺牲了，她的生活就会向上么？我的生活还有向上的希望么？不过一天比一天痛苦些罢了，我们那种坟墓里面的生活，我那时候就一天也过不下去，还说要我把自己牺牲，再过那么十年二十年，我每回想起来，都觉得肉麻得很。

总而言之，人类的婚姻，丝毫没有什么神圣的义务。那些教人贞节的话，比教人对于什么君主要尽忠的话还没有道理。那些朽儒在那里骗你们哩。我们现在的社会，还在一种启蒙时期，关于性的知识，浅薄的

---

① "标条"，似应为"标准"。
② "牺可"，应为"牺牲"。

很。我们主张性的新道德，当然是不入他们的耳。不过承认蓄妾与私娼的这种社会，关于两性问题，不知道有什么资格来这里说话。我是不同这社会讲和的，这社会要如何处罚我，就由他处罚罢。

判　（和书记密谈）

（向李乐生）现在原告要求五千元的赔偿，你承认么？

李　这是为的什么？

判　你老婆出嫁与治丧的费用。

李　结婚的时候，我也用了一些钱的。我的老婆是离婚后死在她们家里，我可没有这种义务。

判　这是因为离了婚才自杀，你当然有义务。

李　她自己要自杀，你怪得谁？赔偿我是不承认的。

判　那么听我裁判：

李乐生休妻刘氏，致令自杀身亡，事关风化，判令流役新疆十年。

李　哈哈，那么我到①感谢你，我正想从这恶浊的社会，跑向那海一般阔的平原，吸那新鲜的空气，哦，我可爱的新疆！我要在你那神秘的平原中，寻出新生命的源泉来了。

（幕）

（原刊《家庭研究》1922 年第 2 卷第 1 期）

《家庭研究》第 2 卷第 1 期目录

---

① "到"，应为"倒"。

熊毅似：我主张废除家祭

易家钺：婚姻之生物学的起源

君左：灵魂与躯壳

罗敦伟：古代男女之关系与圣书之女

罗敦伟：私有财产与男女之关系及其影响

成仿吾：《离婚》（剧本）

逸桐女士：北京女界

黄卓：婚制中的一个变态——掠夺婚

旧家庭写真

社员：随感录

记者：通讯

记者：社务室及编辑室

谈任访秋的两篇鲁迅研究佚文

任访秋先生是著名的文学史家，同时致力于古典文学、近代文学与现代文学的研究。在他的现代文学研究中，鲁迅研究占有很大比重，且在此方面形成了自己的特色，做出了自己的贡献。他的大部分鲁迅研究文章现已收入《任访秋文集》①中，但有部分遗漏。笔者发现任访秋20世纪40年代末期发表于民国河南报纸副刊上的两篇文章，一为《鲁迅先生——中华民族优良传统的继承者》，刊开封《中国时报》1945年12月28日第4版《桥》副刊第8期，署名"访秋"；又刊南阳《前锋报》1946年2月23日第2版《火》副刊新31期，署名"任访秋"。一为《我们需要一部鲁迅传》，刊开封《正义报》1946年10月20日第3版《七日文艺》第2号"鲁迅逝世十周年纪念专号"，署名"访秋"。两篇文章篇幅虽不长，但却具有较大学术含量。前者显示了任访秋贯通古今的学术视野，后者较早提出了有关鲁迅传记写作的问题。鉴于这两篇文章对鲁迅研究有一定价值，故笔者把它们整理出来，供鲁迅研究者参考。

佚文一:《鲁迅先生——中华民族优良传统的继承者》

由于知识背景与学术视野的关系，任访秋的鲁迅研究带有明显不同

---

① 任访秋:《任访秋文集》（全13卷），河南大学出版社2013年版。

于他人的鲜明特色。他从小接受过比较系统的古典学术方面的教育，青年时期又到北京读书，师从胡适、钱玄同、沈尹默、周作人等，接受了现代学术方面的系统训练。其中，特别是周作人对中国新文学渊源的研究，对他有很大影响，之后他对晚明公安派文学及新文学渊源的研究，无不与周作人有关。由于既熟悉古典又关注当下，任访秋在学术研究上能做到古今兼治且古今不隔。关于"今"即当下学术的研究，1944年出版的《中国现代文学史（上卷）》是第一部以"现代文学"命名的中国现代文学史著作；关于"古"即古典学术，他三四十年代已部分完成了《中国文学史讲义》《袁中郎研究》《中国小品文发展史》《中国文学批评史述要》等论著。古今兼治使任访秋获得了古今贯通的大格局、大胸怀、大视野，产生了一系列古代、近代、现代贯通式的研究成果。这种古今贯通的大视野同样贯穿于他的鲁迅研究中。

就现有收入《文集》的研究文章看，任访秋的鲁迅研究，着眼于探讨鲁迅与近代学人（如章太炎、严复、梁启超、龚自珍）之间的关系，做到了"近现代贯通"。而佚文《鲁迅先生——中华民族优良传统的继承者》，则具有贯通古今的学术视野，把鲁迅置于整个中国思想史的大背景上，探讨鲁迅与儒家、墨家、道家之间的关联。与时人多从"反传统"角度谈论鲁迅思想相比，任访秋能看到鲁迅与中国传统思想之间千丝万缕的联系，这种看法即使放到现在，也颇有新意。文章不长，现依据《中国时报》整理如下：

鲁迅先生

——中华民族优良传统的继承者

访　秋

读过鲁迅先生《阿Q正传》的，都知道他对中国人的国民性，认识得非常的清楚。可是读过他的杂感文同述学文的，就会知道他对中国的历史同哲学，了解得尤其深刻。

鲁迅先生有一个时期，曾经极力反对过青年读古书的，同时他对于什么国粹……等，更是攻击得不遗余力。从表面上看，他好像一个外国人，他的一切行动言论，同中国过去各派思想似乎都不相同。其实，这种看法，是完全错了。

鲁迅先生是一个中国人，而且是一个老牌的中国人。他的思想自然不能说不曾受有异国的影响，但终究还是以受中国固有思想影响者为最多，而且最深。其所以不同于一般的思想家的，是他的思想并不专宗一派，而以某某家自命。同时对古代各派思想，能予以彻底的扬弃，融会各家思想之长于一炉，而铸成他个人特有的思想体系。其次，他不仅是一个出类拔萃的思想家，而且是一个刻苦奋励的实践者。

底下我们不妨对鲁迅先生所受的中国固有思想的影响，加以简单的检讨：

先就儒家而论，就现在说，这派的思想有其长，同时也就有他的短，其长，是孔子那种"知其不可为而为之"的入世精神。短，是那种牢不可破的阶级观念，及维持此等阶级制度的形式主义。鲁迅先生呢？其一生言行，一方面是他那种对国家民族的热肠，同"强聒不舍"唠唠不休的态度，这正是儒家"知其不可为而为之"的最好表现。可是反过来，他抨击由于受儒家流毒所产生的种种荒谬的见解与制度。诋毁礼教，抨击阶级，同时更主张对社会所有不合理的风俗习惯予以摧毁和廓清。

其次就墨家来说，其长，是不惜牺牲个人的一切，来从事于救世的工作。所谓"摩顶放踵，利天下为之"的精神。至于短处，在含有宗教的色彩太浓厚，所谓"天志""明鬼"，正可以取信一般无知识的人民，而浅近的功利主义，所见亦太狭隘。鲁迅先生生平之刻苦奋励，舍己为人之精神，实不啻墨者之徒。而其思想之弘远精深，见解之高明超卓，决非墨者所想系也。

再次为道家，鲁迅先生受此派影响为最深。这本不足怪，鲁迅先生为章门弟子，太炎平生最服膺者为庄学。那么鲁迅受庄学之熏陶当非一日。其一生对社会上种种不合理事态的反抗精神，以及对宇宙人生之深微的理解与了悟，当然都渊源于庄学。其尤不可及者，为其对生命的认识，而置死生于度外。古代哲人，如渊明临终为挽歌，为自祭文，后之论者，多以其能看彻生死而称之。至鲁迅先生呢？其表现之方式，为另一种，他在病重之际，并不如一般人之畏惧恐怖，而百般寻求活命之方。别人劝其迁地疗养，他竟一笑置之。同时病已甚深，而仍工作不辍，以事业为生命，视无所用心为不如死。这自然可以看到他对工作的重视，而同时也非有看彻生死的修养，不易及此。这一些都是庄学的长处，可是鲁迅先生能一一袭取而发扬之。至于因循苟且，依隐玩世，那正是他所摈斥而唾弃的。

从以上的分析，我们可以晓得鲁迅一生之成功，及其所以能够成为中国思想上文学上之巨人，没有别的，主要是在他能继承中国各派思想优良的传统，以道家对宇宙的明彻认识，而加上儒墨两家热烈的救世精神，大声疾呼，强聒不舍，藉以警觉国人，启迪国人。

区区之见，质之海内之诵法鲁迅先生者，不以此为然否？①

由于文章发表在报纸副刊上，因版面所限，对问题的分析不可能是长篇大论式的。但在短短的一千多字中，对于鲁迅所受中国传统思想特别是儒家、墨家、道家的影响，作者还是作了要言不烦、提纲挈领的分析。文章认为鲁迅之所以成为中国思想史与文学史上的巨人，主要源于他能继承并融会中国传统各派思想之长。在儒、道、墨三家中，鲁迅受道家影响最大，这与他作为章门弟子，受庄学熏陶最久有关，"其一生

---

① 此段《前锋报》无。

对社会上种种不合理事态的反抗精神，以及对宇宙人生之深微的理解与了悟，当然都渊源于庄学。其尤不可及者，为其对生命的认识，而置死生于度外"。通过庄学，不但可理解鲁迅的反抗精神以及对于宇宙人生的精微认识，还可解释鲁迅面对死亡的洒脱态度。而庄学之短，如"因循苟且，依隐玩世"等，则是鲁迅决然摈斥而唾弃的。对儒家，鲁迅吸收了"知其不可为而为之"的入世精神，他对国家民族的热肠，同"强聒不舍"的态度，正是儒家"知其不可为而为之"的最好表现。同时抨击由于受儒家流毒所产生的种种荒谬的见解与制度。墨家之长，是不惜牺牲个人的一切，来从事救世的工作。鲁迅生平秉持刻苦奋励、舍己为人之精神，实不啻墨者之徒，而墨家浓厚的宗教色彩与浅近的功利主义，则为鲁迅所摒弃。他的思想弘远精深，见解高明超卓，非固守墨家思想者所能比。

中国现代文学的现代性是通过对于中国传统思想文化的批判建构起来的，而鲁迅则被看作现代文学的奠基人，因此，鲁迅研究的主导范式，就是尽可能挖掘鲁迅与中国传统文化相左的异质性成分，并进而阐发其与西方文化之间的内在关联，由此来建构现代文学的现代性身份。似乎鲁迅与传统文化越背离，与西方文化越接近，由此呈现出的鲁迅就越先锋、越现代。这样的研究思路与范式无疑是背离了思想的逻辑与历史的真实。任访秋的《鲁迅先生——中华民族优良传统的继承者》则本着历史的还原态度，把他置于中国历史的思想链条中来理解、来阐释。这样一种研究思路与范式，既体现出对鲁迅的尊重，又显示了任访秋对于中国传统文化同情之理解的态度。鲁迅与他的那一代人，确实有着"激烈反传统"的一面，但由于他们是中国的文化传统孕育出来的，无一刻不处身于自己的文化传统之中，因此，他们反传统却不可能脱离传统。所以，研究这一代学人包括鲁迅，只有把他们重置于与传统的关联场域中，才能真正理解并走近他们。从这个意义上说，任访秋的

《鲁迅先生——中华民族优良传统的继承者》篇幅不长，但其研究思路和贯通古今的视野，对于当今鲁迅研究，无疑具有借鉴价值和启发意义。

佚文二:《我们需要一部鲁迅传》

《我们需要一部鲁迅传》写于 1946 年 10 月 18 日，距鲁迅逝世十周年，文章发表在开封《正义报》第 3 版文艺副刊"七日文艺"第 2 号（1946 年 10 月 20 日）上，这一期为"鲁迅逝世十周年纪念专号"。这说明任先生这篇文章是为纪念鲁迅逝世十周年而写的。在这篇文章外，其他纪念鲁迅的文章还有丹青的《一个不妥协的战斗者》、文炅的《勿忘草》。从任文对鲁迅的崇高评价上，我们可感受到作者对鲁迅的深厚感情。整理如下：

我们需要一部鲁迅传

访 秋

日子过得真快，转眼间，鲁迅先生逝世已经十个年头了。由于岁月的消失，益发显示出先生的伟大来。不知多少作者，往往在生前似乎非常的煊赫，可是一旦死了以后，他就会慢慢被世人所淡忘了。甚至有些虽然尚健在人间，可是他们的作品已渐渐变成了历史上的陈迹，往往躺到图书馆的书架上，不再为多数人所爱读，而被无情的灰尘，深深的封了起来。我们不必往远处追溯，试光就文学革命运动以后的作者来看，我们就会深切的感到，时间对作品的淘汰，是多么的严酷呵！

可是先生的作品呢，依然是如日月之长新。我们不论再翻阅他的小说，或杂文，他那种热烈的情绪，说不出的在激动你，而他那锐敏的观察，再配上那犀利的笔锋，使你对他所讲的一切，不能不心折，不能不首肯，更不能不叹服！在这个时候，你会觉得他是活生生的站在你的跟前，在对你讲述一切。他并没有死，他是永存于天地之间，活在每个崇敬他的人的心里。

不过向来是"曲高和寡"的，一个伟大的作家，在最初往往是会为一般人所误解，而遭逢着意想不到的诋毁。待到有明慧的人，认识了他，了解了他以后，给他以热烈的礼赞，这时候又该有许多盲从之徒，跟着也来附和。但要问"你们为什么这样的崇拜他？"可能他们就会给你一个茫然的回答。由此可知，普通浅薄的人们，大半都是"人云亦云"，所谓矮人观场，随人短长之流。至于为什么会形成这种现象，我认为这不能说不是由于对于作家的研究不够深刻，阐发不够精审所致。假若一些有见解，有特识的批评家们，对于每一个大作家，都能从各方面来加以研讨与发掘，而给一般读者一个精密正确的介绍，那么像前边所说的那种情形，自然就可以祛除了。

说到这里，我们就不能不有叹于我国的传记文学，太不发达了。古代的伟大人物，很少有着相①样的传记的。至于近代的，也是一样。即如鲁迅先生，假若在外国，一定会有着一部甚至几部很详细的传记问世了。可是在我国，就不容易看到。

要说起来，给当代人作传，比较方便得多，而尤其是文学作者。第一是有许多的亲属师友，多半健在，材料容易搜寻。其次著作俱存，可供印证。三，时代既近，在思想上，在语言上，都无问题，易于了解。这比着来研究古人，其难易之差真是不啻②倍蓰。

关于鲁迅先生，很应该有一部详细的传记，来帮助一般读者，使他们对他容易获得到一个正确的认识。至于先生的一生事业，主要是在文学方面的表现。大致说来，可分为创作，研究，同绍介三项。创作有小

---

① "相"疑误。
② "不啻"，原稿为"不翅"，校订者酌改。

说同杂文。这两方面的成就，都①非常的卓越。先生到了晚年，搁下了小说之笔而专来写杂文，这大概是由于他对现实的批判，感到了十二分的急切，不遑再用小说方式去表现，于是就专采取最直接，最简单，而又最易收效的杂文体了。至于研究，大抵是属于文学史方面的居多。绍介，几乎全系文学理论与创作。

以往关于批评研究先生的文字，见于各报章杂志的，非常的多，可是大抵属于局部方面。从这些文章中，只能见到先生一端，而不能窥其大体。我们希望当代崇敬先生的学者们，最好能有一个联系或组织，对先生的各方面，来一个分工合作的整个研究。俾能在最短期间，有一部详细而正确的《鲁迅传》问世。那么这样的纪念，比着光写一些零星的文章，有价值，有意义得多了。

三十五，十，十八。

文章提出关于鲁迅传记的写作问题。任访秋之所以提出这个问题，是与他对于传记文学的看法有关。在写这篇文章之前，他刚发表了《论传记文学》一文②，只有结合这篇文章，我们才能了解任访秋提出写作鲁迅传记的深意。任访秋认为传记文学是史学与文学结合的产儿，是今后史学界与文学界发展的一个新途径。优美的传记文学，不但使传中人物永远不朽，且给后人树立一活的模范，使读者对之有亲灸之感。与欧美相比，中国的传记文学太不发达。除《左传》《史记》《汉书》外，其他大多数传记只是史料的堆积、考订与排比，无法把人物的个性言行，活灵活现地表现到纸上。因此，这些传记只能成为专门学者研究古史的参考资料，不能作为普通人的历史读物，它们对于社会的影响，就极其细微。由于中国过去传记文学的不发达，多少旷代的英雄人物，国人都漠然视之。民族精神之不振奋，及国民道德之堕落，这也是一个

---

① "都"，原稿为"部"，校订者酌改。
② 访秋：《论传记文学》，开封《中国时报》1946 年 7 月 14 日第 4 版《学习》副刊。

主要原因。由此可见，任访秋之所以重视传记文学的写作，是他看到了传记文学在振奋民族精神、改良民族道德方面所隐含的重大作用。结合《论传记文学》，我们可以看到，《我们需要一部鲁迅传》对鲁迅传记写作的提倡，虽固然是出于对鲁迅进行综合研究的考虑，但另一个更重要的考虑，则是希望通过一部高质量的鲁迅传的出现，能使国人从"亲炙"鲁迅精神人格的过程中，得到精神的感知和思想的启迪，从而达到振奋民族精神与改良国民道德的目的。当然，要真正写出一部优秀的鲁迅传并非易事，这需要史料的去取排列，更需要对传主的真正认识，真正认识之后还需要生动的文字呈现。

鲁迅逝世后，呼吁写作《鲁迅传》，认识《鲁迅传》写作之必要性的并非任访秋一人，毋宁说这是喜爱鲁迅、研究鲁迅者的一个共识。据范泉讲，鲁迅逝世后，曾一度有请茅盾执笔写作《鲁迅传》的倡议，但茅盾认为自己只熟悉鲁迅后半段的生活，为慎重起见，还是不能草率动笔。不久抗战爆发，茅盾的《鲁迅传》以流产而告终。[1] 在没有完善正确的《鲁迅传》产生前，为抛砖引玉，范泉翻译了日本人小田岳夫的《鲁迅传》并删去了该书中曲解和不必要的部分内容。该书 1946 年 9 月由开明书店出版，距离任访秋发表《我们需要一部鲁迅传》仅一个月。但正如范泉所说，出版小田岳夫《鲁迅传》的目的只在于抛砖引玉，这样的传记当然达不到任访秋心目中优美传记文学的标准。而在《我们需要一部鲁迅传》发表一年之后，丁易又在 1947 年 10 月 18 日的上海《大公报》上发表了《我们需要一部鲁迅传记》，呼吁出现一部完美的《鲁迅传》。在丁易发表这篇文章之时，学界又出现了两部鲁迅传，一为欧阳凡海的《鲁迅的书》，一为平心的《人民文豪鲁迅先生》。在丁易看来，两书资料翔实，便于初学，但由于种种原因两书成书都不

---

[1] 范泉：《关于〈鲁迅传〉》，见［日］小田岳夫《鲁迅传》，范泉译，开明书店 1946 年版。

免仓促，"先生传记定本，似尚有待"①。那么，时至今日，距离任访秋《我们需要一部鲁迅传》和丁易《我们需要一部鲁迅传记》的发表过了七十余年时光，真正可称"完美"，够得上"传记文学"标准的《鲁迅传》，是否产生了呢？还真不敢说。从这个意义上说，任访秋与丁易两位先生的文章依然没有过时，而对于喜爱鲁迅、研究鲁迅的后学，一部高质量的真正能够振奋民族精神的《鲁迅传》，仍应该是我们努力的目标。

———————————

① 丁易：《我们需要一部鲁迅传记》，上海《大公报》1947 年 10 月 18 日。

任访秋在民国报章中的另一面相

——由散落在民国报章中的任访秋佚文说起

任访秋先生"学者"或"学术专家"的形象，是由其生前完成的大量学术论著塑造而成的。在任访秋学者身份的建构过程中，于 2013 年出版的 13 卷《任访秋文集》的无疑起到了巨大作用。随着文集出版，任访秋的"学者形象"得到最终定格。由于文集塑造的任访秋形象，为一孜孜不倦、知识渊博、贯通古今的文学研究专家，随之对任先生的讨论，也就在"文学研究"的学术维度和问题视域内展开[①]。而这样的研究思路和论说角度，又进一步巩固和丰富了任访秋"学者"或"学术专家"的形象建构。从学术角度对任访秋先生进行研究，总结其学术得失，研讨其学术贡献，并由此上升至对中华人民共和国成立后第一代现代文学学人的整体研究，也是学人研究的题中应有之义。但这里仍然存在一个问题，即学人研究的纯学术维度的有效性问题，特别是当我们的研究对象无法用一般意义上的"学人"、"学者"或"学术专家"的概念来涵盖的时候，就更是如此。

具体到任访秋，其作为知识分子，在中华人民共和国成立前后的

---

① 参看关爱和、胡全章编《从同适斋到不舍斋——任访秋先生的学术思想及其承传》，人民文学出版社 2015 年版。

发展是有所不同的。中华人民共和国成立后的任访秋身处大学之中，教书育人与学术研究确乎构成其生命中的两项主要内容，称这一时期的任访秋为纯粹学者（专家、教授），应该是毫无疑义的。但中华人民共和国成立前的任先生则并非如我们通常所想象的那样，为一纯粹的专家、学者，只以学术研究和教书育人作为其立身之本。当然，从表面上看，从中华人民共和国成立前至中华人民共和国成立后，任先生的职业、身份与从事学术研究的人生志趣似乎没有发生任何变化。中华人民共和国成立前，他先受聘于洛阳师范，后为河南大学教授，中华人民共和国成立后则为新成立的河南大学的教授，此教授身份始终没变，此其一。中华人民共和国成立前的洛阳师范和河南大学时期，是任访秋一生学术研究的黄金时段，他的第一本现代文学研究专著《中国现代文学史（上卷）》及古典学术研究专著《子产评传》《中国文学史散论》完成出版，其他如《中国小品文发展史》《中国文学批评史述要》《中国文学史讲义》等论著虽没有出版，但也部分或接近完成。也就是说，作为教授从事于专门学术研究，并把学术研究作为其安身立命之本，对于任访秋来说，中华人民共和国成立前与中华人民共和国成立后是延续一致的，此其二。那么，为什么说中华人民共和国成立前的任访秋无法用"学者"一词来加以完全概括，中华人民共和国成立前的任访秋不同于中华人民共和国成立后作为纯粹"学者"的任访秋呢？

当然，从现有所能掌握到的史料看，除学术维度外，也确实没有办法从其他角度来对任访秋加以论说。史料即现实，13卷《任访秋文集》提供给我们的任访秋，确实是一纯粹的学者形象，这样的形象，其实是经过提纯了的，有意消除了历史结构的原有张力，因而丧失了人物形象内涵原初的多面性与丰富的可能性。如果深入历史的底部与细部即原始的报章杂志之中，我们将会发现一个不同的任访秋形象，发现任访秋除作为专业学者之外的另一面相。

笔者在阅读民国时期河南报纸时，在上面发现任访秋以"访秋""任访秋""霜枫""昉秋"为名发表的文章共计69篇，其中有11篇已经收入《任访秋文集》之中①，没有收入文集的共计58篇。笔者之所以认为中华人民共和国成立前的任访秋无法用"教授"或"学者"来概括，在任访秋为我们通常所熟知的形象之外，其实还存在着另一个任访秋，或任访秋的另一面相，就是基于这58篇集外佚文的发现。

当然，这58篇佚文，其性质也并非完全一致的。其中，有7篇即《渊明与菊——读书随笔之二》《任公与定庵——读书随笔》《贾谊——读书随笔之五》《〈船山遗书〉——读书随笔之六》《张之洞〈劝学篇〉——读书随笔之七》《章太炎的〈诸子学略说〉——读书随笔之九》《毁五帝罪三王訾五霸之论为道家学说》，为有关学术思想史方面的论文。7篇中，前六篇副题皆冠以"读书随笔"，与任访秋1947年出版的《中国文学史散论》中所收的文章性质相同，皆为与学术史或文学史有关的散论性质的文章。这些文章，正如作者所说，是为文学通史写作所作的准备与预演，属于"窄而深的研究""专家的研究"。② 任访秋从事学术研究之始，为自己所定的目标就很高，即要发奋写出一部通史性质的《中国文学史》。③ 但他很快发现，写一部像样的文学通史并非那么容易，要想对这门学科真正有点贡献，当先着手于窄而深的专家之学，其写作《中国文学史散论》一类性质的文字，正是出于此种考虑。当然，对于任先生来说，窄而深的研究是为写出一部博通的文学通

---

① 11篇中，有10篇收入《中国文学史散论》[《任访秋文集》第3卷"中国古代文学研究（下）"，1篇收入《任访秋文集》第10卷"集外集"]。

② 任访秋：《〈中国现代文学史〉自序》，《中国现代文学史散论》，师友社1947年印行，见《任访秋文集》第3卷，河南大学出版社2013年版，第1289页。

③ 任访秋：《〈中国现代文学史〉自序》，《中国现代文学史散论》，师友社1947年印行，见《任访秋文集》第3卷，河南大学出版社2013年版，第1289页。

史服务的，后者是他追求的最终目标。但无论"窄而深"，还是"广而博"，都属于学术研究范畴。从这样意义上说，上面提到的七篇佚文，其发现的意义，只不过构成了对现有任访秋"学人"形象的再一次肯认。①

58 篇佚文中，有 9 篇属于文学批评，它们是《论文人无行》《美人迟暮》《文人之自轻与被轻》《鲁迅先生——中华民族优良传统的继承者》《今后的中国文艺界》《批评与创作》《创作与年龄》《论传记文学》《我们需要一部鲁迅传》，皆发表于民国河南报纸的各种副刊上面。其中，《论文人无行》《美人迟暮》《文人之自轻与被轻》三篇，是由中国古代文学史上的一些现象有感而发，而论及当代文坛；后面几篇则是就当今文坛的创作与批评发表自己的看法。值得注意的是，任访秋的集外佚文中还有 3 篇散文，即《秋夜》、《访人》与《我和文学的姻缘》，前两篇为笔调优美的文学创作，后一篇是对自己走上文学道路的回忆。这些文学批评文章与创作的文献价值，明显不同于上面提到的 7 篇学术研究文章。因为学术研究文章的发现，只是对任访秋学者形象的进一步肯认，而文学批评文章与文学创作的发现，则呈现出任访秋另外的一面，它们说明任访秋并不是一个完全专注于学术研究的学者，在此之外还是一个文学批评家和作家。虽然就现有发现来说，任访秋发表的文学批评文章数量不多，创作更少，但它们的存在已足以说明，任先生并不满足于仅仅从事学术研究，在从事古典文学与现代文学研究之外，他还想直接参与到当时的文坛活动之中，保持与当时文坛的双向互动和联系。这样的努力无疑是非常可贵和值得肯定的。中华人民共和国成立前

---

① 这七篇文章因为属于学术史方面的研究，与其他文学史论文性质不太一样，而其余笔者发现的十篇"读书随笔"则皆被作者收入《中国文学史散论》中，这说明作者不收这七篇论文，显然是出于体例方面的考虑。因为该书名为"中国文学史散论"，所收论文当然应着眼于"文学"而非狭义的"学术"。但这样的提纯同时也会带来遮蔽，因为把文学史问题与学术史、思想史问题结合起来谈，从学术史、思想史角度来加深对文学史的认知，正是任访秋治学的根本特点。从此角度讲，《中国文学史散论》结集，同样也存在着对历史张力结构的消除，对历史原生态的遮蔽。

任先生发表的最后一篇文学批评文章为《作品的质与量》，刊于《教育函授杂志》1948年第1卷第4期。这说明任访秋文学批评活动一直延续至1948年。但中华人民共和国成立后他的文学批评与文学创作活动却中断了，这是非常可惜的。

文学批评文章与散文创作的发现，使我们认识到任访秋并非一个单纯的学术研究人员，丰富了我们对他的认识。但这样的发现，对他作为学者的整体形象并不会构成实质性挑战。民国时期，既从事学术研究又进行文学创作的比比皆是，对于民国学人来说，文学研究与文学批评、文学创作之间的界限还没有后来划分得那么清楚，这与那一代人深厚的学养是分不开的。因此可以说，任访秋以一学者的身份来从事文学批评与创作活动是很自然的。对任访秋作为"专业学者"的书斋式文人形象真正构成挑战，对其形象内涵构成"新的添加"的，则是其余39篇文章。如果说，《任访秋文集》为我们呈现的是一个专注于学术研究的"学人"形象，那么，这39篇文章，则为我们呈现了一个胸怀家国、纵论时政的现代意义上的知识分子形象。为了更清楚地说明笔者自己的意思，笔者提出"专业学术人"与"公共知识人"一对概念并对其作一简要解释和说明。

笔者这里所谓的"公共知识人"即现代意义上的知识分子，在西方通常被称为"社会的良心"。现代意义上的知识分子，应具备两个要件，第一为拥有专业知识或技能，是"以某种知识技能为专业的人，如教师、新闻工作者、律师、艺术家、文学家、工程师、科学家或任何其他行业的脑力劳动者"；第二为对国家社会的关怀和宗教承担精神，"除了献身于专业工作以外，同时还必须深切地关怀着国家、社会以至世界上一切有关公共利害之事，而且这种关怀又必须是超越个人（包括个人所属的小团体）的私利之上的"①。为简明起见，同时也为了更

---

① 以上引文见余英时《略说中西知识分子的源流与异同——〈士与中国文化〉自序》，何俊编《余英时学术思想文选》，上海古籍出版社2010年版，第46页。

方便地引入对本论题的论述，笔者把专注于学术研究、全部兴趣始终限于职业范围内的脑力劳动者称为"专业学术人"（以下简称"学术人"），把以学术立身同时又关注国家、社会、世界公共利害问题的知识分子称为"公共知识人"（以下简称"知识人"）。两者的关系是："学术人"不一定是"知识人"，但"知识人"必然是一个"学术人"。因为现代意义上的知识分子必须要拥有一定的专业知识技能，以自己的专业知识技能来服务社会。笔者想强调的一点是，这里所提出的"学术人"与"知识人"只是一对描述性概念，并不包含价值评判；在认定知识人关注家国的同时，也并不否定"学术人"也有可能通过学术或其他途径关怀国家与社会，但"学术人"人生的主要价值取向为学术而非家国天下，这一点是毋庸置疑的。而"知识人"以专业的学术安身立命之同时，也把胸怀家国天下作为自己更重要的人生意义和价值之所在，这是"知识人"与"学术人"两者之间最本质的差异。

如果用"学术人"与"知识人"的标准来衡量，13 卷的《任访秋文集》呈现给我们的只是一个"学术人"形象，而 39 篇集外佚文则集中呈现了任访秋作为"知识人"的另一面相。

这 39 篇佚文，按发表时间，最早为《怎样澄清下级吏治》，刊南阳《前锋报》1942 年 4 月 8 日第 1 版"时评"栏，署名"访秋"，最晚为《谈"从吾所好"》，刊开封《正义报》1947 年 11 月 28 日第 1 版"星期五论文"栏，署名"霜枫"。从 1942 年 4 月 8 日至 1947 年 11 月 28 日，历时 6 年 7 个月。按发表刊物，全部发表于河南的报纸，其中 36 篇刊发于报纸第 1 版的"社论"位置，该栏目具体名称有"时论""专论""专载""星期五论文"等，只有 3 篇发表于报纸的副刊或特刊。发表于南阳《前锋报》最多，有 23 篇，持续时间也最长，从 1942 年 4 月 8 日至 1944 年 10 月 9 日，皆在第 1 版"社论"栏；这 23 篇中有 4 篇又重发于开封《正义报》的第 1 版的"星期五论文"栏。发表于《正义报》第 1 版"星期五论文"栏的有 12 篇，时间从 1946 年 12 月 27 日至 1947 年 11 月 28 日，包括在《前锋报》发表的 4 篇。其他 8 篇，有 4 篇刊发于开封《青年日报》的"社论"栏，2 篇刊发于开封《中国时报》的"社论"栏和副刊，1 篇刊发于开封《民权新闻》第 2 版的"新生活运动十二周年纪念"特刊，1 篇刊发于《中国时报·前锋报》（联合版）第 4 版"庆祝民国三十六年元旦"特刊。

这 39 篇文章，最值得引起注意的是它们在报纸上所发表的位置，39 篇中有 36 篇皆发表于报纸第 1 版的"社论"位置。虽然这个栏目没有被明确命名为"社论"，而是被命名为"专论"、"专载"、"时论"或"星期五论文"，但从性质上讲，它们其实就是"社论"。这一点也可由任访秋自己的回忆得到证明，他在回忆自己抗战期间在南阳那一段生活时，曾明确提到"当时除为副刊撰文外，间或也替李静之写些社论一类的文章。现在回忆起来，当时发表的文章涉及的范围相当地广。除一部分学术论文外，还有论道德修养以及评论社会风气的"①。《我的朋友》一文对此也有类似的回忆："起初，我只给'副刊'写些短文。后来，一到假期，尤其是暑假，我回到南召家中时，他（指李静之）便邀我去报社，为他撰稿。这样的，除了写些学术文章外，还时常写些'社论'一类的稿子。"② 报纸的"社论"一般在该报的第一版最显著位置，是报纸的"言论窗口"，被称为一份报纸里面"最重要的政论"，③ 代表了报纸的政治立场与思想立场，正如邓拓所说："一个报纸有没有社论，是不是经常有社论，广大读者对社论阅读的情况怎样，这些都是重要的政治问题。我们有理由认为：社论是表明报纸的政治面目

---

① 任访秋：《十年漂泊记》，《河南文史资料》第 28 辑，见《任访秋文集》第 10 卷，河南大学出版社 2013 年版，第 421 页。

② 任访秋：《我的朋友》，《任访秋文集》第 10 卷，河南大学出版社 2013 年版，第 416 页。

③ 邓拓：《关于报纸的社论》，《邓拓全集》第 5 卷，花城出版社 2002 年版，第 357 页。

的旗帜，报纸必须有了社论才具有完全的政治价值。"① 官方报纸与党报社论代表的是官方和政党的政治立场，而民营报纸的社论一般则代表了官方与党派之外的民间第三方的自由立场。与中华人民共和国成立后党报社论主要由官方重要人物或党报编辑部领导人物撰写不同，中华人民共和国成立前民营报纸的社论除由报社主笔或编辑撰写外，还经常邀请专家学者撰写。南阳《前锋报》、开封《中国时报》、开封《正义报》等报纸系民国时期河南比较进步的民营报纸，"说话比较自由，所以能客观地报道国内外消息，批评时政，申诉人民的疾苦"②。这些报纸的社论一大部分是由报社邀请河南省内有学养、有声望的专家学者撰写的。《前锋报》报社社长李静之与任访秋既是南阳同乡，又有同学之谊，任访秋受邀为《前锋报》写社论，与此有一定关系，但最根本的是民营报纸的自由独立立场，为知识分子提供了可以向社会自由发声的言论空间。没有报纸这种现代传播媒介，没有一定的言论自由的空间，知识分子与报纸就不可能发生关联，任访秋这些社论也就不可能产生。

"社论"作为报纸第一版重要言论窗口的性质，决定了任访秋撰写的这些"评论文章"与他在报纸副刊上发表的"学术文"在所发挥功能、读者定位、论述对象、写作规范、写作姿态等方面皆截然不同。任访秋的"学术文"只发表在报纸的副刊版面上，其定位在学术研究，着眼于文化传承，遵循的是专业学科内部学术创新的规范，其期待的接受对象为本学科学术圈内非常有限的一些人。与学术文不同，任访秋的这些"社论"代表民营报纸，站在与官方、政党相对的民间自由立场，进行政治、社会、文化、道德批评，着眼于向民族国家建言献策和向民众进行思想道德文化启蒙，既面向国家的当政者又面向社会的一般民众发言，因此，其接受对象是国内外所有能看到该报的社会上层与一般民众。

---

① 邓拓：《关于报纸的社论》，《邓拓全集》第 5 卷，花城出版社 2002 年版，第 356 页。

② 任访秋：《我的朋友》，《任访秋文集》第 10 卷，河南大学出版社 2013 年版，第 416 页。

由于功能定位与话语指向、接受对象的不同，任访秋的学术文章与评论文章在论述对象的范围上当然也大为不同。与学术文局限于文学研究与学术研究不同，36 篇社论所讨论的问题相当多样，涉及政治、经济、卫生、文化、教育、道德修养等各方面。政治方面，如《怎样澄清下级吏治》① 讨论中国底层官吏的待遇问题，认为下级吏治之腐败与下层官吏待遇过低有关，"所以现今不打算澄清下级吏治则已，如愿澄清，那么先应提高下级行政人员的待遇"。《县区调整刍议》② 讨论中国政治区域的合理规划问题，主张县区应重新调整，"其调整之标准，一面参照自然与人文的沿革，一面要视经济情形如何来决定，使县与县之间相去，大致不差"。《谈计划》③ 讨论国家整体发展目标的制订与计划的实施问题，认为"今后的国家，要想立于现代世界之上，就必须有一个全国一致的远大目标；然后依此目标，而确定一详密的计划；有了计划，然后再策动全国人民，实施此计划，而走向此目标去；那么才能够与其他国家竞争生存"。《纵横与法》④ 由历史上的纵横家与法家而论及现代国家的以法治国问题，认为中国政治要想迅速上轨道，"就非得向法治这方面迈进不可"。《儒家的非功利主义》⑤ 由儒家的非功利主义思想倾向而论及治国方略问题，认为"为国者，宜本儒家之见，一切政治方策，均应高瞻远瞩，作将来打算，做永久打算"。《论儒道法三家政治思想与当代士风》⑥ 讨论中国传统政治思想的古为今用

① 《怎样澄清下级吏治》，刊南阳《前锋报》1942 年 4 月 8 日第 1 版"时评"栏，署名"访秋"。

② 《县区调整刍议》，刊开封《正义报》1946 年 10 月 4 日第 1 版"星期五论文"栏，署名"任访秋"。

③ 《谈计划》，刊南阳《前锋报》1944 年 6 月 23 日第 2 版"专载"栏，署名"访秋"；又刊开封《正义报》1946 年 11 月 1 日第 1 版"星期五论文"栏，署名"任访秋"。

④ 《纵横与法》，刊南阳《前锋报》1943 年 5 月 24 日第 1 版"专载"栏，署名"访秋"。

⑤ 《儒家的非功利主义》，刊南阳《前锋报》1943 年 12 月 28 日第 1 版"专论"栏，署名"访秋"。

⑥ 《论儒道法三家政治思想与当代士风》，刊南阳《前锋报》1942 年 6 月 11 日第 1 版"时论"栏，署名"访秋"；又刊开封《正义报》1946 年 12 月 27 日第 1 版"星期五论文"栏，署名"霜枫"。

问题，认为"应该就当前时代的需要，来对先哲的政治思想予以批判的接受。根据历史的昭示，就其已然的成效，学其得，而袪其失，构成适于现代的新的政治思想之体系"。《育才与用才》① 讨论人才的培养与选拔问题，认为"欲求政治之上轨道，首在能宏奖人才"。《诸葛武侯的学术》② 表面谈的是诸葛亮的"学术"即政治思想，但其本意是为了告诉为政者，要想"在事功上有一番伟大的建树，当然要有他所以能够成功的一套学术在"。《"学"与"术"》③ 所讨论的话题与《诸葛武侯的学术》有相关之处，作者认为现今社会具有领袖欲、支配欲的野心家们，只知倾轧排挤、阴谋暗算，很少有打算从事业与工作的表现上来争取群众拥护的，即令千万人中有一二人，但又很少能够措意于学术探究的。所以社会秩序紊乱以此，凡百事业之不进步也莫不以此。今后社会要想使它有进步，必得从提倡学术风气着手不可。经济方面，如《中国经济的前途》④ 讨论抗战时期中国经济的前途问题，认为抗战后中国经济反而向好的方面发展，"我们国家的经济，今后要依着当前的趋势发展下去，在不久的将来，就会达到自足自给的地步"。卫生方面，如《关于抗战时期的国民健康问题》⑤ 讨论抗战时期国民卫生问题与健康问题的关系，认为卫生条件差导致国民健康存在很大问题，为解决国民健康问题，作者就治标与治本各提出多条切实可行的办法。文化、教育方面，如《现代教育中的训导问题》⑥ 讨论现代教育重知识传

---

① 《育才与用才》，刊南阳《前锋报》1942 年 12 月 30 日第 1 版"时论"栏，署名"访秋"。

② 《诸葛武侯的学术》，刊南阳《前锋报》1944 年 2 月 18 日、19 日、22 日第 1 版"专论"栏，署名"访秋"。

③ 《"学"与"术"》，刊开封《正义报》1947 年 7 月 4 日第 1 版"星期五论文"栏，署名"霜枫"。

④ 《中国经济的前途》，刊南阳《前锋报》1942 年 6 月 2 日第 1 版"时论"栏，署名"昉秋"。

⑤ 《关于抗战时期的国民健康问题》，刊南阳《前锋报》1942 年 5 月 12 日第 1 版"时论"栏，署名"昉秋"。

⑥ 《现代教育中的训导问题》，刊南阳《前锋报》1942 年 11 月 3 日第 1 版"时论"栏，署名"访秋"。

授而轻人格陶冶的弊端问题，认为一方面应肃清教育商业化的观念；另一方面要改革不合时宜的措施，使师生相处如过去七十子之于孔子，这样现代的教育才能收到知识传授与品格陶冶的双重效果。《谈师生》① 与《再谈师生》② 讨论现代教育中老师与学生的关系问题，所谈话题与《现代教育中的训导问题》有相关之处，认为现代学校教育的最大缺陷为疏忽人格教育，因此，现代教育在处理师生关系时，应多向中国古代孔子与七十子的相处之道学习。《从现在的大学教育说到考试制度》③ 讨论人才的选拔与任用问题，认为政府应把考试普遍化，做到"人才之选拔，必由是考试；惟考试，才能选拔出真正人才的地步。"《学校行政与民主》④ 提倡大学要教授治校，中学要教员治校，这样的学校行政才算民主。《由今年的大学国文试卷说到中小学的国文教学》⑤ 讨论中小学国文教学的如何改进问题。《学与思》⑥ 讨论"学"与"思"的关系问题，认为教育尤其是大学教育要特别注意启发学生的思，使他们肯思、能思、善思。与以上所谈问题相比，任访秋谈及道德修养方面的文章最多，如《谈交友》⑦ 认为人生每一阶段皆离不开朋友，提倡"交友，应该以道义为起始，以相悦以解为终极。"《大处着眼小处入手》⑧ 认为"大处着眼，小处下手"一语，一方面是我们治学应世应持的态度；另一方面是我们一生事业成功的不二法门。《惩忿窒欲》⑨ 认为"惩忿"

---

① 《谈师生》，刊南阳《前锋报》1944 年 2 月 2 日第 1 版"时论"栏，署名"访秋"。

② 《再谈师生》，刊南阳《前锋报》1944 年 2 月 9 日第 1 版"时论"栏，署名"访秋"。

③ 《从现在的大学教育说到考试制度》，刊南阳《前锋报》1943 年 6 月 21 日第 1 版"时论"栏，署名"访秋"。

④ 《学校行政与民主》，刊开封《青年日报》1946 年 4 月 15 日第 1 版"时论"栏，署名"霜枫"。

⑤ 《由今年的大学国文试卷说到中小学的国文教学》，刊开封《正义报》1947 年 9 月 12 日第 1 版"星期五论文"栏，署名"霜枫"。

⑥ 《学与思》，刊南阳《前锋报》1943 年 12 月 26 日第 1 版"专论"栏，署名"访秋"。

⑦ 《谈交友》，刊南阳《前锋报》1943 年 4 月 28 日第 1 版"时论"栏，署名"访秋"。

⑧ 《大处着眼小处入手》，刊南阳《前锋报》1943 年 5 月 17 日第 1 版"专论"栏，署名"访秋"。

⑨ 《惩忿窒欲》，刊南阳《前锋报》1943 年 8 月 20 日第 1 版"专载"栏，署名"访秋"。

与"窒欲"二者，其初步虽仅限于修己，扩而充之，则可以有裨于治人。《谈名教》① 中的"名教"指的是中国传统文化中崇尚名誉的一种教育，认为现代社会要想转移世风，仍需从提倡名教始，使人人知名誉之可贵，有非利之所能企及万一者。《庄敬日强安肆日偷》② 认为一个人人格高下与事业成败，全看他平日修养如何。而修养是否纯熟，就要看他平日持身能否庄敬与是否安肆，以为断。《谈父母》③ 认为父母不当认儿女为其专利品，应放弃传统的干涉主义和包办主义，而代以监护主义或自由主义。《胜人与自胜》④ 认为只有能够自胜，才能够强，才能够有力。强而且有力，那么必然可以"胜人"。个人如此，民族也是如此。《青年成功之路》⑤ 认为青年要想将来事业上有所成功，首先要立志，其次要努力。《学风与世风》⑥ 认为学风关乎世风，学风日趋淳朴，世风自然会日臻优美。《行己有耻》⑦ 认为社会上每个人不仅都能够"行己有耻"，而且能够知道何者该耻，何者不该耻，从而耻其所当耻，那么国家民族的前途，也许会渐趋光明。《一言行与重然诺》⑧ 提倡言行一致和重诺守信。《人之异于禽兽者》⑨ 认为真正的为人之道在于"克己复礼"。《转俗成真与回真向俗》⑩ 谈人格修养的两个阶段。

---

① 《谈名教》，刊南阳《前锋报》1943 年 10 月 15 日第 1 版"专载"栏，署名"访秋"。

② 《庄敬日强安肆日偷》，刊南阳《前锋报》1943 年 12 月 8 日第 1 版"专载"栏，署名"访秋"。

③ 《谈父母》，刊南阳《前锋报》1943 年 12 月 13 日、14 日第 1 版"时论"栏，署名"访秋"。

④ 《胜人与自胜》，刊南阳《前锋报》1944 年 10 月 9 日第 1 版，署名"访秋"；又刊开封《正义报》1947 年 1 月 10 日第 1 版"星期五论文"栏，署名"任访秋"。

⑤ 《青年成功之路》，刊开封《青年日报》1946 年 1 月 14 日第 1 版"专论"栏，署名"任访秋"。

⑥ 《学风与世风》，刊开封《中国时报》1946 年 1 月 20 日第 2 版、第 3 版"专论"栏，署名"访秋"。

⑦ 《行己有耻》，刊开封《民权新闻》1946 年 2 月 19 日第 2 版"新生活运动十二周年纪念特刊"，署名"任访秋"。

⑧ 《一言行与重然诺》，刊开封《青年日报》1946 年 4 月 1 日第 1 版"专论"栏，署名"访秋"。

⑨ 《人之异于禽兽者》，刊开封《青年日报》1946 年 5 月 27 日第 1 版"专论"栏，署名"霜枫"。

⑩ 《转俗成真与回真向俗》，刊开封《正义报》1947 年 2 月 21 日第 1 版"星期五论文"栏，署名"访秋"。

以上之所以对任访秋这些评论文章进行不厌其烦的详尽列举，一方面是为了让学界了解尘封于报章中的这些文章的内容；另一方面是想通过这些文章内容的展示进一步说明这些文章与任访秋发表在报纸副刊上"学术文"之间在身份和姿态上的本质差异。如果说任访秋那些"学术文"的写作，是以书斋中"学术人"的身份和姿态来进行的话，那么，当他依然在书斋中从事"社论"写作之时，他的身份和姿态在悄然间已发生巨大变化。"学术文"写作，面对的还只是一个非常狭窄的学术圈，其主要是为了学术创新与文化传承。"社论"的写作，面对的则是广大民众与当政者，这时的作者身份，已转换为胸怀家国、为社会建言的"知识人"，即知识分子，其写作目的则是救国济世。现代知识分子在中国传统社会中对应于"士"这一阶层。与西方知识分子不同的是，中国现代知识分子身上更多延续和继承了中国传统文化中士以天下为己任、先天下之忧而忧的精神传统。作为现代知识分子，任访秋在写作这些文章之时，他对自身的身份认知与定位是很清楚的，这由他的一篇题为《记者·史官·谏官》的文章可得到证明。该文是为纪念记者节而写，刊于南阳《前锋报》1942 年 9 月 1 日第 2 版《前锋副镌》第 23 期"九一记者节纪念专刊"，署名"访秋"。他在文中明确提出现代的记者担当的应该是中国传统"史官"兼"谏官"的职责。史官的责任，在能不虚美，不溢恶，以平允之心，据实直书。谏官的责任，在拾遗补阙，对政治得失利弊，官吏之贤奸能懦，须了如指掌。虽以天子之威，但身居这种地位的，不能因为顾忌自己的地位与生命，而不面折廷争。"至于现在的记者可以说负了史官与谏官的双重使命，在时实①的记载上，如史官，而在政治的批评上，似谏官。对于整个政治的窳败，国家的盛衰，同民族的兴替，记者可以说负着很大的责任。他们必须具有湛

---

① "时实"两字疑误。

深的学识，卓绝的眼光，客观的态度，与大无畏的精神，才能够'无忝厥职'。""现在的记者呢，在社论方面，虽与谏官有在朝在野之不同，而其精神，则实无二致。"任访秋对于记者的定位，其实也是对其自身的定位。他明确认识到自己的社论写作，其实质就是对民族国家和当政者进行建言献策，对一般民众进行思想启蒙与精神交流。与"谏官"只负责向皇帝进谏不同，现代的记者一方面要向当政者建言，进行社会政治批评；另一方面还要面对一般民众，向民众进行文化宣传与思想启蒙。任访秋写作的 36 则社论，关乎政治、经济、教育与卫生方面的，属于前者；而关乎道德修养方面的，则属于后者。

任访秋这些社论，所涉及问题之多，对社会关注面之广，议论之纵横捭阖，观点之中正妥帖，语言之清通雅洁，莫不给人留下很深印象，而尤其令人印象深刻的，是其对于中国传统学术资源的利用以及从中显示出的对于中国传统文化的态度。不管是讨论政治问题、社会问题、教育问题还是道德问题，任访秋都能着眼于历史；另一方面从现今的社会危机中追溯其历史渊源；另一方面又能从传统文化资源中分析出优良的成分为今所用。社会政治批评方面，如《纵横与法》认为现今政治紊乱，奔竞之风盛行，与纵横家的流毒不无关系，而要遏抑纵横之风，则应继承法家的合理成分，提倡法治精神。其他文章，如《论儒道法三家政治思想与当代士风》《儒家的乐观主义》《"学"与"术"》《诸葛武侯的学术》《儒家的非功利主义》等文章，皆对中国传统文化中儒、道、法三家的政治思想有一分为二的分析，认为其优良部分应为当今时代所吸收承继。文化教育与道德修养方面，任访秋更是倚重于对传统优秀文化资源之利用，特别是对儒家思想，任访秋给予足够重视，认为儒家思想的某些部分，对于解决当今的教育问题和道德问题，仍然有效。如所周知，经过五四新文化运动对中国传统文化的批判之后，中国传统文化在现代已失去其存在的合法性与价值的有效性，一时间，"尊西人若帝天，视西籍如神圣"，西化被简单等同于现代化，批判传统、皈依西方，成为民国时期思想界的主流观点。在这种激烈反传统的思想氛围中，任访秋能保持"独立之精神，自由之思想"，不为主流思想界的纷扰所动，能从容理性地分析中国传统文化的弊端与优长，认为中国传统文化中的优秀部分，在进行合理的转化后，在现代依然具有现实的针对性和价值的有效性，在现代生活世界中特别是在道德修养层面，依然能发挥其无可替代的重要作用。他这种对于中国传统文化的执着与爱护，令人感动。他之所以对于中国传统文化能有如此深入、明达的认识，固然与他从事古典学术研究而无时不浸润于中国传统文化之中有关，而更重要的是他在对中国传统文化在真正认识之后所产生的"文化自信"。当今社会，一方面文化传统断裂而造成的意义危机和价值失范愈演愈烈；另一方面中国文化传统中的一些价值规范，如尊老爱幼、尊师重教、互相礼让等，依然在中国人现代的生活世界中发挥着巨大作用。在此背景下，我们回过头来细细品味任访秋这些社论，不能不感觉到他的一些看法是具有先见之明的。

任访秋这些社论写于 1942 年至 1947 年之间，处于抗日战争与解放战争时期，正值 20 世纪中国历史上最为艰难、最为动荡的时期，所以，他写作这些社论，明显是继承了中国文化中士以天下为己任的传统，为了尽到知识分子作为社会良知的责任。当然，在那样一个危难时代，他的一些建言献策，可能会被人讥笑为过于迂腐可笑且不切实际，但也正如他自己所说："挂着功利主义的招牌，口口声声在讲功利，其结果往往不免于只问目前，不管将来；只为局部，不顾全体；只求暂时，不图永久。"① 而儒家并非完全摆脱功利主义，但他们不持功利主义的招牌，看得比较宏阔、远大。因此，为国者宜本儒家之见，一切政治方策，均

---

① 《儒家的非功利主义》，刊南阳《前锋报》1943 年 12 月 28 日第 1 版 "专论"栏，署名"访秋"。

应高瞻远瞩，作将来打算，作永久打算。任访秋这些评论儒家非功利主义的话，同样也可用到他身上。而究其实，他的一些建言也并非"迂腐可笑、不切实用"，如他提倡一切人才任用与选拔必由考试，当今的人才选用中考试制度的大力推行，证明他这个提议的远见和切实；而他依法治国的倡议，更是我们当今的"国策"。从任先生社论中对儒家经典的频繁引用，特别是对孔子饱含感情的评断可看出，他在感情和理智上皆是非常认同儒家的（当然，他对于儒家的弊端也有非常清醒的认识和深入的分析）。从对中国文化优良传统的认同，特别是对于儒家某些观点的认同中，我们更可进一步体会任访秋社论写作背后的家国情怀。任访秋所写社论中，最后一篇为《谈"从吾所好"》①，这篇社论可看作任先生思想的自我表白。他引用孔子"富而可求也，虽执鞭之士，吾亦为之。如不可求，从吾所好"的话，认为哲人的人生意义和价值，在于摆脱物质欲望，而专力于求得精神升华的满足即寻求对宇宙人生之觉解，获得个人意志之自由。获得个人意志自由可分积极与消极两派。积极如孔子，明知不可为而为之；消极如陶渊明，隐逸遁世，为实现意志自由而快慰。在寻求个人意志自由方面，任先生属于积极派还是消极派呢？无疑应属于孔子那样的积极派，他的 36 篇社论就是最好的证明。可惜的是，《谈"从吾所好"》是他写的最后一篇社论。中华人民共和国成立后随着知识分子思想改造运动，知识分子向社会自由发声的渠道被阻断，任访秋"知识人"的道路也就此戛然中止。伴随任访秋"知识人"道路中断的，则是那 36 篇社论逐渐被隐没在历史的尘埃之中。

36 篇社论确证了任访秋在"学者"身份外，还存在兼传统"史官"与"谏官"于一身的"记者"身份，两种身份构成了富有意味的矛盾、冲突与统一的张力关系。在现代知识分子身上存在这种张力关系的，当

---

① 《谈"从吾所好"》，刊开封《正义报》1947 年 11 月 28 日第 1 版"星期五论文"栏，署名"霜枫"。

然不止任访秋一人。从此种意义上说，任访秋作为知识分子在中华人民共和国成立前后身份与形象的变化，在 20 世纪知识分子的精神史上具有非常典型的代表性。这也许就是今天我们打捞和关注任访秋这些佚文的意义之所在吧。

任访秋佚文辑校

怎样澄清下级吏治①

社会越进步，一切事业的分工就越精细，政治是人类事业中的最大者，自然也难以例外。当民国初年的时候，地方行政机构还很散漫，那时作一个首事（相当于现今的保长）或区长（相当于现今的乡镇长）几乎终天没什么事。就是有也不过是送往迎来（在城镇者），同排难解纷的杂务而已。他们并没有薪俸，至于任职，大半是由地方推举一般年高德邵②，素孚众望之辈来担任。所以当时虽间有依势欺人，敲剥乡民的豪劣，但急公好义、廉介方正者却还不乏其人。迨至近十余年来，政治机构日趋严密，政府与人民的关系也越加亲切，而政令也日益纷繁，这时的下级行政人员，已俨然政府下级官吏，与往日那般首事、区长终日优游闲散的情形已大大的不同了。到了抗战军兴人民的徭役益繁，壮丁的抽调，同军需的供应，几乎是岁无虚日。一般的乡镇长同保长，就是夙夜在公、勤劬不懈，还不免贻误要公，至于经营他业，为生活之计，事实上已有所不能。可是试一问他们的待遇，多则十数元，少则数

---

① 《怎样澄清下级吏治》，刊南阳《前锋报》1942 年 4 月 8 日第 1 版"时评"栏，署名"访秋"。

② "邵"当作"劭"。

元，还不如大机关里边所用的勤务。

权利义务本是相对的，乡镇长保长既是一种职业，那么担任这种工作的，自然更依仗它来赡家养己。可是现在他们的工作那样的重，而待遇又如此其低，干呢？不但赔钱还更结怨，人非至愚，孰肯任此？

因为这种原因，于是地方行政人员廉介者，避①之唯恐不远；而贪墨的，则趋之惟恐不速。其所以然者，这类职务地位虽低，而确有权可操。俗语说得好："不怕没钱，就怕没权。"既然有权，于是借端敲诈，因故浮派，则额外的所得，比着月薪，竟至上百倍蓰而无算者。所以现在的下级行政人员，那些贪墨的，政府愈征发，他们发财的机会就越多。即如卖放壮丁，保庇保丁，浮派款额，中饱发价，种种私弊，笔难罄述。

像上边所说的情形，究竟是因为什么呢？是不是光归罪于"人心不古"就可以了事？抑是别有缘故？我们更详加分析，就可以晓得这决不能光怨"世风"同"人心"，大半是由于制度与待遇的关系。下级行政人员的贪污，实是环境逼他们非这样作不可，决非他们甘愿去干犯法纪，我们试想作乡镇长同保长的，既然没功夫去兼营他业，那么他同他的父母妻子儿女将怎样去过活呢？何况为公事而雇佣②一般差役，还须更好好款待，倘不从人民身上去想法，恐怕有多少，也都饿毙"在案"了。

所以现今不打算澄清下级吏治则已，如愿澄清，那么先应提高下级行政人员的待遇，最低限度应让他们足以自活，这样一定会有人提出质问："像你说的，不是又更加重人民的负担吗？"其实不然，在表面似乎是人民负担加重了，实际上乃是大大的减轻。因为待遇高，廉介的

---

① "避"字，原稿漫漶不清，姑且录以待考。

② "雇佣"，原稿漫漶不清，姑且录以待考。

即①乐意去干，就是平素稍知洁身自爱的人，非不得已，谁愿去冒此不韪？我们试看邮务人员为什么都能奉公守法，还不是待遇高的关系吗？

待遇既已提高，自然就可以循名责实，严加督察，责罚必信，黜陟必明，那么所谓贤者自然就勉于为善，不肖者就不敢为非了。下级政治，不澄清而自澄清矣。

我们深望现在的政治当轴，应详察民隐，洞究乡里的疾苦，作一种正本清源的计划。不因循，不敷衍，该革改就革改，该更张就更张，使政治与军事步调一致，一方面后方人民能够在清明的政治之下，安居乐业，加紧生产；另一方面将士们在前方，致命遂志，攻城陷阵，那么胜利的来临还能会是遥远的事吗？

关于抗战时期的国民健康问题②

我们中国人，一向号称为"东亚病夫"，死亡率之大，恐怕"任何国家"都望尘莫及的。以平均寿命而言，德国人为五十，而我们中国人才三十，这是多么大的一个差数呵！我们不必去找什么统计上的数字，光我个人所目击的社会现象而论，首先是婴儿的夭折，数目已是很可惊了。普通的妇女，差不多一生中都要生八九个子女，但最后能够成人的，顶多不过三分之一。所以中国人中儿童的死亡，常常视为固然，大抵归结于命，并不寻求其所以然。其次是中年人有多少不到四十岁已经是衰象毕露，大有不能担任繁重③工作的样子。到了五十以后，在中国已公认为是已入老境，应该是告退休养了。这本不足怪，大半中国五

---

① "即"字，原稿漫漶不清，姑且录以待考。
② 《关于抗战时期的国民健康问题》，刊南阳《前锋报》1942年5月12日第1版"时论"栏，署名"昉秋"。此文有多处漫漶不清之处，有的通过上下文语义能够推测出大致字词的，径直录入，并在其后注明；有的实在无法判断的，以"□"代之。
③ "重"字，原稿漫漶不清，姑且录以待考。

十几岁的人，多半都已耳聋眼花，头童齿落①，走起路来，呵②呵咳的，龙踵不堪。即令是让他们去担任什么职务，而他们的精力也决对付不下来，所以五十六十，在西洋人正是以一生的学识阅历，拼命的发挥，来奉献于社会的时候，而我们中国人这时已准备退休，打算着如何去优游余年了。

以上的情形，是不是由于我们中国人先天的禀赋就弱，抑因后天环境之所致？要分析起来，先天固不能说绝无关系，但十之七八是由于后天环境的促③成（有时后天可以改变先天）。这种原因：

（一）营养不良——这大半是一些贫苦的人，终年的食品，除淀粉外，蛋白质，脂肪，糖类，及一些最重要的维他命，都不够。不但此也，即如食盐，乃人体内所最不可缺的成分，现世④间，有多少人就连这都吃不起，这样情形，你要想让他抵抗强烈的病菌，怎么能够？至于说"享高寿"，那更是妄想了。

（二）缺乏锻炼——比较生活优越的，又都是不事劳力的，公务员是终日伏案，普通人是迟眠晏起，休想有一刻的运动。所以也是弄得筋弩肉缓，带着虚弱的样子。

（三）自动斫丧——像前两类有的是经济的限制，有的是环境的限制，至于这完全只是斫丧人的自杀政策。斫丧的方式不一，有的是不良的嗜好，抽白丸，吸鸦片，把自己的血烧干，肉烤焦，变成了皮包骨头的活鬼，或者乱饮无度，弄得精神恍惚，终日麻疲，群居聚赌，夜以继日，身心交悴，少魂失魄。这些人都可说是嫌自己死的太慢，要加紧的赶往坟墓去。另外不染这种嗜好的，是寄⑤情于女色，或嫖娼，或纳

---

① "落"字，原稿漫漶不清，姑且录以待考。
② "呵"字，原稿漫漶不清，姑且录以待考。
③ "促"字，原稿漫漶不清，姑且录以待考。
④ "现世"，原稿漫漶不清，姑且录以待考。
⑤ "寄"字，原稿漫漶不清，姑且录以待考。

妾，所谓"皓齿娥眉，实伐牲之斧"，"日日而伐之"，不是染上梅毒，就是淹淹①一息。这些人都是有闲有钱铸成了他的罪孽，不但自害，而且害人。

（四）良医缺乏——还有些人们的死亡是因为患病之后，为庸医所误。生在中国的社会里，生命可以说是毫无保障，一有了病，就不知怎么好了。读两本药性本草，就可以行医，你说怎么敢让他们治病？但乡间人不管这些，胡乱只要会开药方，就把病人的命交给他了。幸运的，偶然碰□了，倒霉的，就一药"呜呼"了。乡间的良医百不挑一，大抵是一些昏庸的，对病随意揣测，于是被治者十之八九不死于病，而死于医。

（五）公共卫生的不讲究——因为医学不发达，一般人的卫生观念非常淡漠，平时不知预防，一旦时疫流行，于是死者枕藉。到了二十世纪，天花和疟疾在欧美几乎快绝迹了，而中国人死于这两种病的，竟至比比皆是，这是一件多么可耻的事！

至于这个国民卫生的事，近年来政府并不是没注意到，很早中央就设有卫生署，下设卫生处，□设□医院，□□□□□，表现的成绩，却令人失望，而尤其是县医院，多半是有名无实，不是没大夫，就是没药品。于是中医仍是操着治病的大□，国民既没得□西医的好□，当然，对之也就不信任。于是县医院竟成了一个闲散的骈枝机关，如此下去，前途实不可乐观。

现在我们试把人口问题来加以检讨。我国人常常犯着因袭下来的夸大狂病，一说起来，就是"地大物博，人口众多"。究竟地真大，物真博吗？要问起来，就瞠目而不能答了。这完全是不科学的错误观念。就其②人口说，似乎是很多了，但是不健康不也没有用吗？即如关于空军

---

① "淹淹"，当为"奄奄"。

② "其"字，原稿漫漶不清，姑且录以待考。

的招生而论，投考生身体能够及格的不到百分之十。至于在战争中量的锐减，如壮丁的死亡，婴儿的死亡，以及逃难者在颠沛流离中的死亡，不知有多少。假如不幸，再来一次大流疫，那就要不堪设想了。如此下去，将来不产生人口问题吗？打仗需要人，而生产也何尝不需要人。经济上虽然要开源节流，不应浪费，人口也何尝不需要开源节流，不应浪费。不能奖励生育，就不算□开源，而不能使每个国民逃出"非命"之死，那就是浪费。现在每天，知①有多少人在浪费自己的精力，剥蚀自己的健康，缩短自己的寿命，不管是自动或被动，但对民族的损失，是没法补偿的。

假如我们认识了这个问题的严重性，不去等闲视之，那么补救的方策，是有的。就治本说：

一，医生的培植——现在的医学教育，有三项值得注意的。

甲，医科学校太少——国内医科大学只是寥寥的几个，而且有的科目还不完全，自然不能大量的培植医学人才。所以需要增设，或就原有的加以扩充。

乙，社会人士对于医学的漠视——近来一般投考大学的学生，知道理工科的重要了，但对于医学，还不十分注意。至于一般作家长的，守旧的希望自己的子弟作官，稍新一点的希望子弟作工程师，银行经理等，但很少希望子弟作医生的。这种观念，急须设法彻底的予以纠正。

丙，医学人才的普遍缺乏②——对于医生的培植，应该同教师一样，各医科学校一方面可以招收自由投考者；另一方面应由各省县按名额考试，每年必须保送若干名。

我们每个人的健康，家庭的健康，民族的健康，不但需要优秀的内

---

① "知"，当为"不知"。
② "缺乏"，原稿漫漶不清，姑且录以待考。

外科医生，而且需要大批的产科医生。千千万万的婴儿，死于破□□①菌，（妇女临分娩时，让不知卫生为何事的产婆接生，不知消毒，于是人多死于四六风或七风）。千千万万的产妇，死于产褥热（世俗所谓产后风），所以产科更为需要。我们觉得每一个专员区都应设一个产科学校，与护士学校，因为产科还比较浅近易学，不需要高中的程度，而年限也不如大学之长，设备也不□分困难，要当于□期内，□治老娘婆接生的恶习，这实在是当前的卫生事业中最急迫者。

二、卫生医学常识课程之普遍的增添——现在的中等学校中有生理卫生一科，但这还有点不够，应当把内容加以扩充，教□时□增加。尤其是女子学校内，因为□一个女子不管将来到社会去或到家庭去，但总要作主妇，作母亲。家庭的卫生，子女的卫生，大半都操在女子手里。所以女子学校应不问其为师范或为职业，为普通中学，都应加重"卫生"、"医学"及"药物学"等科目的学习。

三、不良嗜好之查禁——现在对于毒品，政府已严厉的科以极刑，惟对于赌娼，尚无若何禁令，今后亦应严□查禁。

至于治标的办法，也有下列数端：

（一）中医的检定——在西医人才恐慌的今日，一旦有病，还不能不乞灵于中医。中医自然也有比较高明的，但昏庸者实居其大半，应该由县政府遴聘高□医□予一般医□以检定，不及格者禁止其行医。这样应该可以让他们少杀几个人。

（二）县卫生院的充实——应增加预算，聘请医士，购□药□。因为县卫生院的任务不只给人民疗病，而且负责卫生□政的责任。现在徒有虚名，难负实责，款□不多，而□□于靡费公帑，急应扩大组织，□筹经费，务□能负起卫生医疗之责。

---

① 原文字迹不清，疑为"伤风"。

（三）卫生知识之宣传——□可以由县医生院、民众教育馆、教育科共同□行，制定方案，让中小学校学生出外宣传，如家庭的清洁，街衢的清洁，□□蚊□的□灭……等。

（四）□□传染病的预防，去年宛□有些地方流行天花，即四五十岁的老人犹有罹此病者。儿童死亡的，不可计数。在战争时期，因为腐尸过多，最后发生瘟疫，如天花、伤寒、虎列拉……等，这应由最高卫生机关，□□防疫员，分配给各县，由县卫生院强迫注射。这个可以免去多少无代价的牺牲。

以上乃笔者个人浅见所及，疏略的地方，自然难免。天气，看已□□热了，流行病又将同敌人似的，准备对我们来个夏季攻势了，我们将如何来对□□？所以我们期□政府对于国民卫生问题，一方面作一永久□根本□计，慢慢的逐步实施。另一方面，对我□面列举的事项，马上就作，那么所得到的成果，不只是人民□□无穷，即对整个民族的前途，其影响之大，实亦不可以数计也。

三一，四，二十。

中国经济的前途①

近来因为通货的膨胀，与物质的缺乏，于是大多数人都感到生活的艰窘。因之颇有一些人，对国家整个的经济前途，深抱悲观。其实他们对于中国经济情形，并没有真正了解，专会就目前或局部的现象去推断。因之就陷入于极荒唐的谬误中。

要真正说来，抗战前的中国经济，才真正是达到了山穷水尽的地步。但自从抗战后，这种危机不但渐次减少，反而一天天的好转起来。

---

① 《中国经济的前途》，刊南阳《前锋报》1942 年 6 月 2 日第 1 版"时论"栏，署名"昉秋"。

所以抗战不只是没有害了中国，反而中国是从抗战中得了救。假若我们能够回顾已往①，观察现在，再根据着已往同现在，而对将来予以推测的话，那么不但不会悲观，而且将要有着无限的欢欣与鼓舞。

中国的经济从清代的末业已渐渐地走向崩溃的途中。内面在黑暗的专制政府下，贪官污吏向人民尽量的宰割，外面资本帝国主义的长喙，已慢慢伸到了中国的内部，一点一滴的来吮吸中国的血。于是农村的金融渐渐地枯竭，这时，中山先生及其他革命的先烈们，眼看着中华民族行将濒于灭亡的境地，这才不惜牺牲一切，作排满之举。及至辛亥革命成功后，想不到竟会又有二次帝制逆流的发生，但不久就又瓦解了，可是从此国内就形成了分崩离析的割据局面。适当此时，欧战爆发，中国本来可以趁这个机会来发展自己的民族工业，抵制外人的经济侵略。无如当时一般军阀，只知道横征暴敛，扩充地盘，他们那里会晓得什么是发展工业，什么是物质建设。可是我们的敌人，就趁着这个时会，大大的发了一注横财。于是在欧战后就借此更变本加厉的来削②剥我们。

所以从辛亥革命到民十五的二次大革命的中间的十四年内军阀的内战，不知打了多少次。那一次不是流的老百姓的血，那一次不是耗的老百姓的钱，但试问有什么代价，只有使人民一天天的穷困下去，国家一天天的贫弱下去。但当时那般当国者，一方面是向人民诛求无厌，另一方面还要大借其外债，给后世的子子孙孙，增加了许多的负担。其次是帝国主义者，用他们的武力做后盾，实行其经济侵略。不知有多少次③的大屠杀，是因为他们的侵略遭受了我们的反抗。他们以庞大的资本，利用不平等的条约，在我们内地设立工厂，用廉价购我们的原料，用廉价雇我们的工人，然后再以这些商品，一一的推销到我们的内地，普遍

---

① "已往"，当为"以往"。
② "削"字，原稿漫漶不清，姑且录以待考。
③ "次"字，原稿漫漶不清，姑且录以待考。

到无远弗届，无孔不入。

在这样的情形下，农村是彻底①的破产了，手工业那能抵得上机器工业。大布没人要了，丝织品价钱便宜了，土靛没人用了，于是农村的男女们都失去了副业。结果只剩食粮为农村唯一的产品，而食粮又是非常的便宜。这时又加上贪官污吏与土豪劣绅的横征暴敛，于是贫者愈贫，而富者亦贫。男的流而为土匪，女的辗转于都市，或为工人，或者奴仆，甚至竟流而为娼妓。

再就都市而论，当时中国人何尝没有企业家，作着发展民族工业的大计划。但资本比不上外人的雄厚，当不能与人家竞争，往往是被人家击溃，终至破产而后已，至于一些小规模的工业，因为出品的低劣，成本的昂贵，也都渐次的走向颓败破灭的途中。

民十五大革命后，在政治上虽然是慢慢的清明起来，可是对于外人的经济侵略，因为已成积重难返之势，一时很难有完全的对策。所以在抗战前数年中，农村与都市都极萧条，一方面是破敝，一方面是不景气，整个的中国人民，真正如中山先生所说的，不外是大贫与小贫。

但自"七七事变"后，局面完全变了，一般可以看到的，是农村渐有复兴之势。首先是粮价的提高，于是农民都努力的去耕植。以往荒芜了的田园，都又重新的开辟了。其次是手工业的发达，大布贵了起来，丝织品贵了起来，其他一切的用品也都贵了起来。于是农民无论男女，于耕植之余，都操一点副业。再其次是劳资的提高，于是农村中虽然在战争期间，不断的征发，但人民还能够有饭吃，有衣穿，有事做，不像战前那样贫困得日不聊生的样子，为什么会这样呢？不就②是因为战争爆发后，交通不便，外货不易输入的原故吗！

至于另外还有一种现象，为普通人所不注意，而真正关系国家复兴

---

① "彻底"，原稿漫漶不清，姑且录以待考。

② "不就"，原稿为"不部"，校订者酌改。

前途的，是民族工业的勃起，与土地政策的逐步实施。先就民族工业说，在过去是一向受着压抑而无从抬头的，这个时候竟突然的发达起来。在这里边又可以分为私营与国营。私营的大半是小规模的轻工业，如造纸①，制糖，制药，织染，纺纱，纸烟，酒精……等。这些有的虽用的是机器，有的还脱不了原始的土法。不过因为经营者数量多的关系，所以供还差可以应求。至于国营，大半都是重工业，不过因为多方面的限制，还没达到十分完备的地步。

至于土地政策，政府战争发生后，为了平均人民负担计，所以毅然给数百年间向未整理清楚的地亩彻底的去陈报去丈量。这种工作，一方面固然在目前可以使有田的就其田之多少等差，去纳捐税，不至有轻重不均之弊。但在将来说，也就是树立了平均地权的基础。

我们就现阶段的国家情势来看，一方面是胜利的曙光已将来临，而同时建国的大计也已粗具规模。不过我们进展的速率，还嫌不够。因为一则我们的技能，还太缺乏；所以有很多小规模的工厂，还因袭着几百年前的旧法，没有一点改进。其次有的或者想大加发展，但不是为资本所限，就是购不到新式的工具（机器）。为补救这些缺憾，我们仍需要增设一些专科学校与职业学校，培植大批的技师与技工一类的人才。另外加强合作事业的效能，凡属生产事业，政府要尽量的给以便利，或者贷予资金，或者派专家予以指导与协助。其次是冶②铁工业与机器工业，绝非私人能力所能举办，而这些又是其他工业发展之母。所以政府应以全力尽量的加以扩充。这样的国营的与私营的配合起来，不是很迅速的就会使我们现代化吗。

至于原料的供给，在过去中国本来就是各资本主义国家的供应所，可是现在因为战区的广大，过去出产丰富的区域，现在都荒凉了，残破

---

① "纸"字，原稿漫漶不清，姑且录以待考。
② "冶"字，原稿漫漶不清，姑且录以待考。

了。在这种情形下，我们应当在后方对农业要加紧予以改进。如开垦，水利，及其他增加生产的科学方法之实施。至于矿产，则设法予以普遍的开采，那么原料自然也就不会感到如何的缺乏了。

总之我们本是一个工业极落后的国家，在抗战期间，我们要尽量的发展国营企业，至于私营的，则尽可能的予以协助与指导，寓节□于统□之中，将来自然不会有大的资本家产生。

土地方面因为农村的渐趋复兴，加以实施土地陈报后，负担渐趋平均，自不会再有兼并的情形发生，至于说政府按价征税依价购买，更是轻而易举的事，所以平均地权较之节制资本更容易得多。

所以我们国家的经济，今后要依着当前的趋势发展下去，在不久的将来，就会达到自足自给的地步，只要全国的人民都能够拥护政府，一致的向抗战建国的大道走上去，则国家前途之光明，与个人前途之幸福，是绝对可以断言的。

论儒道法三家政治思想与当代士风①

现在来讲先秦诸家的政治思想与当代人的士风，一定不免要有许多人嗤之以鼻，认为在 20 世纪五十年代的今日，来讲这些几千年前的老骨董，不是有点太不识时务吗？不过在笔者个人，倒不是这样的看法。作为一个民族，总要有他特有的民族性。从清末到现在，很有一些学者从事于介绍西方政治学说的工作。可是我们试一检讨除了在制度的设置上受了他们不少的影响外，至于从政者办事的精神，与态度，似乎并未受他们如何的感染。假如我们现在能对自己的先哲的政治思想作一

---

① 《论儒道法三家政治思想与当代士风》，刊南阳《前锋报》1942 年 6 月 11 日第 1 版 "时论" 栏，署名 "访秋"；又刊开封《正义报》1946 年 12 月 27 日第 1 版 "星期五论文" 栏，署名 "霜枫"。此据《前锋报》录入，因《前锋报》该文文字迹漫漶不清，又据《正义报》对该文进行了校勘。

番仔细的研讨，然后拿自己的药来医治自己的病，也许会比舶来品更其有效吧。

我国政治，就大体上说，这十几年来比着以往，显然的有着长足的进步。不过要严格的考察起来，似乎仍然有着不少的缺憾。

首先是有些从政者的不学无术，但个人的自信力又很强。每逢要作一桩事，往往不顾法令如何，又不问有其他学理上的根据与否，只要个人喜欢这样作，于是就这样作去。结果是往往把事情弄得糟到不可收拾的地步。

其次是自己对政治毫无主张，遇事专凭法令。按说恪遵法令，并不算错误。不过不可太泥于法令。我们要知道，法令是死的条文，而政治是活的方略。一个地方有一个地方的特殊环境，一个地方又有一个地方的特殊习惯。从政者贵能就法令之意，在与之不相抵触之下，来因时因地，而予以适宜的措置。可是这些拘泥法令条文的，明明有许多事该作的，但因法令上没明文的规定，那么不管有如何的急切，也只有置之了。有许多事是可以不作的，但因为限于法令的指定，也只有勉强应付了。像这样子，如何能够利国而便民呢。

还有一些是久于仕途的老吏，他们惟一的秘诀是敷衍与对付。善于作糊顶棚与油漆门面的工作。命令来了，不管自己如实作了没有，可是公文上报得非常的详审。委员来了，招待得非常的周到，专让他看一些表面的工作。至于地方的士绅，也是应付得面面俱到。于是地方无事，委员又交口赞誉，而公文的应付既敏捷而又得体，于是"良吏""能吏"之名，斐然鹊起了。但是试问他们作的真正的成绩在那里①，除了等因奉此，与粉饰外表外，别的还有什么？

就这三类从政者来看，一类可说是"狂妄"，二类可说是"阘茸"，

---

① "那里"，当为"哪里"。

三类可说是"诈伪"。现在的政治，要想让他们这一流人来弄好，可以说是不可能的事。

但要问为什么士风会如此呢？就笔者鄙见所及，主要的原因是因为从政者没有十分的了解政治的目的同自己的任务之所在缘故。换言之，就是没有中心的政治思想，来作为自己发令的中枢缘故。他们谬以为作官无非为的个人的地位名誉与金钱，他们根本没有想到自己是负有极重大的使命，自己应该如何奋励，才能完成自己的使命。

我们知道一个人能够成功，他一定得有他个人的人生哲学。何况一国的政治，当然更需要有所谓政治哲学。不过晚近虽然有一些西方的政治哲学的典籍，不断的被介绍到中国来，但因为国家环境的不同，与民族历史的不同，似乎对中国发生的影响很小。这本不足怪，一种政治哲学除非学者对他有深切的体会与了悟，然后才能发生信仰。有了信仰，才会见之于行动。现在要让一个从政者随便翻几本西方哲人政治哲学的著述，妄想使他由了解而信仰，由信仰而见诸行动，这简直可以说是"非愚则诬"。

至于我国先秦诸哲人的著述，完全是对我们中国固有的国情说法的。虽然时代已经变了，但因为有着一脉相承下来的传统的文化关系，看起来还依然觉着非常的剀切。这些典籍有的已为大多数人曾经读过的，虽间有不曾读过，但也多半曾听说过一些梗概。他们之所以未能发生良好的影响的原因，大半由于从政者从不肯对他们下过一番研讨的功夫，或者曾经研讨到，而不能深领其要旨。所以只晓得一点皮毛，间或遗其精而袭其粗。

即如儒家的政治哲学，自然有许多的流弊已暴露了出来，"正名"的结果，流而为专制；"亲亲"的结果，流而为自私；"尊贤"的结果，流而为标榜。但是爱民以诚，这一点是不可厚非的。《中庸》里边曾说过："诚者物之终始，不诚无物"。孟子解释得最好，即"未有学养子而后嫁者也"。一个母亲的对于自己子女的爱，因为是基于至诚，所以才能在饮食，服着，同疾病寒热上，时时注意，事事留心。假若一个从政者能以母亲爱子之心来爱民，自然就会随时随地，来为人民谋福利，除患害。现在的官吏之所以有视人民之疾苦惨怛，漠然无动于衷，同自己力所能及，权所能达的事，都不肯去作的情形，不完全是由于他们没有这种诚心的爱的原因吗？

黄老的政治哲学，近代曾有不少的学者来予以表彰。即如严又陵同章太炎，他们都认为道家的见解，多与西方近代所谓民治主义相吻合。即如老子主张"无为而无不为"，这是要让从政者不要师心自用，要当纯然客观，因势而利导。所谓"随时举事，因资而立功，用万物之能，而获利其上"。从外表上看，似是无所为，而实际是无不为。老子说："圣人无常心，以百姓心为心"。最足说明这派的特色。汉代的文帝，东晋的谢安，都是效法此派而能得到卓绝的成果的。不过不善学之者，很容易流于泄沓与因循，西晋的王衍就是一个好例。所以章太炎说："王夷甫重老子，知其无为，而不知其无不为"。

申韩的政治哲学，本是渊源于黄老，主张"不期修古，不法常可"，"因时之宜，而为之备"，用人要以资历，不贵豪杰，不重流誉，就他表现的成绩作为对他黜陟的标准，所谓"将帅必出于卒伍，宰相必出于州郡"，这样一来，士大夫不能借标榜来招摇，更不能凭人情来关说，只有老老实实从真实的工作上来推荐自己。此外是功必赏，过必罚，综名核实，这样自然就可以使贤者劝，而不肖者戒。就中国政治史上看，大概每当一代的末叶，顽懦贪污，因徇泄沓之风盛的时候，必须用申韩才能矫正。三国时孟德之治魏，孔明之治蜀，明末张太岳之当国于隆万之际，没有不是用法，才见到实效的。不过，有学得不好的，就养成一种残刻狠戾之风，或刚愎自任之习，历代酷吏传中的人物，同北宋王荆公之变法，都是宗申韩而未能杜其弊者。

就以上诸家而论，可见他们是各有其长，而也各有其短。居于两千年后的今日，要来取则于两千年前的古人，自应遗其形骸，而取其精神；弃其糟粕，而采其菁英。要能够"好学深思，心知其意"，不拘一端，不泥一方，融会贯通，择善而从。我们要效法孔孟的"爱民以诚"，黄老的"因势利导"，"以百姓心为心"，申韩的"综名核实""信赏必罚"。同时我们要以黄老矫今日之"狂妄"，以孔孟振今日之"阘茸"，以申韩惩今日之"诈伪"。法三家之长，而力遏其弊，循此为阶梯，将来或可以易于登斯民于真正民主之域也。

总之以上所讲，都不过是古人的政治思想，并不是什么政治方案，我们反对盲目的信古，更反对无理的复古。我们应该就当前时代的需要，来对先哲的政治思想予以批判的接受。根据历史的昭示，就其已然的成效，学其得，而祛其失，构成适于现代的新的政治思想之体系。然后再由此而施之于实际，能够这样，那么我国政治的前途庶几乎积弊可革，而郅治可期也。

记者·史官·谏官①

一提到记者，就令人不由得想到过去的史官同谏官，他们在某些地方确实有着极相同的处所。史官的责任，在能不虚美，不溢恶，以平允之心，而据实直书，把一代的史事，小而至于一言一行，大而至于朝章国典，都详审的，清晰的，加以叙述，而昭示于当时及后世。谏官的责任，在拾遗补阙，对于政治的得失利弊，官吏之贤奸能懦，须了如指掌。虽以天子之威，但身居这种地位的，不能因为顾忌自己的地位与生

---

① 《记者·史官·谏官》，刊南阳《前锋报》1942 年 9 月 1 日第 2 版《前锋副镌》第 23 期"九一记者节纪念专刊"，署名"访秋"。

命，而不面廷折争①。现在的记者呢，在社论方面，虽与谏官有在朝在野之不同，而其精神，则实无二致。至于与史官简直可以说有着一脉相传的渊源关系，不过是前者是职责所在，而后者是出于自己的志趣而已。

史官好作，而良史不易得；谏官易为，而"遗直"则难求。我们知道真实与真理是最为一般人所疾恶的。多少人作了坏事而外面还要用美辞来文饰，真不啻极苦的毒药，而外边傅②上一层糖衣。像王莽、曹丕的篡汉，明是抢夺，而还美其名曰禅让，来欺当时而诬后世。在那个时候，假若有人公然来指出他们的诈伪，那么必然要遭受不测之祸，即如，崔子弑齐君，左氏传载："太史书曰'崔杼弑其君'。崔子杀之，其弟嗣书而死者二人。其弟又书，乃舍之。南史氏闻太史尽死，执简以往，闻既书矣，乃还。"

这可以看到当时史官的忠于职守的精神，同时更可以看到记载真实的危险。至于真理也是如此，人人都嘴里说寻求真理，但真遇着真理时，则深恶而痛绝。因为真理往往是与一般人的习惯见解同利害相冲突的。易卜生的《国民公敌》写斯铎曼医生为了宣布他对温泉水的研究结果，而遭受全市人的驱逐。所以易卜生很愤慨的说道："真理永远是孤独的。"所以历史上多少帝王的亡国败家，大抵是因为"忠者不忠，而贤者不贤"。山东的兵已快打到关内了，可是赵高还在骗着二世说"群盗不足忧"。左光斗因为参劾了魏忠贤，而终于瘐死狱中。不过有骨头，有气节，爱真理爱人类的人们，他们决不怯懦，决不苟容。他们了解自己所处的地位，明白自己神圣的任务，他们锐利的眼睛，能够别贤奸，辩③是非，明得失，审利害。同时他们天赋的良知，又给于④他

---

① "面廷折争"当为"面折廷争"。
② "傅"，当为"敷"。
③ "辩"，当为"辨"。
④ "给于"，当为"给予"。

们以最大的勇气，使他们毫不畏怯的，去作晨鸡之鸣。所以历史上的史官与谏官，颇有一些为真实与真理而牺牲的，但他们给天地间确保存了这一脉的正气，而使人类不至于沦而为禽兽。所以他们的牺牲是极有代价的。至于现在的记者可以说负了史官与谏官的双重使命，在时实的记载上，如史官；而在政治的批评上，似谏官。对于整个政治的窳败，国家的盛衰，同民族的兴替，记者可以说负着很大的责任。他们必须具有湛深的学识，卓绝的眼光，客观的态度，与大无畏的精神，才能够"无忝厥职"。至于那些专事阿谀，奉迎，借此为进身之阶而自欺欺人之辈，他们的言论同记载也不过像魏收的《后魏书》，适足以成为秽史而已。

反过来，我们历数①历代贤名的君相，没有不是虚怀若谷，从善如流的。即如赵穿弑晋侯，而董狐书为"赵盾弑其君"，可是赵盾并不因此而罪董狐。郑人游于乡校，以议执政之善否，子产不但不毁乡校，而且说："是吾师也"。其次如汉之武帝，唐之太宗，以雄杰之主，而能容汲黯、魏征之廷②折。所以他们在政治上都有着旷代的成绩。《孝经》中说：

> 昔者天子有争臣七人，虽无道不失其天下。诸侯有争臣五人，虽无道不失其国。大夫有争臣三人，虽无道不失其家。士有争友，则身不离于令名。父有争子则身不陷于不义。

所以在现在我们期望一般的记者，要有董狐、汲黯的那样憨直的精神，来作政府的争臣与社会的争友。同时从政者也要有子产、汉武那样的恢阔的度量，容纳与接受批评。这样整个的社会与国家，才会有长足的进步。

---

① "历数"，原稿漫漶不清，姑且录以待考。
② "廷"字，原稿漫漶不清，姑且录以待考。

现代教育中的训导问题①

现代的教育，一般人都感到的缺陷是知识的传授，重于人格的陶冶。所以一些从学校出身的青年，往往很容易的受恶环境的传染，同化，失去他固有的纯洁。

要说起来，中国古代的教育，是知德并重的，有时简直可说是德重于知，即如《论语》中孔子曾说：

> 弟子入则孝，出则悌，谨而信，泛②爱众③，而亲仁。行有余力，则以学文。

子夏也说：

> 贤贤易色，事父能竭其力，事君能致其身，与朋友交，言而有信，虽曰未学，吾必谓之学也矣。

这都可以看到孔门中是把人格教育列在第一位，而知识教育，是放在第二位的。两汉以后，有所谓选举，他的登进人才的标准，不是学识，而是品德。所谓"孝廉方正"或"孝悌力田"。所以从汉一直到魏晋六朝，一般士大夫都非常的重视品德，爱惜名节。到了唐代，才开始用诗赋取士，宋代制策，明清八股，这似乎是看重了才情同学识，从这里不会培植出贞节直谅之士了。可是从宋以后，产生了一种书院制，恰

---

① 《现代教育中的训导问题》，刊南阳《前锋报》1942 年 11 月 3 日第 1 版"时论"栏，署名"访秋"。

② "泛"，原稿为"汛"，校订者改。

③ "众"，原稿为"重"，校订者改。

恰可以补这种科举制之不足。这些书院中的讲席，多半是一些硕德耆儒，从学的，一面固然是想要学得一种专门学问，而同时在人格上，也无形中受到了老师的潜移与默化。所以自宋以后，虽然在政治上常常不免遭逢着所谓阢陧时代，但凡①遇着这种时机，就会有一二哲人出来，倡导新学，转移世风，这就不能说不是这种书院制的成功了。到了近代，书院废而学校兴，就学术本身的探讨上说，这是一个绝大的进步。本来近代的学术，尤其是科学②，简直是要没有现代学校的设备同组织，根本就无从研究。所以近三十年来，我国的学术一③直是突飞猛进，超迈往古。不过所差一点的，就是关于人格的陶冶，未免有点太偏畸了。

要说起来，学校教育又何尝是专注意于知识的灌输，与体魄的锻炼，不也很注意于品德的修养吗？但其结果不能收到良好的效果的，当然有他客观的必然原因。

首先是一般教师，大半只是负责课堂上的讲授，至课外学生的生活，是压根不过问的。这本不足怪，因为教师每个人担任的课程都非常的繁重，他除掉上课与改课外作业，根本无余暇来顾及其他。再者④说在课程上，多半都是钟点制，这种制度，完全把教育商业化了。作教师的，多认为我为你上了一点钟，拿你一点钟的薪水，上了课，就算尽了我的责任，别的我全管不着。

因为教师不能负训导的责任，为专责成起见，就设了学监，以后改为训育主任，再改为训导主任，其实是一样的职务，不过是名字上的变更罢了。主任之下间或设一二课员（班次多的是如此），他们所管的多半是课堂上学生之旷课与否，晚上早上学生是否能按时休息或起床，此

---

① "凡"字，原稿漫漶不清，姑且录以待考。
② "科学"，原稿为"科书"，校订者改。
③ "一"字，原稿漫漶不清，姑且录以待考。
④ "者"字，原稿漫漶不清，姑且录以待考。

外就是工作的勤惰，或言行的越规与否。大致说来，最负责任的，也不过是能使学生按着学校的规程去作去，至于不负责任的，那就等而下之，更不必说了。可是就那般负责任的，他们所能作到的，也不过是"外范"，说不上"自发"。学生在学校你把他管理很严，叫他不要这样，不要那样，但一出校门，你就没法禁止他，于是乎什么都能干得出。已往的学者对学生的指导，是启发他的良知，鼓励他的志气，不是消极的制止他不为恶，而使①积极的使他为善。所以就是离开了师长，也仍然不失其本然之美。所谓"磨而不磷，涅而不缁"，能成功为社会上的中流砥柱。

近几年来，我国教育的最高当局，也深切的感到过去学校中对于训导的失败，于是才决定实施导师制。按说这很可以补过去之不足了，然而施行数年的结果，就一般学校来说，仍不免是有名无实，收不到当初预期的效果，其所以如此的原因，不外由于下列诸点：

一、导师自身不能够以身作则——在大学中学里边，只要是教员，都须担任导师的职务。而这些教员，不尽然是品格高尚的，颇有一些行为不检，生活浪漫的，作导师的自己的行动既不足为训，试问他怎么还能够督导他的弟子呢？

二、导师为无薪给的职务——导师本来对学生负有督导的任务，应给以相当的待遇，以专责成。权利义务，本是相对的，既有薪给，则支此薪给的，自不能不负责任。

三、导师的课程太多——现在中学教师，每周任课起码二十小时，又多至二十五六小时者，这样除上课同改作业，根本就没时间了，试问他们那里还有功夫去督导学生？

这几项恐怕是导师制不能收到成效的主因。为矫正此弊，我认为：

---

① "使"，当为"是"。

一、学校当局对聘任导师，要特别的慎重。聘教师，只要学问好，就可以了。但聘导师，就非得"品学兼优"不行，于不得已，不妨舍学而从品。务期使学生看到导师的言行，而能收到潜移默化的功用。至于品格有缺，只可作教师，是不配作导师的。

二、改导师为有□职务，使任导师的认清自己地位之重要，而勿推卸其应尽的责任。

三、减少导师的授课时数，使导师有充分时间，来领导自己的学生。

四、在可能范围内，导师应与自己所导的学生住在一起，使学生日常生活，能同导师打成一片，这样日熏月渍，自然可以使学生慢慢走上正当的路①途。

总之现在教育商业化的结果，使教师视教书为知识的贩卖，学生视求学为智识的购买，这是极端错误的。因为如此，所以师生相处犹如交易，一出学校，视同路人。这种情形，在学生方面是以之治学，不能够有深邃的造诣，以之作人，难得到雨□之益。所以目前如果②要想使教育收到知识的传授与品格的陶冶的双重效果，一方面□要彻底肃清这种教育商业化的观念，而另一方面也要勇敢的革改过去不合时宜的措施，使师生之相处如过去七十子之于孔子，这样或者窳败的学风可改，而颓弊的世风可移吧。

三一，十，二五。

育才与用才③

现在我们常常听到有些事情找不到人来作，因之当主官的，时时发

---

① "路"字，原稿漫漶不清，姑且录以待考。
② "如果"，原稿漫漶不清，姑且录以待考。
③ 《育才与用才》，刊南阳《前锋报》1942 年 12 月 30 日第 1 版 "时论" 栏，署名 "访秋"。

出"才难"之叹。要说起来，也很奇怪，国家办这么多的中学大学，不是终天在那里培植人才吗？为什么还会感到人才的恐慌呢？同时我们不是还常常看到有些中学大学毕业生在那里赋闲，找不到差事吗？一边是吵着有事没人干，一边又嚷着有人没事作，这种矛盾的对照，不是有点太令人不可思议啦吗？

实际我们只要一考察，就会觉得这是原无足怪的。尽管有人在找事，同时也尽管有事在找人，但是就不能把他们捏合在一起。因为事要得找适当的人，才能作好，决不是随随便便，拉个人填空，就可以了。所以尽管有人在找事，但并不能救济"人才荒"于万一。

究竟为什么人才如此难得呢？简单一句话，是没有人在着①意去培植。为政用才，"犹七年之病求三年之艾"，平时不畜，而一旦用的时候，就想来拉，自是要有才难之叹。

现在一般为政者，都有着这种观念，就是认学校为培植人才的所在，有那么多的中学或大学，用人的时候，只要向学校去拉就可以了。其实这是大错而特错。学校是培植人才的所在，自无可疑，但学校的学生，只可说是人才的素材，他们之能担负社会上某一种任务与否，还有待于适当的琢磨与洗练，并不一定每个学生都可以作任何的事情。有时用之不当，于事无补，而且把这个人也斫丧了。

中国社会可以说根本不是培育人才的环境，我们看到有多少青年，在学校时都是光明俊②伟，雄姿英发，但一到社会上，浮沉了几年，都变成了阘茸委琐，颓丧堕落的了。所以往往本是可以成为人才的，但一到社会，不但不能发扬蹈厉，反而沉溺下去了。在这样的情况下，一个行政的主官，想要作一番事业，预备选拔一批有为的干部，但举目一看，社会上所有的无非是这一些变质的青年，无怪乎要兴"才难"之叹了。

---

① 原稿"着"字漫漶不清，姑且录以待考。
② 原稿"俊"字漫漶不清，姑且录以待考。

可是我们试一反观历史，每每一个伟人的兴起，对于人才往往是经过长时期的网罗陶镕，然后部下才能人才"济济"，成就其所谓大业。可见人才并不是现现成成的，在那里放着，可以凭你自由引用，而是需要能预先的培植训练，才能够为你所用。就好像一个木匠，想建筑一座宫殿，山中的木材尽多，但这些木材，只是可以作为栋梁的素材，他要用的话，务非得经过一番的选择，配置①，与修刷不可。

由此可知，社会上人才的缺乏，不一定真是缺乏，而是一般用人者光想请现成的，自己不肯陶铸鼓励，诱掖提携，不育才以备用，而光等学校来替他培植，一旦用的时候，找不到人，而慨叹现在教育的失败，人才的缺乏，不是有点太可笑啦？

其次是用才，我们觉得现在一般从政者，一方面既不能育才，同时也不善于用才。所谓用才，在能使人称其职，职得其人，人称其职，则人无废才，职得其人，则官无废事。但如何才能够作到人称其职，职得其人呢？首要在用人须有客观的标准，不能凭关系，任好恶。什么是客观的标准？即（一）资历，（二）考试。根据资历，则杜绝侥幸之心，由于考试，则真才不至于埋没。

中国政治一向所犯的大病，即在□人才而重关系，故往往有真才实学者因无大力的推荐，以致沉郁而莫达，而庸懦之辈，反因一时的际会，而身历青云。这种结果，适足以鼓励一般人不从事于德业的进修，而一惟殚精竭思于人事的应付，与关系之拉拢。在这种情况下，想使人称其职，职得其人，野无遗才，官无废事，不是等于缘木而求鱼吗？

所以我认为欲求政治之上轨道，首在能宏奖人才。而宏奖人才之法，第一，一般政治当轴在能随时注意诱掖提携，督劝之，鼓励之，而能使人人自奋，愿竭力以报效于国家。其次用人之际，一面要察其所

---

① 原稿"置"字漫漶不清，姑且录以待考。

学，考其资历，而量能授官。至于无由得闻之士，则用普遍的考试法。现在的普考与高考，还不能鼓励所有的人都去应考，主要原因在政府对此尚未能十分重视。将来如能凡有宜吏必出自考试，而凡从考试出身者，则均视为无上的光①宠，这样自然人人重视考试，而真正人才，自然就会日多一日了。

总之人才不能自生，必有赖于当轴之善于培育。同时人才不能自用，更有赖于当轴之善于任用。只要所有在位者，人人都持人才主义，思贤若渴，而访察之，援引之，鼓舞之，则人才自不可胜用矣。人才既多，然后量能授官，因才任职，这样子，自然而然的百废可以俱举，庶绩可以咸熙了。

三一，十二，十一日。

儒家的乐观主义②

一般人都晓得儒家的主张是入世的，可是这种入世的主张，是怎样产生的呢？我认为这完全由于他们对人生所持的态度是乐观主义的缘故。

孔子的一生，可说是最不得意了，栖栖皇皇，周游列国，伐木于宋，厄于陈蔡，但他自始至终是乐观的。他说：

> 饭疏食饮水，曲肱而枕之，乐亦在其中矣。
> 发愤忘食，乐以忘忧，不知老之将至。
> 君子坦荡荡，小人长戚戚。

---

① 原稿"光"字漫漶不清，姑且录以待考。
② 《儒家的乐观主义》，刊南阳《前锋报》1943 年 4 月 23 日第 1 版"时论"栏，署名"访秋"；又刊开封《正义报》1946 年 11 月 15 日第 1 版"星期五论文"栏，署名"霜枫"。此据《前锋报》录入。

可知他无时无刻不是在快活中过日子。颜子一生也是贫苦潦倒，而孔子称他"不改其乐"。宋儒周茂叔教程子，每每寻孔颜乐处。

究竟儒家这种乐观主义，是建树在什么上面呢？这是颇值得探讨的一件事。首先我们来看儒家对于宇宙的观察，孔子的"言性与天道，不可得而闻"，可是他也并非一点没提到。《论语》中载：

> 子曰："予欲无言"。子贡曰："子如不言，则小子何述焉?"
> 子曰："天何言哉！四时行焉，百物生焉，天何言哉！"
> 子在川上曰："逝者如斯夫，不舍昼夜！"

这已经是说明宇宙乃是生生不息、日进无疆的。《易传》产生虽晚，但内容确系儒家的，与孔子之见，并不相背。里边讲：

> 天行道，君子以自强不息。
> 盛德大业至矣哉，富有之为大业，日新之为盛德。
> 生生之谓易。

宇宙间最可贵者，莫过于真，美，善。宇宙流行不息的本体，即真。而其所向之目标，即美，即善。所以宋儒讲：

> 观天地万物气象。
> 万物之生意，最可观。此元者善之长也，斯所谓仁也。

这最足说明儒者对宇宙的认识。

宇宙既是如此，至于人生于天地之间，所谓"天地之塞吾其体，天地之帅吾其性"，自应当效天而法地，朝乾夕惕，以期与"天地合其佳。"以仁存心，以礼存心，诚以求之，敬以持之，而达到所谓：

> 宇宙即吾心，吾心即宇宙。
> 廓然而大公，物来而顺应。

的境界。一到了这种境界，胸中自然常常是洒洒落落，如"光风霁月"，无时无刻不是快乐的。觉得前途永远是光明的，而人生永远是有意义的。

不过乐观主义极容易被人误解为享乐主义。而这种种享乐主义，对社会来说，是极为要不得的。首先，它有点是近于个人主义，一切的行动，纯粹由个人的利害观做出发点，只顾一己，而不管其他，往往视世人之痛苦惨怛，而淡然无动于衷。其次又最容易流于颓废的一途，不是沉于酒，就是溺于色，在麻醉荒淫中葬送了一生。

我们试就历史上看，每每当乱离的时候，所谓厌世的悲观主义最容易流行，由于厌世悲观的结果，必然的要走到颓废的享乐主义的道上去。可是目前呢，虽然说正是民族走上复兴之路的时机，而一些看不清时事的瞎子，仍以为与一般的乱世无异，因之由悲观而颓废发①的，颇不乏人。至于那些不颓废的，又多半是自私自利，专为个人打算的人。

为矫正以上两种流弊，我们似有提倡儒家的乐观主义的必要。由此可以令每个人了解个人与宇宙的关系，个人在社会上所负的使命与责任。而且进一步，让一般人知道：所谓世间最崇高的，是能泽及人类，惠及万物的人；最明哲的，是能从小我的利害圈子中解脱出来，进而至于忘我的人；最快活的，是能够不为个人的得失所萦，而能与物同乐的人。

---

① "发"字疑衍。

晓得了这些道理，则社会上所谓同情与博爱，奋勉与互助，自然不用提倡，就会产生出来。所谓猜忌与奸诈，倾轧与残贼，不用排击，就可以消灭下去。

所以孔子虽是出于乱世，而其理想乃是大同之世。我们敢相信，由孔子这种乐观主义作基石，而推阐开去，则未来的大同世界，并不是什么"乌托邦"，而会有实现的一天的。

三二，四，八。

谈交友①

什么是朋友？朋友是两个人彼此间借着友谊的联系，而产生出的一种结合。这种友谊的构成，一部分是基于感情的相互融洽，一部分是基于理智的相互了解。这种友谊，在道义上说，是举行的切磋与琢磨；在功利说，是事业的互助与提携。一般的来说，大概认为朋友的意义，不过是如此。可是有更深一层的所谓超功利与超道义的，倒往往为人所轻忽。此深一层者为何？即由彼此的认识而得到的相悦以解之乐。这一种乐，不是从别处可以获得的，它是兼有读会心的书与写抒怀的文时二者所共有的乐。所以朋友是不可少的，而尤其是这种"相悦以解"的朋友。

古来的圣哲，一生中汲汲皇皇所求者是这种朋友，灵均因为"世混浊而莫②我知"，所以才走到自杀之路；卓吾因为找道□③而南北奔驰，"不惜歌者苦，但伤知音稀"。"士生于世苟④得一知己，可以无憾"。可见朋友易交，而真正的知己，则极其难得啊。

我们由朋友，而推至于其他各伦，除了父子的关系外，其余都非具

① 《谈交友》，刊南阳《前锋报》1943年4月28日第1版"时论"栏，署名"访秋"。
② 原稿"莫"字缺，校订者酌加。
③ 原文不清，疑为"侣"。
④ "苟"字，原稿漫漶不清，姑且录以待考。

有像真正的朋友似的因素，那么相处，是决难十分相得的。即如君臣（现在可以说是主属），本有上下之分，然而非君知臣，臣信君，如汉高之于子房，昭烈之于孔明，是不易建立出那种开国的伟业的。至于兄弟间，历来友爱之情最笃的，无过于士衡之于士龙，子瞻之于子由，其所以能如此者，亦正因彼等彼此间能相互了解之故。说到夫妇，"父母之命"之与"自由结合"之不同者，亦即在此。前者是强迫而成，两人并不见得相识自然说不到相知，更不必说相爱了。以一对陌路人，而强之终日厮守，期乎白首，这真有点太荒唐了。后者之所以比较容易得到幸福，即因为他们的初步，是建立在友谊基础上的。先有了朋友的关系，能够相互理解后，才进而走到夫妇之路的。萧伯纳似乎曾经有着这样意思的话，即兄弟之所以不如朋友者，即兄弟之结合是由于必然的关系，而朋友乃是出于自由选择的结果。至于新旧式婚姻之不同，也可以作如是观。

真挚的友谊即是如此的可贵，而如何才能获得这种友谊？自是很值得思索的一件事。

一般社会上的人，往往把酒食相邀，有无相需，与势力相假，视为交友之唯一目的，实际说来这纯粹是商贾的行径。所不同者前者是当面讲价钱，后者是心里边打算盘，都不外是斤斤计较，合着了干，合不着散。以此而言友谊，友谊云乎哉！

说到这里，比较起来，孔孟之见，还是确有可取之处。孟子讲：

> 不挟长，不挟贵，不挟兄弟而友，友也者，友其德也，不可以挟也。

孔子讲：

> 益者三友，友直，友谅，友多闻，益矣。

他又讲：

> 无友不如己者。

不过后边这句话颇引起不少人的误解，以为这是讲不通的。譬如我交友时，持一个"无友不如己者"的态度，于是凡遇不如我的都一概的瞧不起，而不屑与之交。可是反过来，我们认为胜于己的，要与之纳交，而此人也一样持的是这种态度，不是也会同我轻视别人给拒绝别人一样，轻视我拒绝我吗？这样一来，人世间还有什么友谊之可言呢？

实际这句话不是这个意思，应当把它与前句参看，就容易明白了。每人各有短长，即以直、谅、多闻，三者而言，或具其一，或具其二，而能三者兼备的，实不多觏。只要他有一端之长优于我，我即可与之纳交。如三者都不如，那自然可以拒绝与之来往。但这话也只是对一般中人的说法，至于修养纯熟，德高业隆的，就不必如此狭隘了。《论语》中子张篇有段对话，即可知孔门中还有另外一种博大的精神在。

> 子夏之门人，问交于子张。子张曰："子夏云何？"对曰："子夏曰："可者与之，其不可者拒之。"子张曰："异乎吾所闻。君子尊贤而容众，嘉善而矜不能。我之大贤欤，于人何所不容。我之不贤欤，人将拒我，如之何其拒人也"。

像子张这种汪洋的胸襟，才是孔学的真面目。

不过我总觉得儒家这一些话，对是极对，可是总不能摆脱功利主义的色彩。我认为所谓真正的朋友，乃是一种气味的结合，互相了解，互相同情，两人相对，或纵谈终日①，或默默无语，而彼此心灵互相了②然，而达到如渊明诗中所谓"不觉知有我，安知物为贵"的境界，是多么有意味啊！至孔子所说的"有朋自远方来，不亦乐乎！"他当日之所"乐"，恐即今日我之所谓乐也。所以我对三百篇中诗，最喜欢的是这两篇，即《风雨》同《蒹葭》，每读至

> 蒹葭苍苍，白露为霜，所谓伊人，在水一方，溯洄从之，道阻且长。溯游从之，宛在水中央！

即不禁有无限绵绵的怀友之情，油然起于胸际，而生出莫名的怅惘。至

> 风雨如晦，鸡鸣不已，既见君子，云胡不喜！

即觉心中快然，好像是百无聊赖之时，知友驾临，痛抒衷素，为之欣慰无似。惟③这种境界，才真是绝对超功利的纯真的友谊，是人间最不易得，最值得珍惜的一种友谊。

总之，少年，需要朋友的鼓励，中年，需要朋友的协助，老年，需要朋友的慰藉。无论在人生中任何一段，都是离不开朋友的。

我们交友，应该以道义为起始，以相悦以解为终极。要竭力祛除功利之见，而尤其不可坠入低级的，像酒食征逐一类的旋涡中。

---

① "纵谈终日"四字，原稿漫漶不清，姑且录以待考。

② "了"字，原稿漫漶不清，姑且录以待考。

③ "惟"字，原稿漫漶不清，姑且录以待考。

大处着眼小处下手①

已往我常常从别人口中听到，"大处着眼，小处下手"这句话，可是一向对之既不甚了然，同时也不十分注意。年来读书稍多，阅世稍广，才深深的体会到它的意义与它的价值。它确切是我们治学应世最应持，而且必不可少的一种态度。下边我愿就个人管见所及，对之略加申述，以就正于高明。

首先就治学而论，不管是史学，文学，以及科学，虽然研究之对象不同，而态度总归是一致的。目下姑就史学来说，譬如我们研究历史上某个人物的思想，若我们对其他任何书不读，而专读这个人的集子，那你就是把它读得烂熟，你对他还是不曾有彻底的了解。所以王荆公曾说："世之不见全经久矣。读经而已，则不足以知经。"（《答曾子固》）就是这个意思。你要想真正的了解他，你必须对整个的思想史先有一个概念，继之对这人所处底时代的时代思潮，有一个较为清楚的认识。那么再读这人的书籍，保管你对他的思想就可以明白个大概了。然后再将这人的师友，以及弟子，凡是与他有过关系的学者的集子，作一番研究，那你对这人的了解就会更深一层。到这时候，你脑中自然而然会产生出许许多多的问题来，这人在某点与甲同，某点与乙异，某点渊源于丙，某点影响于丁。光有假设，是不能成为定论的，你必须逐字逐句，详细的参考，小心的比较，找出他们同异的确凿证据来。论据已够，那你再提笔命篇，不成问题的，可以写出一篇较为正确的东西来。

这一个程序，是整个的，不可分的。但要勉强分起来，寻找论据以前，所谓注意历史的演变，同时代的特色，由此而提出一些假设来，这

---

① 《大处着眼小处入手》，刊南阳《前锋报》1943年5月17日第1版"专论"栏，署名"访秋"。

是"大处着眼"。自寻找论据以后，注意于枝节，从片言只字的考证，来解决一些小的问题，从许许多多的问题的堆集上，来解决一些大的问题，这是"小处着手"。

治学应如此，即应世亦何不应如此。我们要明白宇宙间的一切事物，没有孤立的。就是一件极小的事体，譬如老李家里今天丢掉一只鸡，老王今天打了老赵一顿，我们要追索起来，都有其客观的原因，与错综的关系。古人所谓："鲁酒薄而邯郸围①"，就是说明一切事情，没有不是彼此息息相关的。所以一种问题之能解决与否，全要看你对这问题的认识程度深浅以为断。所以从大的时代，与整个的环境中去看某种问题之所以发生的原因，那你对这个问题就可以有个十之六七的了解。既已了解，然后再找出一套适当的方略，去应付，到了②没有不可以解决的。所以认识此问题之真相，为"大处着眼"，而解决此问题之适当办法，是为"小处下手"。

其次再就个人的一生事业而论，自己要决定自己一生事业的目标，必须有远见。一个人的志趣与环境，时代的需要与风尚，价值的暂③时与永④久，关于这些，先作一番考察与分析，然后再来决定。可是决定后，想要实现它，就得有缜密的计划，坚毅的意志，与勤劬的努力。切切实实，一步一步迈向前去，不达目的，永不休止。这样才会获得成功。所以决定目标，为"大处着眼"，而一点一滴地去实现它，乃是"小处下手"。

不过一般人在性格上，大致不外两种类型，即"高明"与"沉潜"。高明者流，往往能高瞻远瞩，窥见其大者、远者，但往往不屑于去下死功夫，或疏于小者近者。这就是不能从"小处下手"。而所谓沉

---

① "围"字，原稿作"危"，校订者酌改。
② "了"为河南方言，即"结束""最终"的意思。
③ "暂"字，原稿漫漶不清，姑且录以待考。
④ "永"字，原稿漫漶不清，姑且录以待考。

潜者，对于一切问题最喜欢埋头钻研，但又往往泥于一方，而不能观其会通，以致走进牛角尖中去，这就是不能从"大处着眼"。

因为这种原因，所以在思想史上就有程朱与陆王之争。一主道学问，一主尊德性。一从格物入，一从立大人。宗程朱者诋陆王为"空疏"。尊陆王者，诋程朱为"破碎"。其实两派末流，都不免各有所蔽，真正程朱与陆王，何尝是如此？他们入手虽不同，而其终极则□无二致。要就这派来分析，程朱主先从"小处下手"，而陆王主先从"大处着眼"。但不论先从"小处下手"也好，或先从"大处着眼"也好，最后没有不是都作到这两种功夫，才成为一代大师的。苟程朱专限于从"小处下手"，那他们当然建立不起他们那种广大而精深的哲学体系；陆王如专限于从"大处着眼"，又怎能证成其高远而弘通的思想，而藉以淑世善俗？不过末流不肖，常不免稍有所得，即沾沾自喜，而不能臻于极境。于是尊程朱者，流而为"破碎"之考证，尊陆王者，流而为无根之游谈。但这又何尝是程朱陆王之过呢？

至于政事，高明者，或达□治体，而不措意于兵、农、钱、谷诸细事。而沉潜者，又往往专泥于制度法令之改革，而又昧于当时环境之□势，及如何推行之步骤。前一派如王夷甫之清谈亡晋，后一派如王介甫之新法弱宋，均所谓知其一不知其二也。必如子产之治郑，孔明之治蜀，既明于大体，而又详于枝叶。本末兼治，巨细必究，才能收到扶危济倾，转弱为强之效。

归根结底，"大处着眼，小处下手"一语，一方面是我们治学应世应持的态度，同时也是我们一生事业成功的不二法门。这两句话，虽已被人们说得烂熟了，但它依然具有一种崭新的意义在。所以我深切的盼望读者，其勿"河汉斯言"！

三二，四，十九，写于潭头。

纵横与法①

纵横家与法家，这两派的见解主张，根本是不同的。就他们的渊源说，纵横出于行人之官，最初是专办外交的，所以崇尚辩论。法家出于理官，是专官司法的，所以主核名实。到后来，由行人进而为纵横，益发的恢诞而诡奇了，于是由办一国的外交，进而包办国际的外交。至于理官衍而为法家，乃由决狱扩大而为对整个政治理论与策略的研讨，已经非复往日之拘于一方者所可比了。

其次就政府的任职迁官来说，纵横家他们自身，本来多半②是调三寸不烂之舌，由布衣崛起而为卿相的，所以他们主张只要是奇才之士，就应该待以不次之位。可是法家最反对这一点，他们主张要本资历，要由渐进，不能光听浮说。所谓"试之官职，课其攻伐。宰相必起于州郡，猛将必发于卒伍"。这样才不至于滥。

再次就一国的政策而论，纵横家是主张"事智于外"，他们好借此以立奇功。而法家则③总是主张"行法于内"，然后再由近以及远。

最后就他们仕官的目的而论，纵横几乎很少不是以求得个人的荣誉为出发点的。而法家则比较倾向于为多数人谋福利。即前者出于私，后者出于公。

就因为以上各点之不同，所以这两派就有着不能相容之势。盖政府如实施法家的主张，那么对纵横就应予以摈斥。如尊重纵横家的意见，则法家就无从彻底实施其政策。要按这两派产生先后说，纵横较早于法，所以战国末叶韩非就痛斥纵横之士，他说：

---

① 《纵横与法》，刊南阳《前锋报》1943 年 5 月 24 日第 1 版 "专载" 栏，署名 "访秋"。
② "多半" 两字，原稿漫漶不清，姑且录以待考。
③ "则" 字，原稿漫漶不清，姑且录以待考。

群臣之言外事者，非有分于纵横之党，则有仇雠之忠，而借力于国也。纵者，合众弱以攻一强也。而横者，事一强以攻众弱也。皆非所以持国也。……故周去秦为纵，期年而举。卫离魏为横，半岁而亡。是周灭于纵，卫亡于横也。（《五蠹》）

又说：

是故事强，则以外权市官于内；救小，则以内重求利于外。国利未立，封土厚禄至矣；主上虽卑，人臣尊矣；国地虽削，私家富矣。事成则以权长重，事败则以富退处。（《五蠹》）

所以最后他称这般人为"邦之蠹"，而谓："人主如不除此，则海内虽有破亡之国，削灭之朝，亦勿怪矣。"

到了汉代，纵横与法家在政治上就实际上发生了冲突。文帝时爰盎与晁错之互相倾轧，我就觉得他们之交恶，是由于思想之不同。错为法家，已毫无问题。而盎虽不全为纵横，但有点近于纵横。最初错欲陷盎，而未决。结果反为盎所害。武帝时张汤为廷尉，他是法家，所以对于纵横最不客气。他治淮南衡山江都反狱，皆穷根本。即如严助、伍被二人（均纵横家），武帝本欲从轻发落，但他力争，竟然置严、伍于死地。到了后来，长史朱买臣、王朝（均纵横家）等，反过来诉①汤贪污，讦汤阴私，武帝遣人责汤，汤遂自杀。

这两桩事在学术史上固然是不可轻忽的，就是在政治史上，也是很值得寻味的。这两派本来不同，纵横原适宜于乱世，在部落集团互相竞逐的时期，他们是有其效用的，往往能折冲樽俎，一言而可以兴

———————————

① "诉"字，原稿漫漶不清，姑且录以待考。

邦，一言而可以丧邦。但到统一之局势已定，开国定制的时候，这就有赖于法家了。我们试看历代在大乱之后，澄平之初，没有不是用法治来收邦治之效的。齐之管仲，秦之商君，魏之武帝，蜀之孔明，这都是很显著的例子。不过后来因为法家流于残刻少恩，与我国中庸的国民性不甚相合，因之历代的政治家，大半寓法家于儒家之中，阳弃其名，而阴袭其实。所以从表面上看似乎一些政治家，都不是法家，而实际可以说没有一个不是采取法家的精神的。至于纵横，到两汉以后逐流而为政客，专以兴风作浪，挑拨是非，藉为个人从中谋利之计。他们平居是"唯恐天下之不乱"，所以韩子对之深恶痛绝，而认为是明王之所必诛的。

由以上的情形而论，就可以晓得我国今后的政治所应定的途径了。假若要想使政治迅速地上轨道，就非得向法治这方面迈进不可。所谓法治的要点为何？很简单的，即用人必由考选，这样才能塞奔竞之风，而绝夤缘之弊。其次，升迁黜陟，应有客观的标准，不能以主司个人的好恶喜怒为转移。能够综核名实，信赏必罚，那么真正有①能之士自然才不至于埋没，而侥幸之徒，也就无从施其技了。再次，一切政令一决于法，无私情通融的余地。韩子即②以宽缓之政，治急世之民。而子产谓"火烈民望而畏之，故鲜死焉。"所以法令严峻，自然可以矫正由上而下的泄沓因循之风。

总之我国自民初以来，因为军阀的割据，与政治的紊乱，于是积弊③相承，沿袭成风，而奔竞侥幸之心，深中于人心而不可拔。甚至一般目不识丁者，朝入军营，即欲④暮为将帅。而不学无术者朝登仕途，即欲暮据要津，这都是深受纵横一派的流毒之所致。此风不革，此心不

---

① "有"字，原稿漫漶不清，姑且录以待考。
② "即"字，原稿漫漶不清，姑且录以待考。
③ "弊"字，原稿漫漶不清，姑且录以待考。
④ "欲"字，原稿漫漶不清，姑且录以待考。

除，则政治即永无澄清之一日。故居今日而言政治，应速从遏抑纵横之风，而提倡法治精神始。

三二，五，九。

从现在的大学教育说到考试制度①

大学是培植专门人才的地方，这是谁都承认的。但从大学中走出来的学生，是不是个个都够得上称为专门人才，那就很成问题了。本来也很难怪，每个大学都是容了那么多的学生，他们的天赋不同，家庭的环境不同，而出身的中学又不同。虽然说进学校门时，都曾经过同样的考试，但是录取的程度，并不是没有若干的差别；加以到学校中待了四年，有的是夙兴夜寐的努力，有的是优哉游哉的逍遥，像这样的情形，试问他们的成绩，怎能不相去悬殊呢！

按道理讲，这一群参差不齐的学生，到社会上，应该是优者成功，而劣者被淘汰才是。但事实竟有大谬不然者。往往优异者因为脑力全用于学问的探讨上的缘故，结果对人事的应付，颇不免有点疏略。到社会后，再没有大力为之援，常常的怀才不遇，沉郁莫达。至于那般程度较差的，往往专力于人事的应付，与交情的拉拢，结果反容易得到地位。同时中国官场中的积习，照例是重人情而忽略人才，重表面而不注意实际。于是一般阘茸者，反得到夤缘递升，而高才者，竟至一筹莫展。为时既久，于是不论为庸懦，为豪俊，均相率而走入应付软媚之一途，结果就形成一种泄沓因循的作风。

由以上的情形，于是就无形中造成两种不良的现象：一是在校的学生，视学问为无用，而以终日伏案为迂阔。于是渐趋于马虎敷衍，以消

---

① 《从现在的大学教育说到考试制度》，刊南阳《前锋报》1943 年 6 月 21 日第 1 版 "时论"栏，署名 "访秋"。

磨此数年之时光。认为只要文凭到手，是不愁混不到事的。这种心理的结果，于是反映出的，是大学中研究风气之日趋消沉，相互而流于酒食征逐，与堕落颓唐。长此以往，不但社会上难以碰到真正的人才，甚至整个的民族文化，也要因此日渐低落。

其次是社会上各部门的事业，既然那一些不学无术者可以随便滥竽，当然一切的事情，只不过是维持局面，因循苟且。要想来振衰起弊，有所作为，压根是不可能。

但是这种病根，究竟在什么地方？是不是可以挖掘出来呢？我们可以说，病根是很清楚的，挖掘也并不是难事。整个的原因，是由于用人的制度问题。就是大学文凭，甚而至于硕士博士的头衔，不应把他们看得太尊贵了。关于这一点，国父早有见及此，所以他极端主张要恢复以往的考试制度，而中央五院中，就有所谓考试院之设。近些年来，如高等考试，普通考试，以及最近各省的县长考试，都可说是在慢慢地向这个路上走。不过就已往的情形看来，我们深觉得作的还有点不够彻底，因之一般人对之也就不十分重视。所谓不彻底者，一是录取的人，不一定就任以要职，而且往往是旷日持久，还有些得不到满意的工作的。二是不由此道，只要是有人事上的关系，一样的可以飞黄腾达，也许机会还要比这多①一点。因此大家对它看得都很淡漠。像这样，试问从这里，如何会能选拔出真正的人才呢？

我们试看过去的明清两代，以八股试帖取士，还能够产生出许多高才绝异之士来。其所以如此，即一则只要是能考中的话，官职是马上任命的。其次是士大夫出身，非由此途不可。三则从此途出身者，举世视为最光荣的事。于是天下所有之英才秀士，无不趋于此途。既都趋于此途，当然可以选拔出真正的人才来。

---

① "多"字，原稿漫漶不清，姑且录以待考。

所以已往的考试制度，其考试之科目，固多无用，其程序办法，亦多荒谬，不但率天下之人消磨精神于此无用之八股文与试帖诗，而且在考试时，故意压抑之，摧折之，侮辱之，使之骫骳从俗，阘然以媚于世，终于招致危亡。但其制度，并不是不可取的。我们不应该因噎废食的。

就我个人的所见，今后政府应当把学校看作纯粹培植人才的所在，而所谓毕业文凭与学位，也只能把它们当作一种参加考试时一种资历的证明，同时政府应当把考试普遍化起来，不只是行政人员，即所有之公共事业，所需要之人才，都要来一个试验的选拔，而作为录用的标准。这样的话，至少可以收到下列几点优良的效果：

一、在校学生，觉得出了校门，还要有一层难关，倘若自己不努力，没有真才实学，光混张文凭，作事是没把握的。那么在校时，欲谋将来之有较好的出路，就非得勉力进修不可。

二、所有学校毕业生，既必须经过考试，才能任用，那么每年无形中各学校毕业生的成绩，都要有一个比较。某校办的好，自然出来的学生被录用的就多，差的就少，那么每个学校当局，就不能不竭力来整顿自己的学校了。

三、每年既①照例举行一次普遍的考试，那么各机关需要的人员，自可由考试机关来按时供给。如此按图索骥，自无有事无人之弊。同时不经过考试，根本不能服务，那么一切无谓的请托，自然也就绝迹②了。

四、过去用人因无严格的限制，故主管人员可以随意进退部属。如有此限制，则彼欲用者，未必有此资历，欲去者，因无适当人选以替代，自然也就不能轻意更动了。

---

① "既"字，原稿漫漶不清，姑且录以待考。
② "迹"，原稿为"亦"，校订者酌改。

就以上四点看，我们可以说，惟考试才能改进校风，惟考试才能改变士风。但要真正作到这种地步，还得：

一、增设考试机关，现在中央虽有考试院，而实际，无若何事情。可是要真正厉行考试制度的话，光有一院，是不够的，非各省都为它添设一个下层机关不可。

二、考试的范围要扩大，举凡政府所需要之教育，财政，行政，交通，建设等人才，都必须于此中求之。

三、考试办法，要缜密，要严格。即如命题，监试，阅卷，以及分数之核算，均须有精密之组织，不容当事者有丝毫徇私舞弊之机会。

四、任用要迅速，既经录取之后，不妨稍事训练，即授以适当之工作。

五、要造成重视考试的风气。一面在任用上，一面在舆论上，对此由考试出入之人才，尊崇之，推重之，使社会人士均以由此出身为无上之光宠。

能实行此五者，就可以作到人才之选拔，必由是考试；惟考试，才能选拔出真正的人才的地步。那么古人所说的"野无遗贤，朝无冗官"，与"百废俱举，庶绩咸熙"的盛世景象，才能够真正的实现。

三二，六，写于潭头。

惩忿窒欲①

"惩忿窒欲"这一句话，最早见于《易经》中的损卦。以后宋儒常常的提到它，几乎把它当作一种修养的"话头"了。可是到了近代，一般人在反孔教反程朱的思潮中，都认为它有点太迂腐，因之对它也就

---

① 《惩忿窒欲》，刊南阳《前锋报》1943 年 8 月 20 日第 1 版"专载"栏，署名"访秋"。

不屑于再提起了。可是我以为不然。也不是说我有什么化腐朽为神奇的本领，只不过觉得它在修养上，还有值得我们注意的地方而已。

这句的意义，孔颖达正义释"惩"为"止"，释"窒"为"塞"，即"惩窒忿怒，窒塞情欲"之谓。但为什么"忿"必须"止"？"欲"必须"塞"呢？这就是现在我们所要讨论的了。

先就"惩忿"来说。忿是由于外物的刺激而生出来的一种忿怒的情绪。这种情绪，使人粗暴，狂悖，而失去其常态。在生理上，它对于人的健康，有着极大的影响。曾涤生曾讲"养生以少恼怒为本"。盖在忿怒时，"张脉偾兴，阴血周作"，因为过度的消耗，于是就从肝脏中输出大量的分泌物来。所以愤怒之后，没有不感到过度的疲惫的。

再就事理来说。人在心平气和时，对于外物比较容易识得其真象，可是在忿怒时，理智受了情感的激荡，就失去了它固有的灵明。荀子有个比喻最好，他说："故人心譬如盘水，正错而勿动，则湛浊在下，而清明在上，则足以见须眉而察理矣。微风过之，湛浊动乎下，清明乱于上，则不可以得大形之正也。心亦如是矣。故导之以理，养之以情①，物莫之倾，则足以定是非，决嫌疑矣。小物引之，则其正外易，其心内倾，则不足以决庶理矣。"

《大学》中有句话，足以与此说相发明，即"心有所忿懥，则不得其正。"所以平时的心，就系无风之水，晶莹如镜，天光云影，巨细毕照，而感情就如飓风，忿怒之来，如风之吹水，波涛汹涌，所反映之景物，顿即消失。因此常好忿怒的人，不仅不能终其天年，而且也决难担负起社会上重大的任务。所以历来的圣贤豪杰，他们的成功，多半在遭遇过多的挫折，经过孟子所说的"动心忍性"的境界之后。子房之功

---

① "情"疑误，当为"清"。

业，不成于其锥①始皇于博浪沙之时，而成于其匿迹下邳，为圯上老人三次取履之后。阳明之"良知"，不发明于其上疏弹劾刘瑾之时，而发明于其谪居龙场之后。可知"惩忿"，实为我们修养身心时，第一步应该痛下的功夫。

其次是"窒欲"。欲是人人所具有的，佛老二家都主张"禁"，这自是不可能的。至于儒家，孟子主"寡欲"，荀子主"节欲"，而宋代的程朱则主"窒欲"。清代戴东原深以宋儒之见为非，说他们杂有二氏之见，非孔孟之本旨，其言不为无理。可是要就宋儒的哲学体系来看，他们把理与欲当做两件相对的东西，而认为非绝去人欲，不能够持存天理，也并不是全然没有道理。盖宋儒之所谓欲，乃系人之私欲，一个人平时对于外物的观察必须在超利害，纯客观的立场上，才能识得其真。所谓"旁观者清"是也。但一有私欲横于心，即难超脱，即难客观，处处以个人之利害为出发点，则决难识得事物之真。所谓"以我观物，凡物皆着我之色彩"是也。所以庄子讲"其嗜欲深者，其天机浅"。孔明讲"非淡泊，无以明志"。可知惟有淡泊之士，其心境始能昭明灵觉，和融光澈，洞悉宇宙之奥秘，烛照世态之阴微，而不为私欲所蔽。

说到养生，孟子讲"养心莫善于寡欲"。一个人要终天驰心玩好，溺情酒色，很少不中道夭殂的。只有寡欲之士，得生理之自然，而能终其天年。

总之"惩忿"与"窒欲"二者，其初步虽仅限于修己，扩而充之，则可以有裨于治人。其初步虽仅可以寡过远怨，而其极致则可以优入圣域。一个人如真能不忿懥，少私欲，自可以达到明道《定性书》中所说的"廓然而大公，物来而顺应"的境界。平愉恬淡，不忮不求，持

---

① "锥"疑误，当为"锤"。

身虽穷居陋巷，布衣蔬食，而不改其乐；涉世虽坎坷潦倒，屡遭困厄，而胸襟洒落。如此，自然就可以无往不适，无适不可了。

三二，八，十。写于南阳。

谈名教①

以前胡适之先生，曾经有过一篇谈名教的文章，大意是中国自己向来无所谓宗教，要说有宗教的话，就只有名教。什么是名教：名是文字，名教是一般人对于文字的一种信仰和迷信。他就历史上，从古到今举出了许多的例证，最后的归结，是中国要想有前途，非得打倒名教不可。

不过现在我所要谈的，与胡先生所要打倒的并不是一个东西。就是他所讲的是迷信文字的一②种宗教，而我所要谈的乃是崇尚名誉的一种教育。

我们知道，社会上一般人终天的鸡鸣而起，孜孜屹屹③，所求的是什么的？一言以蔽之名利而已耳。不过名也可说荣誉，虽同利一样，不免于是为己，但它之取得手段，则必须根于为人。就是说一个人必须有功于社会，有功于国家，然后大家才能给他以崇高的荣誉。所以由此出发点的为己与为人的不同，因之它们之间，也就有着霄壤的差别。庄子讲"贪夫殉财，烈士殉名"。虽然说一样都不免于"殉"，但"烈士"与"贪夫"之在一般世人的眼目中，则迥乎不同也。

古代的哲人，对于名的态度，道与佛两家都认为殉名与殉利无异。

---

① 《谈名教》，刊南阳《前锋报》1943 年 10 月 15 日第 1 版"专载"栏，署名"访秋"。
② "一"字，原稿漫漶不清，姑且录以待考。
③ "屹屹"，当为"矻矻"。

庄子的臧与谷二人，亡羊的故事，最足以看出他的见解。所以庄子主张"忘名"，而佛则主张"断绝名根"。可是儒家就不同了，他们简直是要以名为教。孔子主张正名，他说"君子疾没世而名不称焉"，而他的大著《春秋》就是他用以正名的宝典。所以孟子说他"作《春秋》而乱臣贼子惧"。可知褒贬善恶，实可以说是以名为教的起始。后来儒者动不动好说"纲常名教"，足证名教确实创自孔子，而后来儒者之竭力提倡与卫护，是并非无因的。

就以上两派而论，道佛两家自是所见极高，但这只能说是为上人说法，一般人当然不足以语此。同时要遵循他们的见解作去，很容易走入消极出世之一路。我们要知道，人类是发展的，社会是永续的，我们既不能一天脱离社会而存在，则社会风俗之厚薄，与夫世道人心之善恶，就与自己有着密切的关系。明乎此，就可以知道佛二家之论之不足以为训，而儒家之见确为济世之良药了。

至于对名教的提倡，就历史上看，自春秋以来，由于政府方面的，则始于西汉，而盛于东汉。武帝时以"贤良方正"，与"孝悌力田"设科。光武帝，尊崇节义敦厉名实。东汉时党锢独行，诸公依仁蹈义，舍命不渝，国礼于上，而俗厚于下，实光武一人提倡名教之力也。由于士大夫方面的，则自宋之程张朱陆，及明之姚江，故当此二代鼎革之际，殉国死节者，后先相望。故政治之清浊，士气之优劣与夫民俗之浇朴，莫不视当时在位者之提倡名教与否以为断。

可是近百年来，我国社会有一急遽之转变，上流社会无正义，下流社会无是非，于是一般人士无论上智与下愚，几无不走入势利之一途。于是有地位有金钱者，则相率而崇拜之，赞誉之，决不论其行为之是非与其禄利取得之途经正当与否也。至于廉洁耿介之士，虽操持谨严，直道而行，但以其贫贱潦倒，于是即相率而鄙弃之，轻蔑之。在这种情况下，除非修养纯熟，富于定力者，很少不随波逐流，同其污秽的。世道如此，人心如此，而欲望治道之休明，风俗之淳厚，岂可得哉？

所以现在要想转移世风，仍需从提倡名教始，使人人知名誉之可贵，有非利之所能企①及万一者。古人称"三不朽"，所谓不朽，即声名之永存。太史公谓"古者富贵而名磨灭者，不可胜计，唯倜傥非常之人称焉，"亦即此意。如人人悉②知势力不足恃，荣名之可宝，则自然而然所作所为，均会从为人上着想，以期于能够"立功""立德"或"立言"。人人知乎此，人人能勉乎此，那么社会的前途，一定不会再像现在这个样子。顾炎武《日知录》中亦曾畅论斯旨，今扼要录之于后，以为本文之殿。

仲长敖《核性赋》谓："倮虫三百，人最为劣。爪牙皮毛，不足自卫；唯赖诈伪，迭相嚼啮。等而下之，至于台隶僮竖，唯盗唯窃。"乃以今观之，则无官不赂遗，而人人皆吏士之为矣；无守不盗窃，而人人皆僮竖之为矣。自其束发读书之时，所以劝之者，不过所谓千钟粟、黄金屋，而一日服官，即求其所大欲。君臣上下怀利以相接，遂成风流，不可复制。后之为治者宜何术之操？曰：唯名可以胜之。名之所在，上之所庸，而忠信廉洁者显荣于世；名之所去，上之所摈，而怙侈贪得者废锢于家。即不无一二矫伪之徒，犹愈于肆然而为利者。《南史》有云："汉世士务修身，故忠孝成俗。至于乘轩服冕，非此莫由。晋、宋以来，风衰义缺。故昔人之言曰名教，曰名节，曰功名，不能使天下之人以义为利，而犹使之以名为利，虽非纯王之风，亦可以救积污之俗矣。"

---

① "企"字，原稿漫漶不清，姑且录以待考。
② "悉"字，原稿漫漶不清，姑且录以待考。

庄敬日强安肆日偷①

我国从古代流传下来的格言，有许多，是已往的哲人对人生经过长期的阅历与体验后，才得到的结果，这种结果，不是由于个人的臆造，乃是从人世间许许多多真实的事实中，归纳出来的。因此它们才富于真理，而可以永久作为后人的指针。社会虽然时时的在变，而它们则是不变的。

不过有些格言，过去被人听得太熟了。惟其听得太熟，所以也就不去研索或思维它们的真义之所在，于是就如过耳秋风，而漠然视之。因之对于身心的修养，自然也就不会发生若何的影响。即以本节所要论的题目来说，最初是见于《礼记》的《表记》，后来也常为学者所引用。一般人对之虽甚熟悉，但却不怎样的注意。为使大家对它们有一番深刻的了解计，似乎仍有重新予以阐发的必要。

大概一个人人格的崇卑，与事业的成败，全看他平日的修养如何以为断。而修养之是否纯熟，就又要看他平日的持身之能否庄敬，与是否安肆，以为准了。

所谓"庄"是"庄重"。反过来说，就是不放纵，不轻躁，也就是说不敢儿戏，这是态度之呈于外的。"敬"是敬慎。反过来说，就是不懈弛，不疏忽，也就是说不敢大意。这是操持之存于内的。过去孔子答仲弓问仁的两句话，最可作为这两个字的注脚：他说，"出门如见大宾，使民如承大祭。"我们试想一想，一个人当接见很尊贵的宾客的时候，或者参与最隆重的祭典的时候，心中该当如何的谨慎？而态度该当如何的严肃？能够谨慎，能够严肃，那么事情，还有做不好的吗？

---

① 《庄敬日强安肆日偷》，刊南阳《前锋报》1943 年 12 月 8 日第 1 版"专载"栏，署名"访秋"。

至于如何才能达到庄敬的境地，这就有待于黾勉的修养了。过去的儒者，对这一点特别的注意。孟子讲，要"求其放心"，"心勿忘"，"心有事焉"，这是最好的解释。人本是好逸而恶劳的，好逸的结果，就是一切不愿过自刻励。于是循欲而动，凡是声色货利，只要足以适身而愉神，而①无不可作。这就成为庄敬的反面，所谓安肆是也。由于安肆的结果，必然的是初则骄奢淫逸，靡有不为；继而放僻邪侈，无所不作。于是乎遂沦而为禽兽，而犹不自知。可是假若我们要想堂堂的作一个人，那就必须如孟子所说的"必有事焉""心勿忘"。自己时时刻刻有所警惕，有所戒惧，把心放在自己的腔子里。用现在的话说，就是时时刻刻用理智来批判意识，来监督意识。那些应该勉力去作？那些应该竭力遏抑？最初或许有点近于勉强，但久而久之，习惯成自然，也就会从自己所努力的方面，得到无限的欣快和安慰。我们随便打一个譬方，即如"早起"来说。倘若你每日天明醒来的时候，理智曾告诉自己说，"你该起来了，有许多事，应该积极的把它们办办才是。"于是你就接受了理智的命令，立刻的起来。那么以后永远是如此，则起早就可以成为习惯，从这个习惯中，在自己一生中的健康上同工作上，不知要得到多少的好处。反过来呢，该起来了，而自己安逸的欲望，拉着不让起。觉着应作的事，往后推一推，有什么关系呢，那么就再睡一会吧。于是红日三竿，尚沾恋于床榻。因之个人的身体不但会受到影响，而由此形成的苟且之习，在自己一生事业上，不知要受到多少的阻碍。

其次我们再就历史上的陈迹来看，在古代的贤哲中，以周公之多才多艺，但《孟子》中讲他为政"思兼三王，以施四事"。其有不合者，还要"仰而思之，夜以继日，坐以待旦"。同时他在周代的天下大定之后，深恐继嗣的国君，忘掉了祖上创业垂统的艰难，而流于怠荒，于是

---

① "而"字，原稿在"愉神"后，校订者酌改。

又作《无逸》之篇以警戒之。还有曾子，在他临死的时候，对他的弟子们讲："启予足！启予手！诗云'战战兢兢，如临深渊，如履薄冰'，而今而后，吾知勉夫，小子！"可知他一生中无时无刻不是在戒慎恐惧中过日子的。他不敢存丝毫放逸纵姿①的念头，所以他才能以愚钝之资，而终②得其师之真传。此外在过去政治上的人物，始于庄敬，而终于安肆，以致由兴盛而沦于败亡者，指不胜屈。就中尤以吴夫差之败越，而又被灭于越，唐明皇之有开元之郅治，而到天宝之大乱，为最好之明证。所以一个人当自认为功已成，名已随③的时候，就很容易生出纵逸之心，觉着过去太艰苦了，现在可该尽情地乐他一乐了，结果，未有不因此而致败亡的。至于一个国家，当艰难困苦，战胜敌人之后，举国上下也很容易趋于侈靡与浮华之途，结果是敌人往往趁机休养生息，待一个时期，乘其不备，遂一鼓而下的。

就上述情形来看，可知在意义上，庄敬为向上的，进取的；而安肆则为颓唐的，堕落的。在态度上，庄敬为谨慎的，戒惧的；而安肆则为玩忽的，懈弛的。在表现之于行动上：庄敬为有条理的，有始终的；而安肆为乱七八糟的，虎头蛇尾的。在结果上：庄敬为身心日强，德业日隆，而终至于与天地比寿，日月齐光；安肆则志意日偷，身败名裂，而终至于与禽兽为类，草木同腐。由此可知，庄敬与安肆在最初只不过是一转念间之不同耳，而其结果竟至如斯之悬殊，古人谓"差以毫厘，谬以千里"④，真是一点也不假，我们明白了这些，那么在行为上，究竟应该如何，自然就可以知道抉择了。

三二，十，二十七，写于潭头河大。

---

① "姿"当为"恣"。
② "终"字，原稿空缺，姑且录以待考。
③ "随"字，原稿漫漶不清，姑且录以待考。
④ "差以毫厘，谬以千里"，原稿为"差一毫厘，谬一千里"，校订者酌改。

谈父母①

我很早就想拈出这个题目来谈一谈，不过它的范围太大，决不是三言两语所能说了的。再则自己的学识见地都不够，深恐讲不好，所以一直没敢提笔。暑中无事，偶然又想到这个问题，觉得不妨就个人所见到的，扼要的写出来。若能因此而引起世人的注意，甚或得到一些高明之辈的商讨和指教，不也很好吗？所以也就大胆的命笔了。

社会上好些事情，往往早已成为问题了，但一般人总觉不到其已成为问题，因之也就不去想法来谋解决或补救，结果就酿成了许多的纠纷和不幸。即如怎样作父母，就是其中之一例。

怎样作父母？恐怕很多人压根就没想过这个问题，不要说去研讨了。本来过去作父母是有一条任人皆知的道路的，一个人结了婚，很快的就生了儿女。儿女养大后，再给他们娶个媳妇，或找个婆家。同时自己一生拼命积钱，好等以后给他们留下一大笔遗产。那么自己为父母的责任，也就算尽到家了。

所以过去的父母，对儿女所持的是干涉主义，也可说是包办主义。一个人奋斗一生，要问他为着什么？他们的答覆不用说，大半是为着自己的儿女，像这样的父母，真正是太辛苦了！

父母对儿女既是这样的爱护，要说起来，儿女们的一生一定是非常的幸福喽！可是我们试略一考察，并不如此，而且有时还适得其反。一般旧家庭的儿女们，他们是笼中的鸟，暖室中的花。在幼年因为父母过分的溺爱，往往弄得弱不胜身。成年以后，因为媒妁之言下的婚姻，有很多弄得感情不合。男的纳妾，嫖妓，胡作乱为，女的忍气吞声，抑郁

---

① 《谈父母》，刊南阳《前锋报》1943年12月13日、14日第1版"时论"栏，署名"访秋"。

以死。说到职业，男的因为早年没受到优良的教育，多半没什么适当的事可作。"人闲生余事"，不是赌博，就是抽鸦片，终于成了社会上一个寄生者。

假若没有西方文化的输入，假若没有五四的洪涛，则中国旧式的家庭，将永远的如此下去，而也决不会感到那般旧家庭中作父母的不对。无如时移事变，新时代的儿女们，已非过去的儿女们所能比了。他们不再像笼中鸟，让父母锁到家里。不像暖室中的花，让父母拘囚于膝下了。你不让他受教育，他会自动的跑出去。你给他定下亲事，他会自动的拒绝或离异。轻则他与你理论，重则走出了家庭。所以不知道有多少当父母的慨叹"世道之日非"，而认社会上一切的一切没有不是每况愈下的。

其实发这种慨叹的，正足以见其昏聩和糊涂。我认为一个做父母的，应该对自己的本身，定出一个标准来。世人常常说"某某夫妇，真可说是一对贤明的父母"。"贤明"二字，用在形容标准的父母上，是最切当不过的了。"贤"是善的意思，即父母对儿女的热爱，由此爱而生出的一切善的举动。"明"是通达的意思，即父母明白儿女与自己的关系，同儿女与自己所处的地位。由此关系，和地位，而给彼此间所有问题以正当的，合理的，处置与解决。

但是作到以上的地步，谈何容易！一般人不是不贤，就是不明；所谓不贤，即对儿女并不是无条件的爱，即是满腹的功利之心。不是说要他们能够独立，能够幸福，能够堂堂的作一个人，而是随时为自己打算。让他们读书，或学点技艺，不是为着儿女的前途，乃是为的将来可以养自己的老。为儿子娶媳妇，不是为他选择一个佳偶，使他一生能够幸福，而是为自己准备的一个更柔顺服从的奴隶。至对于女儿，本极轻视，长大以后，往往选择婆家，不注意其夫婿之贤否，而光视其家庭之金钱与势位，将来好对自己有相当的帮助与作用。所以以往为父母的，把女儿作为礼品嫁给权豪之家的，不一而足。至其女儿将来的痛苦，则丝毫不顾。此等一味自私自利的父母，真可说是他们儿女们的罪人！

其次是不明，所谓不明者，即荒谬糊涂之谓也。作父母的，对儿女尽管出于真爱，但不知所以爱之之道。譬如在儿童时期，因为爱之过甚，气候还不冷，只怕冻坏了，很早给他们穿得厚厚的。已经吃饱了，只怕饿着了，还更让他们再塞一点，这样子，儿童没有不生病的。及至长大后，觉得上学是苦事，同是①还要跑到远远的地方②，因之不让他们去③念书。到了结婚的年龄，自己也不管孩子喜欢不喜欢，自己要越俎代庖，来给他们定亲事。如此种种，虽曰爱之，其实害之。这就是所谓不明。

所以现在我之所谓"贤明"的父母，其作风与前者恰恰相反。首先当父母的应认清儿女。有儿女独立的人格，既不应视之为自己的私有物，更不应视之为自己的专利品，他们是国家的一份子，自己对他们的教养，乃是自己对国家应负的责任，根本不应该有丝毫功利的观念，而希望他们将来报答自己。能够不存一点自私的观念，而对儿女的爱，完全出于纯真，出于无条件的，那么像上边所讲的那些，荒谬的行为，和打算，自然就会祛除了。

其次是对于儿女的认识，和对于事理的了解。说到这一层，一部分是根于学问的研讨，一部分是基于人情的练达，所以所谓父母，决不是一个头脑昏聩，没有识见的人所能作得好的，即如关于儿女们最大的问题，不外：一、待遇，二、教育，三、婚姻。

先就待遇来说。我国一向作父母的是重男轻女，直到现在有许多受过新教育的还有所不免，其病根，即在于自私之心未能祛除的缘故，他们总以男儿将来可以兴家立业，女儿再好，嫁了人，也就完事了，所以

---

① "是"当为"时"。
② "地方"两字原稿无，校订者酌加。
③ "去"字，原稿漫漶不清，姑且录以待考。

平时对男孩与女孩的待遇，就大相悬殊，等到受教育的时候，总认为女孩子上个中学毕业，也就够了，甚至说可以不必上学。男的呢，不但要攻①到大学毕业，而且有力量时，还可以让他出国。这种重男轻女的观念，是极要不得的。假若没有功利的念头作祟，则男孩子与女孩子，又有什么不同呢？

其次是教育，一般当父母的，有很多不知道教育的重要的。普通总以为我给他们将来可以留许多遗产，读书不读书，有什么关系？殊不知一个没受过教育的人，比一般动物，高明不了多少，只②知养，而不知教，□等于不教他去作人，而让他去当猪。至于教育的方法，也极不容易。不满现在已有学校教育，能够把儿女送到一个较好的学校，自己能随时予以督促，也就差不多了。倘若已了解儿童心理，青年心理，同时又具有专门的学问，而把自己的儿童，引入正当的道途，那就更好了。

最后说到婚姻，可以说包办的时代现在已经过去了，可是还有不少的新人物，过去自己闹离婚，闹得最凶，可是现在自己一作父母了，就马上忘了自己过去的苦痛，又蹈自己父母的覆辙来为自己儿女预先定亲事了。殊不知这正是社会上所说的，损人而不利己的事。这些当父母的心理是我们所最不了解的。当父母的对儿女教养，是自己的责任。婚姻绝不是自己的责任，自己只要能把自己的儿女教养好，使他们有健康的体魄，高尚的品格，丰富的学识，他们自然要找个自己理想的配偶的。反之即使你为他选下了优良的夫或妇，而他自己的一切都配不上，则将来决不会有美满的结果。当父母的为儿女，有多少分内的责任应该尽，又何必去干这出力不讨好，而又来惹麻烦的事呢？

总之儿女为父母的私产，为父母的专利品的时代，已经过去了。当

---

① 原文如此，疑误。
② "只"字，原稿为"先"，校订者酌改。

父母的，应了解教养儿女为自己对社会应有的任务，而不应从这上面抱丝毫权利的企图。然后以此为前提，而放弃了几千年来历史上传统的干涉主义和包办主义，而代之以监护主义或自由主义。那么对自己的将来，不知会免除了多少①麻烦和苦恼。同时对儿女们的前途，不知会增加了多少②光明和幸福？贤明的父母们，究竟何去何从？应该知所抉择了。

学与思③

"学"要就广义的来说，是兼含有"思"的。要就狭义的来说，它与"思"是在学习中连续的两个过程。现在我们所要讨论的，乃是狭义的"学"。孔子曾说过："学而不思则罔，思而不学则殆。"可知"学"与"思"是我们进修时所必不可少的两种方法。什么是"学"？"学"就是学所未知。什么是"思"？"思"就是探究其已知之所以然。前者是记问，而后者是贯通。假若一个人治学（此指广义的），光止于记问，而不求贯通。那他所得到的，不管是闻之于师友也好，或者得之于书册也好，但都不免于支离，破碎，与实际的人生无关，于真正的学术无补。其结果就不免于像孔子所说之"罔"。反之，要光去"思"，而不去就实际的事物，或书册去参究，那这"思"必然的是一片胡思乱想。不要说不会有什么条理或系统，即会有，也是向壁虚造，与实际的人生事物不发若何关系。即令勉强使之发生关系，但因为它不是从真实的人生事物中探究出来的，所以对实际的问题也不能适切的应用。所以像这样专思而不去学的结果，必然地要陷入于孔子所说的"殆"的

---

① "少"字，原稿缺，校订者酌加。
② "少"字，原稿缺，校订者酌加。
③ 《学与思》，刊南阳《前锋报》1943 年 12 月 26 日第 1 版"专论"栏，署名"访秋"。

境地。所以谓"殆"者，即以之而见诸实行，一定是弄得荒谬悖乱，结果是一败涂地。因此孔子在当时，深恐他的弟子们陷于这种错误，所以就特别的警告他们道："吾尝终日而不食，终夜不寝以思，无益，不如学也。"

至于"思"与"学"的关系，一般地说来，在最初自是先学而后思。但到进一步，思与学就互为先后。就是即学，即思，即思，即学，这样的循环往复，而终臻于大成。这些话怎么说呢？譬如我们去学历史，只晓得一些古时的故事，这些故事与故事间究竟有何关系？就现在看起来，有什么意义？在最初是不会发生这样的问题的，只不过知道有这些故事而已。又譬如学生物学，对于一草一木去探究它们各部分的结构同组织，如斯而已矣。它们之间有什么关系？与人生又有什么关系？最初是不会发生这样的问题的，只不过跟着师长去学就是了。但到进一步，就不是这样了，慢慢的从这里边生出疑问来了。这种疑问的产生，就是"思"的开始。所以程子就说："学者，先要会疑。"有了疑，要求解决，其解决的方法不一，或问诸师友，或考诸①书册，或稽诸实验，终于把自己的疑问解决了。那么这种"问""考""稽"，都是属于学的范围。可是仔细一分析，而"学"中又有"思"在。为什么呢？自己对于师友的解答，是不是满意？书册的记载，是不是可信？实验的结果，是不是正确？这不都有待于"思"吗？所以学问达到相当的境地时，那么"思"与"学"的关系，就像两股的线索，互为后先。即学，即思；即思，即学。最初由一个小的问题，引申扩展，以至于达到宇宙的各方面。而其终极的境界，就是孔子的"一贯"与朱子的"一旦豁然贯通"。但这种境界，一方面固然贵乎要"学"要"思"，但同时也要贵乎能恒能久。它固然不是光"学而不思"，或光"思而

---

① "诸"，原稿作"着"，校订者酌改。

不学"者，所能达到的，但也决非"一暴十寒"，或"浅尝辄止"者所能想象的。

至于一般学者，所常犯的"学"与"思"的偏畸之病，在孔子那个时候与现在绝然不同。春秋时文化尚不发达，没有很多的学者，同时刊刻繁难，典籍又极不易得。至于仪器，那就更谈不到了。所以一般学者，因为问学、稽考、实验的困难，所以最容易流入光思而不学的境地。并不是那时的人不愿去学，而实是学的凭借太缺乏了的缘故。孔子为救时人"思而不学"之弊，所以才有"无益"的警告。可是现在呢？学校中有的是导师，有的是图书，同仪器，足够学者去询问，参考，同实验了。但一般的学生，反而学而不思的又太多了。我们不要说中学生了，就大学生而论，学而肯思的，有几人呢？在教室中，把先生所讲的记下来，先生的话，究竟是是与非，得与失，根本不问。一门学问，多半知道个大纲和皮毛，其究竟，即从未之思。毕业以后，自己所学过的，门类非常的多，非常的杂，但纯然是片段的，破碎的，不成统系的智识的杂会。自己的学问，不足以支配自己的行动，更谈不到用之于治人理物了。所以我们看到社会上有很多的大学毕业生，而其言行实与一般不学者无殊。我们归根溯源，这不能说不是由于他们在校读书时，专学而不肯去思之过。因为他们专"学而不思"，所以他们所得者，为"记问之学"，与"耳食之学"。学问自学问，人生自人生，它们之间没有连系，没有关系。像这样的"学"，与不学何以异？不是正如孔子所说的"罔"了吗？

所以今后的教育，而尤其是大学教育，要特别注意于启发学生的思，使他们肯思，能思，善思。只要肯思，能思，善思，则学校有的是学者，图书馆，同实验室，自然可以解决他们所要解决的问题。能够如此，那么教育才能够收到它真实的效用，学术才能够有长足的发展，而国家才会有大量的真正管用之人才。

三二，十二，十，写于河大。

儒家的非功利主义①

先秦诸子中，在政治思想上，极端主张功利主义的，是墨家。后来的法家，也多少受点这派的影响，所以举事用人，就特注意效能。在当时最反对功利派的，是儒家。当孔子时，墨派还没起来，不过他是不大讲功利的，他在卫国时，子路有次问道他为政的方针，他答以首先要正名。当时子路就嫌他有点迂阔。同时《论语》中说他"罕言利"，也是一个很好的证明。到了孟子的时代，杨、墨、苏、张之言满天下，这几派之中几乎没有一派不是以功利之论为鹄的。这些思想与儒家，可说是最不相合了。所以孟子见梁惠王，惠王问他"何以利吾国"的时候，他于是就大发议论，痛陈讲利之害，同时对弟子们也盛倡贵王贱霸之论。到了汉代武帝的时候，申韩纵横之说，仍极盛行。董仲舒以一儒者，本孔孟之旨，发为"正其谊不谋其利，明其道不计其功"的论调，这最足代表儒家的非功利主义的主张。所以到宋代，荆公执政，急欲富强，力谋变法的时候，温公一派人就极端反对。就中如东坡上书，论变法之非道：

> 国家之所以存亡者，在道德之浅深，不在乎强与弱。历数之所以长短者，在风俗之厚薄，不在乎富与贫。臣愿陛下务崇道德，而厚风俗。不愿陛下急于有功，而贪富强。仁祖持法至宽，用人有序，专务掩覆过失，未尝轻改旧章。考其成功，则曰未至。以言乎用兵，则十出而九败；以言乎府库，则仅足而无余。徒以德泽在

① 《儒家的非功利主义》，刊南阳《前锋报》1943年12月28日第1版"专论"栏，署名"访秋"。

人，风俗知义，故升遐之日，天下归仁。议者见其末年，吏多因循，事不振举，乃欲矫之苛察，齐之以智能，招徕新进勇锐之人，以图一切速成之效，未享其利，浇风已成。多开骤进之门，使有意外之得，公卿侍从跬步可图，俾常调之人举生非望，风俗之厚，岂可得哉！（《宋史·苏轼传》）

认为"崇道德，厚风俗"，比之谋富国强，还要重要。到了南宋朱子的时候，永嘉一派学者如陈君举、陈同甫辈，均讲王霸之学，朱子对之也深加非议。即如他答郑子上之问道：

> 浑厚自是浑厚。今浙中人只学一般回互的心意，不是浑厚。浑厚是可做便做，不计利害之谓。今浙中人却是计利害太甚，做成回互耳。其弊至于可以得利者，无不为。

又道：

> 同父在利欲胶漆盆中。
> 陈同父学已行到江西，浙人信向已多。家家谈王霸，不说萧何张良，只说王猛，不说孔孟，直说文中子，可畏！可畏！

朱子是如此。至于象山严辨义利，阳明主致良知，都是积极的反功利主义者。在政治上，最足表明此种态度的，如诸葛武侯的"鞠躬尽瘁，死而后已"的精神，与曾文正公的"只问耕耘，不问收获"的见解，没有不是从这上面推衍出来的。

说到这里，我们要问儒家是不是能绝对的抛开功利之见呢？可以说不能。即如孔子论政刑与德礼，在效用上的比较道：

> 道之以政，齐之以刑，民免而无耻。道之以德，齐之以礼，有耻且格。

这不是功利论吗？孟子所说的：

> 行仁政而王，莫之能御也。
>
> 王如施仁政于民，……可使制挺①以挞秦楚之坚甲利病②矣。

不也是功利论吗？余如东坡之"崇道德后风俗"，谓"国家之所以存亡，在道德之浅深，不在乎强与弱。历数之所以长短，在风俗之厚薄，不在乎高③与贫。"晦庵之深反同父之学，谓"可畏！可畏！"又何尝不是功利的打算呢？不过儒家的功利论与墨法大有不同。儒家对事首先要问个"是与不是，合当做，与不合当做"（朱子评温公语）。也就是董仲舒所说的："正其谊，不谋其利；明其道，不计其功。"是的，合当做的，那就勉力做去，将来的成败既不去斤斤计较，而个人以后的祸福，也一概置④之度外。所以孔明在受昭烈托孤之际，就说道"臣敢竭股肱之力，效忠贞之节，继之以死。"同时在每一代当国破家亡之时，一二节义之士，像陆秀夫、郑成功者流，犹辅弱主，偏居一隅，而力谋光复，不肯屈膝新朝，这都是儒家非功利主义的精神有以致之。至于功利主义者呢，往往对事是专计利害，不问是非。其结果在当前也许是利，可是久而久之，就会成了大害；对少数人也许是利，但对多数人就不免是害。孟子所说的"上下交争利，而国危矣。"东坡所说的"图一切速成之效，未享其利，浇风已成。"都是极有远见的话！

---

① "挺"，当为"梃"。
② "病"，当为"兵"。
③ "高"，当为"富"。
④ "置"字，原稿为"值"，校订者酌改。

所以挂着功利主义的招牌，口口声声在讲功利，其结果往往不免于只问目前，不管将来；只为局部，不顾全体；只求暂时，不图永久。儒家并非能完全摆脱功利主义者，但他们不持功利主义的招牌，而看的比较宏阔，比较远大。结果功利①的人，往往认为是太迂阔，而不切事情②。但以后收到的效果，常常是一般人所意料不到的。

近来的学术界，就思想上看，儒家一派大有复兴的征象。而相反的，则功利主义的论调也颇甚嚣尘上。为国者，宜本儒家之见，一切政治方策，均应高瞻远瞩，作将来打算，做永久打算。而尤其对于学术，更应使之平均发展，不当有所偏畸。陶孟和先生的《学术与建国》（见《大公报》星期论文）之论，可谓切中时弊之言。笔者因披读该文，深有所感，遂草此篇，以就正于方家③。

谈师生④

古代有所谓五伦，可是师生不在其列。有人说这是因为五伦是任何人都具有的，而师生只限于少数人的缘故。这话乍看起来，似乎颇为有理，实际是讲不通的。譬如"君臣"，而一般小百姓，既不做官，自然也就缺了这一伦。还有从古以来，不知有多少旷夫，一辈子没有娶过老婆，那么"夫妇"一伦，不也一样的缺了吗？以此例推，则师生之未被算做一伦，不是有点太荒⑤谬啦吗？据我想，也许当时把师生归到"朋友"一伦里边了。孔子讲："有朋自远方来，不亦乐乎！"这所谓"朋"，不一定是指的同辈的朋友，恐怕是指的那些从远方来的问学之

---

① "功利"，原稿为"近里"，校订者酌改。
② 原文如此。
③ "方家"，原稿漫漶不清，姑且录以待考。
④ 《谈师生》，刊南阳《前锋报》1944 年 2 月 2 日第 1 版"时论"栏，署名"访秋"。
⑤ "荒"字，原稿漫漶不清，姑且录以待考。

士。戴东原也说说过："古之所谓友，固分师之半。"（《与姚孝廉姬传书》）那么这样说来，师也就是友。向来一般人往往把"师友"并举，大概就是这种缘故。

至于师生的关系，最明白的确定，恐怕是始于孔子。在孔子之前，那时的制度本是"官师合一"，根本无聚徒讲学之事。至以修己治人之道传授弟子，自然是从孔子才开始。所以后人也就尊他为"先师"。以后历代相因，往往一代大师，不管他在事功有没有成就，但大都是要招收门徒，设帐讲学的。最显著的如东汉的马融，隋末的王通，宋代的程、张、朱、陆，明代的王阳明，清代的惠、戴，近代的章、康等。他们的德化之所被，往往能关系一代的气运。

不过像这样的大师太少了，一代里边，常常还碰不到一个。可是民族的文化，是要延续的，而文化之赖以传递者，就是简册。而欲明了此简册，必待于师长的传授。所以大师虽不一定有，而一般的教师，则是有的，而且是必须有的。既有此教师，那么自然也就会有许多从学的弟子。有了教师同弟子，于是乎师生的关系，就这样的建立了起来。有了这种关系，那么必然的就有他们之间所以相处之道。

在古代的时候，是把师生的关系，比作父子的。儿子对于父亲，是"服勤至死，致丧三年"。弟子对于其师，是"服勤至死，心丧三年"（《礼记·檀弓》）。我们试看《史记》中记孔子死后，"弟子皆服三年。三年心丧毕，相诀而去，则哭，各复尽哀。或复留，唯子贡庐于冢上，凡六年，然后去"（《孔子世家》）。所以后来就有"师弟如父子"的话。按道理说，这自然是有其理论上的根据的。因为父亲的恩，是生我，养我，而师长的德，乃是教我，育我。光生，光养，而不教，则近于禽兽。能使自己知所以为人，而堂堂正正立于天地之间的，乃是师长训诲之功。所以父亲之所赐者，为身体的"成人"，而师长之所赐者，为品格的成人。这二者是缺一不可的。因此，可知古时为什么要把师与君亲并列了（《檀弓》）。

可是到了近代，因为由私塾同书院，变而为学校，师生的关系，渐渐疏远。学生在学校对师长，既极淡漠，到社会以后，更是视同路人。等而下之，则诋毁，谩骂，甚而至驱逐的，也屡见不鲜。所以有不少的人，看到这种现象，而深叹世道之日非，觉得民族道德是每况愈下的一代不如一代。

不过这种情形的造成，并不是偶然的，我们要追根溯源，一部分应归咎于教育制度之未臻于尽善，一部分则应该认为是教师自身的缺陷，有以致之。这话怎么讲呢？我们试一考察学生最嚣张的时期，莫过于中学这个阶段。小学同大学，就比较起来，要好一点。为什么会这样呢？先就小学说，普通的教师，不只是光任课，而且负有管理之责，可以说是教导合一的，所以与学生的关系，最为密切。一个作教师的，只要能尽心尽职，学生没有不视之若神明的。至于大学，学生则多半都已能够自治，用不着怎样的约束了。这时他们的求知欲极高，只要是学有专长的教师，也很容易在弟子们的心上，树起信仰来。独有中学则不然，一则教导分离，教者自教，而导者自导。所以有许多专门任课的教师，认为把课教了，个人的责任，就算已尽，其余可以一概不管。因之师生之间，不易发生联系。这样疏远的结果，就是使师生关系日渐淡漠的主因。其次学生对学问还谈不到深刻的理解，一个教师倘若口才不好，或教授法不好，就很容易的在学生跟前，会把自己的信仰失掉。信仰既失，这就是招致渺视的主因。所以被攻讦驱逐的教师，大半以服务于中学的为最多。

严格说来，近代学校教育，最大的缺陷，即对人格教育的疏忽。几乎一般人，完全把学校视作一个批贩智识的场所。这与教育的本旨，完全是背道而驰。中国古代教育，自然是缺点很多，在学问的传授与发展上说，当然赶不上现在的学校。而其注重人格教育的一点，我们是应该继续保持，而且须要加以发扬的。可是已往都把它看得太轻了，所谓训导只知注重规章的约束，光知外范，而绝不重自发。结果学生当着师长的面不敢作坏事，可是背背脸，竟至无所不为。在校内规规矩矩，一入社会，就肆无忌惮。近年来，教育当局已有见及此，所以制定导师制。一般学校对此制的实施，大半是有名无实。今后应如何来严厉执行，使它能够发生预期的效果，这是一桩颇值得深究的问题。

至于教师方面，有许多是应当由自身负责的。教师不是光用口教所能奏效，而必须得以身教才行。所谓"不言而信，不怒而威"，使接近自己的学生，其德业之增进如万物之生长于春风时雨之中。可是我们试一考察现在的教师，配得上作人师表的有几呢？不是行为放纵，就是人格卑鄙，再不然是学识固陋。学既不足以备问，而行复不足以为法。像这样的教师，如何会能让学生对他尊敬，对他爱戴？孟子说："以德服人者，中心悦而诚服也。如七十子之服孔子也。"孔子为什么能够如此的博得那么多弟子的心悦诚服？说来也很简单，就是他能够"学而不厌，诲人不倦"，二者而已矣。前者是不敢自以为足，而时时刻刻的求进步，来完成自我。后者是凡自己之所知，只要有人愿意来领教的，没有不殷殷指导，循循诱掖的。此之谓"己立，立人。己达，达人"。以后历代的大师，如前边所述诸人，也有着①孔子的遗风，所以才能够收到那样的化育之功。

至于当代的一般教师，多半视教育为谋生而②不得已。所以对自己的职务，只是敷衍塞责。至于谈到人格教育，往往有些连自己都不明白怎样作人，不要说去指导别人了。像这样的自误误人，遗毒社会，也无怪乎学生瞧不起他们，甚而至于驱逐他们了。

---

① "着"字，原稿漫漶不清，姑且录以待考。
② "而"字，原稿漫漶不清，姑且录以待考。

说到学生，近年来比较还算好，在过去的，真①是太嚣张了，几乎完全不知道尊师敬长为何事。对那些不长进的教师，固不客气，就是对那般品学俱优的，也一样的予以轻慢。不要说"师"在"友"之上，即令就是朋友，也应当有相当的礼貌。又何况是教导自己的业师呢？可是他们大都昧于此理，平时对别人则直呼其师之名，遇诸途，则慢不为礼。像这样的情形，也无怪有些人大叹其教育之破产了。一般作学生的，殊不知今日之学生，也许就是将来的师长。今日我以②这样不敬的态度，对师长，将来的学生，必然的也会以今日我之对师长者，同样的来对我。到那时，自己当会有什么样的感想？每个学生要都能够这样的反省一下，那么这种恶劣的风气，也许就会稍杀一点。

总之师生相处，不外诚敬二字。师对弟子必以诚，然后才能博得弟子之敬。同时弟子也必以敬，然后才能取得师长之诚。过去的师生，如孔子之与颜渊、子贡，伊川之与定夫、龟山。每个教师应当以孔子、伊川自期；而每个弟子，应当以回、赐、酢、时为法。这样的所③谓师生之道，才能够建立起来。师生之道立，而"传道，授业，解惑"诸事，才能够收到圆满的效果。

三二，十二，八。

再谈师生④

在写了那篇《谈师生》之后，觉得还有点意思没有说完。要是把它添进去的话，势非得全盘变动不可。于是不得不续写这篇。

---

① "真"字，原稿漫漶不清，姑且录以待考。
② "以"字，原稿漫漶不清，姑且录以待考。
③ "所"字原无。
④ 《再谈师生》，刊南阳《前锋报》1944年2月9日第1版"时论"栏，署名"访秋"。

一提到师生，就不由的让我神往于两千年前"孔门"的师生关系了。孔子从两汉以后，因为经学家给他披上一层神圣而庄严的外衣，所以他就一直的被人误解着。到了宋以后，经一些理学家的渲染，于是这种误解就越发的深化了。所以在一般人的脑子中，不是把他看作一个不可测知的神，就是把他看作一个道貌岸然的人。其实，这都错了。我们试就《论语》一书中所记的来看，就会晓得孔子是一个博学多闻，和蔼可亲的长者，不过他在和蔼中寓有庄严的成分，使人可敬，可亲，而不可狎，不可侮罢了。"子温而厉，威而不猛，恭而安"，是这种态度最好的描写。有一次他同他的弟子们在一块互相陈述个人的志愿，轮到他，他就说："老者安之，朋友信之，少者怀之"。你试想，这种"老安"，"少怀"，"友信"，看着似乎很平常，而实际是多么难以作到的事啊。三者之中能够作到一桩，还不算很难。可是能使"老者安"的人，就不见得能同时使"少者怀"。能使"少者怀"的人，又不见得能同时使"老者安"。至于同时而能兼备三者，那就更不易得了。至如何才能使"少者怀"，那决不是一个板着面孔且口口不离训诲①的话的学究，所能做得到的。从这里，就可以晓得，孔子当时对他的弟子们的态度，是如何的温和恳挚，而令人觉着可敬可亲了。

现在我们不说这些臆测之词，光就《论语》来看，他们师生相处的情形是一个什么样子吧。

平常弟子，若②向他质疑，如"颜渊问仁"，"子游问孝"，这一类事情自然是不胜枚举。最不易得的则是他们师生间的互相辩难③。即如子路有次问他卫君如果侍④他为政的话，他的施政的方针首先是什么？他就说："必也正名乎。"子路就驳他道："有是哉？子之迂也，奚其

---

① "斥"字，原稿漫漶不清，姑且录以待考。
② "若"字，原稿漫漶不清，姑且录以待考。
③ "难"字，原稿漫漶不清，姑且录以待考。
④ "侍"字，原稿漫漶不清，姑且录以待考。

正?"于是就引出了他的一大篇解释的话来。还有一次，路过①武城，听到弦歌的声音，他就笑道："割鸡，焉用牛刀?"恰巧他的弟子武城宰子游就在边，跟着②马上就质问他道："昔者偃也闻诸夫子曰：'君子学道则爱人，小人学道则易使也。'"他于是立刻就辩解道："二三子，偃之言是也。前言戏之耳。"

再如③他们师生间的相互切磋。有次子贡问他："贫而无谄，富而无骄，何如?"他说："可也。未若贫而乐，富而好礼者也。"于是子贡颇有所悟道："诗云：'如切如磋，如琢如磨'，其斯之谓与?"他这时很高兴的道："赐也! 始可与言诗已矣，告诸往而知来者"。至于他与子夏论诗的一段，也是属于这样的事。

此外他们师生间有时于讨论学问之余，常常还要各述自己的抱负，像这种毫不拘执，师生间彼此以诚相见，没丝毫的芥蒂与隔膜，是怎样的一个雍容和洽的气象呢? 这决不是后来一般的儒者，所能仿佛其万一的。即如"程门立雪"的故事，一向传为佳话，其实这就有点稍离④乎中。固然师生间无论如何接近，似乎总该保持一个适当⑤的距离。可是于"传道，授业，解惑"之余，若能再加上一点诚和爱来，不就更富于人情味吗? 像这样□，只有孔子作得最圆满，最到家，所以弟子们对他才是真诚地爱戴他。孟子讲"如七十子之服孔子"是一点也不假的，他死后弟子们为他守丧，庐墓，这并不是什么道德的条文，而⑥他们如此，完全⑦出于他们中诚之所发抒，觉得非如此不足以对先师，同时更

---

① "路过"二字，原稿漫漶不清，姑且录以待考。
② "跟着就"三字，原稿漫漶不清，姑且录以待考。
③ "再如"二字，原稿漫漶不清，姑且录以待考。
④ "离"字，原稿漫漶不清，姑且录以待考。
⑤ "适当"二字，原稿漫漶不清，姑且录以待考。
⑥ "而"字，原稿漫漶不清，姑且录以待考。
⑦ "完全"二字，原稿漫漶不清，姑且录以待考。

能够有①惬丁心。

说到这里，现在的老师不能光责备弟子的无礼，应该责备自己没有彻底的尽②了个人的为师之道，所以才得到这样的酬报。"善不由外来兮，名不可以虚作。孰无施而有报兮，孰不实而有获？"千真万确的，所以每个教师，要让自己的弟子，如七十子对孔子那样对自己，那么首先应该问问自己是否像孔子对弟子那样的对待自己弟子了？能够这样，那么自然不至于苛责弟子，而足以憬然改图了。"温故而知新，可以为师矣"，孔子这句话只说明了为师者应该学习③的一方面，它并不能把为师之道包括净尽。我认为，孔子这两句话，才能够完成为师的任务，就是"学而不厌，诲人不倦"。

三二，十二，二十。

谈计划④

提起计划，大致可以分两类来说：一、个人的，二、国家的。此外如家庭的，可以归之个人，而社会的，又可以归之国家。

所谓个人的，普通都认为是指某件大事而说，至于日常生活，那就用不着了。而且一谈到计划，大家都觉得有点太郑重了似的。其实不然，我们日常生活随时都得有计划。有了计划，按步的一点一滴的作去，那么才能够达到自己所期望的目的。否则，必定要弄得手忙脚乱，一塌糊涂。不过有些是每天照例的一套，譬如⑤早晨六点起床，接着漱

---

① "有"字，原稿漫漶不清，姑且录以待考。
② "尽"字，原稿漫漶不清，姑且录以待考。
③ "学习"两字，原稿漫漶不清，姑且录以待考。
④ 《谈计划》，刊南阳《前锋报》1944 年 6 月 23 日第 2 版 "专载" 栏，署名 "访秋"；又刊《正义报》1946 年 11 月 1 日第 1 版 "星期五论文" 栏，署名 "任访秋"。两相比较，以《正义报》为善，因据《正义报》录入。
⑤ "如"字，原稿缺，校订者酌加。

洗，散步，读书，七点吃早饭……这在最初，也是经过一番计划才决定了的。不过以后行之日久，成为习惯，好像并没有什么计划似的。至于其余的一切行动，凡属于个人的，只要是有目的，有步骤的，都可说是计划的产物。

说到这里，一定有人要问："像你这样的讲法，难道说那般普通人，不知计划为何事的，他们的行动也会有计划吗？"那我将毫不犹疑地答到①："他们的行动，有时也有计划，不过他们是由之而不知其道。他们不知道计划是什么，更不晓得计划的妙处，因之他们不能随时运用，所以他们作事谈不到效率，同时一生中的成就，也就非常的有限。"

现在我们可以说，一个人对自己的前途，没计划，那他一生会毫无成就。对所要办的事，没计划，那么这件事，一定是弄得一团糟。对于他的时间，没计划，那他一定是悠悠忽忽，浪荡逍遥的虚掷了光阴。这话看来，似乎说得有点太严重，其实一点都不过火。我们不妨举个例看，譬如一个人他自己就个人的兴趣与志愿打算作一个圣贤或者英雄，或者才人，或者达官，或者富贾。那他就必须研讨如何可以实现此目的之方法与步骤，这就是计划。按着计划作去，自然就可以有所成就。倘若他压根没有目的，那自然也就说不到计划，或者有目的，而根本不去想怎样实现自己目的方法，那他这种目的就不啻是一种空想，根本就不会有实现的那一天。

再就一件事情来说，我家过去曾经用过一个厨夫，他在平时做简单的饭，麻麻胡胡，还可以对付，但一有了客人，做几样菜，他就没办法了。他不知道把材料准备得一齐二毕，然后按步一一的做去，或蒸，或煮，或炸，或烹，该放什么，就放什么。常是油已经滚热了，肉还没切好呢。需要放葱了，得临时去剥。结果是手忙脚乱，而菜没一个炒得像

---

① "答到"，当为"答道"。

样的。由这里，可知一件极小的事，要没计划，没步骤，都弄不好，不要说属于天下国家的大事了。

还有时间，中国人向不把它看重的原因，就是由于中国人大半在生活上，很少有计划的缘故。普通人都是忙于衣食，但到了吃饱穿暖以后，别无目的，于是就优哉游哉的，终日无所事事。这样一来，必然的要感到无聊。因之寻觅排遣的方法，打牌啦，吃酒啦，抽鸦片啦，好排遣时光，打发日子。倘若是每个人都有计划的话，他会感到时间的短促，而自己大业之难以及身而成，只有惜寸惜分之不暇，那有功夫来从事于这种无谓的举动呢。孔子说："加①我数年，五十以学易，可以无大过矣。"以孔子生知之资，而尚且感到岁月之易逝，至于我们一般庸人，该当如何的振奋呢！所以我们每日的工作有计划，则日有所获，一生的事业有计划，则必然有所成就。这样我们将感到生活日新，而趣味日富，达到孔子所说的"不知老之将至"的境界，那么百年之间不过如弹指之顷，何至于终日彷徨，不可终日呢！

其次说到国家，既不可一事无计划，更不可一刻无计划，不管是政治，军事，经济，教育……，均须有远大的目标与密缜的计划，才不致因循而无所成。最显著的，如国父之《建国方略》、《建国大纲》以及《第一次全国代表大会宣言》，实为实现三民主义的新中国的具体计划。其次如苏联大革命后一再实施的所谓五年计划。倘若我们没有国父计划，以及党国先进之恪遵遗教，那么这次的外患，很难免于亡国灭种之惨，更不必说在抗战中，同时建国，而跻地位于四强之列了。至于苏联之击退德军，转变欧洲战场的形势，又何尝不是那个五年计划的成效呢。

不过我们所引为遗憾的，就是我们中国就个人说，在事业上有计划

---

① "加"，当为"假"。

者实属少数中之少数。十之五六，都是醉生梦死，忽忽一日，悠悠一生。这虽是个人的糊涂，而实际是国家的损失。再就国家说，计划还不够广博详密，把所有的人民纳入于整个国家计划之中。也就是说国家是一个大的机器，而还没有使每个人民都成为此机器中之一环。其所以如此的原因，就是由于我们对于国家的认识，都还不够清楚。就教育说，究竟全国文盲有多少？学龄儿童有多少？不敢说。就田赋说，究竟全国耕地有多少？等级如何？不敢说。就实业说，究竟全国矿藏有多少？已开发，未开发，及正开发的，有多少？不敢说。这一切一切，都是由于缺乏彻底的调查和统计，因之对于人力物力的支配，就很难定出一个博大详密的计划来。

今后的国家，要想立于现代世界之上，就必须有一个全国一致的远大目标：然后依此目标，而确定一详密的计划，有了计划，然后再策动全国人民，实施此计划，而走向此目标去，那么才能够与其他国家竞争生存。现在我们国家共同的远大目标，是已经有了，不过计划还不够详密，而于策动全民之力，以实施此计划也还远。所以我们当前应该努力的，即在如何确定我们全国总计划。其次，在此总计划下，如何使人民都有着他们个人的计划。而他们个人的，又都属于此整个的一部，相合而不相背，相成而不相反。这样人人奋勉，个个努力，所谓"天下百虑而一致，殊途而同归。"那么不成问题的，大家所希望的三民主义的富强康乐之国，在不远的将来，就会实现的。

胜人与自胜①

老子的人生哲学，是"贵柔""贵雌""贵下"，所以胡适之先生，

---

① 《胜人与自胜》，刊南阳《前锋报》1944 年 10 月 9 日第 1 版，署名"访秋"；又刊开封《正义报》1947 年 1 月 10 日第 1 版"星期五论文"栏，署名"任访秋"。此据《正义报》录入。

称老子的哲学，为"守雌的哲学"。但据笔者看来，这不免有点近于皮相之论。实际老子的哲学，所谓"柔""雌""下"，只不过是一种手段，而其目的恰恰与此相反，则是为"刚"，为"雄"，为"上"。怎么见得呢？我们试看他这两句话，"胜人者有力，自胜者强"，就可以明白了。

我们知道人人都有胜人之心，但真正能够胜人的，则殊少。因为想要真正能够胜人，开始必须从"自胜"一方面着手不可。

说到"自胜"，似乎颇有点费解，其实道理很简单。我们平日的大敌，往往不在外面，而在我们自身。譬如心耽安逸，使我们苟且偷生，纵欲恣肆，使我们身败名裂。我们试看一看历史上多少亡国败家的，像夫差之败越而终灭于越，明皇有开元之治，而终之以天宝之乱，不都是由于徇欲溺情，才如此的吗？所以不能"自胜"的人，只有被胜于人，是决不能"胜人"的。

那么怎样才算能够"自胜"的呢？老子讲"为道日损，损之又损，以至于无为，无为而无不为矣。"所谓"损"者，即克服自己的一切欲念之谓。亦即加强自己的理智力，使它能够裁制自己一切不合理的欲念之谓。因为每一个人都有欲念，同时又有情感。情感之动，又大半基于欲念。情感中的喜怒，哀乐，多半随欲念之能满足与否以为转移。所以欲念深的人，其情感往往是在激动的状态中。因欲念滋多，情感奋兴，理智为其所蔽，不能够冷静客观去分析事理，判断事理，其结果不明白事理之真像，而颠顶处理，终于弄得一塌糊涂，不可收拾。所以理智强的，能够制裁自己的欲念，控制自己的感情，这样才不至于为欲念所囿，为情感所蔽，自然心情会晶莹澄澈，而能够"疏通致远"。孔子的见解也颇有与此相通的，有次颜渊问仁，他答以"克己复礼为仁。一日克己复礼，则天下归仁焉。"颜渊道："请问其目？"他答道："非礼勿视，非礼勿听，非礼勿言，非礼勿动。"所谓"克己"，实即"自胜"

的意思。也就是说要能够克服自己，战胜自己。"复礼"即是使自己不合乎礼的行动，而使之复归于合礼的意思。能够这样，自然就算是达到了"仁"的境地。"仁"是孔子在他的人生哲学中所标出的最高标准。可是他竟然说想达到此目的，必须从"克己"入手，那么"自胜"之重要，也就可想而知了。

宋代的儒者，一方面承继孔门之学；另一方面又汲取老子之说。所以他①从《礼记》中抬出《大学》来，认为"诚意"、"正心"为"修身"之本。而"修身"又为"齐家，治国，平天下"之本。但如何才能"诚意""正心"？他们又标出"惩忿窒欲"的口号来。实际这些话，仍是本于老、孔之见，不过又稍为加以阐发而已。

现在一般士大夫已早无视这种理论了，人欲横流，滔滔皆是，为满足自己的欲望，往往不惜置他人死活于不顾，抢劫剽掠，巧取豪夺，"朱门酒肉臭，路有冻死骨"的惨状，已是"司空见惯"。像这样要打算"胜人"，岂非妄想！终究必归于沦灭而后已。

"胜人者有力，自胜者强。"我们必须能够"自胜"，才能够"强"，才能够"有力"。"强"而且"有力"，那么必然的可以胜人。个人如此，民族也是如此。这两句话不仅可以作为我们国人的明训，而且还可以作为我们民族的药石。

青年成功之路②

冯友兰先生去年在丹水有一个讲演，题目是《人生成功的因素》。里边说明一个人在事业上之所以能够成功，都必须具备下列三个条件才

---

① "他"，应为"他们"。

② 《青年成功之路》，刊开封《青年日报》1946 年 1 月 14 日第 1 版"专论"栏，署名"任访秋"。

行，就是才、力、命。

要说起来，这自是一种颠扑不破之理。不过因为他太偏重于客观的分析，所以并没有指示给我们，假若要想在事业上有所成就，应该怎么样？

现在笔者想在这方面，来就冯先生的见解，作一个引申，同时对读者，作一个商讨。

首先就"才"来说，这是属于先天的赋予。我们生而为上智或下愚，这是自然而然无可如何的。我们之不能使下愚变为上智，也就同不能使上智变为下愚一样。

其次是"命"，这是属于后天的遭遇。我们生下来所碰的环境是富贵或贫贱，在人生的路上，所逢的是顺适或坎坷，这一些都是偶然的。而这种偶然，往往是我们不能预知，而且也无从用其力的。

至于"力"乃是属于我们自己，而且①可以左右它、运用它的。孔子讲"譬如为山，虽覆一篑，进，吾往也"②。颜渊讲"舜何人也，禹何人，有为者亦若是"③。荀子讲"人之性恶，其善者，伪也"④。所谓"进"，"有为"与"伪"，这都是指力说的。

在这三者之中，我们所能把握的，只有力的一面，也惟其如此，所以它就是我们要想成功时，所应走之路。

我们知道，"才"固是属于先天的，孔子讲"唯上智与下愚不移"。实际不移的上智与下愚，在人类中所占的，毕竟是最少数。一般的人，都可以说属于中才。中才的人，在事业上并不是不能有着伟大的成就，但关键就看他是不是肯用其力或善用其力了。古人讲"人一能之，己

---

① "而且"，原稿为"而是"，校订者酌改。
② 语出《论语·子罕》，原文为："譬如为山，未成一篑，止，吾止也；譬如平地，虽覆一篑，进，吾进也。"
③ 语出《孟子·滕文公上》，原文为："舜何人也？予何人也？有为者亦若是。"
④ 语出《荀子·性恶》。

百之。人十能之，己千之。虽愚必明，虽柔必强"。反之，一个天资虽然极高的人，可是自暴自弃的不肯用力，那么成功对他，也是丝毫无分的。

就是"命"，我们对于它也很难有一个清楚的解释。譬如我们说"偶然"是"命"，但有一些"偶然"要真正严格的分析起来，往往是近于必然。譬如在一个医学不发达的地方，生了病，请到的大夫都是庸医，结果把病治坏了，你说这是"命"，可以，你要说这是由于自己的不审慎，也未尝不可以。所以有一些不肯努力的懒人，在人生的路上失败了，不归罪于自己的错误，而一惟怨天尤人，说自己的遭遇怎样怎样的不好，真可以说太愚蠢了！

现在我们应该知道，世间没有可以侥幸的事。有一分的努力，才有一分的获得。费十分的精血，才有十分的收获。我们试看社会上真正在事业有着成功的人，没有一个不是在艰难困苦中奋斗出来的。至于那些因缘时会，或凭一种关系，而身登青云的，在他们自己也许认为是成功了。而在我们看，他们不过是社会的罪人，根本谈不到什么成功的。

青年在这个人生发轫的时期，自己要想将来的事业上有所成功，首先要立志，其次要努力。"志"是自己的鹄的，而"力"是所以达到此鹄的惟一动力。不畏艰难，不怕困苦，用学问来补救自己天资之不足，用坚毅来克服所有环境的困难，勇猛迈进，百折不回，那么我们敢相信，前途一定光明，而目的一定可达。

学风与世风①

所谓学风，就是学校的风气。世风，就是社会的风气。就范围说，

---

① 《学风与世风》，刊开封《中国时报》1946年1月20日第2版、第3版"专论"栏，署名"任访秋"。

世风较学风为广泛；就性质说，学风又较世风为单纯。学风是由于一二硕学的趋向，而影响到学校。凡受到教育的青年，鲜有不为他所转移的。世风为社会上一二有力人物的倡导，而影响到各界。凡投身社会的人，鲜有不为他所同化的。

其次学风与世风彼此间的关系，一般说来，学风可以转移世风，而世风也可以影响学风。所以然者，就因为世风既为社会上一种风气，这种风气有时候很优良，有时候也就很窳败。在窳败的时候，一二有识之士，就大声疾呼，起而矫之。随后响应者日多，于是首先转变的是学风。学风既变，而由此种学风所陶冶出之士子，一旦涉身社会，就本其所学，以矫正当时的风气，于是世风遂亦因之而变。由西汉末年那种趋炎附势，不辨是非的社会，不百余年一变而为东汉中叶以后的崇尚气节砥砺廉隅的社会，就可以晓得学风之转移世风的力量，是如何的大了。

可是反过来，倘若世风在极衰敝的时候，无人能起而矫之，而一般之士大夫，苟其立身处世，与当时凿枘不入，必然会为社会所摈弃，因而穷困终老以死，那么后起者必以此为鉴戒，而不惜骫骳从俗，枉道求合。我们试看唐代世风，以势力相高，而耻居卑下，其结果虽贤如退之，而早年以干谒为事，明如子厚，而竟党于邪辟。章太炎谓："隋唐以科目更世胄，故鱼盐之士、管库之吏兴。匹夫有善，无勿举也。虽衰世，犹有俊杰。此其贤于前世。及乎风俗淫佚，耻尚失所，学者狃为夸肆，而忘礼让。言谈高于贾、晁①，比其制行，不逮楼护、陈遵。"（《检论·案唐》）这是学风受世风影响的最好例证。

我们既明了这二者之间的关系，那么就不妨看一看近代的世风与学风的情形如何了。

先就前者而论，近代的学风凡两变，逊清末季，一般士大夫深受科

---

① "晁"，原稿为"鼂"，校订者酌改。

举之流毒，举天下之大，而惟利禄是知，故其制行，率多无耻，当时虽因内政之腐败，外交之失利，而引起一部分有识者之诋讦与攻击，但比于半冰，不足以寒一冶之炭焉，直至清室颠覆，学校兴而科举废，加以西方学术之输入量日益增多，于是学风为之一变，一般士子知所谓民族与国家，同时往日醉心利禄之观念，亦因受此新学风之洗涤，而渐趋淡漠，在学术上，实事求是之风日著，在人格上，敦厚朴诚之风亦渐次树立，不意大战爆发，国人经济遂发生一种极剧烈之变动，由于公教内员生活之日趋艰窘，富商大贾之骄奢淫佚①，于是投机取巧囤积走私之风，竟由社会而侵入于学校，从此学风，竟又为之一变。

其次为世风，清末政治虽甚腐败，社会人士虽一惟以功名利禄为鹄的，而趋之若鹜，但所谓旧道德尚有其相当之势力。故一般人还不敢悍然不顾，为所欲为。要拿儒家的标准来说，在那时社会上固然"中行""狂狷"等类的人很少，可是像所谓"乡愿"之流的，还不乏其人。到后来欧洲资本主义的势力渐入渐深，过去封建时代之道德标准，日趋动摇。同时新的道德标准，又未建立。于是一般社会人士为金钱，为地位，不惜牺牲一切，尽全力以赴，其言之不怍，为之不惭，真可谓"不复知天下有羞耻事"。同时所谓社会，也只知崇拜金钱，崇拜地位，无是非，无正义。其表现之于政治的，是贪赃枉法，敲剥侵蚀。其表现之于人与人之间的，是倾轧陷害，欺哄诈骗。这种情形，无怪乎当时一般老辈有"世道日非人心不古"之叹了。这种风气到北伐以后，似乎因政治之渐上轨道而稍杀。可是为时不久，而日寇遂逼，大战爆发，于是近百年来种种潜伏在民族血液中之毒菌，在此国家不健康之时，遂完全发作而无遗。

在胜利初期的今日，我们对抗战期间的学风与世风，作一番分析与

---

① "佚"，今当作"逸"。

检讨，不但是应该，而且十二分的必要。有位朋友讲："现在甚么都谈复员，只有一件还没见有人注意，就是人格复员。倘若人格不能复员，则其他一切复员，都谈不到。即令谈，也是白费。"笔者认为，这是极深刻的见解。我们试看一看八年来的学风与世风，真可以像贾生那样"为之痛哭，流涕，长太息。"

中国社会风气，承清末民初以来专制军阀统治下之余习，本即千疮百孔。及至战时，就不免烂得愈大，破得愈深。有出卖民族同国家，去作敌人的孝子贤孙，健仆驯奴，来残害自己同胞的。有囤积居奇，贩毒走私，来发所谓国难财的。有趁火打劫，混水摸鱼，来搜刮愚懦人民的。在这种情形下，苦了的是一部分真正为国家效力的将士、公务员同教员，弄得食不得饱，衣不得暖，病不得医，狼狈得像一群难民叫花子。在这样的情况下，于是影响到学府的，是一般青年求知欲望日趋降低，研究风气日趋淡薄。教职员学生相率以经商为职业，甚而至于走奸商所惯走的贩毒走私之路的，竟也大有人在。学校如此，那么将来像这一类的学生，到社会上去担负国家的重任，其结果还堪设想吗！

现在我们要想正本清源，究竟应该从什么地方下手，是先改革学风，抑是先改革世风呢？笔者认为这是不能够分什么先后的。因为他们是彼此互相影响，互为消息的。要是先改革学风，而不注意世风，那么一般青年走到社会上，不是碰壁，就是为社会所同化。要是先改革世风，不改革学风，那就无异于舍本逐末，不会见到大的效果，即有效果，也只是一时的。所以要想迅速的收效，而且使之永久保持下去，就该是双管齐下。曾涤生说过："风俗之厚薄奚自乎，自乎一二人之所向而已。"我们从过去看历代风俗之由偷薄而趋淳美，没有不是由于居领袖地位者倡导而成功的。至于今后改革学风同世风，办法是有的，只看当轴是不是有此决心了。

现在首先就改革当前的学风来说，起码应该做到下列三点：

一、学校要淳化，一切政党的活动，不应渗入进去，关于此点，《大公报》早已有专文论及，因为青年在读书时期，他们的程度不够，对政治还说不到有真的理解与认识。他们的信仰与其说是信仰，毋宁说是盲从。为要使他们将来能真正负起国家的艰巨，就应该让他们在读书时期，纯粹的从事于学问的探讨才行。至于政治上那一些纵横捭阖之术，对他们是不仅无益，而且有害的。

二、注重真理的探讨。一个真正有学识的人，他的行为一定是正确的，也就是说学问，与道德是成正比例的，有学识的，一定是品格高洁的，至于那班卑鄙龌龊的民族败类，有些看起来好像是也很有学识，而实际是不真有。所以从事教育者，应该使青年养成探求真理的习惯，用真理来作为他们言动的指针。

三、加强人格教育，已往教育太偏于普通知识之灌输，而忽略了人格的养成。所以不能达到像《礼记》中所说的"强立而不反"的地步。因之一出学校，就被恶社会所同化，于是随波逐流，而漂浮以去。今后要特别注重人格教育，必须使个个青年都养成一种特操，能够"砥柱中流，挽回狂澜"，同化人，而不同化于人才行。

其次在革改①社会风气上应从两方面入手，甲，政治，乙，舆论。

政治上所应注意的，主要是人事制度。用人应该是把品德与能力看得同等重要。其次是要以考试，资历，同成绩，作为任免升降的标准。这样才能遏绝钻营奔竞之路，而使惯于吹拍骗者无所用其技。

舆论方面，我们相信，在今后政治走向民主之路的时候，他一定会发生极大的作用。我国古代，在社会上本有所谓"清议"，也就无异于现在的舆论。他那种表彰与制裁的力量，比什么都大。今后的言论如果彻底解放，而舆论界真能一秉大公，敢于正言不讳，奖励善良，排

---

① 原文如此，"革改"现通常作"改革"。

击宵小，提倡正气，抑止恶风。到那时所谓残毒邪曲之人自将不能容身于社会。而古人所说的"君子道长，小人道消"的时代，才能够真正的实现。

总之今后举国人士，果能上下一致，由此道迈进。学校方面既以培养品学兼备之人才为目的，而一般社会人士，又都富于正义感，明是非，别善恶，拥护才德具备之人，而不容败类立足。那么学风自然而然会日趋淳朴，而世风也自然而然会日臻优美了。

行己有耻①

有一次孔子的弟子问孔子道："何如斯可谓之士矣？"当时他就答道："行己有耻，使于四方，不辱君命，可谓士矣。"到了晚明顾炎武，一次答人问学，也曾开出两个口号："行己有耻，博学于文。"在纪念新生活运动十二周年的今日，笔者愿就前者，略作申述以就正于海内外的贤达。

我们还记得在新生活运动最初展开的时候，当轴曾提出"礼义廉耻"四个字，作为国人的行为指针。实际这四项，前三者不过是行为的准则，而后者乃为实践这种准则的动力。没有后者，则前三者就根本无从谈起。就因为这种关系，所以孔子同宁人②对于行为上才特别的标出"有耻"二字。

究竟怎样才算是"有耻"呢？这就需要个人生活上时时反省了。在反省中特别重在同他人比较的上面。就是别人能那样，我为什么不能那样呢？譬如一个学生，眼看出自己的同班，或自己的同学，在品格上

---

① 《行己有耻》，刊开封《民权新闻》1946 年 2 月 19 日第 2 版"新生活运动十二周年纪念特刊"，署名"任访秋"。

② "宁人"即"顾炎武"，"宁人"为他的字。

非常的高尚，在学识上非常的丰富，而反躬自问个人处处都比人家差得多。那么自己就不免油然生出一种惭怍之心，这种惭怍，就是知耻。这种知耻之心，自然而然会督促自己，奋发努力，来赶上他们，或超过他们。这样自己在德业上，就会日有进益。其次是人家都没有这种恶劣的行为，而自己偏偏的有。那么自己在反省之后，不禁赧然愧悔。由此愧悔之心，而下大决心，来革除这种过失，那么自己就慢慢会变成一个完人。所以有了耻的观念与情绪，才能实践礼义廉这三项准则。否则这一些条目，只不过是一些空洞的具文，对于生活是发生不出丝毫影响的。

不过这种知耻，也是有一定的范畴的。人人都具有知耻之心，而且人人都随时会发生知耻之念。但此种观念不见得都正确。即如孔子是主张"有耻"的，但他对于子路"衣敝缊袍，与狐貉者立而不耻"，则甚为推赞。同时他又说，"士志于道，而耻恶衣恶食者，未足以与也。"可见孔子之意，教人要把知耻之心放在学问，与事业的发展上，不应该放在个人物质生活的享受上，是很清楚的。

不过社会上一般人，恰恰相反，穿的衣服破了，不愿意见人。住的房子坏了，不愿意让别人来见。因为深恐人家会笑自己的寒乞像。至于个人德业之不如人，则并不去理会。就因为这种关系，所以要拼命的去弄钱，拼命的去争地位。为了弄钱与争地位，不惜厚着脸皮作出许多就是连自己妻子见了，也要引以为羞的事来。这就是为了不该引以为耻而以为耻，因之竟作出该引以为耻而竟不以为耻的事来。现在我国社会之不进步，一切事业之不能开展，就因为真正有耻的人太少，而无耻的人太多了。

在纪念新生活运动的今日，我们本着过去的目标，特别要提出先哲"行己有耻"的明训来。希望社会上上层人士作一个倡导，来影响到一般的下级民众，使每个人都能够"行己有耻"，而且能够知耻①何者该

---

① "耻"，疑当为"道"。"耻"后加逗号，亦可通。

耻，何者不该耻，从而耻其所当耻。那么国家民族的前途，许会渐趋于光明吧。

一言行与重然诺①

　　一个人的行为，总应该与自己的言论要一致才行。因为言论，是个人的信念与意见的表现。个人既有此信念与意见，那么在行动上，能够本着此种信念与意见，切切实实的去践履，这才算是言行一致。倘若自己对这种信念与意见识之不深，持之不坚，那最好是不要"人云亦云"的顺口胡诌。过去孔子说得好："古者言之不出，耻躬之不逮也"。又说："君子欲讷于言，而敏于行。"这都在说明一个人不要光唱高调，以言语欺人，自己在说话之先首先应考虑到自己能否作到。不能作到的，就不要说。同时对社会要拿行为，给别人看，不要光拿言论给别人听。

　　但是社会上一般的人是如何呢？恰恰同这相反。每每是先把话说到头里，而把实践放到后边。尤其一般人公认的所谓聪明人也者，他们是把自己的言论与行为看作②两事的。用既漂亮而堂③皇的话意，说给对方或大众，好博得他们的信仰，使他们对我不但不怀疑，而且还要竭诚的拥护。然后再利用这种心理，来达到个人自私自利的目的。因此往往自己的言论与自己的行为，从结果看来恰巧成了极其相反的两极。所以孔子在春秋时就说："始吾于人也，听其言而信其行。今吾于人也，听其言而观其行。"可见这种情形是自古已然的。

　　由于一般人对言行的不求一致，其结果是对然诺也多不重视。我们知道一个人说话是须要有信用的，在历史上的人物，像子路是"无宿

---

　　① 《一言行与重然诺》，刊开封《青年日报》1946 年 4 月 1 日第 1 版 "专论"栏，署名"访秋"。
　　② "看做"两字，原稿漫漶不清，姑且录以待考。
　　③ "而堂"两字，原稿漫漶不清，姑且录以待考。

诺"的，像季布当时称之谓："得黄金百，不如得季布一诺"①。本来从信字的意义上来看，《说文》训："人言为信"。根据这，那么人所说的话，就必定得信。要不信的话，自然就不能算做是人话啦。固然孟子曾经说过："大人者，言不必信，行不必果，惟义所在。"可是这几句话着眼点在"义"字上，按通常道理说一个人是应该"言信""行果"。但在某个时期，这样的话会有害于"义"，那么为要保全义，就不能不舍去了"信"与"果"。所以前者是经，后者是权，这并不是当然，而是不得不然。

但是社会上一般人，不仅是轻诺寡信，而且故意在言语上对对方的希冀予以允诺。这样好便于个人的利用与驱策。对方要当真信以为实，那你就算是十足的傻瓜。所以一些少不更事的青年，或敦厚朴拙②的老实之流，上这种当的，不知凡几。

因为以上种种原因，于是就形成为一个不讲信义的诈骗社会。结果是彼此猜忌，互不信赖。所谓"坦率""真诚"，几几乎成为一个虚有的名词。小而个人，大而团体，莫不如此。在这样的情况下，所谓社会的事业与福利，都谈不到。如此下去，真不知将伊于胡底。

所以现在我们要想遏抑这种颓风，一方面要积极的提倡所谓"一言行"与"重然诺"，也就是说一个人要真正作人的话，起码要作到这两点才行。同时消极的要对社会上的伪君子，揭露出他们乔装的外衣，使他们的原形毕现。至于专门欺骗社会的，要从舆论上给他们以打击，使他们不能再鬼鬼祟祟的去作怪。此外我们要劝一般不更事的人们，不要太轻于相信一个人的诺言。应该是学点乖，就是要像孔子那样"听其言，而观其行"。如此下去，也许社会不会再像过去那样险恶，而人与人之间，可以推诚相见吧。

---

① 原稿为"得千金，不如得季布诺"，校订者依据《史记·季布栾布列传》原文酌改。
② "朴拙"，原稿为"利拙"，校订者酌改。

学校行政与民主①

最近半年来，各地的大学中学闹风潮的事件，时有所闻。至于风潮之所以发生，我们不须追寻它们的原因，总不外一面由于学校当局对校务措置之失当；另一方面由于学生受到民主浪潮的冲激，不肯再俯首帖耳，惟当局之命是听，于是一遇问题，就轰然爆发。

本来在抗战期间的教育，因为种种原因，始终不曾纳入正轨。有一些学校当局，确实是恪遵职守，黾勉奉公，用全副精神，从事于校务之发展。这一些不成问题的，会得到学生的拥护，与社会的推戴。在他们所管理的学校内，是决不会生出什么问题的。可是除此之外，也未始没有一些不肖之辈，混迹学校，滥竽尸位，胡作乱为的。他们对于职教员的聘任，往往是乱七八糟，不管他们是否称职，只要与自己有关系，或肯听自己的摆布，就可以。至于经济方面，则一塌糊涂，克扣同事的薪水，克扣学生的膳费，完全饱了个人的私囊。这样一方学生生活不能改善，同时又请不到优良的教师□指导他们，自然是群情愤激，怨言沸腾。可是那②些当局，在这种情况下，他们是有一套紧箍咒的，只要紧急的一用，学生中的反对者，马上就会不得了。其结果，学生是敢怒而不敢言。

抗战胜利了，随着胜利而来的是民主的浪潮。学生是最能接受新潮流的，在这样的局势下，他们不再忍受，不再缄默了。因之多年来积压的愤激，往往是只要有一星之火，于是马上就可以燎原。

今后所谓学潮是不是会慢慢③的停止了呢？那就很难说。这就要看民主思潮的前途如何了。今后如果这种时代思潮，仍然是汹涌澎湃的向

---

① 《学校行政与民主》，刊开封《青年日报》1946 年 4 月 15 日第 1 版 "时论"栏，署名 "霜枫"。

② "那"字，原稿漫漶不清，姑且录以待考。

③ "慢慢"，原稿为 "漫漫"，校订者酌改。

前推进的话，那么所谓学潮，也将会随之而继长增高的。

所以在这种情势之下，就要看一般的学校当局，是不是了解当前的情形，信不信这种力量的雄健，肯不肯改变自己的作风了。我们认为贤明的学校当局，为了个人前途，青年前途，以及国家前途，应该迅速的对自己已往的种种措施，来一个彻底的检讨。不合于当前情势的，要勇毅的把它革掉。学校行政民主化，不要等学生提出，自己就该马上一步步的向这条路迈进才对。

但是学校行政如何才算民主呢？我们认为大学要教授治校，中学要教员治校。教授会与教员会议，为学校行政的最高权力机关。同时学生自治会，对学校行政的意见，也可以提供给教授或教员会，俾作参考。用人要依标准，同时教授教员的聘任与解职，要按一定的规程，不能由当局私意来决定。至于学校经费，更须公开，不能由当局私自任意去支配。

在这样情况下，校长为学校之对外代表，而对内为学校行政的推动者。但他的措施，不是本着他一己的意见，而是执行多数人的决议案。这样学校行政，才算真正上了轨道。学校行政上轨道之后，则一切问题，都可以很容易的得到合理的解决。自然所谓学潮，不用制止，它自然就无从发生了。

这些不是笔者一己之私见，而是将来必然要走的道路。今后各大中学校之会不会走上轨道？同时会不会再发生风潮？就全看当前的学校当局，对于这种新的道路，是不是肯于向这方面去迈进了！

人之异于禽兽者[①]

"人之异于禽兽者几稀。君子存之，小人去之。"这是我们先哲孟

---

① 《人之异于禽兽者》，刊开封《青年日报》1946 年 5 月 27 日第 1 版"专论"栏，署名"霜枫"。

子讲过的话，它一方面说明了君子与小人的不同，同时也提示□文明与野蛮的差异。

人究竟与禽兽有什么不同？就生物学家达尔文研究出来的结果，人是①由猿猴进化来的，所以说在本能的要求上与一般的禽兽没什么差别。饮食之欲，牝牡之欲，直到现在，甚而可以说在永远的将来，只要一日有人类，是一日不会消灭的。不过人类之本能与禽兽虽相同，但其对于本能处理的态度与方法，则迥然不同。孟子讲人生而有是非之心，与羞恶之心，所以能够辨别是非，知道一件事情之应该作，与不应该作。有时虽受②了本能的驱策，但因有羞恶之心的制止，所以有些不合理的欲念，也就随之而打消了。更按现在的说话，就是人类者有理性，能反省，理性能辨别是非和善恶，而反省能批判自己，抑制自己。也就是孔子所说的"克己复礼"的③作用。可是禽兽则纯然是冲动的，直觉的，根本无是非善恶的分辨。更压根④谈不到反省的功夫。

我们试举一两个例证，譬如就牝牡之欲来说，禽兽为了个种，完全是冲动的，任意的交配。而人类则有族性的分辨，与嫁娶的仪节，与夫妇的固定关系。再就饮食之欲来说，禽兽仍然是渴饮□食不择时不择地，人类则不然，小而至于箪食豆羹，大而至于食前方丈，其取得也必须依正当的途径。孔子曾说过："富与贵是人之所欲也，不以其道得之不处也。贫与贱是人之所恶也，不以其道得之不去也"。孟子也曾说过："非其义也，非其道也，禄之以天下弗顾也，系马千驷弗视也，非其义也，非其道也，一芥不以予人，一芥不以取诸人。"这种对饮食男女之注意，之一点不苟且，正是人之所以为人与异于禽兽的地方。也就

---

① "是"，原稿为"的"，校订者酌改。
② "受"，原稿为"侵"，校订者酌改。
③ "的"，原稿为"是"，校订者酌改。
④ "压根"，原稿为"压柞"，校订者酌改。

是人类之所以能够脱离野蛮，而进于文明的原因。

虽如此说，但是我们试一考察社会上一般的人，是不是个个都能够用理性来分辨是非？用反省来检讨自己，控制自己呢？我们自然的要大为惊诧，像那一般愚蠢的人们，大致①是在直觉与冲动之中过生活，对于衣食牝牡之求，不论其获得者正当与否，但凡②满足欲望而止，这自无足责。可是那一般较为聪慧的，也竟有些比诸那般愚蠢之徒③，其盲昧狂妄，还要过之而无不及。骄奢淫佚，贪婪暴横，为了物质的欲望，什么卑鄙无耻，坏法乱纪的事，都可以作。为了性欲的冲动，兄弟同奸，父子聚麀，都可以不顾。像这种人，虽然是圆颅方趾，衣冠楚楚，但他们的行为，实与禽兽无殊。他们虽像人，而没了为人之道，所以不配称做人。

社会上一些人大抵都是自视甚高，要有人骂自己不是人，那就不免要气愤填膺，不惜来同他拼命。可是仔细要把自己的行谊加以考察，是不是堂堂的真正能够称得起一个人，那就有点大成问题了。所以我们每个人要能时时警惕，刻刻反省，对自己的行为多加检讨，那么几乎够得上算是一个人，而不致沦为禽兽。

总之人类的欲望，是没有止境的，即以食色而论，若苟充其量予以发展，就是贵为天子，也依然没有满足的时候。又何况现在为天子，已是绝不可能的事了。所以要贵乎用理性来加以节制。孔子所讲的"克己复礼"，是真正的为人之道，也就是我们别于禽兽的不二法门。在宇宙间，人类毕竟是最高贵的，至其所以高贵，正在其不止有物质生活，而且有精神生活。虽然有冲动但不全凭冲动，而能以礼来节制自己的冲动。惟其能够这样，才能有社会的构成，与国家的建

---

① "大致"，原稿为"大事"，校订者酌改。

② "凡"字，原稿漫漶不清，姑且录以待考。

③ "徒"字，原稿缺，校订者酌添。

立。才能有文明的进步，与文化的发展。否则爪牙不如虎狼，敏捷不如猿猴，不待自己毁灭，早已为禽兽所毁灭了，怎么还能够有今日的灿烂的世界呢！

县区调整刍议[①]

对于省区的调整，就过去报载，我们晓得政府已有新计划。目下东北诸省已经实施，关内各省，也不过是早晚之间。可是关于县区的调整，似乎尚没人注意到，也许有的已经感觉到它的必要，不过尚未提出就是了。笔者现在愿就此点，略贡刍荛，以求正于国人。

大概关于政治区域的分画，就沿革来说，有本于自然的，有本于人文的。而自然与人文，又有着极其密切的相互关系。在最初，往往是人文受自然的影响，因为古代交通不便，为了一架山，或一条河，就会限制着人们彼此的往来。其结果风俗习惯，以及语言等，都有着很大的差异。可是待到人类渐渐进化，自然又受着人文的影响。交通发达了，山河已限制不着了人的足迹，在强吞弱，众并寡的情形下，其结果政治的区画，就渐渐的扩展。往往由一个很小的区域，而开拓到极达[②]远的边区去。这种情形，就历史上看，是随时可以覆按的。

可是我国历史从秦代大统之后，一向是分久必合，合久又分的。而每次合了之后，对全国的地区，一定有一个重新的区画。即如秦之郡，汉之州，唐之道，宋之路，明清以来之省，其间各称虽殊，广狭虽异，但其区画标准，总不外一因自然，二循人文。虽有所"革"，而亦有所"沿"，总是相去不甚悬远。省既如此，县亦如之。

---

① 《县区调整刍议》，刊开封《正义报》1946 年 10 月 4 日第 1 版"星期五论文"栏，署名"任访秋"。

② 原文如此，疑有误。

民国以来，在政治上大革专制时代之旧法，然而政治区画，则一仍往昔。直至近数年来，始①略有更改。就省而论，如新疆之设省，东北各省之重画。就县而论，如河南之设置平等，博爱，经扶等县。最近栾川之脱离卢氏，已成定议，勿庸再事唠叨。可是县区调整，在目前实亦有迫切之需要，而不容稍缓者。

我们知道，过去政治机构松懈，而政府之目的，在统治。只要便于统治，怎么样都可以。现在的政治机构严密，而政府之目的，在人民之福利。只要对于人民有福利者，都应兴，否则都须革。可是过去的县区，就现在②来说，其有害于人民之福利者甚多。因各县之区域广狭既殊，而土质之肥瘠又异，再加上交通之发达与闭塞的差别，于是在经济上，同文化上，就有着天壤之隔。

先就经济而论，譬如物产丰富的区域，像河南的东南部，因为多系水田，不虞灾荒，所以人民生活多极富厚。可是河南西部的山地一带，则人民生活，大抵苦不堪言，终年③所吃的是红薯，同包谷糁，所穿的是破布败絮，有的冬季连棉被都没有，只借火以取暖。

再就文化来说，已与经济有极密切的关系，它们是互为因果的。经济富裕，才能谈到教育。教育发达，才能培植建设人才。建设人才愈多，于是多方面的开发，经济就愈加富裕。至于穷呢，当然谈不到教育。不受教育，就愈愚昧。愚昧的结果，永远是穷的翻不过身来。

这种情形，在以往是如此，在今后更要益发严重起来。原因就在中枢对于财政的三级制之实施。每县必须要靠自治税及田赋契税之一部的收入，来自足自给。这样一来，比较幅员广阔，土地肥沃，工商发达的

---

① "始"，原稿为"时"，校订者酌改。
② 原稿缺"在"字，校订者酌加。
③ "年"，原稿为"平"，校订者酌改。

县份，还有办法，至于小而又瘠的县份，根本是逼得人民无以自活。据笔者所知，南召县全年政费预算为五亿元左右，而全年各种税收竟不足一亿元。至其余不敷之四亿余元，必须取之于民，而人民又极贫苦，结果是款总是缴不上。地方教育建设等事业，完全因经费无着，而无从发展。南召如此，其他类似南召者，当亦不在少数。

假若政治是为的全民福利，那就应该一视同仁，来损有余以补不足。譬如年收十亿的县份，与年收一亿的，相差十倍，但县政府机构是完全一样的，顶多县大的，不过多一笔乡镇保甲的开支而已。假若每一个县政府机构，需要两亿的开支，那么有十亿收入的，至少可以拿出八亿或七亿来从事于教育建设事业。而只有一亿收入的，还不敷开支，必须再取之于民。试问还谈什么教育同建设呢？这样下去，就形成所谓偏枯之病。长此以往，则富庶者愈富庶，贫苦者愈贫苦。文化水准，高者愈高，而低者亦愈低。

所以现在我们主张县区要重新调整。其调整之标准，一面参照自然与人文的沿革，一面要视经济情形如何来决定，使县与县之相去，大致不差，不要再像现在之有着天壤之隔。至于办法，不外：

一、把大县缩小，划出一部归于小县。

二、把数小县并为一大县。

比较起来，第一种困难较多，而第二种问题较少。要说起来，这当然是行政区画上一个大的革命。但我们知道，因袭过去，必须是无弊，或弊较小还可以，现在事实上已不能再事因袭了。为了解除多数人民的痛苦，为了提高所有人民的生活水准，与教育水准，就不能不出此一途。深望社会明达，能对此问题多加指教与研讨，借引起政府之注意，而设法予以解决，那么这些话，就不算是白费了。

转俗成真与回真向俗①

读章太炎的《菿汉微言》，里边有这两句话即"自揣平生学术，始则转俗成真，终乃回真向俗"，觉得非常的有味。这不仅使我明白了太炎学问进展的过程，而且也了悟到古来的哲人在修养上所经过的两种境界。

普通所谓世人，其言行惟一的目的，即系功利的。在以功利为前提之下，所有的活动，完全是手段。因此往往是言不由衷，一腔诈伪，至于是非之差，真伪之辨，压根就没有在他们的脑子中盘旋过。所谓"见胜兆，则纷纷聚集；见败兆，则纷纷逃亡"，这是社会上的常态，也是一般人的通情。

在以上的情形下，间或有一二卓荦之士，深慨于世态的炎凉，与人心的险诈，于是起而矫之。他们认清了世态②的真理，往往直③道而行，不去趋炎附势，甚至针对④世人的虚伪，而有⑤意在行动上表示放达，不拘礼节。像这种人，可以说是已达到了"由俗转真"的境界了。

可是像这种故意矫情违⑥俗的人，一向是不能容于社会的。虽然说他们的举动未始不可以稍革世俗之弊，但在一般⑦人照例把他们当作怪人，再不然是疯子。拿一般的习惯和道德来衡量他们的言行，于是就诋斥得不值一文，同时这种人不但能转移社会的风气，而且甚而至于使社

---

① 《转俗成真与回真向俗》，刊开封《正义报》1947 年 2 月 21 日第 1 版"星期五论文"栏，署名"访秋"。

② "态"字，原稿漫漶不清，姑且录以待考。

③ "直"字，原稿漫漶不清，姑且录以待考。

④ "至针对"三字，原稿漫漶不清，姑且录以待考。

⑤ "有"字，原稿漫漶不清，姑且录以待考。

⑥ "违"字，原稿漫漶不清，姑且录以待考。

⑦ "一般"，原稿漫漶不清，姑且录以待考。

会更加紊乱起来，因为有些好赶时髦的人，也跟着他们去学，徒拾取一点皮毛，于是就变成一种四不像的人，比一般世人更觉可厌。

所以又有一种更进一步的人，他们曾经憎恶过世俗，想离开社会，逃避到山林中去，再不然就是攻击或诋訾，于是在行动上标奇立异，行一般人所不能行，所不敢行的事，说一般人所不能说，所不敢说的话。但到了一个相当时期，他们了悟到宇宙之大、品类之繁，人世间的种种相，原是不能够一致的。至于一般人因为个性不同，环境不同，教养不同，当然行动也不会同，圣贤固好，但事实上，不能够每个人都成为圣贤。同时社会上的政教，有些难免已有了许多流弊，但它们原不是对少数圣贤而设的，乃是对一般世人而设的。人类既须要延续，社会就不得不存在。有此社会，即须有所以维系此社会秩序之政教，不论此政教之结果如何，但其目的在作为维系此社会之秩序则毫无问题。固然时代变化了，社会变化了，而此政教也得跟着去变。可是事实上决不能够压根不要。明白了这种道理，那么对社会上种种的争执和种种的纠纷，自然就可以涣然冰释。你认为这样对，他认为那样对，中间原无所谓绝对的对。不过个人都认为个人的是对的就是了。到了这个时候，决不会再固执己见，强①人以从我。更不会随波逐流，屈己以适人。仲容所谓"未能免俗"，太炎所谓"回真向俗"，都可以作为区别这两种境界时的解说。这一类人差不多已可以优②入圣域了，也就是说在修养上，他们已经臻于极境了。你同他们相处，你会觉得他们同一般人没有什么特异的地方，但又会觉得他们与一般人并不完全一样。他们有他们的"真"，但却不是标榜出来的"真"。他们能够与世俯仰，但这却不是普通的"俗"，而是经过一番"真"的阶段后"俗"。

我们就以上这两种境界来衡量古人，像伯夷、灵均，像嗣宗、叔

---

① "强"字，原稿漫漶不清，姑且录以待考。
② "优"字，原稿为"伏"，校订者酌改。

夜，他们只不过达到了第一种的境界，所以不免落落寡合，而潦倒落魄，以忧，以穷，以厄，以死。可是仲尼、老聃、□①生、渊明，他们确可说是能够达到最后境界的哲人。孔子绝四，勿意，勿必，勿固，勿我，当时孟子称他是"无可无不可"。可知他的胸襟，是如何的洒落，他对社会，对世人，真如天之无不覆也，地之无不载也。至于老聃的"和光同尘""挫锐解纷"，庄生的"和以天倪"，"枢始得其环中，以应无穷"。渊明的"父老杂乱言，觞酌失行次，不觉知有我，安知物为贵。"这种识解，即是在修养上曾经经过了"回真向俗"的境界后产生的。

总之，"由俗转真"与"回真向俗"，这两个阶段在修养上，都必须经过践②行。光达到"真"的阶段，还不是修养的极境，而且不能算是圆满。可是不经过"真"的阶段，而徒自"同乎流俗，合乎污世，居之似忠信，行之似廉洁"，那只是乡原，不过是伪君子而已，乃是俗之中尤其俗者。

我们明白了这些，不但可以了解古人，而且可以认识今人。不仅可以认识今人，而且可以省察自身。

"立"与"达"③

近读《论语》，觉得孔子平日的言论，有些常用的字，必须把它们放在一起，加以参互比较后，才能够得到一个较为明确的解释。即如"立"与"达"这两个字，在《论语》中凡六七见④，而其意义，并不

---

① 原文不清，揆之下文，当为"庄"。
② "践"字，原稿漫漶不清，姑且录以待考。
③ 《"立"与"达"》，刊开封《正义报》1947年5月2日第1版"星期五论文"栏，署名"访秋"。
④ "见"原稿为"页"，校订者酌改。

完全一致。先就"立"字说，凡有四义：

（一）树立。属于此的，为

"三十而立"（《为政》）

"可与适道，未可与立"（《子罕》）

等句。（二）建立。属于此的，为

"不患无位，患所以立"（《里仁》）

等①句。（三）创立。属于此的，为

"如有所立卓尔"（《子罕》）

等②句。（四）立身，属于此的，为

"己欲立而立人"（《雍也》）

"立于礼"（《泰伯》）

"不学礼，无以立"（《季氏》③）等句。

就以上各种意义看来，"树立"所指者，为品德与事业，"创立"所指者，为微言与奥义。至于"建立"所依据者，为才具与学识，而"立身"，乃是指所有行动，因均合于礼仪，而足以立于社会。

总之不论其为"树立""建立"或"创立"，都不外乎道德的修养，学问的增进，与夫事业的创造，这样才算是能有所成而足以真正立于天壤间。

其次我们再看所谓"达"。"达"的意义，在《论语》中大抵都作"通晓"解，如：

"下学而上达"（《宪问》）

"赐也达，于从政乎何有？"（《雍也》）

---

① "等"字，原稿无，校订者酌加。
② "等"字，原稿无，校订者酌加。
③ "氏"字，原稿无，校订者酌加。

　　"君子上达，小人下达。"（《宪问》）

　　"丘未达，不敢尝。"（《乡党》）

等句，其中"达"字，意义均同。另外《颜渊》篇载有孔子与子张，关于"达"字意义的问答，颇有意味。

　　子张问"士何如斯可谓之达矣?"子曰："何哉，尔所谓达者?"子张对曰："在邦必闻，在家必闻。"子曰："是闻也，非达也者，质直而好义，察言而观色，虑以下人。在邦必达，在家必达。"（《颜渊》）

　　由于通达人情与物理，自然容易为人所推戴。所以"达"之引申义，就成功为"显达"与"腾达"。《孟子》书中的"达则兼善天下"的"达"字，就是这种意思①，而孔子所说的"在邦必达，在家必达"，也一样含有"显达"之意。

　　"立"与"达"二字，是孔子所常常提到的。可知孔子教人非得首先从这里着手不可。一个人一方面既需要有所树立，另一方面就又得通达人情和物理。前者是属于行为的表现，后者是属于内在的了解。假若一个人能做到，"立"与"达"的极致，然后再本同情心进而"立人""达人"，那么所谓"圣"与"仁"的境域，也就不难达到了。

　　　　　　　　　　　　　　　　　三六，四，二十八，夜。

"学"与"术"②

　　平时我们常常听到这样的话，即"某某，他是一个不学无术之辈"。什么叫"不学无术"? 一般人说惯了，好像是大凡没有学识的人，

---

　　① "意思"，原稿为"意见"，校订者酌改。
　　② 《"学"与"术"》，刊开封《正义报》1947年7月4日第1版"星期五论文"栏，署名"霜枫"。

就是"不学无术"。反之，只要念过几本书，略具普通常识的就算是学而有术了。要真正这样讲起来，那学术的获得，就未免太容易；同时学术本身，也就不怎样的可贵了。

究竟什么才算是"学"？什么才算是"术"？我们可以说"学"是一种原理、原则，而"术"乃是一种技术或方法。有了"学"，才能谈到"术"。"术"是限于"学"而产生。换句话说，我们对于一种事物，先明白了它的原理与原则，然后再根据此原理、原则，而定出一实现此原理、原则之方法与步骤，这样的一套，我们就称之为学术。

现在我们为更易于明白起见，试举政治一事为例。在我国先秦时候，思想界中与政治最有关系的流派，要算是儒，道，墨，法四家了。这四家因为他们对于政治的观点不同，所以标出来的政治原则也就大异其趣。原则既异，于是他们所制定的实施方案，也就极其悬殊。

儒家的政治理想，一向都认为是两个：一，大同，二，小康。所谓"小康"，是孔子根据当时行将崩溃的社会，而使之恢复原来的秩序；而其方法，在"选贤任能"，对于人民要"富之"，"教之"。至于"大同"，那就是要使"老有所终，壮有所用，幼有所长，鳏寡孤独废疾者，皆有所养。"因为这样的理想太高，离现实太远，所以如何去实现，孔子及其后学对之并未定下什么具体的方案。

道家的政治理想，是要予人民以最大的自由，让他们自己去休养生息，用不着为政者处处去越俎代庖。所以老子标出的为政方法，是"清净""无为"。

儒道的学术是这样，墨法自然也都各有他们各自[①]的一套。两汉以后的为政者，只要是能够卓然有所树立的，可以说没有一个不是各有其各自的学术的。时代演进到现在，自然社会同政治都很显然的有着剧烈

---

① "各自"，原稿为"个自"，校订者酌改，下同。

的变化。尤其是在思想上，因受到西方学术的影响，当然是与过去的面貌同精神都不同了。所以在这个新的时代，一般从事于事业建树的，更应该审时度势，而①斟酌于中外古今之至当，以构成一套能够适应此新时代之新学术才行。所以在这个时候，光一惟守旧，固然不行。可是光一惟趋新，也何尝完全都对。至于不问学术为何事，而专凭一己之私见，乱七八糟，东冲西撞的，那在工作上之弄得一塌糊涂，更是不必说了。

就前边的论列，我们可以说一种事业的擘划者，或领导者，他要想把他从事的事业达到十二分圆满的地步，他必须先有一套真实学术才行。有了真实学术，那才能够用以指挥他的部属，去分头进展。否则必然的要一败涂地，无成功之可言。

可是我们试一看现在社会上一些具有领袖欲，支配欲的野心家们，真可说是车载斗量比比皆是。但这些野心家，大抵光知道用倾轧排挤，阴谋暗算的方法，来打倒对方，以图取而代之。很少有打算从事业与工作的表现上，来争取群众拥护的，即令千万人中有一二人，但又很少能够措意于学术的探究的。所以社会上的秩序紊乱以此，而凡百事业之不进步，也莫不以此。

今后社会要想使它有进步，必得从提倡学术风气着手不可。像现在举目是一些"不学不术"之辈，在胡搞，乱搞，长此以往，试想社会将如何得了！

由今年的大学国文试卷说到中小学的国文教学②

今年暑假因为在家乡没有多事勾留，比往年来开封要早的多，于是

---

① "而"字，原稿漫漶不清，姑且录以待考。
② 《由今年的大学国文试卷说到中小学的国文教学》，刊开封《正义报》1947 年 9 月 12 日第 1 版"星期五论文"栏，署名"霜枫"。

就赶上了参与大学招生时监试与阅卷的盛典。

监试本来就够苦了，可这阅卷更苦。这许许多多的试卷写的是同一的题目，除了一小部份比较清俐可喜外，剩掉的大半是一些不堪入目的涂抹。心理上虽是不高兴看，但在责任上又不能不看。不但看，而且还得仔细的看。所以虽然是味同嚼蜡，但还得慢慢的嚼去。不过有时碰到一些出乎人意料之外的奇文同怪文，随便一念，满座就会为之哄堂。这类文字固然让我们觉得作者的幼稚与可怜，但要稍①一思索，就会觉得这是国文教学上的一个大问题。这种责任，似乎不应该全让写这类文字的考生来负。现在我们愿就一般试卷中所常犯的通病，列举一二，俾供一般从事国文教学者的参考。

一、不通的文言文。往往一段中，没有一句通的。让你看起来，简直不知道作者说的是什么。

二、满篇的滥套调语，不管这种套子同所写的题旨相合不相合，就要硬引来，所以多半是牛头不对马嘴。滥套之下，是引用成语，不是把孔子的话当作孟子的，就是把孟子的话，当作荀子的，东拉西扯张冠李戴。

三、别字太多，一篇文中能够不发现别字，真可以说绝无仅有。

四、国文常识太差，某学院国文试题，有"'国粹''国故'二词涵义有何不同?"竟有许多卷子，都认"国故"为国亡之意。这真有点太笑话了。

就以上所述的几种情况来说，根于写者天分的愚鲁，或平时对国文的玩忽，不肯用功，固是一因。可是过去教这些学生的教师，实亦不能辞其咎。即以第一项而论，全由于学生最初学文时，对于写文章的目的压根就不了解。把"作文"当作了一种了不起的大事，于是乎先读古

---

① "稍"，原稿为"少"，校订者酌改。

人的作品，读了以后，就来句模字拟，亦步亦趋，实际连所读的文章还没读懂。同时又没有真正必须说的话要说，这样一着手，就把根弄错了。再加上老师的冬烘，不解文法为何事，当然说不上纠正学生文字上的错误，于是乎就一错到底。结果一遇题目，就是满篇的之乎者也，不知所云。

至于第二种，则是一部份先生奖励学生模拟古人的文字，没有指导他们写文的要点，首在名意。而意思的佳恶，全视个人之有无学识与见解以为准。一般学生全不解此，遇着题目不思对此问①题，个人的见解如何，于是，把自己一向记得的几个烂熟套子，及古圣先贤的话，就引了来，编凑在一起，结果就形成了这类文字。

至于写白字，那是属于中国文字本身的问题，往往多年的饱学之士，尚不敢谓对文字的应用竟无错误。至于一般中学学生，在许多门课程的重压之下，而欲使他们在写文章②用字全然无误，未免有点太苛求了。

最后说到常识。我们认为近些年来因为学校的不安定，各种课程往往不能按照既定进度去进行。同时，有些国文教师，未免也有点太不负责了，选择教材，不依照课程标准，往往捡自己所易教，所喜欢教的教材去教。这样一来，一个高中学生在国文方面所应该知道的，往往都不知道。我们要知道高中学生的前途是升学，国文教师决不应避难就易，结果坑害了这些学生。

我们现在既了解了构成上列各种现象的主因，那么应该思所以补救之方。补救之方为何？

一、提高国文教师的待遇。国文教师改作业应该另加钟点费。过去山东省立中学的国文教师任四点钟课，可以按六点钟计。这种办法，其

---

① "问"字，原稿漫漶不清，姑且录以待考。
② "章"字，原稿漫漶不清，姑且录以待考。

他各校①都应仿行。

二、国文教师的待遇提高了，然后学校当局可以责成教师：（一）按部定标准选授教材；（二）按时改发作业。

三、国文教师必须先让学生了解写文的目的，在用文字说自己要说的话，同时更能够用自己的话来说。

四、关于用字问题，只要能多读多看多写，就可以减少错误。至于说绝对没有错误，这似乎不应期之于一般的中学生。

总之国文主要的目的在练习用本国文字，来表现个人的见解同情绪，一般国文教师，果能让一般学生都明乎此，在先生的勤恳督导之下，让学生努力向此路迈进，那么一般学生在高中毕业后，在国文方面的程度之达到像教部所定的标准，并不是很难的事。

三六，八，二九。

谈"从吾所好"②

"富而可求也，虽执鞭之士，吾亦为之。如不可求，从吾所好。"过去读《论语》时，对这几句话，并不怎样的留意。直到近些年来，才觉得它是非常的亲切而有味！

抗战以后，因为物价的迫胁，使一般从事教育文化的人都陷入急③端艰窘的境况中。于是有不少的朋友见面时，说不上几句话，就相对诉苦。诉苦之余，接着就是发牢骚，鸣不平。有的说，我们不如一个理发师，有的说我们更不如一个开汽车的。言下颇有点对自己数十年寒窗苦读，尤其是有的远涉重洋，到外国得过硕士博士头衔的，认为

---

① "校"字，原稿漫漶不清，姑且录以待考。
② 《谈"从吾所好"》，刊开封《正义报》1947 年 11 月 28 日第 1 版"星期五论文"栏，署名"霜枫"。
③ "急"，当为"极"。

是无限的冤枉。按道理说，这种现象当然是极不合理，一个国家里边从事于高深文化工作的人，时时辗转于饥饿线上。反之一般普普通通的技艺人员，竟然过着相当放纵的生活，这是一种反常的现象。长此下去，希望国家各方面都能够有长足的进步，是决办不到的事。不过现在我们姑且撇开这一些大道理不谈，专就当前从事教育文化事业的人来说。假如我们对这一些发牢骚的人们，找着任何一位，来反问一下，你既然觉得干这个吃不饱，那么为什么你不舍旧而谋新，丢掉你当前的工作，去找比较能够生活得舒适的工作干呢？那他的回答，往往是平生我搞①的是这个，惟有这，我喜欢干，我干得好，别的都实实在在的干不了。

一说到这个地方，孔子的话就可以拿出来了。就是说人生的意义，不全在单纯的吃饱穿暖，维持生活，而于此之外尚别有值得我们追求者在。别的是什么？就是精神生活。古往今来的大哲人其所以异于一般人的，就在于一般人终日孳孳努力的，不外是满足个人物质上的欲望而已。至于所谓哲人则是看穿了物质生活是永远没有满足的一日，于是摆脱了这种欲望，而专力于求得精神生活的满足。所谓精神生活不外是一方面对宇宙人生求得觉解，再一方面使个人的意志获到自由。而尤其后者，更是为他们所特别努力的。就我国历史上来看，儒家像孔孟之讲究出处进退，道家像老庄之弃绝人世，均不外是为获得个人意志自由。一般人论过去的一些隐者，都觉得不做官，不是件很容易的是吗？实际上，一个有才学的人之绝意仕路，并不是一件容易的事。首先是个人不能忘掉荣利，而不甘心怀珠被褐过那种寂寞艰辛的生活，二则是社会上往往不容许你这样作。陶潜的《与子俨等疏》中说：

---

① "搞"，原稿为"稿"，校订者改。

> 性刚才拙，于物多忤，自念为己，必贻俗患。僶俛辞世，使汝等幼而饥寒。

"辞世"而用"僶俛"① 二字，以形容之，就可知辞世之不易了。王羲之《与谢万书》中说：

> 古之辞世者，或被发佯狂，或污身秽迹，可谓艰矣！今仅坐而获免，遂其宿心，其为庆幸，岂非天赐！

这更足说明古人辞世之艰苦。羲之为了摆去②仕路，于辞去会稽郡时，竟至为誓墓之文，对当道表示决绝。魏晋之际时那般清流人物，如嵇康、阮籍，均为欲隐而不可得者。由此可知，抛掷荣利，远离仕路，就个人说往往是为欲望所不甘，就社会说，往往为环境所不许。所以百年来不知道多少才智之士作了个人欲望的奴隶成为社会现实的俘虏。李斯的黄犬东门之叹，陆机的华亭鹤唳之语，以及吴梅村临终时之绝命词，都表现着无限的悔恨与怨艾之情。惟有一般真正有卓见，有修养者，能够自我作主，也就是个人的意志，能得到极端的自由。这种人又可分为积极的与消极的两派。前一派如孔子。满怀的济世救民之念，汲汲皇皇周游各国，明知其不可为而还要为。然而他决不徇俗媚世对现实要改造它，但决不为它所屈服。他曾这样说：

> 饭疏食饮水，曲肱而枕之，乐亦在其中矣。不义而富且贵，于我如浮云。

---

① "僶俛"，今作"黾勉"。
② "摆去"疑为"摆脱"。

又道：

士志于道，而耻恶衣恶食者，未足与议也。

个人有抱负，有蕲向，至于富贵必须在合于义的条件下才可以去取，否则在他看来，只不过是如天边浮云，丝毫不足以萦其心的。

其次如伯夷叔齐，因不赞成武王伐纣，于是就去叩①马而谏，及周已灭殷，他竟耻食周粟，以致饿死于首阳山。后来孔子的弟子子贡问孔子："伯夷叔齐何人也？"曰："古之贤人也。"曰："怨乎？"曰："求仁而得仁，又何怨！"所谓"求仁得仁"，这就是实现了自己的意志之所向，自己的行为既是基于自己的意志之所向，不论其结果如何，但总是可以自慰的。

至于消极的一派，陶渊明可算是一个最好的代表。他不愿为五斗米折腰，竟挂印而去躬耕陇亩。晚年在衣食上感受到无限的穷乏，然而他竟然能够"含欢谷汲，行歌负薪"，最足说明他这种为实现自己的意志自由而感到快慰的诗篇，是《归园田居》之三。

"种豆南山下，草盛豆苗稀。晨兴理荒秽，带月荷锄归。道狭草木长，夕露沾我衣。衣沾不足惜，但使愿无违。""衣沾不足惜，但使愿无违"，与孔子的"如不可求，从吾所好"是一种意思的两样说法。同时也可以与孔子批评伯夷叔齐的"求仁得仁又何怨"的话，互相发明。

讲到这个地方，就牵涉到人生服务社会的动机问题了。是为了义，抑是为了利？假若是为了利，那么利是目的，而自己的服务是手段。利既获不到，那么这种手段不成问题的是证明已经失败了，那就不妨去改行，变变手段。假若为了义，认为自己工作是自己所愿作的，惟有作

---

① "叩"，原稿为"扣"，校订者酌改。

此，自己才觉得高兴作，而且可以作得好。那么这种工作是目的，而生活乃成了完成此种工作的手段。生活好，自然工作可以进行得顺利一点。生活坏，工作不过受到一点滞碍而已。在当前的情势与当前的环境之下，一个人还能够作自己愿意作的工作，已经够不错了。至于生活的艰辛，本来是求意志自由者，应有的必然遭遇。愤懑怨尤，又何补于事呢？"如不可求，从吾所好"，"衣沾不足惜，但使愿无违"，我愿以这两句话，奉赠给一般为教育文化而努力的先生们！

附　录

吴福辉的学术个性与学术贡献

阅读吴福辉先生系列学术专著时，始终思考着这样一些问题：在他那一代学人中间，他的学术个性到底体现在哪里？他与他的同学钱理群、温儒敏、赵园、凌宇等人的不同，到底在哪里？作为一代学人，他们的"同"可以举出很多，如理想主义者的气质，关注现实的忧患意识，对学术的坚守与担当，学术研究与人生体验的融合无间，等等。但我更关注的是他与他们之间的"异"。通读吴福辉后，我的目光不由自主回到他学术研究的出发地：讽刺小说。他是以讽刺艺术研究开始其学术生涯的，这样的学术选择颇能显示其个性。身处20世纪70年代末80年代初，他们这一代学人幸运地"与一个新的文学研究时代不期而遇"①，大片学术研究的空白亟待填补。但吴福辉却选择讽刺小说、选择沙汀进行研究，这样的研究对象和学术选择，在20世纪80年代那种倡导思想解放的时代氛围中，似乎不那么主流，甚至有点冷门。但这种选择，却恰恰凸显了他的学术个性和眼光，他与其他学人间的不同。

---

① 吴福辉：《〈带着枷锁的笑〉后记》，见《带着枷锁的笑》，浙江文艺出版社1991年版，第339页。

讽刺小说属于典型的世态小说，吴福辉对讽刺小说的兴趣，源于市民文化环境所养成的对现世的执着、对世态的关注，及由此引发的对"世态小说"的兴趣。他生长于上海市民社会和家庭，这样的文化环境无疑对他有着重要影响。"我最初的阅读是在一个典型的市民环境里进行的。市民文化施与我的恩惠是：我择书没有大人强加的任何道德训条。我喜欢衣食住行的人的平常生活。……我有强大的英雄主义文学传统作后盾，但当我在北大第一次读到施蛰存的小说集时，立刻就觉得那种市民生活的日常气息于我是非常之亲切的。我向来不喜欢某些旧派小说，在书摊和工人俱乐部读连环画的阶段我也不喜欢武侠。我喜欢的是纯粹的市民故事。"① 由于处于上海的市民文化环境，他的性格"少虚幻的成分，欣赏的是一种实在、放达的风度"。② 对于自己这种性格，吴福辉有着清醒的认知，他把自己对实在、现时的追求称之为"现世的生活姿态"。③ 这种现世的生活姿态决定了他热衷于能淋漓尽致地表现世态人情的文学，喜欢"三言二拍"这样的市民故事，远胜于《水浒传》和《三国演义》之类的英雄传奇。正是这种现世的生活姿态，决定了他在面对现代文学时，没有如他的有些同学选择"激情、浪漫、感伤"的五四文学，而选择了"实实在在"的30年代，选择了讽刺文学，以沙汀、张天翼和老舍的世态小说作研究对象。

现世的生活姿态，对世态的关注与兴趣，决定了吴福辉研究的文体对象首先是小说，而非其他文类，尤其是诗歌。当然，作为一个成功的、有广泛影响力的文学史家，吴福辉的关注点和研究对象无疑相当广阔，不可能进行边界的自我限定。如他的《中国现代文学发展史（插图本）》与《中国现代文学编年史——以文学广告为中心（1928—1937）》，作为

---

① 吴福辉：《我也穿过松紧不同的鞋子》，见《春润集》，复旦大学出版社2012年版，第252—253页。

② 吴福辉：《我为沙汀作传》，见《且换一种眼光》，上海教育出版社1998年版，第122页。

③ 吴福辉：《我为沙汀作传》，见《且换一种眼光》，上海教育出版社1998年版，第122页。

文学史，必然会涉及散文、话剧与诗歌部分。在这两部文学史之外，他还写过关于梁遇春、张爱玲散文的研究文章。不过，小说研究，具体来说，初期的讽刺小说研究，之后的京派小说研究，中后期的海派小说研究，可以说代表了吴福辉的主要研究成就，体现着他的研究特色。这个论断，应该是没有问题的。吴福辉把学术精力，主要贯注于小说研究，与他的现世的生活姿态，对世态的关注与兴趣，是密切相关的。这是因为，在现代文学的各种文体中，就表现时代社会生活的广度与深度，散文、话剧和诗歌，皆无法与小说相比。而就现代小说的历史发展来说，随着长篇小说文体的发展及大量文学新人的涌现，20 世纪三四十年代的小说，在反映社会世态的深度与广度上，又大幅超越了此前 20 年代小说。吴福辉选择 30 年代的讽刺小说作为研究对象，既是一种学术选择，又是一种生活选择。因为在他们那代学人的生命里，学术与生活其实是一体的，学术即生活，生活即学术。对讽刺小说的学术兴趣，不过是生活中对世态的关注与兴趣的自然延伸罢了。

最初触动吴福辉进入讽刺小说研究领地的是张天翼。张天翼小说的生活背景、气氛属沪宁杭一带，与吴福辉出生地接近，为他所熟悉。照理说，研究张天翼，他有得天独厚的优势。不过，在讽刺小说研究之路上，最终吸引他，让他全身心投入而意犹未尽、欲罢不能的，却是语言和文化背景完全不同的沙汀。其中原因，值得思索。吴福辉走上学术道路的第一篇文章研究的是张天翼，题为《锋利·新鲜·夸张——张天翼讽刺小说的人物及其描写艺术》，刊《文学评论》1980 年第 5 期。这是当年发表的关于张天翼研究的唯一一篇学术文章。紧接着，他又发表《吴组缃谈张天翼》，与沈承宽、黄侯兴合作编写《张天翼活动年表》。可以说，在张天翼研究上，吴福辉有开拓之功，他对张天翼讽刺艺术的研究，既是开端，又是高潮，对后来者构成了很大挑战。但吴福辉的讽刺艺术研究，最终却聚焦于沙汀，在发表《怎样暴露黑暗——沙汀小说的诗意和喜剧性》后，又感意犹未尽，继而又为他作传。沙汀吸引他的，不是乡里奇闻，而是其小说"真称得上是描写川西北乡镇的世俗画卷，里面活动着的大小人物或可憎可笑，或可怜可悲可爱，皆活鲜鲜生长在这块乡土之上，性情毕露，人间味十足"。① 他被沙汀对人的性格的高度敏感，和捕捉生活细节加以"复原"的艺术能力所折服，为其所勾勒的生活场景所迷醉。由对沙汀小说的沉迷可进一步看出吴福辉现世的生活姿态，以及由此姿态所决定的审美趣味、阅读偏好和学术选择。他关注的是"日常生活"及"世俗之人"，他之所以沉迷沙汀，不断地去接近沙汀、研究沙汀，就是因为沙汀小说真正艺术化地呈现了世俗生活，高度形象化地塑造出了生动的人物形象。与沙汀相比，张天翼同样有着"对人的性格的高度敏感"、"捕捉生活细节加以复原的艺术能力"及"生活场景的生动呈现"。但在人物形象的刻画、人物形象的表现方式上，张天翼偏于夸张，他往往采用狄更斯式的漫画手法，"这种外部的夸张，有时可以放大到惊人的幅度，以至于很难相信生活里会实有其事。"② 与张天翼等其他左翼讽刺作家相比，沙汀小说则绝无一丝一毫的剑拔弩张，而是充满谐趣，显示出一种"拙美"，一种精选出来的简朴之美，质地沉实，醇厚老辣，达到返璞为真之境。在对世态包括人物性格与生活场景的呈现上，沙汀比张天翼等左翼作家更接近生活的原汁原味，具有浓厚的"人间味"和世俗色彩。这应该就是吴福辉最终选择沙汀而对之进行持续探究的原因吧。

吴福辉为沙汀对人物性格的高度敏感所折服。这种对人物性格的高度敏感，不仅沙汀有，在能够欣赏沙汀的吴福辉身上同样有。作家观世以著书，读者览书以观世。而世态的中心只能是人，观世即阅人。对生

---

① 吴福辉：《我为沙汀作传》，见《且换一种眼光》，上海教育出版社 1998 年版，第 121—122 页。

② 吴福辉：《锋利·新鲜·夸张——张天翼讽刺小说的人物及其描写艺术》，《文学评论》1980 年第 5 期，见《带着枷锁的笑》，浙江文艺出版社 1991 年版，第 80 页。

活的热爱，对世态的兴趣，其核心和落脚点是对人的挚爱，对人性的兴趣，"对人物性格的高度敏感"。对生活的热爱与敏感，尤其是对人物性格的敏感，是小说家最为宝贵的素质。没有对生活的深入体验，没有对人物性格的高度敏感，没有对人性的深刻洞察，难以成为一个成功的小说家。而没有对人物性格的高度敏感，没有对人性的深入体察，没有对生活的丰富体验，无法与作家进行灵魂对话，无法进入作家构筑的文本世界内部，同样不可能成为优秀的文学研究者。吴福辉在进入文学研究前，已经有非常丰富的生活阅历和对人世的深刻体验。作为一个40岁才进入文学研究的大龄研究者，不待说，有他的局限，但丰富的人生阅历，对人性的深入洞察，长期的大量阅读所积累的丰厚经验，则是他的宝贵财富，是青年研究者无法望其项背的。丰厚的生活阅历和人生体验，加上他在现世的生活姿态，对世态的关切，广泛的阅读，综合构成他对人物性格的敏感，对小说艺术的敏感，形成他独到的艺术眼光和非同一般的艺术感受力。"亲历过生活的磨难，已经在社会的阴暗面之前沉思起来，而又仍旧保持着活力"，① 那种对人生的深入体验所带来的独到艺术眼光，使他选择了如一杯浓酽的茶一般的沙汀小说。而单纯如水一般清浅的青少年，则很难领会沙汀作品、进入沙汀的艺术世界。从这个角度来说，吴福辉理解沙汀并选择沙汀，成为沙汀的忘年知己，与他作为大龄研究者所独具的人的成熟，及由人的成熟而带来的艺术感受的成熟，"对人物性格的高度敏感"，是密不可分的。他选择沙汀的过程，其实也是一个自我发现和确证的过程。诚如其导师王瑶先生所说："可以看出作者自觉地'寻找自己'的努力：寻找适合自己的研究对象，研究的角度与方法，以开拓自己前进的道路，形成自己的研

---

① 吴福辉：《怎样暴露黑暗——沙汀小说的诗意和喜剧性》，《文学评论》1982 年第 5 期，见《带着枷锁的笑》，浙江文艺出版社 1991 年版，第 51 页。

究风格。"①

在吴福辉学术生涯的开端，在他从事讽刺小说研究时期，那种独到的艺术眼光，那种体贴入微的艺术感受力，"他所特有的艺术敏感与创造力"②，就已经成为他研究才华中最令人注目也最值得珍视的部分。他对张天翼讽刺艺术"明快、冷峭、尖刻"风格的判断，非常准确。但他能从沙汀色彩阴暗、情调抑郁、气氛压抑的小说中读出"诗意"和"喜剧性"。这种别具只眼的读法，得到过沙汀本人的好感和首肯，并由此开始他与沙汀多年的忘年之交。③ 在新时期，是他最早发掘出施蛰存，并把《春阳》和《雾》、《鸥》等具有现代派和现实主义相融合倾向的作品，作为佳作进行推出，而非如后来学界一味推崇《将军底头》《鸠摩罗什》等更为纯粹的心理分析小说。看他对钱钟书讽刺艺术的分析："长期以来，精巧和机敏，在中国现代讽刺小说当中，只能作为批判锋刃上的润滑油，作为喜的附着物存在。正是钱钟书提高了机智的地位，他的《围城》《猫》使一种机智讽刺得以确立。这就是钱钟书小说的独特贡献。"④ 把钱钟书小说的讽刺艺术概括为"机智讽刺"，且把这种机智讽刺放置于整个现代讽刺小说艺术史上来进行定位，从而彰显出钱钟书的艺术独创性。这种分析和批评既是美学的，又是历史的，既是分析的，又是概括的。精当的美学分析，能对作品做出准确的审美感知与审美判断，来源于分析者细腻的艺术感受力，这是文学研究的基础。在此基础上，研究者才能在相似的或相异的研究对象之间，进一步找到它们之间的历史线索与联系，进行历史的综合判断与分析。文学史研究，属于历史研究的一个分支，但文学史研究不同于一般的历史研究

---

① 王瑶：《序》，见《带着枷锁的笑》，浙江文艺出版社1991年版，第2页。

② 王瑶：《序》，见《带着枷锁的笑》，浙江文艺出版社1991年版，第2页。

③ 吴福辉：《故园热土总有情》，见《且换一种眼光》，上海教育出版社1998年版，第136页。

④ 吴福辉：《钱钟书对现代病态知识社会的机智讽刺——由〈猫〉看他小说的艺术独创性》，见《带着枷锁的笑》，浙江文艺出版社1991年版，第90页。

之处，就在于文学史研究必须建立于美学分析与审美判断之上。因此，对于一个文学研究者和文学史家，艺术感受能力和审美分析能力，就显得尤为重要。吴福辉之所以能成为一个有广泛影响的文学史家，在讽刺小说、京派，特别是在海派小说研究方面，做出开拓性与创造性贡献，与他入微的艺术感受能力和出色的艺术分析能力密不可分。

现代学科建制中，文学研究已高度学科化、职业化、项目化。文学研究包括现代文学研究，从学科化、职业化和项目化中，得到了许多益处。现代文学研究从业队伍的日益壮大，现代文学研究所获得的越来越多的资金支持，现代文学研究发展事业的蓬蓬勃勃、热闹非凡，无不得益于此。当然，有得就有失。随着现代文学研究作为一门学科的日益成熟，现代文学研究作为一门专业和学科，也越来越技艺化、理论化、精细化、客观化了。对于一个现代文学研究者，我们更强调与看重的是其理论素养、知识储备与知识结构，更重视从业者是否通晓多门外语、是否具有国际化的广阔视野，但恰恰忽略了文学研究的"初心"：对现实的关切，对生活的经验，对文学的热爱，对艺术的感觉，以及由此伴随而来的对文本的投入，对艺术的审美与感知。随着文学研究的日益职业化，研究文献的日益电子化、数据化，我们的文学研究者中，具有熟练操作能力的"技工"越来越多，而如吴福辉、钱理群那样，痴爱文学、献身文学的"文青"却日渐稀少。随着文学研究的日益技艺化，我们的现代文学研究越来越重视理论、概念的规范操作，鲜活的文学作品成为各种莫测高深理论、概念的注释和装点。在项目化生存和学术创新焦虑症中，我们已经失去"何时一樽酒，重与细论文"的闲适和裕如，文学研究离文学女神本身渐行渐远。在这种背景下，吴福辉先生及其所代表的那一代"文青"，他们对文学的热爱及随此而来的海量阅读，他们丰富的阅读体验及对文本的感知能力，建立于艺术感受力之上的文本解读。那种既是美学的、又是历史的艺术分析就显得尤为可贵，值得现在文学研究者认真学习并从中得到启示。因为，现代文学研究，不管其边界向外延伸多远，最终还是要回归文学本身。文学文本永远是我们的关注对象，对艺术的享受与审美永远居于文学研究结构的中心，体贴入微的艺术感受力，不但现在，而且将来，依然是文学研究者进入文学殿堂的入场券，依然是研究者必须拥有的最基本素质。

稍稍令人遗憾的是，在《中国现代文学发展史（插图本）》这部于吴福辉个人意义非同寻常的著作中，他所特有的艺术感知力及灵动的文本分析能力，没有得到一以贯之的体现。这部由个人撰写的现代文学史著作出版后，好评如潮，反响很大，许多学者从不同角度，对其进行了充分肯定。钱理群，作为吴福辉的同学、好友，对该著作作出了"既是集大成、又是新的开拓"的评价。但在高度评价的同时，他又谈了自己的一点遗憾，就是该书虽时有精到的文本分析，但就总体而言，长于对"文学外部"的描述，对"文学内部"的分析、叙述，则有不足。对文体的内在发展线索，对文学语言的内在发展线索，以及文学风格发展的内在发展线索，未能作更精细梳理。[①] 钱理群的此种评断，看似"苛评"，其实恰恰是畏友、诤友的知己之言，非隔靴搔痒、只唱赞歌者可比。钱理群见证了吴福辉"相当瞩目"的 80 年代的讽刺文学研究时期，以及随后的极富开拓性，创造性的京派、海派文学研究时期，深刻认识到吴福辉的所长在"精到的文本分析"，长于文体、文学语言、风格这些属于"文学内部"的内在发展线索的条分缕析，而恰是这些，才使一部文学史成为真正的文学史。正是认识到此点，他才对《中国现代文学发展史（插图本）》偏于文学外部描述，表示遗憾。当然，《中国现代文学发展史（插图本）》偏于文学外部描述，自有其不得已的苦衷和理由。例如，作为文学史读物，为出版社的出版成本考虑，涉

---

① 钱理群：《是集大成，又是新的开拓——我读吴福辉〈中国现代文学发展史（插图本）〉》，《文艺争鸣》2010 年第 7 期。

及对象不能过多，篇幅不宜过长；为读者学习和接受考虑，内容也不能过于庞杂。由于篇幅所限，一部文学史著作，在研究对象选择方面，就不可能面面俱到，顾此必将失彼，偏于文学外部描述，就不可能再对文学内部诸方面进行仔细分析。例如，作为一部有个性的文学史著作，撰写者有权利对其论述对象作自我选择和调整。例如，文学史书写方法是多元的，有偏于文学内部研究的，就有偏于文学外部描述的，应该提倡百家争鸣，提倡各种写法、不同风格的现代文学史进行自由竞争等。不过，由于吴福辉先生所长本在文学内部的感受、分析与描述，经他之手，撰写一部真正以文学为本位的现代文学史，是再合适不过的了。钱理群先生对他著作的一点"遗憾"和批评，其实也是对他及其作为现代文学研究者的一种提醒、鞭策和期待。

1939 年出生的吴福辉先生今年已过 80 岁。如果从 1978 年考取北京大学中文系研究生攻读中国现当代文学专业算起，吴福辉先生从事现代文学研究超过了四十年。他把自己人生的大部分时间献给了这个学科。作为知识分子，吴福辉有着清明的理性与自觉，有着从鲁迅承继而来的"学术中间物"意识，知道自己这代人的得与失。他们的学术贡献与影响，以及他们的局限与缺失，其实无须别人饶舌。他们这代人，有的还活跃在学界，其学术生命还没到谢幕之时。现在就对他们的一生进行学术盘点，似乎还为时过早。不过，80 岁毕竟是人生的一个重要标记，80 岁还在进行辛勤思考和工作，不能不令人钦敬和感动。因而，为表示对先生的敬意，在先生 80 岁之时，作为后学和学生，不揣谫陋，对他的学术个性和贡献，聊作一点管窥蠡测。其中若有唐突失敬之处，还望先生海涵。

2019 年 9 月于古城开封

后出转精诚可喜,飞扬跋扈为谁雄?

——简答吴宝林

《文艺研究》2019 年第 9 期"书评"栏刊登了吴宝林君的书评《历史感的缺失与"伪佚文"的辑佚——以刘涛〈现代作家佚文考信录〉为例》。古人云,"闻过则喜。"我闻讯立即找来吴宝林君的文章拜读,发现该文其实是专对拙著中的胡风佚文考证的一部分而发。

钩沉和考证胡风佚文,只是拙著《现代作家佚文考信录》的一部分,该部分钩沉出疑似胡风的佚文 20 篇,我辑校出原文、考证其作者为胡风,以供学界参考。吴宝林君对其中的 4 篇佚文提出了质疑,认为它们不是胡风佚文,对其余 16 篇胡风佚文则似无异议。引起吴宝林君质疑的那四篇佚文是《新的年头带来了些什么?》、《变》(以上两篇分别刊载于 1935 年上海《七日谈周报》第 1 卷第 5 期和第 1 卷第 7 期,均署名"胡风"),《建设民族大众文化》(载上海《大众文化》1938 年第 1 卷第 2 期,署名"风")和《怎样读小说》(载上海《青年大众》1939 年第 1 卷第 4 期,署名"高荒")。关于《新的年头带来了些什么?》和《变》两文,吴宝林君从作者文风轻薄、鼓吹法西斯主义、批判张学良和蔡廷锴及福建事变的政治立场,以及刊物《七日谈周报》编者李焰生与国民党改组派的潜在关系,判定它们不可能是胡风所作,并认为"胡风"很大可能是该刊的另一作者"胡峰"。关于《建设民族大众文化》,吴宝林君发现此文的完整稿发表在倾向左翼的《团结》周报上,《大众文化》是删节性的转载,并指出《团结》上以"风"为笔名发表的文章有多篇,"风"当是《团结》的编辑,他在该文中对"新启蒙运动"的回应,与胡风念兹在兹的反封建立场并不一致,因此不可能是胡风所作。关于《怎样读小说》,吴宝林君认为发表此文的《青年大众》是"孤岛"刊物，胡风远在重庆、香港等地，不可能给该刊写稿，并发掘出多个用过"高荒"笔名的作者，判定"高荒"实有其人，《怎样读小说》不是胡风的佚文。

不待说，我对胡风佚文的考证只是个人的初步意见，不是也不可能是定论，何况我也不是专门研究胡风的人，对胡风所知委实有限，并且因为长期僻处封闭的开封，关于胡风佚文的文章写于十年前，那时在开封还看不到网络数据库，只是假期抽空外出查阅旧报刊，发现了一些疑似胡风的佚文，乃顺手略为辑校考证，供学界参考而已，倘得识者驳难论定，则幸甚至哉！如今看到吴宝林君的批评指正，我是很欣慰也很感谢的。宝林君是北大新晋的博士，大概是专研胡风的年轻学者吧，看他的文章，多是关于胡风的，果然博学多闻、后出转精。他对拙文里四篇佚文的辩证，显示出良好的学术素养和精细的辨析功夫，尤其是对《建设民族大众文化》和《怎样读小说》二文的辩证，援据丰富，分析精细，匡我不逮，其质疑是令人信服的，我很感谢他的纠正，也希望学界朋友能关注他的订正，以免被我贻误。至于吴宝林君对《新的年头带来了些什么？》《变》二文的质疑，也很有启发性，但也不无有误读以至武断之处。如吴宝林君批评此二文文风轻薄、以为不类胡风，其实因为这两篇文章是杂文，其"轻薄文风"不过是惯常的杂文手法而已，连鲁迅也难免，何况努力学鲁迅的胡风？吴宝林君又说《变》的作者"鼓吹法西斯主义和墨索里尼、希特勒等所谓'国家利益至上者'，将张学良和蔡廷锴称为'善变者'"，作者"由此暴露了政治立场"，所以不可能是左翼批评家胡风。这一则误读了原文的意思——原文对法西斯主义的讽刺是反讽性的，吴宝林君却当真了。结合上下文文意，作者意思很明确，就是讽刺张学良善变，原先奉行不抵抗主义，导致东北大片国土沦陷，而从柏林、罗马考察归来，重掌军权后，又大谈"中国的独裁政治"的伟论。文章立意并非鼓吹法西斯主义，而是讽刺张学良

"善变"。二则断定左翼人士不会否定张学良尤其是蔡廷锴发动的福建事变，这也高估了左翼的政治正确性。其实，当年中国共产党高层内部，对蔡廷锴等人发动的"福建事变"，态度上存在很大分歧。左翼文人中，有一部分对之基本上持否定态度，胡风有此论也不为过。三则认为胡风作为一左翼作家，一定不会与国民党方面的刊物扯上关系，也不尽然。实际上，胡风与国民党方面的关系未必那么决绝，如他与有国民党背景的中山文化教育馆就有关系。当然，我无意捍卫这两篇文章的作者"胡风"一定是左翼的胡风，只是觉得吴宝林君的质疑还不够中肯、说服力尚嫌不足，但相信以他的才力，以后一定能够厘定真伪。

诚然，学术为天下之公器，批评质疑是学术的常规，谁也不能拒绝批评，而批评者也应有分寸，就事论事、就错论错、以理据服人，目的是推进学术，而不必无限放大别人的错误、飞扬跋扈地自炫自是。即如关于文本的钩沉考订，谁也不敢说十拿九稳、毫发无错，尤其是初发者限于文献或学力，有所失误在所难免，没人敢保证说在文献考订上就绝对正确、可以拒绝批评，清代及近代的学术大家如王鸣盛和钱大昕的史学考证、胡适和鲁迅的小说考证以及陈寅恪的文史考证，也都有过这样那样的疏失，何况我这样一个边缘的学者；同样的，后来者在文献考证上发现了此前学者的错误而给予纠正批评，当然是理所应当、有功学术的事情，但若因此就以为此前的学者根本不该有误、有误就是罪不可赦，那就苛求过甚了。我得老实承认，我对胡风佚文的辑校考订是十年前的工作，限于当时当地的学术条件和个人学力学养，我的辑考有对了的，但也难免有所疏失，吴宝林君检出其中4篇给予批评，他批评得有根有据的两篇，我很乐于接受，即使批评得不甚中肯的两篇，也对我有一定启发，警醒我此后在做这类工作时更细心谨慎些，所以我仍然感谢他。只是，吴宝林君高调凌人的学术盛气，我也同时深深地领教了——

说实话，这一点多少出乎我意料。吴宝林君明明知道我的《现代作家佚文考信录》一书涉及老舍、周作人、穆时英、曹禺、何其芳、冰心、胡风、冯雪峰和林庚等 9 个作家的 70 余篇佚文之辑考，他的文章则只是对拙著辑考的胡风佚文之辩证，并且其质疑也只限于其中 4 篇佚文，他在文章的第 5 个小注里也明确声明："需要说明的是，本文并不讨论该书涉及的其他作家，也不否认其在此方面的贡献。"（《文艺研究》2019 年第 9 期）如果吴宝林君的批评文章，确实是针对这 4 篇佚文误收的就事论事之论，我很愉快地加以接受，哪怕他的批评不完全中肯，我也会完全谅解。可是，吴宝林君的大作却特意安上一个吓人的宏大题目——《历史感的缺失与"伪佚文"的辑佚——以刘涛〈现代作家佚文考信录〉为例》，这个一看就挺吓人的题目，显然是针对拙著全书而发，显见得那四篇胡风"伪佚文"的辩证只是其批评的注脚和示例而已，而完全冲淡了那个注脚里的小小声明，其文前的"小序"和文末的结语，就大义凛然地把整部拙著贬斥为"缺乏历史感"的坏学风之坏典型来示众，并轻蔑地讥讽我为"数字人文时代"仅凭文献数据库"为佚文而佚文"却缺乏"主体感"和"问题意识"的键盘侠式考证者。我在不得不承受吴宝林君重拳痛击之余，也不免有点纳闷：吴宝林君如此以偏概全、上纲上线的学术批评态度，其底气究竟何来？想想才多少有点明白了——原来就来源于其高超的"主体感"和过人的"问题意识"。然则恕我斗胆问一句吴宝林君：如此"飞扬跋扈"的批评究竟"为谁雄"也？我不想恶意地猜想他如此盛气和神气的动机，但确实很震惊于他的趾高气扬之气概。那么，就祝愿他能长保这种"键盘侠"式的良好主体感和问责意识吧。

2019 年 10 月 6 日于古城开封

文学地理学视野中的现代文学报刊研究

文学发展有时间与空间两个维度。如果说文学史主要关注文学的时间维度的话，那么文学地理学主要关注文学的空间维度，如文学的空间分布，文学与地域之间的关系，文学的空间迁徙，文学不同空间之间的关系，等等。文学地理学对于文学空间的关注，提醒我们在研究中国现代文学时，不仅要注意现代文学的线性发展，而且要关注每一时段甚至某一时间节点的文学在横向空间上的分布和动态转移，注意文学在不同地域发展的不均衡问题，注意不同空间之间的互动与影响关系。

由于现代文学的主要传播媒介为报刊与书籍，因此，从文学地理学的视角来看现代文学，就会发现现代文学在空间维度上主要体现为不同区域中报刊与出版机构的分布与聚集问题。我之前曾提出"边缘报刊"的概念，其"边缘"一词就是着眼于文学报刊的地理空间分布问题。当然，这里的"边缘"是与"中心"相对而言的，而且是以"中心"的存在为前提的。那么，现代文学在空间分布上是否有"中心"存在呢？回答应该是肯定的。这种文学中心的存在，是和中国社会经济政治发展的极度不平衡而带来文化教育发展的极度不平衡密切相关的。中国现代文学在发展的不同阶段，其文学中心也是不同的。如第一个十年，文学中心主要是北京，而第二个十年则转换为上海，抗战时期则为武汉、桂林、重庆、昆明、延安等处。抗战后则又转换为北京、上海。也就是说，现代文学在不同的发展阶段，其文学中心是不同的，有一个动态转移的过程。这种转移过程，是大的文化转移的一个有机组成部分。当然，在现代文学发展的每一个时段，"中心"也并非一个，可能同时存在着几个中心，或一个中心之外存在几个"次中心"。而随着不同时段文学中心的转移，与中心相对的"边缘"的含义也随之发生变化。

例如，抗战时期西南大后方重庆、昆明、桂林等地，以及中国共产党领导下的陕甘宁边区的政治中心延安，本来处于政治文化上的边缘位置，但在抗战时期却成为中心。随着中心与边缘相对关系的变迁，文学报刊也在不同的空间位置发生一次次的重新聚合与迁徙。因此，研究现代文学，不仅要关注和研究处于中心位置的发生较大影响的"中心报刊"，而且要研究处于边缘位置的"边缘报刊"。只有同时关注"中心报刊"与"边缘报刊"，研究"中心报刊"与"边缘报刊"之间的互动关系，研究某一空间在由中心向边缘或由边缘向中心移动过程中文化的流散、作家的流散及由此带来的报刊的流散与集聚的变化过程，我们才能更深入全面地把握现代文学发展的全貌，才能绘制出一幅真实有效的现代文学空间动态发展的文学地图来。

从文学地理学视野来透视现代文学报刊研究，会发现现代报刊特别是报纸同样存在着一个微观的版面空间的分布问题，这是一个很有意思的话题。我在阅读河南的现代民营报纸时，发现任访秋先生在上面发表了大量文章，这些文章大部分没有收入他的文集中。它们在报纸上不同版面空间的分布引起了我的注意。它们有发表在报纸第一版"社论"栏目的，有发表在报纸第三版、第四版"副刊"或"特刊"栏目的。发表于不同版面、不同栏目的文章，其文类是不同的。发表于第一版的为杂文和政论文，发表于其他版面的大部分为学术研究类文章。可见，在这里，同样存在着一个微观的报纸文学地理学问题。报纸不同版面上的不同栏目，其实是一个个不同的富有意味的象征空间。不同的象征空间，决定了发言者的站位与姿态是不同的，发言的对象也是不一样的。报纸第一版"社论"栏目，作为报纸最重要的"言论窗口"，代表报纸立场向社会发言，象征的是知识分子的言论阵地。因此，任访秋发表在这一栏目的文章，只能是杂文与政论文，它的接受对象既包括政治当局，也包括一般民众。任先生有一篇名为《记者·史官·谏官》的佚文，由这篇文章，可以看出他的自我定位。他认为现代的记者承担的是中国古代"史官"和"谏官"的职责。史官职责在如实记录，谏官职责在批评皇帝。而现代的记者对社会的如实报道如史官，写社论对国家社会尽批评之责如谏官。很明显，任先生很清楚自己在报纸第一版的"社论"栏目发表文章意味着什么，他很清醒地认识到自己是作为一个兼"史官"与"谏官"于一身的"记者"身份向社会发言，向当局进谏。报纸第一版"社论"栏呈现给我们的任访秋形象，无疑是一个有着家国情怀的公共知识分子。但他在报纸其他"副刊"和"特刊"的文章，大部分则为有关古代文学或学术思想的研究文章。它们大部分冠以"读书随笔"的副题，与任访秋1947年出版的《中国文学史散论》中所收的文章性质相同，皆为与学术史或文学史有关的散论性质的文章。这些文章，正如作者所说，是为文学通史写作所作的准备与预演，属于"窄而深的研究""专家的研究"。这一类文章的接受对象，为学术圈内人员，与报纸第一版"社论"栏的文章，在接受对象上是显然不同的。文章从报纸第一版到报纸第三版、第四版发表位置的变迁，并不仅仅意味着文章内容、文体类别与接受对象的变化，同时也意味着作者身份与写作姿态的变化。从报纸第一版到报纸的第三版、第四版，任访秋的身份由"公共知识分子"悄然转换为"专业学术人"。现今我们在《任访秋文集》中看到的任访秋形象，为一学术渊博、古今贯通的专业学术人，但他处身于现代报纸第一版"社论"栏目时的"公共知识分子"形象，则为我们所忽略了。所以，从微观的文学地理学视角，去考察现代报纸的版面空间分布，会发现很多有意思的话题。

文学地理学有宏观、中观和微观多个层面，报纸版面的空间分布属于微观层面。先暂时撇开报纸不谈。就一个作家来说，同样存在着从微观的文学地理学视角对其进行透视的问题，如作家生活空间的变化与其创作的关系问题。这种空间变化，有暂时性的，如旅行；也有长时段的，如由一个城市迁徙到另一个城市生活。不管是暂时性或长时段的，生活空间的变化，一定会影响到作家的生活经验，从而对其创作和文学行为产生影响。关于作家旅行与其创作的关系问题，已经得到研究者的重视，例如，鲁迅的西安之旅对其创作的影响，抗战时期大批作家南迁对其创作的影响，等等。但是，之前对这方面的研究，还是有局限的，没有将其提升到文学地理学的高度来认识。因此，关于这方面的研究，还是有可以开拓的空间的。那么，如何从文学地理学的角度来研究现代作家旅行、迁徙与其创作的关系呢？这个问题太大，我还是回到报刊研究的话题上来，对这个问题谈一点自己的看法。我在阅读中华人民共和国成立前河南开封的一份现代报纸时，发现该报1947年8月份有多条对曹禺、张骏祥的报道。曹禺、张骏祥抗战后回到了上海，为什么内地的开封在这个时间段内还在对其进行跟踪式的连续报道呢？通过对这些报道的梳理，我才发现原来曹、张二人在这个时间段曾有一次河南开封及开封附近的黄泛区之行。这两位著名作家的到来，在处于文化边缘且饱经战乱灾荒的河南，引起很大反响，受到开封文化界人士的热烈欢迎，在他们的盛情邀约下，曹、张二人还各自进行了一场规模盛大的公开演讲。曹、张二人的这次河南之行，时间上只有十几天，属于短暂旅行。这次旅行，在他们二人的文学创作活动中占有什么样的地位？他们这次旅行的目的是什么？他们后来在回忆中对这次旅行的误记与有意改写，到底意味着什么？他们的这次旅行为什么会在河南文化界引起如此大的反响？这些问题，其实也属于微观层面的文学地理学问题。而对此问题的研究，也只有回到原始的报刊层面，才能得到落实。因为，作家的旅行意味着空间的转换，具体到曹、张二人，则是从文化中心的上海转移到文化边缘的开封。处于文化边缘的开封对于曹、张二人的到来给予足够重视，在报纸上进行了跟踪式报道，这就为研究曹、张二人的旅行问题，提供了难得的第一手史料。所以说，要研究作家的旅行与迁徙这样的文学地理学问题，我们不但要关注"中心报刊"，还要进入那些"边缘报刊"中，进行细心阅读与打捞，才能有新的发现和创见。

发现的愉悦

——代后记

笔者曾有小文《刊海淘金的一点追忆》，为《民国报纸副刊与作家佚文辑考》而写，这是笔者钩沉现代文学史料的第一本小书。自那以后，又陆陆续续写了一些文字，结集就是现在这本《现代作家佚文考信录续编》。在本书后记里，延续之前文章，对自己史料追寻路上"发现的愉悦"，作一点追忆。

搞史料，与搞理论不同，最忌闭门造车、天马行空。作为研究者，自己拥有的资料毕竟有限，民国的原始报刊更不可得。于是，只好泡图书馆，先泡复旦图书馆，后泡上海图书馆和国家图书馆。自忖非过分偷懒之人，但天性愚钝，所得委实有限，只有薄薄一本《现代作家佚文考信录》。而且，由于水平所限导致史料运用上的粗疏，还引发一位新锐研究者的批评与指摘。

记得最后一次泡上海图书馆是 2009 年 3 月，距今已过 11 个年头。曾在上图民国文献室碰到的钦鸿先生，已于 2015 年去世，忆之如在梦中。笔者与先生并无任何交往和私谊，但出于对他学问的敬佩与尊重，购藏过他的系列专著，拜读过他的文章，自认感情和心灵上与他是息息相通的。

从 2008 年开始，查资料的阵地逐渐转移到北京的国家图书馆新馆。

这是因为研究的对象变了，由民国期刊转为民国报纸，而国内民国报纸的缩微文献，收藏最富的莫过于国家图书馆新馆。国家图书馆的缩微文献阅览室，位于图书馆南区四楼，用于浏览缩微胶片的阅读器比上海图书馆多，没有众人一拥而入，抢占阅读机位的现象。阅览室周日至周五开馆，周六休息。每天上午九点开馆，下午五点闭馆。中午十二点之后，工作人员轮岗上班，所以，正常的午休时间，在这里照常可以借阅。2008 年之后，在课少或无课的学期，或者假期，笔者总会抽出一段时间，到北京，找个地方住下，然后每天到与紫竹院公园一墙之隔的国家图书馆南区四楼缩微文献阅览室，去摇阅读器。由于对民国报纸的兴趣，由于这段时期研究课题的限定，每年到国家图书馆看民国报纸，似乎成为一种仪式，有了点象征和必不可少的意味。

笔者的第一本史料研究小书是业师刘增杰先生作的序，序中他特意强调了史料研究者发现的快乐。机遇对人是公平的。史料研究者经历过百转千回的长途跋涉，才能获得不期而遇的发现愉悦。纯粹的史料研究者，无一例外地保有一颗童心，对这个世界好奇，对过往的历史及其陈迹好奇，总想钻进历史故纸堆中，看看历史到底是什么样子。民国热兴起后，民国作家和学人曾引起国人莫大兴趣，由此而产生各种各样的民国叙事与民国想象。经由报纸进入民国历史的现场之后，才发现，民国既不似之前的民国叙述那么黯淡，也不如近年所讲的那么光鲜。民国学人的生活，远没有后人所渲染的那么滋润、那么洒脱。张爱玲曾有一句名言：生命是一袭华美的袍，上面爬满了虱子。借用她的话，民国其实也是一袭华美的袍，爬满了虱子。看报纸发现，民国教育在 1920 年代曾经历莫大危机与挫折。民国大学的教师们，特别是身处北京的，曾在并不太短的时间内，为教育部的欠薪、停薪，而奔波，呼吁，请愿。钻进历史故纸堆，与历史的部分现场有过偶遇，攀爬过历史的沟壑，才会获得一种历史的印象和对历史的情感。面对纷至沓来的各种虚拟化、想象化的历史叙事，才可能作出自己的理性判断。

到国家图书馆新馆看缩微胶片并不是每次都有明确目标，几乎可说兴之所至、随意浏览。不过，有时也会有一大致规划。有一次阅览主题是河南民国报纸，差不多把制成胶片的民国报纸都借阅了，也有少数存于其他图书馆，没有看到。这次泛览，也终于有了点收获，就是对任访秋集外政论文的发现。任访秋先生是河南大学中国近现代文学专业的开拓者和奠基人，师从胡适、钱玄同、周作人和朱自清，其学术研究以追溯新文学渊源为宗旨，以打通古今文学研究为方法。不管是中华人民共和国成立前，还是中华人民共和国成立后，任先生一直身处大学之中，读他文章，听别人对他讲述，偶有的几次接触，给人印象完全是一位困守书斋、不问时事的纯粹学人。但阅读 1940 年代的民国河南报纸，完全改变了笔者对先生的看法，发现历史上的任先生，其实比我们印象中的要复杂、丰富得多。这是笔者看到他发表的几十篇报纸"社论"后得出的结论。与学术文章不同，这些"社论"代表民营报纸，站在与官方、政党相对的民间自由立场，进行政治、社会、文化、道德的批评，着眼于向民族国家建言献策，向民众进行思想道德文化启蒙，既面向当政者，又面向一般民众，因此，其接受对象比学术文章要广泛得多。作为现代知识分子，任先生在写作这些文章之时，他对自身身份的认知与定位很清楚，这可由他一篇题为《记者·史官·谏官》的文章得到证明。该文为纪念记者节而写，刊于南阳《前锋报》1942 年 9 月 1 日第 2 版《前锋副镌》第 23 期"九一记者节纪念专刊"。他在文中明确提出现代记者担当的应是中国传统"史官"兼"谏官"的职责。史官责任，在不虚美，不溢恶，以平允之心，据实直书。谏官责任，在拾遗补阙，对于政治得失利弊，官吏之贤奸能懦，敢于直陈己见；朝堂之上，面对皇帝，敢于面折廷争，而不顾忌自己地位与身家性命。现代记者身负史官与谏官双重使命，如实记录历史，如史官；敢于进行独立自由的政治批评，似谏官。"现在的记者呢，在社论方面，虽与谏官有在朝在野之不同，而其精神，则实无二致。"任访秋对于记者的定位，其实也是对其自身的定位。他明确认识到自己的社论写作，其实质就是以在野的"谏官"身份，对民族国家和当政者进行建言献策，对一般民众进行思想启蒙与精神交流。与"谏官"只负责向皇帝进谏不同，现代的记者一方面要向当政者建言，进行社会政治批评；另一方面还要面对一般民众，向民众进行文化宣传与思想启蒙。这些社论，关乎政治、经济、教育与卫生方面的，属于前者，而关乎道德修养方面的，则属于后者。涉及问题之多，社会关注面之广，议论之纵横捭阖，观点之中正妥帖，语言之清通雅洁，莫不给人留下深刻印象。而尤其令人印象深刻的，则是他对于中国传统学术资源的利用，以及他对于中国传统文化的态度。不管是讨论政治问题、社会问题、教育问题还是道德问题，任先生都能着眼历史，一方面从当今社会危机中追溯其历史渊源；另一方面又能从传统文化资源中分析出优良成分，而为今所用。他对当时中国现实问题的发言，皆有中国几千年历史文化的积淀作支撑。学术文章与文化批评，似乎是两种文体，代表了任先生的两面。但只有读了这些"社论"，才会进一步理解任先生"学术"背后的人文关怀。不同的两种文体，不同的两副面孔，两种身份，在任先生那里，得到了较好的统一。

读民国河南报纸的另一点意外收获，是复原了曹禺、张骏祥1947年8月一次为期并不短暂的河南之行。复原他们的这次河南之行，把历史真相与曹禺的回忆对照，发现他特意强调自己的"解放区"之行，话语中有意识凸显"解放区"，遮蔽国民党治下的开封与国民党治下的黄泛区。在提及解放区治下的黄泛区时，还有意凸显解放区的"中共县长"（代表共产党）对美国救济人员的严厉驳斥。这明显是一种巧妙的"语言修辞"。这种语言修辞一方面斩断了自己与国民党及美国的话语联系；另一方面则假借中共县长对美国人的驳斥来歌颂共产党。历史真实，也唯有历史真实，能拆穿对历史的虚饰和修辞。曹禺的回忆与历史事实间的巨大反差和缝隙，提醒我们历史当事人的回忆并不可靠。时间造成的遗忘，客观上会使历史当事人追忆的准确性大打折扣；历史当事人身处政治、特定环境的包围中，会使他选择有利于自身的事情去回忆，这同样会影响追忆的可靠性。因此，历史当事人的回忆某种程度上是一种情感记忆，总带有一点文学色彩。所以，对历史的打捞，既是对过去真实性的寻找和怀旧，又是对现在的补充与修正。史料发现的愉悦，就在揭开历史帷幕真实一角那一刻。

由现在回忆过去，首先能记起的事，有不少与史料方面发现的愉悦有关。确切时间忘记了，只记得是下午，在国家图书馆南区四楼，摇阅读器，摇得头昏时，突然发现一则与现代作家老舍有关的重要史料，由于这则史料出现的刊物《河南中华圣公会会刊》之前一直少有人关注，直觉上感到这则史料的稀见和价值，之前的昏倦一扫而空。晚上到清华大学志熙师家中，甫一坐下，就迫不及待向他报告自己的发现。应该是看到笔者想尽快求证此问题的急切，志熙师马上到自己的书房，帮笔者进行核查。当发现这则史料确实遗漏时，激动的心情可想而知。志熙师也为笔者的发现感到高兴，他鼓励笔者尽快把这个发现作为文章写出来，以公诸同好。现在想来，在史料发现的过程中，由于有学界师友的鼓励和帮助，那种发现的愉悦，成为美好回忆，在咀嚼中得到放大，成为继续走下去的动力。

国家图书馆南区四楼的阅读经历，还与失去母亲的巨大伤痛相连。近日，在翻看记下的杂记时，发现这样一条："2018 年 7 月 24 日晚，弟带母亲至北京西站，笔者去接站，查资料工作中断，此次只 23 日、24 日在馆。"这次在国家图书馆待的时间，是近年在国家图书馆时间最短的一次，只有两天。这是因为母亲。应该是 7 月 23 日的前一两天，突然接到父亲电话，说母亲因为从亲戚那里得知北京一医院，可治好她肺部的病，执意要到北京，让笔者先到北京打探打探，了解情况。为了母亲，笔者再一次到了北京。为了抚慰内心的不安和伤痛，笔者在找到这个医院并了解情况打好前站后，又一次到了国图南区四楼，由缩微胶片阅读器，一头扎进民国故纸堆。这次，是为了逃避内心的伤痛。7月24日深夜，母亲在大弟陪伴下到了北京西站。这时的母亲，已步履蹒跚，难以支持。在北京那家医院，她的病非但没有得到缓解，反而急转直下，变得更加糟糕。可能是用药不当，呼吸一度非常困难，继之以突然跌倒。于是住院两天后，便只好办了出院手续，匆匆离去。回到老家县城医院，还不到一月，在中秋节的前一天，母亲离世。母亲离去近一年，又一次到国图南区四楼。这天，笔者在杂记中匆匆记下数语："2019年6月12日星期三，国家图书馆4楼缩微胶卷室。继续看《世界日报》第2卷及第19—34卷。距2018年7月24日已近一年，而母亲已经不在。"

在国图南区四楼，每次摇阅读器摇得头昏目倦时，也会生出一种深深的无聊之感，不禁哀从中来：自己做的这种活，不过是低级的体力劳动而已，谁都可以干的，而学术是一项高级且复杂的脑力活动，自己这样干，难道也算学术？高大上的学术会是这样？钻进民国故纸堆，所得的也不过是历史的一鳞半爪而已，即使有所发现，写成文章，所反映的，也难免只是历史的一个碎片，与历史的体系和规律，相去不可以道里计。在学术大牛和学术思想家眼里，当然，难免琐碎、小器、无用之讥，有时也自我解嘲：你干的其实是体力活，不过是腿勤一点，善于扒拉一点史料罢了，而且，现在，很多史料很容易到手，不用你扒拉了，现在，关键的问题是思想，还是思想！每个史料研究者，好像内心总有两个自我，一个学问家（姑且如此说），一个思想家，学问家看不起思想家，思想家看不起学问家，彼此互相打架，相互看不起。"思想"是搞史料者内心永远的痛。他最怕别人说他没思想！他越这样，别人越从这个软肋攻击他，评判他。说搞史料的没思想，等于是说他"没脑子"。确实，一个人有"脑子"，还会去搞史料工作这种笨活？

记得当初进入史料研究时，对史料的重视，来自读书时诸位恩师的教诲。后偶然读到历史学家陈垣的文章，他认为学术文章要新，要么材料新，要么观点新。文无新意勿苟作。他的观点也给笔者留下很深印象。自此之后，史料意识逐渐加强，每临作文，便总想在材料新方面作点文章。但学术文章要做到材料新，并不容易。有时想：学术文章所用材料一定要新么？这时不禁又想到"二陈"中的另一位，陈寅恪。他倒主张要善于从旧材料中读出新问题。确实，材料新，不一定就意味着观点新。同时，材料新，不一定意味着材料重要。倒是常见、易得、流行的材料，一般都是重要的，绕不过去。有些罕见的材料，一般人见不到，可能本身就不重要，或者有它可以，没有它也可以。这么说来，读常见之书，从习见材料中发现新问题，其境界，当然比以新材料自炫者，无疑要高一境界了。日前读黄永年文章，他在唐史研究方面的许多观点与陈寅恪并不一致，但在史料运用上，却与陈有高度认同，同样主张由习见材料读出新问题，才是历史研究的大路。他认为对历史研究者来说，二十四史的史料价值明显要远高于其他史书。他自己的许多研究心得，有不少就是从二十四史中阅读得来的。陈寅恪、黄永年的观点，同样适用于文学研究。就现代文学来说，已经出版的作家全集、文集、别集和各类比较权威的史料集，其史料价值，一般说来（当然不敢说"绝对"），应该远高于至今未发掘的佚文等史料。现代文学史料工作者，要学会在这两类史料中，寻找到一种恰当的平衡，打开两类史料对话交流的精神通道，在读常见书与好奇猎异间，保持适度张力。一味满足于已有史料，满足于史料的坐享其成，或满足于仅仅作史料二传手，固然不行；但若一味拘守于罕见、稀见史料，傲然以独得之秘自骄于人，同样是故步自封，画地为牢，给人以坐井观天之感。

笔者逐渐倾向于陈寅恪、黄永年的观点，好像在否定自己。笔者在否定自己吗？发现新材料，应该永远是学术研究者最重要的内在冲动和生命愉悦之一。没有经历过史料搜集与猎奇的研究者，其学术的生命历程未免过于单调乏味了一点。在行外人看来，史料研究者从事的是一项枯燥、乏味、效益不高的"无脑"事业。事实果真如此？笔者在前面已经反复陈述，史料发现的愉悦能够带给人无上快乐。好奇乃人之本性，深深植根于人性的最深处。发现的愉悦，是人所能够获致的诸种快乐之中最深沉的一种。少时家贫，很早就开始协助父母到地里干活。现在能回忆起的少年乐事，其中之一就是深秋时节，在已经收获的红薯地里找红薯，河南方言，称为"溜（读四声）红薯"。红薯深埋地中，所以，老乡已经收获过的红薯地里，一片高高低低、沟沟坎坎的狼藉之中，总有一些未被发现的红薯藏埋于土坷之中。由于经常吃不饱饭，为多备过冬粮食，每家大人们，在红薯收获季节，总会指示自家小孩，到收获过的红薯地里"溜红薯"。笔者是"溜红薯"老手，低着头，认认真真在地里"溜"着。大凡藏红薯的地方，总有与别处不同的特征，如哪一处翻出的土较少，藏红薯概率就大一些。有些地方则恰恰相反，土层被翻起很高、很厚，红薯被翻起后又深埋起来，也有可能藏有红薯。笔者按照自己总结的规律，认真找，反复找，每次总会有收获，有时甚至能找到块头较大的"薯王"。每当此时，也总会大声欢呼，报告给地里的其他同伴。这种发现的愉悦，深印在少年时期的记忆中，永不褪色。而每次发现一条新史料，那种发现的愉悦，总会让笔者想起少年"溜红薯"的经历。现在想来，自己发现一条有价值史料的快乐，其实与少年"溜红薯"的快乐，在性质和程度上，其实并无多大区别。有时又不禁想：随着电子数据库时代的到来，未来学术研究中，学者们是否还能继续拥有这种快乐？或者，未来年青一代的研究者，是否还把史料的寻找和发现视为一种快乐？或许，对于他们来说快乐的对象已经变了。

也许，他们对这种"发现的愉悦"已感到完全陌生。

上面谈了史料发现的愉悦。不过，史料研究的路毕竟是寂寞的，多亏这条路上，还有不少师友陪伴。在这些师友中，青岛大学的刘增人先生，与业师刘增杰先生的名字仅一字之差，这首先就使笔者对他多了一份亲切感。与先生的缘分开始于大学时期，现代文学这门课使用的教材《中国新文学发展史》，为增人先生与他的老师冯光廉先生主编，体例与观点在当时颇为创新，与当时的一些现代文学史著作相比，还是很富有理论深度，富有体例创新和思想探索的勇气的。之后，在不多的与先生几次交往中，发现他与增杰师性格虽有不同，但对史料的执着和重视，却相当一致。早几年笔者曾对王统照史料感兴趣，有意搜集了一些这方面史料。为此，笔者曾认真拜读过冯光廉先生与刘增人先生所撰的《王统照著译系年》，对系年著录王氏作品的准确与详备有很深印象，深深感受到他们那一代学人史料功夫的扎实厚重。由于史料方面的同好，与先生在国内学术会议中有几次偶遇，还受邀参加过由他发起的学术会议，以既喜悦又惶恐的心情接受过他的大礼：重达四十斤的皇皇巨著《1872—1949文学期刊信息总汇》。所以，虽无缘入室执弟子之礼，但内心已经把他当成自己老师。感谢从不作序的先生破天荒第一次为拙著写序，这大大加重了小书的分量。

本书是国家社会科学基金一般项目"民国报纸副刊与现代作家佚文发掘整理研究"、教育部人文社会科学研究规划基金项目"边缘报刊"与现代作家佚文的发掘、校勘及阐释"成果的一部分。有些文章，收入本书前曾发表于《中国现代文学研究丛刊》《新文学史料》《鲁迅研究月刊》《中南民族大学学报》《现代中国文化与文学》《汉语言文学研究》《海南师范大学学报》等刊物。在此，谨向以上刊物和编辑表示诚挚的谢意！

书后附录文章三篇。其中《文学地理学视野中的报刊研究》是笔者有关现代文学报刊研究的一点浅见。《后出转精诚可喜，飞扬跋扈为谁雄？——简答吴宝林》是对吴宝林君批评所作的一点回应。《吴福辉的学术个性与学术贡献》为纪念吴福辉先生八十大寿而作。此文草成，先生已远居加国，这篇小文，也算是对师生从游的一点纪念。

笔者的民国报刊阅览，端赖国家图书馆和上海图书馆的丰富馆藏。笔者的频繁借阅和复制，每次皆大大增加了两馆缩微文献阅览室和复制组工作人员的工作量。在此，谨向国家图书馆和上海图书馆，向为笔者阅览和复制提供过辛勤服务与无私帮助的全体工作人员，致以诚挚谢意！

感谢为笔者付出太多的家人。感谢给笔者无私帮助的诸位恩师和朋友。

感谢中国社会科学出版社郭晓鸿主任，没有她，本书不可能顺利出版。

刘　涛

2020 年 5 月 31 日于古城开封